文学表象論・序説

小林秀雄・横光利一——文学言説の境界

井上明芳
Inoue Akiyoshi

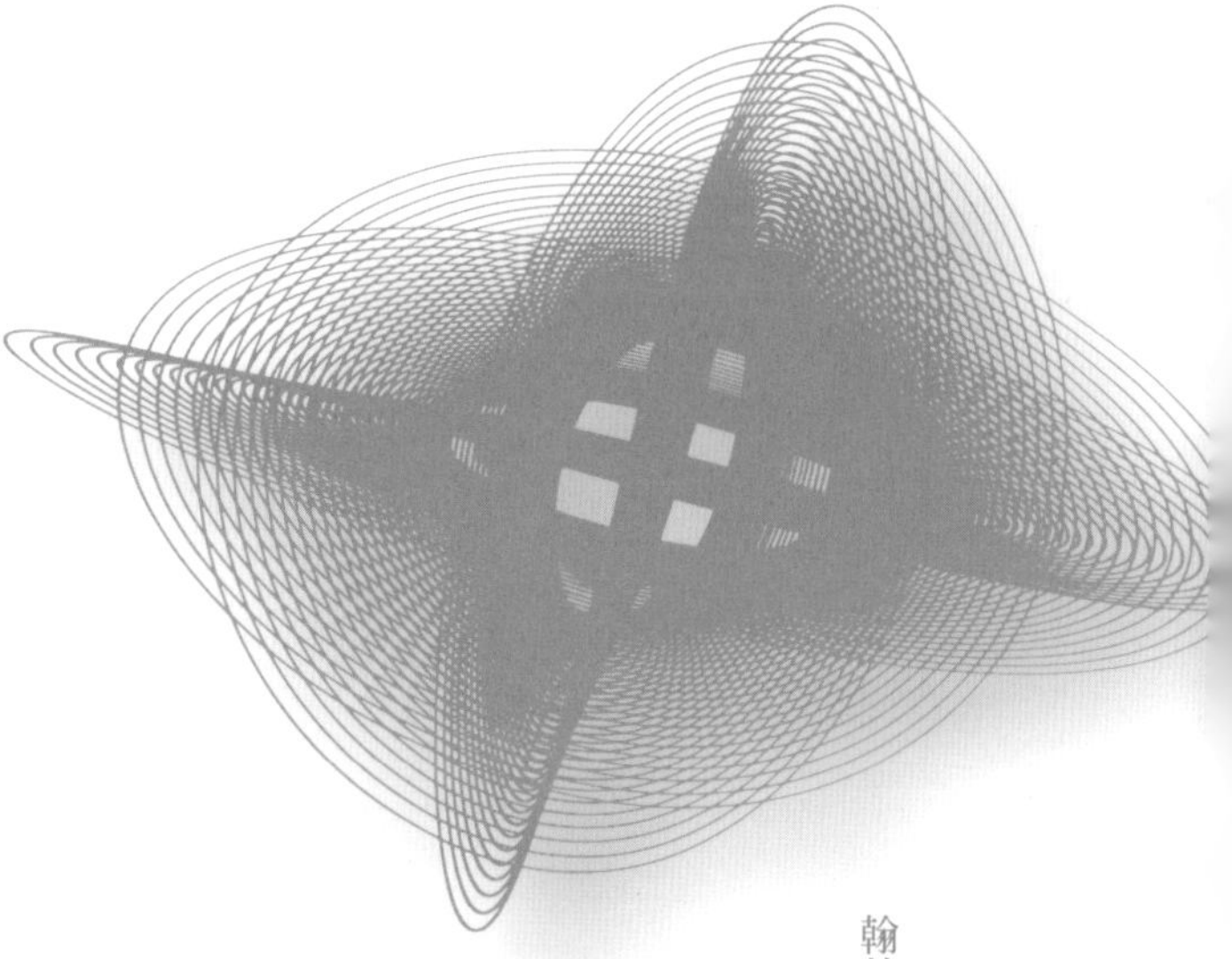

翰林書房

文学表象論・序説

小林秀雄・横光利一——文学言説の境界◎目次

序

表象の顕れ

一

いつの間にか臨場した経験があるであろう。一行ずつ示される文学言説に従ってその終わりまで、とにかく身を任せてみる。文学言説への期待は、それが何を意味し何をイメージさせるかという獲得に向けて抱かれる。想定されたイメージが覆えされることも期待のうちに数えてよいであろう。確かに期待はその点では自由である。が、文学言説は峻厳な議定《プロトコル》のもと、意味を構成し、イメージを形成する。過程は一行ずつ局面的に進行する漸次的な変換である以上、逸脱は許されない。というよりは、変換が漸次的であるため、逸脱に気付くことがない。変換はいつの間にかである。自由に在ったはずの抱かれる期待は、文学言説の漸次的な変換という制約に満ちている。そうであるならば、文学言説への期待とは、黙々と制約を受け入れる行為なのではないか。身を任せること、文学言説との最初の議定は読書行為の主導性が行為主体にないことを明らかにすることにある。

主導性が読書行為にないことは、読みの可能性を否定することではない。読書行為は文学言語によって創設されることを意味している。読書は文学言語にとって他者の行為である。他者とは、勝手に到来する存在であり、振舞いは傍若無人である。持ち得る言語も文法も異なる点では異邦の人であり、おそらく接する文学言説はおろか言語さえも容易に理解しないであろう。この他者性を優位に解釈すれば、読みの可能性は、無数の読みという結論を導くことになる。が、無数の想定は相対化の枠組みに陥った帰結なのではないだろうか。相対化が生み出す無数という概念は、一見正しいようで、実はたった一つの無数を指している。すべては相対的なのだと。これは、無数は無数であることしか受け入れることができず、したがって、優位に捉えた他者性をただの一つの意味でしか解釈していないことを明らかにする。理解などしない他者という意味である。とすると、この他者は実は読まないという選択をしたのと同じであると言い得よう。つまり、他者を優位に捉える限り、相対化の枠組みの中で文学言説をなきものにしているのである。言ってしまえば、無数の読みという想定自体が限定的なのである。それを導く他者が果たして文学言説の前に存在するであろうか。

他者は異邦的である。しかし、文学言説に先立って現れるのではなく、文学言説が他者に先立っているのではないか。というのは、極めて単純に、読んでしまうということにはじまる関係だからである。読んでしまうのは、文学言説の到来を拒絶することができなかったからであって、並存する言語の線条に列せられてしまうのは、到来を受けた他者の方である。このとき、他者は読んでしまった者すなわち読者になる。つまり、読者にはなるのであって、最初から読者が存在しているわけでもなく、まして無数の読みが想定されているわけでもない。言い換えれば、いつの間にか臨場してしまったと気付くのは読者になったときであり、そのときは文学言説との議定が交わされた後なのである。振る舞い得るすべての特権的事項を擲って、読者は文学言説に身を任せることになる。

読んでしまうというつの間にか臨場してしまう経験を避けることはできない。言い換えると、到来する文学言説こそが他者であり、その到来を拒絶するための準備は何一つできないのである。他者としての文学言説は、一行ずつの局面的な進行を遂げつつ、読者を生成し読書行為を創設させながら、意味を喚起させ、イメージを開成させる。臨場している読者はそのために引き出され、あらゆる知識や知性、感覚を駆使させられて、組み換えられる。まさかこのような意味を考えさせられ、イメージさせられるとは思わなかったというとまどいとおののきは、読書行為という使役ゆえである。

二

ここに理想的な読者という想定が可能であろう。すべてを見出し、すべてを聞き届ける存在として読者はふるまうということ、原則的に読書行為に関する言論は、この理想との相関性によって論じられてきたと言い得よう。理想を回避しようとする論理仕様は、理想を見定めることなしには成立しないからである。理想対現実という相対的な関係に取り込まれる仕様は措いておくが、その成立に異議を申し立てるいわれはむろんない。むしろ、この理想的な読者が面食らう文学言説について見ていく方が重要である。

他者は異邦的であり、傍若無人にふるまうことをもう一度確認しよう。そして文学言説がそれであるならば、承認を与えるべきは、理想的な読みはどこか空想的だということである。他者のふるまいは傍若無人である以上、読者はひたすらすべての受け入れを要求される。取捨選択の余地などないせいいっぱいの受け入れは、その能力の限界を表すのかもしれない。が、それよりも読者を使役しているのが、まさに文学言説だけだということを告知する。

文学言説だけということが当然、構造論的・記号論的・言語論的討究の対象であるのは言を俟たない。シニフィエ・シニフィアンの記号論が言語から発話者の志向を簒奪した理論的事実は、文学言説の理解の前提になっていると言ってもよいであろう。そして言語自体の論理的構成、仕組みを剔抉したことも説明する必要がないであろうし、これが文学言語を一般言語化していることも了解済みであろう。したがって、次のように言い得る。すなわち、文学言説は一般言語化した言語それ自体によって自立している。それは語り手と同時に書き手を権利上設けるに至った。つまり、文学言説は語り手にも書き手にも先立っているのである。

その先立ちゆえに引き起こされる遅延が読者を使役する所以であり、読者も語り手や書き手と同等に権利上定立せしめられているに過ぎない。それは言語が在れば発信（者）と受信（者）が存在するということでもあるのだが、むしろ、遅延による定立が、文学言説の自立それ自体を裂開していることを示す方が有効であろう。

言語があれば、発信（者）と受信（者）があるという特質は、簡単に言えば、二つの事項を説明している。ひとつは言語が在るということ、ひとつはそれを条件に発信と受信という事情が発生するということである。別な言い方をすれば、発信と受信という発生結果がなければ遅延が認識されず、言語は在り得ないことになる。ということは、遅延こそが言語を言語たらしめると捉えることができよう。遅延が現働化するからこそ、言語は発するものであり、聞き届けられるものになるのである。つまり、権利上有する語り手・書き手・読者が遅延して捉えられ、文学言説が先立って捉えられるのはその遅延の現働化に端を発しているのである。確かに文学言説は自立して在る。けれども、それは遅延の現働化の痕跡であったことを裂開する。語り手・書き手・読者の遅れが在るからである。

三

一気に置き換えよう。遅延は境界である。境界は遅れる語り手・書き手・読者と先立つ文学言説とを分かつとともにつなぐ。遅延は文学言説に属している。森敦の思索は次のような表現をとった。

いや、この崇高なもの、美麗なもの、厳然としたものと、邪悪なもの、怪異なもの、頽廃したものが、境界によっていずれが内部をなすともなく外部をなし、外部をなすともなく内部をなすところに、ひとびとを憎悪させ、嫌悪させ、忌避させながらも、なお戦かせ、魅了し、誘惑する幻術めいたものを感じさせる。壮麗なものがなんぴとにも眼をそむけることを許さず、しかもなんぴとにも眼をそむけさせずにおかないというのは、おそらくこのためなのだ。したがって、ここに矛盾があり、全体概念には必ず矛盾があるということ、全体概念に矛盾あらしめるところのものは、そもそも境界にあるということを知らねばならぬ。

（『意味の変容』「寓話の実現」）

この卓越した比喩による表現は、いつの間にか臨場してしまう経験としての読書行為の感覚でもあろう。読書は文学言説に遅れる。これは文学言説を生成する遅延でもあった。が、それ自体が痕跡として文学言説に属する。遅延が文学言説を生成するのに、文学言説に属し、文学言説によって示させる矛盾――「境界によっていずれが内部をなすともなく外部をなし、外部をなすともなく内部をなすところ」の「全体概念」の矛盾は、境界にあるのだと森は言う。境界としての遅延は、文学言説を裂開して、矛盾として存在するのである。

見方を変えれば、読者は文学言説に使役される。使役とは、読み得る限り読まされ、語ることを強いられるという意味である。たとえば「私を読んでごらん、君にそれができるかな？」（デリダ＝高橋哲哉）という問いが強いられ、回答を強要される。そのとき、読者は自らの回答に文学言説を取り込むであろう。つまり、問いと回答を強要した当の文学言説という外部を、読者は自らの言説で内部化するのである。外部を内部にするとはどういうことか。外部はどこまでも外部であり、内部はどこまでも内部である。そうでありながら、内部には外部があることになる。これが矛盾であるのは見やすい。したがって、矛盾する状態の読者の言語には、内部と外部が明確になっている。これが境界の存在を開示する。とすれば、読者の語ることは境界上に在ると言えるであろう。だが、外部である文学言説が読者に強いた問いと回答を強要してきた以上、その境界は文学言説を生成する遅れでもあったはずだ。そうであるならば、外部を内部化しようとする読者の語ること自体が外部に属していることになるであろう。つまり、読者の語ることが境界に在るならば、文学言説それ自体も境界に在るのである。「境界によっていずれが内部をなすともなく外部をなし、外部をなすともなく内部をなすところ」と共時的に森が表現したのは、そのいずれをも内部外部と分けることができないからだ。が、それだけではない。外部と内部は同時に在るのではない。外部に先立って内部が在り、内部に先立って外部があるからである。これは共時的ではあっても同時ではない。同時であれば、外部と内部に等号が成り立ち、分ける必要がなくなるからである。

文学言説は境界に在る。が、それは読者の語ることによって証示される。この証示自体は文学言説によって強いられた問いに対する回答であり、それは境界を語る境界の言語である。

四

ここに至って表象について述べることが可能になる。表象は境界に顕れる。文学言説に属し、読者の語ることに属しつつ、そのどちらかに限定されることはない。むろん、ここには美学的な難解な問題が横たわっているであろう。美が対象自体にあるのか、あるいは対象に向かう享受者にあるのかといった問題は、そのどちらにも理はあって、解決などないこともわかっている。表象の属性《プロパティ》も同じである。属性は設定情報の保持であるから、むしろ、文学言説にも、読者にも、あってしかるべきであろう。したがって、それらを生成する境界に属するとみることも可能なのである。

言い換えれば、文学言説自体の表象が現前化するのは、読者の語ることの表象によってであり、その読者の語ることの表象は文学言説自体によっている。したがって表象は境界にあると捉えられるのだが、問題は、境界は遅延であったことだ。正確を期して言えば、文学言説によって、読者の語ることによって、という根拠を示すことは表象に先立ってしまうであろう。だが、その根拠となる双方は遅延に生成される。つまり、表象が先立っていることになる。そうであるならば、遅延自体が文学言説に遅れて見出されるように、ただ表象の顕れがそれぞれに遅れて見えるだけなのである。

五

以上は本書で論じていく手続きの前提である。この前提を踏まえて、構成される本書の内容について触れておこう。

本書は第Ⅰ〜第Ⅳ部の四部で構成されている。第Ⅰ部はいつの間にか臨場した読書行為の軌跡を示すことが目指されている。

第1章では、他者について語ることの不可能性を論じてみたい。芥川龍之介「羅生門」では、下人という他者を語る「作者」の物語行為は下人物語を生成する。だが、その物語行為自体が、下人自体に挫折させられてしまう。しかもそれは読者を傍観者の位置に立たせたまま行われる。他者を語る不可能性を見せつけられた読者は、果たして下人という他者を語ることができるのか。挫折した「作者」と限りなく同じ地位を得てしまうであろう。言葉が喪失される。つまり「羅生門」は他者を語る不可能性を読者に開示しているのである。以上の論究を通して、文学言説の在り方を検討していく。

続く第2章では、太宰治「走れメロス」の検討を通じて、物語を語る語り手の意図が、まさに自ずから語った言説によって脱構築されることを論じている。友情と正義を説得的に語ろうとする物語の表象には、それを脱構築してしまう見覚えのない物語が記述されている。共時的に語られるもう一つの物語の表象である。これは第1章で論じた他者を語る不可能性とも通底し、表象をめぐる試みとなっていよう。

文学言説の在り方の第一の問題は、記述されるということに見出されるであろう。第3章では記述言語として会話を記述している国木田独歩「牛肉と馬鈴薯」を検討している。会話体を通じて物語内容が構成され、理想と現実の相剋というテーマ自体は容易に見出せる。だが、それ以上に重視すべきなのは、会話の局面的な特性が言語の先立ちを表し、その場に居合わせる者を導いてしまうことである。それは話し手当人も同様である。自らが遣う言語によって支配され、それによって脱構築されていく様をストーリー展開にしたがって検討していく。この脱構築される話し手たちを支配する言語に独白の生成が見出されることを論じ、「岡本の手帳」が存在する理由に達している。いわば記述言語は先立つことで、物語（という場）を自ずから形成し、かつ相対化してしまうという特性が見出し得るのである。

記述性を獲得した文学言説の詩的言語性を論究したのが第4章である。これは文字通り本格的な論を成すにあたり、まずは詩的言語の表象する世界観とも言うべきことへ迫ろうとした試みを提示してみたい。

こうして言及をすすめてくると、物語に感得される意図とそれを語る言説自体が脱構築する構造とが見えてくる。脱構築はもちろんたんなる解体ではなく、文学言説の有する表象の可能性と捉えることができる。したがってその可能性には、境界が顕れている。第I部の研究言説は境界の顕れとなっている。

こうした境界の現働化をもっとも顕著に、根柢的に知らしめているのが小林秀雄の批評である。第II部では小林秀雄の批評言説を論じ、批評行為ということを通じて読者である「私」の言説の在り方を討究している。

第1章は、小林の文壇登場作「様々なる意匠」を論じ、批評対象とそれを語る「私」の可能性に言及している。この序で文学言説に読者は創設あるいは生成されると述べているのは、「様々なる意匠」に見出し得る「私」およびその言説に多分に拠っている。批評対象との遭遇は〈事件〉であり、批評する言説は決して第三者的ではない。〈事件〉の当事者である他ならない「私」の言説なのである。が、その「私」は批評対象によって臨場している。

この臨場の状態を小林の言説は読者に伝える。読者とは読んでしまった者であり、したがって小林とともに〈事件〉に臨場することになるであろう。つまり、小林の批評は読書行為をともにさせようとする言説なのである。ひるがえって、この読者を先に設定しておけば、小林の批評言説は成立する。その成立について描いたのが第2章で論じる「Xへの手紙」だったのではないか。「君」を定立するのは「私」と「君」との〈間〉を確保するためだったのである。手紙の形式であるのは、「君」に「私」の言説を聞き届けてほしいためであろう。言い換えれば「君」は臨場しているのである。第2章での討究は、少なくともその臨場の表象を目的にしている。

臨場はいつの間にかであってその偶然性に因果関係はないであろう。しかし、先立って在る文学言説に遭遇すれば、そこには読まされ、感得させられることがある。小林が「様々なる意匠」ですでに論じていた「宿命」である。第3章は、正宗白鳥との間で交わされた「思想と実生活」論争の中核に向けて論述を展開している。トルストイには「宿命」ともいうべき「一つの秘密」があった。本義的に語ることが不可能である「宿命（一つの秘密）」をめぐって小林は正宗と論争する。晩年小林は「同じこと」を言っていたと「正宗白鳥の作に就いて」で述べている。言説が違えば表象が変わる。それは小林も正宗も避け得ないであろう。だが、捉える「宿命」は同じだった。それを踏まえた上で、批評言説の表象の射程が「宿命」に至ることを見出している。

その射程はまた、人が生きて在るということの不可思議さに届いている。リアリティの問題である。第4章では、小林の「私小説論」を取り上げ、その問題を論じている。小林の「私小説論」はフローベールの「マダム・ボヴァリイは私だ」という「図式」を剔抉するが、それは「私」が語るということに、生きて在ることが深く根ざしているからである。むろん、単なる人生の問題解決という苦悩の領域ではない。「宿命」であり、「私」であることの意味である。

同時にそれは小林の〈歴史〉観として立ち現れることになる。第5章では、『ドストエフスキイの生活』序「歴史について」を中心に小林の〈歴史〉観を検討する。そこで小林は、自然と歴史とを峻別し、歴史を「私」が背負い得る言説で捉えようとする。歴史の場に臨場するのは他ならない「私」だからである。そうであるならば、それは文学言説を生成する作家の「私」と同じく、「私」が語らなければならない。第4章と第5章とは「私」であることという問題で通底している。

第6章は『無常といふ事』を論じるにあたり、まず前提とすべき問題のなかで、前章まで論じてきた「私」であるということの問題がどのように変容しているかについて、言及を試みる。第二次世界大戦中、『無常といふ事』に収録されるエッセイ以外ほとんど発表せず、沈黙してしまったとされる小林は、ただ黙ってしまったわけではない。そこには現実に対して組み換わる「私」が見出される。組み換わるのは、現実に対処する「私」がいつでも現実に対して遅れるからであろう。言い換えればいつの間にか臨場している「私」に可能なのは、実際的な対処であり、それがそのつど組み換わることで実現されるのである。

第7章は再び、「宿命」について論じる小林の批評言説を取り上げる。小林は「宿命」を語る言説で、川端康成の〈個性〉について論じている。

批評言説は臨場の表象であり、同時にそれを読んでしまった者をも臨場させる。小林の批評の特徴として少なくとも、その点は指摘できるであろう。

第Ⅲ部は、横光利一の文学言説を取り上げ、横光が試みた文学言説の表象可能性を討究する。

第1章では、「機械」を取り上げる。すでに第Ⅱ部に見た「私」であることの問題が、語ることの原理に行き着こうとしている。それが「機械」というかたちで実現している。「私」が臨場するネームプレート製造所を物語とし、そこを実際に体験する「私」はつねに、語る言説を局面的に推し進めていく。その局面的な推進が次の「私」を導く。「機械」は従来いわゆる心理の変化を捉えたと評されるが、むしろ、文学言説の漸次的な変換の過程と捉えるべきではないか。出来する文学言説の一行が次の一行を生成すると捉えれば、そこに「私」が生成されると捉えることも可能になろう。これこそが語ることの原理であり、本書の序の根拠がここにもある。

第2章では、「上海」を検討し、都市小説として分類されていることを論じる。上海という都市を文学言説で描いているとわかるのは、ただ上海の指標があるからだけではない。言説の一つ一つが上海の街角の一部として表象されている。だからこそ都市小説として分類が可能であるとみる。これは後の第5章で論じる「夜の靴」の表象と深く関わっていくことになる。

一方第3章および第4章はおもむきを大きく変えている。山形県鶴岡市所蔵の未公開であった横光利一自筆資料のなかから「旅愁」自筆原稿をすべて翻刻し公開した上で「旅愁」解読の可能性を展開している。本書に収めた「旅愁」自筆原稿のほとんどに、現在活字になっている「旅愁」には描かれていない部分が描かれている。たとえば、矢代の千鶴子への恋愛心理などが削除されたことが翻刻を通じて明らかにできるであろう。したがって、読み得ない文脈を見出し得る。それは活字になった「旅愁」には、一度は確実に書かれた文脈が潜在していると捉えることを可能にしている。「旅愁」を恋愛小説として読むことができたかもしれないのである。選ばれた文脈と選ばれなかった文脈とは、文学言説の選択であるから、「私」が語ることの原理と通底する。いわば、活字版だけではわからなかったもう一つの表象の可能性である。その可能性の検討として自筆原稿は活かすことができるであろう。

第5章〜第8章は横光生前最後の単行本「夜の靴」への言及である。まず構造論的に「夜の靴」の表象を論じ、〈日本〉の〈ふるさと〉を見出す。横光が第二次世界大戦末期に疎開した山形県西田川郡西目（現山形県鶴岡市上郷地区）の見聞を日記体で綴ったと言われたことが、物語として表象されていた歴史的虚構を覆ってしまっていた。だが、その歴史的虚構によって〈上郷〉は表象されていること、これが敗戦後の現在に〈希望〉の地としての〈日本〉の〈ふるさと〉の表象へとつながっていることを構造論的に示す試みとなっている。先述した「上海」同様、言説の一つ一つが〈ふるさと〉として表象されているのである。続いて「夜の靴」初出本文と初版本文との関係を位相と捉え、語る「私」の言説の在り方を討究し、構造的把捉の補完をなす。最後に「夜の靴」の内容に先行する諸資料を検討し、〈ふるさと〉につながる〈希望〉を見出し、〈上郷〉の表象が準備されていたことを跡づけようとしている。

第III部が「旅愁」や「夜の靴」で実証的に論じる側面を持ちつつ、その実証から表象の検討に至っているのは、まず作品を読んでしまったからである。であれば、作品の文学言説の表象性へ至らない実証はないと考える。したがって、「機械」や「上海」と同様に「旅愁」も「夜の靴」も文学言説の表象として捉えている。とりわけ、「機械」に見出される「私」は「夜の靴」の「私」と通底している。自らが所属する場を物語化し、局面的に言説を推し進めているからである。

第IV部は本論の結論として配置された。物語はフィクションであり、だからこそ、その表象のされ方が問題となろう。

第1章では永井荷風「腕くらべ」を論じ、フィクションが閉じ切られていることを論じている。逆にそれによって作家永井荷風というイメージが、実像をキャンセルしながら表象される。これが作家の「私」であろう。それは第2章で論じる森敦「月山」でも指摘できることである。森敦の体験として描かれていると見做す従来の「月山」論は、「幽明境」を見出すことになる。だが、むしろ第III部で展開した「機械」や「夜の靴」でみた「私」の在り方を接続させれば、「わたし」が「わたし」の言葉を語るという原理が見出せる。それは外部である「わたし」によって語る物語を内部化し「わたし」自体を臨場させつつ、局面的に存在させることでもある。これは第II部で検討した小林の批評的言説にも言い得ることでもあるであろう。語りの現在というこのときが境界になっている。「わたし」が「わたし」の物語を読んでしまうこと、そこに読みの現在の意識があり、語る現在の意識も混入するのは必定である。とすれば、物語を語る「わたし」が物語に作られ、現在「わたし」が物語を生きているのである。つまり、こうした自己言及的な在り方が見出せるのが文学言説の表象なのである。

以上は本書で実際に展開されていなければならない。こうして本論に先立って序文が著され本書の指向が示されてみると、表象の顕れが遅れていることを感じざるを得ない。また序文を付すということが、まさに遅れを実際に示すための使役で満ちていることを思わないわけにはいかない。いつの間にか臨場している経験は、ひたすら遅れる経験なのであろう。「私」の読者として「私」が語るからである。しかし、その「私」は本論で取り上げる文学言説の使役の結果である。

先に表象は境界に顕れると書いた。以降本論は、その境界を辿っていくことになる。

第Ⅰ部　文学言説の表象諸相

1 語りの不可能性 ——芥川龍之介「羅生門」論——

一

物語を読み、何がどのように書かれているかということについて説明をはじめた瞬間に感じる違和感がある。これは一体何であろうか。物語言説は誰一人書き換えることができないにもかかわず、読書という行為は、物語言説に即応しながら、別の言説に並びかえていく。どのように読んだかはどのような言説に置き換えられるかという問題である。別の言語に置き換えること、ここに物語の何が、どのように、開示されるのか。

物語は他者の言説で成り立っており、読書はそれを別な仕方で使用することである。そこに他者の言説の単一な使用などあり得ず、つねに置き換えという別の仕方で表象するしかない。つまり、読書という読みの可能性は、この別の仕方で置き換え、説明する可能性なのである。しかし、別の仕方である以上、他者の言説との違和感を生じさせることでもあるだろう。というのは、他者である物語にはあらゆる読みの可能性があったはずである。それを別の仕方で置き換える読書は、あらゆる読みの可能性を唯一つの可能性にしてしまうことだからだ。つまり読書は、他者の言説を唯一つの可能性に置き換える行為なのである。

唯一つの可能性にしてしまうこと、これは簒奪であり、それによって他者の物語は、別の仕方で語られ、簒奪された物語へと変容する。ここに客観性がないことは指摘できるであろう。読書とは客観的ではなく、あくまでも主観的である。確かにそれはただちに容認すべき捉え方である。が、その捉え方は、少なくとも簒奪の可能性を前提にしてしまうのではないか。言い換えれば、簒奪の可能性を有する読書の言説が物語言説に先立って表れ、したがって、物語はいつでも語られた他者として現前化することになるであろう。他者はそのように把捉可能なのであろうか。

読書は主観的である。主観的に把捉される他者は厳密に言えば、他者それ自体ではない。把捉され、語られた他者である。つまり論理上、他者を語ることは不可能なのである。しかし、他者である物語言説が到来し、読んでしまう。そうすれば、物語について、その物語言説に従って主観的に語ることになる。つまり、読書とは他者について語る不可能性を内包しているのである。

くだくだしく述べてきたのは、芥川龍之介「羅生門」には簒奪の可能性が内在しているからである。「羅生門」は「作者」(以下、作者とのみ記す)が下人について語り出し、下人がやがて出会う老婆についても語る。作者にとって下人も老婆も他者であろう。他者を語ることは簒奪の可能性であり、それは語りの不可能性である。にもかかわらず、従来、盗人になる勇気を持てずにいた下人が形象化され、老婆の言葉によって盗人になるところに、主題的な読みが行われてきたのである。「悪が悪の名において悪を許す」という主題性[1]は、「羅生門」に備わる「論理」の剔抉であり、顕在化であった。しかし、この顕在化はまず、下人と老婆を焦点化しなければできないことである。他者である下人と老婆を焦点化し得たのはなぜであろうか。

むろん、この顕在化は正解至上主義的とされ、下人も老婆も作者が語っているということを軸に解体が目指され、作者を中心として語り手の機能が問題化されてきた[2]。主題性から読みの可能性へ開かれたかにみえるが、しかし、作者を焦点化した点で、先の焦点化と何ら変わりはないのである。言い換えれば、「悪が悪の名において悪を許す」論理であろうと作者の機能であろうと、それは焦点化した読みによって生成された新しい物語であって、つまるところ、「羅生門」という題名が付せられていることを説明できないままである。なぜ「羅生門」という題名なのか。

二

「羅生門」の最大の特徴として作者がいることが挙げられる。この存在は多くの指摘があるように、自己顕示的であり恣意的である。これに導かれて言うならば、この作者は、語りの単なる機能でも装置でもない。下人と比肩し得る確かな実体であり、したがって語り自体が作者の言説であると捉え得よう。文中「勿論」という言葉を多用するのはその証左である。ところで、その作者は次のように語り出している。

或日の暮方の事である。一人の下人が、羅生門の下で雨やみを待つてゐた。
広い門の下には、この男の外に誰もゐない。唯、所々丹塗の剝げた、大きな円柱に、蟋蟀が一匹とまつてゐる。羅生門が、朱雀大路にある以上は、この男の外にも、雨やみをする市女笠や揉烏帽子が、もう二三人はありさうなものである。それが、この男の外には誰もゐない。

ここに下人の孤独な様が感じられるとしたら、それは作者が「この男の外には誰もゐない」と繰り返し強調したからであろう。が、作者は羅生門の人々が近づきたがらない状況を次段落で語り、下人の一人しかいないことの理由としている。だが、考えてみるまでもなく、それは作者の判断で理由と見做されたのであって、そこに恣意性は見易いであろう。この言ってみれば下人には所縁のないことが、しかし、作者にとっては理由となっていること、これは作者の語り出す下人を捉える言葉が、作者の恣意によって選ばれたことを告知している。言い換えれば、読者ははじめから下人それ自体を共有することが拒まれている。共有し得るのは、作者の語る下人であり、作者の言葉で象られた下人である。それは端的に一行目で「下人」と呼び得ていることに明らかだ。すなわち「この男」が下人という立場の男であり、そう呼ばれるべきであることを作者が知っていたからばかりではない。読者に対してその男を下人として認めるよう強要してくるからである。確かに「主人からは、四五日前に暇を出された」という下人の履歴を作者は明かしはする。が、それは後のことだ。作者は知っていながら、しかし、冒頭ではそれを踏まえた語り方をしていないことを考えれば異論はないであろう。そうであるならば、「羅生門」という作品は、まず、読者の共有を無効にして始まると言い得よう。読者は作者に準じて強要され、その語られる下人を見ているしかない。言わば、傍観者として読者は定立させられているのである。

さらに、作者は言うのだ。

だから「下人が雨やみを待つてゐた」と云ふよりも「雨にふりこめられた下人が、行き所がなくて、途方にくれてゐた」と云ふ方が、適当である。

「適当」という判断は当然作者によってなされている。判断とは実際的な対処であるのだから、作者の恣意とその実体が証されている。留意すべきは「途方にくれてゐた」といういわゆる下人の内面を語る言葉が付加されたことだ。これは作者が自らの判断で下人の内面を忖度したことを示唆している。と同時に、把捉され得なかった内面は永久に消去されたことをも暗示する。とすれば、ここに語られる下人とは、厳密を期せば、作者という他者が判断した下人の様態であり、語られた下人の現出に他ならない。しかも、語られたことによって、実は下人の内面という表現は意味を失っている。内面などあり得ないのだ。あるのは、作者の語る要素に変じた、誤解さえなければ、物語の外面あるいは強度と言ってもよい。むろん、それは作者に象られた下人の一つの可能性であるとは言い得る。

だが、作者の言葉の線条に、果たして他の可能性を言い得るのか。可能なように見えるのは、語られた下人が、あたかも下人それ自体に見えていること、そして冒頭で下人と見倣す認識が強いられていたことを忘れているだけであろう。

それはそれとして——ここに作者と名乗る他者に因る下人の物語のはじまりを見出すことができよう。「羅生門」には、下人物語が内在している。が、この物語は下人それ自体ではあり得ず、語られた下人が現前している以上は、作者の下人獲得の軌跡であり、保証し得るのは、語られた下人だけである。そうであるからには、この下人物語から、下人それ自体への到達のよすがはない。言わば、読者を疎外しつつ、下人への到達をも不可能にする下人物語は、下人への言及も推測もすべて無効にしているのである。だから、下人を焦点化した読みや正解至上主義的読解は無効なのだ。そしてこの無効は、本当はとか本来はとかといった表現をも失効させていることに気づく。すなわち、下人の起源に遡ることはできないのであり、下人物語は下人を確かに語りつつ下人を喪失していく物語でもあるのだ。そうであるならば、読者もまた、読むことで下人を見失っていくことになるのである。

喪失の過程は、次のようである。

　どうにもならない事を、どうにかする為には、手段を選んでゐる遑はない。選んでゐれば、築土の下か、道ばたの土の上で、餓死をするばかりである。（中略）選ばないとすれば——下人の考へは、何度も同じ道を低回した揚句に、やつとこの局所へ逢着した。しかしこの「すれば」は、何時までたつても、結局「すれば」であつた。下人は、手段を選ばないといふ事を肯定しながらも、この「すれば」のかたをつける為に、当然、その後に来る可き「盗人になるより外に仕方がない」と云ふ事を、積極的に肯定する丈の、勇気が出ずにゐたのである。

ここに顕著なのは、作者が、言葉に依って言い分けていることだ。言い訳が必ずつじつまを合わせるように、この言葉で言い分けていくことで、下人が「すれば」に膠着しているように把捉され、その上盗人になるか否かの問題が必然性を有して、ついにはその肯定のための「勇気」という言葉が獲得されてくる。換言すれば、「勇気」という言葉への導きが行われ、その一語へと収斂されていく。すなわち、一語で語り得る心情が顕現するのであり、作者がそのように下人を認知したことを告知している。だが、これは作者がいわゆる全知的視点を有しているとの意味ではない。「勇気」への収斂は、下人物語にあって意味を発揮するからである。言ってしまえば、作者にはそのようにしか語り得なかったのだ。この語り得なかったこと、これは認識の限界であって、そのまま下人物語の強度となっている。この強度の耐性は、次のような語り方をしているところで知ることができる。

それから、何分かの後である。羅生門の楼の上へ出る、幅の広い梯子の中段に、一人の男が、猫のやうに身をちゞめて、息を殺しながら、上の容子を窺つてゐた。楼の上からさす火の光が、かすかに、その男の右の頬をぬらしてゐる。短い鬚の中に、赤く膿を持つた面皰のある頬である。下人は、始めから、この上にゐる者は、死人ばかりだと高を括つてゐた。

下人と呼んでいたはずが「一人の男」という言い方となり、再び下人へと戻ったことは、作者が一瞬でも下人を見失つた証左である。下人の身体的特長の「赤く膿を持つた面皰のある頬」は、羅生門の下にいたときにすでに作者が見出していた。とすれば、その特長を踏まえて、作者は下人と判断し得たのである。全知的であれば、見失いはしないであろうし、「何分かの後」とはならないであろう。ついでに言えば、冒頭の「或日の暮方の事である」

という茫洋とした語り方にもならないであろう。ところで、この見失ったことは、下人物語が次のような指向性を有していることを告げている。すなわち、下人の内面について言葉にすることを強度として成立させてはいるが、下人の行動はついに把捉し得ていないことである。そう言い得るのは、先に「勇気」への収斂は合理的に展開しているのに対して下人の楼の上へ上がるという行為は見失ってしまい、状況を説明するので精一杯になっているからである。そうであるならば、行為を捉えることができず、認識のみで成り立っているのが下人物語であると言い得よう。これはまた、下人を喪失していくことと通底している。下人という他者を認識のみで捉えようとすること、これは下人が先にも述べたように、下人物語とは無関係な確乎とした存在である以上は、十全にはなしえないことではないだろうか。別な見方をすれば、ここに下人それ自体と下人物語との乖離が開示されている。下人は下人物語の指向する期待とは別なのである。

三

作者は下人の他にもう一人老婆という他者を語る。下人について語る作者の言葉と老婆についてのそれには、決定的に相違する点がある。下人は先に見たように、いわゆる内面について言葉にしていくことで物語とし得たが、老婆のそれは語られることがなく、したがって物語は一切ないのである。全知的でないことはここにも見易いが、しかし、何故であろうか。

下人の眼は、その時、はじめて、其屍骸の中に蹲つてゐる人間を見た。檜皮色の着物を着た、背の低い、痩せた、白髪頭の、猿のやうな老婆である。

老婆がはじめて語られる場面であるが、注目されるのは「猿のやうな」という形容が付せられていることだ。ほかにも「鶏の脚のやうな」とか「肉食鳥のやうな」とかといった表現も見られる。これもまた、下人に対してはなかったことである。これらの形容は確かに印象はよくないであろう。が、むしろ未知ゆえに、既知のものに置き換えて認識しようとする営為が指摘できるのではないだろうか。というのは、作者にとって老婆は履歴の不明な存在であり、下人とはまったく違う他者である。その他者と下人は遭遇する。とすれば、作者もまた、その遭遇を語らなければならない。だが、作者は下人を語ったようには老婆を語り得ないのである。単に遭遇しただけの他者であるからだ。ここに老婆の内面を語り得なかった所以がある。遭遇とはいつでも偶然であって、合理性などはない。それは言葉にすることの不可能性を明確にし、したがって意味を見出し得ない。言い換えれば、見ることだけが可能になっているのであって、だから、作者はいくつかの形容を用いて把捉を試みているのだ。それは次から言い得るであろう。

老婆が、死体から髪を抜くという行為について、下人に説明する場面である。蛇を干魚だと偽って売っていた女について、「悪いとは思うてゐぬ」と老婆は言い、さらに次のように続ける。

せねば、餓死をするのぢやて、仕方がなくした事であろ。されば、今又、わしのしてゐた事も悪い事とは思はぬぞよ。これとてもやはりせねば、餓死をするぢやて、仕方がなくする事ぢやわいの。ぢやて、その仕方がない事を、よく知つてゐたこの女は、大方わしのする事も大目に見てくれるであろ。」

老婆は、大体こんな意味の事を云つた。

慎重に捉えるべきは、下人への説明が「大体こんな意味の事を云つた」と要約されてしまっていることだ。作者は決して聞くままを記述していない。要約は意味しか伝えないからである。ここに見るしかなかった作者を指摘できるであろう。が、見ていることだけを強いられてきた読者は、再び作者の要約によって老婆への到達の方途を閉じられてしまうのである。焦点化を無効にする働きはここにもある。

一方作者は、下人物語を継続させてきたことから、下人について一つの結実を語ろうとする。先に触れた「勇気」である。

下人は、太刀を鞘におさめて、その太刀の柄を左の手でおさへながら、冷然として、この話を聞いてゐた。勿論、右の手では、赤く頬に膿を持つた大きな面皰を気にしながら、聞いてゐるのである。しかし、之を聞いてゐる中に、下人の心には、或勇気が生まれて来た。それは、さつき門の下で、この男には欠けてゐた勇気である。さうして、又さつきこの門の上へ上つて、この老婆を捕へた時の勇気とは、全然、反対な方向に動かうとする勇気である。

「勿論、右の手では、赤く頬に膿を持った大きな面皰を気にしながら、聞いてゐる」と作者は言う。それは今まで語り続けてきた他ならない下人であることを強調するとの意味に解せる。すなわち、下人物語との整合性を強めているのであり、「勿論」との納得があるのは、自分の語り続けてきた物語の線条に、下人はいると判断しているからに他ならない。しかし、繰り返すがこれは下人物語としての展開上のことに過ぎず、認識の産物以外ではない。しかもこの物語と下人それ自体とは逕庭があった。

想起されるのは冒頭の「或日の暮方の事である」という語り出しである。何故認識の語りがここだけ曖昧になったのか。それは作者と下人との出会いも偶然であったからではないか。意味を見出し得ない偶然の出会いは、しかし、履歴を知っていたことで、意味を帯び、それが認識の切っ掛けとなって、下人物語の端緒となった。つまり、偶然の出来事を物語にしたのである。別言すれば、下人という眼前に見る他者は、他者であるゆえに、当然言葉で把捉しようとする作者の思惑をつねにすでに超絶している。そうであるならば、下人物語に見られた逕庭は、実は、最初から生じていたのである。

そう捉えられるならば、次のように言ってもよいであろう。下人は確かに老婆の話を聞いている。それは要約ではない。そして老婆の着物を剝ぎ取るのだが、しかし、果たして作者が語ったように「勇気」ゆえであったであろうか。

「きつと、さうか。」

老婆の話が完ると、下人は嘲るやうな声で念を押した。さうして、一足前へ出ると、不意に右の手を面皰から離して、老婆の襟上をつかみながら、嚙みつくやうにかう云つた。

「では、己が引剝をしようと恨むまいな。己もさうしなければ、餓死をする体なのだ。」

そして引剝ぎをして「またゝく間に急な梯子を夜の底へかけ下りた」のだが、注意すべきは、ここに引用したところから、作者は下人については行動のみを語っているということである。少なくとも「勇気」についてはもはや語り得る余地すらなくなっているようだ。ただ確実にわかることと言えば、下人が引剝をしたことであり、「夜の底」へ行ってしまったことだけである。

これは老婆についての語りに似ている。見得たことだけが語られたばかりであった。ということは、下人物語はここで挫折したとは言えまいか。下人の老婆への行為が、言葉による説明や理解を越えてあるいは認識を越えて暴力でなされたことは、それを理解するに十分であろう。暴力は言葉ではないのだ。また、「右の手を面皰から離して」いるのが、「勿論」ではなく、「不意に」と語られていることは、語り続けてきた下人が、作者の語り得た認識閾を突如逸脱したことを明確にしている。つまり、そのはじめから乖離のあった下人という他者は、作者の創造する下人物語の枠組みを打開してしまったのだ。とすれば、作者は、もはや自身の物語を喪失したことになる。「外には、唯、黒洞々たる夜があるばかりである」。

語り続けてきた下人の物語を喪失すること、しかしこれは読者には、共有可能になったことを意味する。もう言説を制約されるいわれはない。が、共有は次の一行であった。

下人の行方は、誰も知らない。

この有名な一行には、たくさんの意味が読み込まれたり、下人の行方を考えるきっかけとされたりしてきた。ここは共有の果たせた読者の、はじめて言葉を発せられる場ではあるから、たくさんの他の言葉が寄せられても仕方がないのかもしれない。が、その一行の意味を深刻に受け止める前に、むしろ次のことを考えるべきではないのか。下人物語は挫折を迎えて終息したが、それを内在する「羅生門」は確かにこの最後の一行目まで継続していたことである。

四

下人物語の挫折によって、読者は傍観者から共有の場へ移り得ている。しかし、下人は行方が知れないのだ。だから、その行く末を考えるとしたら、早計である。新しい下人物語を創造するからに他ならない。下人を物語化することは、すでに作者によって挫折を見せられている。物語の挫折とは、言葉を失うことだ。作者が下人の行方知れずを語った所以である。ということは、読者が下人について語るとは、ついに作者の位置へと限りなく近づくことになるであろう。物語の挫折を経験し、言葉を失う位置である。

言葉を失うこと、それは死を意味する。誰も言葉を発しないで生きて在ることはできない。他者と分かち合って生きているからである。だが、読者は共有すなわち分かち合いを得ている。では、言葉が発し得るか。おそらく、ここに至って読者は、そうした挑戦を受けるであろう。発しないとしたら——。

ここは羅生門である。羅生門は死体の置き去られ、人々の近寄りたがらないところであった。そのように作者が語り、作中の「旧記」の記者も諒解済みであった。つまり、この作品に「羅生門」という題名が付せられた所以は、言葉を失う「場」、しかも他者との共有なしには生きて在ることのできない人間が、しかし語ったことによって言葉を失ってしまう「場」であったからである。「私を読んでごらん。きみにそれができるかな?」(3)(J・デリダ＝高橋哲哉)。その場では、おそらくこのような挑発的な問いが向けられている。他者である物語を語ることの、その不可能性は、こうした問いのもとで顕現する。しかも作者のように実際に行ってみせなければ顕われ得ない。他者を語るという言語行為が内包する不可能性という矛盾は、もちろん解決などできない。ただし、この矛盾のないところに物語が存在することはない以上、他者の言説の置き換えはすぐさま撤回される命運にあるのであろう。「下人の行方は誰も知らない」のは、撤回の証なのである。

註

（1）「羅生門」研究は大変盛んであり、多岐にわたる論が発表されている。その一つで、確定的な方向を決定づけた論として、三好行雄「無明の闇――『羅生門』の世界」（「国語と国文学」昭50・4）がある。悪が悪を許す「論理」の顕在化について明確に論じた論として注目される。この顕在化は、高橋陽子「『羅生門』と『偸盗』」（「日本女子大学大学院会誌」昭55・9）や清水康次「シンポジウム『羅生門』をめぐって」（「解釈と鑑賞」昭61・7）、さらに許南薫「芥川龍之介『羅生門』論――老婆の勝利で終わる物語――」（「論究日本文学」平8・5）へと継承されている。

（2）「作者」をめぐる論考として、田中実「批評する〈語り手〉――『羅生門』」（「国語と国文学」平6・3）や三谷邦明「『羅生門』の言語分析――方法としての自由間接言説あるいは意味の重層性と背徳者の行方」（『近代文学の〈語り〉と〈言説〉』有精堂、平8・6）、團野光晴「『羅生門』論――「主人」探しの物語が示すもの」（「石川工業高等学校紀要」平9・3）がある。一方、国語教育の方面でも様々な試みが提示されている。とりわけ田中実・須貝千里編『〈新しい作品論へ〉〈新しい教材論へ〉』（右文書院、平11・2）の試みと松本修「『羅生門』の〈語り〉――教材研究におけるナラトロジー導入の可能性と問題点――」（「日本近代文学」平9・10）とには大変示唆を受けた。問題は従来繰り返されてきた焦点化を、どう変革していくかにあるであろう。

（3）高橋哲哉『デリダ』（平10・3、講談社）。

附記―本論中の「羅生門」の引用は、岩波書店版『芥川龍之介全集』第一巻（昭52・7）に拠った。ただし新漢字に改め、ルビはすべて省略した。

2　見覚えのない物語
——太宰治「走れメロス」論——

一

一度は必ず作品の言葉すべてを一般言語化し、いわば意味と機能とが活性化する領野を形成し得るのが〈読み〉である。太宰治「走れメロス」も同様であろう。いわゆる太宰治の精神上の安定期を理由に〈読み〉を成立させることはできず、「走れメロス」を形成する言葉があるがゆえに、自立した作品として読み得る。(1)

従来〈信実〉と〈友情〉を主題とする勇者の物語が摘出されてきたが、それは〈信実〉と〈友情〉という言葉を焦点化して読んだということを示唆する。これは巧みに作り上げられた物語を新しく形成することであって、〈信実〉と〈友情〉の物語としての「走れメロス」は、作品自体が有する意味と機能を簒奪した結果と言ってよいであろう。(2) 意味と機能は焦点化という作用を要しない。物語自体が転回するからである。しかし、〈信実〉と〈友情〉という清く正しい人間性の溢れる主題は、やはり眩しいほどの光源であり、眩暈なくして読み得ないほどである。その始まりはこうである。

メロスは激怒した。必ず、かの邪智暴虐の王を除かなければならぬと決意した。(中略)
「王様は、人を殺します。」
「なぜ殺すのだ。」

「悪心を抱いてゐる、といふのですが、誰もそんな、悪心を持つては居りませぬ。」

「たくさんの人を殺したのか。」

「はい、はじめは王様の妹婿さまを。それから、御自身のお世嗣を。それから、妹さまを。それから、妹さまの御子さまを。それから、皇后さまを。それから、賢臣のアレキス様を。」

「おどろいた。国王は乱心か。」

「いいえ、乱心ではございませぬ。人を、信ずる事が出来ぬ、といふのです。このごろは、臣下の心をも、お疑ひになり、少しく派手な暮しをしてゐる者には、人質ひとりづつ差し出すことを命じて居ります。御命令を拒めば十字架にかけられて、殺されます。けふは、六人殺されました。」

聞いて、メロスは激怒した。「呆れた王だ。生かして置けぬ。」

メロスは単純な男であつた。


「走れメロス」の冒頭である。「メロスは激怒した。」が物語を開示する。ここにメロスを主人公に据えた物語は見やすい。同時に、メロスはディオニス王に対して「激怒した」のだから、ディオニス王が物語に組み込まれたことを見逃してはならないであろう。すなわち王様の物語も同時に開示されたのである。

物語が開示されたのは、メロスの問いかけに民衆が応えたからである。したがって民衆の言葉が物語を導いたと捉えられるであろう。「国王は乱心か」「いいえ、乱心ではございませぬ。人を、信ずる事が出来ぬ、といふのです。このごろは、臣下の心をも、お疑ひになり…」。この民衆の応答によってメロスが「激怒し」、物語の指向性を決定する。「メロスは激怒した。」と冒頭一行目が実は「聞いて」はじまっていたこと、ここに物語の時間的な矛盾を言うよりは、むしろ、言葉に導かれた開始について、第一に示されたことを指摘した方がよいであろう。「走れメロス」の物語は言葉に導かれる指向性を有しているのである。

この「単純な男」メロスが終末では「勇者」と語られる。これはメロスが「単純な男」から勇者になっていく勇者の物語と捉えてもよいだろう。そこにはディオニス王との約束があった。同じように、ディオニス王は「万歳、王様万歳」と叫ばれる王様となっていくように語られる王様物語として捉え得る。ここにはメロスとの約束がある。つまり、二つの物語に、二つの約束があるのである。

王様物語は、勇者物語のメロスが約束を守ることで実現されているのだから、メロスが王様物語に対して、物語を転回する機能たり得ていると捉えられよう。王様をめでたく万歳三唱して讃える物語である。したがって、勇者物語の文脈で語られる約束と王様物語の文脈で語られる約束は、二つの物語を分ちがたく結びつけているのである。言い換えれば、最初からこの二つの物語は表裏一体にあったのではなく、民衆の言葉によって結びつけられ、約束の言葉に導かれていたのである。

メロスが王城に入って捕縛された際に語られた「疑ふのが、正当の心構へなのだと、わしに教へてくれたのは、おまへたちだ。人の心は、あてにならない。人間は、もともと私欲のかたまりさ。信じては、ならぬ」というディオニス王の言葉は、ディオニス王にとっての〈信実〉であった。それは民衆も知っていた。「人を、信ずる事が出来ぬ、といふのです」。ディオニス王の「信じては、ならぬ」という〈信実〉は、王様物語の発端であった。それが約束によって消える。「万歳、王様万歳」と民衆は讃えるが、それは、邪智暴虐の王様という問題が解決された祝福を意味する。と同時に、王様物語の終局が約束によって導かれていたという意味にもなり得ているのである。しかも、メロスという勇者になっていく「単純な男」の約束の履行によってである。言い換えれば、勇者物語の約束履行の実現について語る言葉は、勇者物語を生成する機能だけではなく、王様を万歳三唱する物語を生成する。つまり、分ちがたく結びついた物語は、他を転回する機能を有しているのである。

二

王様物語を転回する機能としての言葉は何か。

「必ず、かの邪智暴虐の王を除かなければならぬと決意し」、「呆れた王だ。生かして置けぬ」というメロスの言葉はやがて「私は、今宵、殺される。殺される為に走るのだ」へと変化する。王を除くことが目的であったメロスが殺されるために走ることになり、約束を守るために走るメロスとして語られることになる。メロスの目的のすりかえが見えないうちに巧みに行われていると言ってよいであろう。「私は約束を守ります」と約束がかわされた時、勇者物語としてのメロス——つねにメロスは約束を守るために走るメロスとなる——が語られはじめるのだ。

「さうです。帰つて来るのです。」メロスは必死で言ひ張つた。「私は約束を守ります。私を、三日間だけ許して下さい。」（中略）

「願ひを、聞いた。その身代りを呼ぶがよい。三日目には日没までに帰つて来い。おくれたら、その身代りを、きつと殺すぞ。ちよつとおくれて来るがいい。おまへの罪は、永遠にゆるしてやらうぞ。」

慎重に捉えたいのは、ここに二種類の約束が語られていることである。一つはメロスが提示した「三日間だけ許して下さい」であり、それに対してディオニス王は「願ひを、聞いた」と了解している。しかし、その後の「ちよつとおくれて来るがいい。おまへの罪は、永遠にゆるしてやらうぞ」というディオニス王の言葉は、もう一つの新たな約束の提示である。しかも、ディオニス王から提示されたもうひとつの約束は、メロスも了解している。後の

「おくれたら、身代りを殺して、私を助けてくれると約束した」というメロスの言葉はその証左である。

想起されるのは、ディオニス王の提示した約束でなく、メロスが自身で提示した約束を守り、そのために身代わりに捧げたセリヌンティウスを取り戻すことにより、勇者物語は終局を迎えるということである。そのため約束は勇者物語の動機であり、「単純な男」を勇者へ転回する機能となる。重要なのは、約束を守るメロスとして語られたことの、そのすべてが王様物語を転回する機能となり得ていることだ。勇者物語で語られている言葉は、約束を守るメロスを形成し、約束を守るという目的のための意味として回収される。この目的のためという単一の回収によって、王様を賞讃へと導く。とすれば、勇者物語は王様物語のための物語として語られ、その機能を発揮することになろう。言ってしまえば、王様物語に捧げられているのである。

それは山賊に襲われる場面に端的である。「さては、王の命令で、ここで私を待ち伏せしてゐたのだな」は、根拠が希薄であり、勇者には不似合いでもあり、〈信実〉と〈友情〉の物語としては唯一首をかしげてしまうような内容である。が、それを指摘する以上に重要なのは、この言葉が約束を前提として発せられ、それゆえに立ちはだかる障害を意味することである。したがって、約束を守るための意味として回収されよう。さらに「気の毒だが正義のためだ！」として、約束を守ることが正義のためとなって、正義の意味を付帯されて回収される。

正義のために果たされるべき約束を守るメロスが形成される。が、このメロスは勇者物語の言葉によって「単純な男」から転回される作られたメロスである。つまり、メロスは勇者物語の言説によって、勇者として物語の主人公にさせられているのである。いわば、勇者物語に捧げられていると言い得よう。言い換えれば、メロスは機能として、約束を守るメロスとして定立しており、そのすべてが王様物語だけではなく、勇者物語にも捧げられているのである。これがセリヌンティウスをさらに捧げものにする機能としても作動していく。

三

セリヌンティウスは約束を目に見えるかたちにした捧げものである。が、メロスがセリヌンティウスを救うことで果たした約束だけではない。ディオニス王の提示した約束も目に見えるかたちになったのだ。しかし、それはディオニス王の提示した約束が覆るというかたちで見えている。ディオニス王の考えは転換せしめられたのである。すなわち、メロスは三日後の日没までに戻るという約束を果たし、セリヌンティウスを救い出した。この約束が実体化したさまをディオニス王は「まじまじと」見つめることとなる。「信じては、ならぬ」ものであり、「空虚な妄想」であったはずのディオニス王にとっての〈信実〉は、「ちよつとおくれて来るがいい」という約束の方であったが、ディオニス王は言うのだ。「おまへらは、わしの心に勝つたのだ。信実とは、決して空虚な妄想ではなかつた」。この言葉は〈信実〉が「空虚な妄想ではなかつた」という悟りに至ったことを意味している。これを受けとめることによって「おまへらは、わしの心に勝つたのだ」とディオニス王の考えは転換するのである。が、これは約束が王様の邪智暴虐な性質を転換したとの意味だけではない。王様を讃える物語を生成するのである。「わしの心に勝つたのだ」という言葉に民衆が「万歳、王様万歳」と讃え、王様物語として終局を迎えるからだ。その終局とは次に挙げるとおりであった。

群衆の中からも、歔欷の声が聞えた。暴君デイオニスは、群衆の背後から二人の様を、まじまじと見つめてゐたが、やがて静かに二人に近づき、顔をあからめて、かう言つた。
「おまへらの望みは叶つたぞ。おまへらは、わしの心に勝つたのだ。信実とは、決して空虚な妄想ではなかつた。どうか、わしをも仲間に入れてくれまいか。どうか、わしの願ひを聞き入れて、おまへらの仲間の一人にしてほしい。」

どつと群衆の間に、歓声が起つた。

「万歳、王様万歳。」

こうして王様に万歳する物語は終わるが、一方勇者物語はまだ続いている。

ひとりの少女が、緋のマントをメロスに捧げた。メロスは、まごついた。佳き友は、気をきかせて教へてやつた。

「メロス、君は、まつぱだかぢやないか。早くそのマントを着るがいい。この可愛い娘さんは、メロスの裸体を、皆に見られるのが、たまらなく口惜しいのだ。」

勇者は、ひどく赤面した。

勇者と語られるきっかけは、少女が「緋のマント」を捧げたことにある。しかし、その意図は不明である。にもかかわず、セリヌンティウスが「気をきかせて」解説した。その結果、「緋のマント」は勇者にふさわしい捧げものとして意味付けられてしまったのだ。言い換えれば、セリヌンティウスはメロスが約束を果たすために捧げられたのだが、それは勇者物語にふさわしい意味を付与することを担っている。ということは、メロスを勇者として回収するための寄与として捧げられていたということであろう。「勇者は、ひどく赤面した」と、メロスを勇者として語る勇者物語が完結する。つまり勇者物語として読まれることを余儀なくさせているのである。

こうして二つの物語が終わる。約束を機能にして勇者物語と王様物語が仕立て上げられ、二つの物語が転回している。しかし、これは「走れメロス」に内在する物語を導き出したのみである。この捉え方は、約束を守ることで〈信実〉と〈友情〉を証明する物語と言い換えられる。これでは、〈信実〉と〈友情〉の物語であるということを反復し、強調するばかりである。正確を期して言えば、勇者物語と王様物語の意味や機能としての〈走るメロス〉を語り得たに過ぎない。しかし題名は「走れメロス」である。走れ――命令は使役を意味する。つまり「走れメロス」とは〈走らされるメロス〉なのだ。明らかに語られながらも見逃してしまっている言葉、意味の回収を行い得ていない言葉が喚び起こされる。つまり、勇者物語、王様物語として捉えているだけでは不足しているということである。

四

「佳き友」セリヌンティウスが「緋のマント」を勇者物語にふさわしく意味づけていた時、メロスは裸であり、少女が「緋のマント」を捧げてくれたことに対して「まごついた」のであった。これは勇者物語の指向とは実は関係がないであろう。そして少女も勇者物語に、ひいては王様物語にさえも関与することのない「一人の少女」に過ぎなかったはずだ。関与しているように見えるのは、セリヌンティウスによる「緋のマント」の意味づけ、すなわち勇者物語への強引な回収が行われたからに他ならない。

別な言い方をすれば、勇者物語の中で、目に見えるかたちで捧げられたセリヌンティウスの、その犠牲性の強さゆえ、意味回収の度合が強い。したがって、捧げられた犠牲性のもっとも強く顕現しているものが、勇者物語を終わらせる指向を有しているのである。が、逆説的に言えば、セリヌンティウスが「気をきかせ」なければ、勇者物語として意味を回収できないのである。

裸の男メロスが「まごついた」こと、その理由はついに語られないままである。確かに、勇者物語にあってメロスは勇者にならなければならず、「まごつい」てはいられないであろう。だが、それは裸になっている男にとっては関与し得ないのではないだろうか。

「緋のマント」を捧げた「一人の少女」は、勇者物語にも王様物語にも関与せず、意味にも機能にもなり得ない。民衆でも王様の臣下でもメロスの友人でもないからだ。とすれば、〈走らされるメロス〉へのはじめての捧げものでありながら、二つの物語属性を有しない裸の男メロスに捧げられたことを思い起こさせる。つまり「緋のマント」が捧げられたことは、二つの物語の意味や機能に成り得ないメロスを見出す装置なのである。

このメロスは次のことを開示している。「勇者」とは、約束を果たし〈信実〉と〈友情〉を証明する者だけではなく、友人も自分もすべて犠牲にし捧げる者という意味をも有するのである。「緋のマント」を少女から捧げられた時のメロスの「まごつき」は、この「勇者」の意味をメロスに突きつけ、犠牲性が問われたことを示唆している。こう言ってもよい。「まごつく」直前まで約束の影に隠れながらも語られてきたはずの犠牲性が、ここではじめて明るみになり、「約束」を守る素晴らしさ、〈信実〉と〈友情〉という輝かしい言葉で気付かせなかった犠牲の潜在が語られていることとなる。それは勇者物語と同時に、見えているが見えなかった犠牲物語がすでに書き込まれているということである。むろん、勇者物語はその指向上、〈走るメロス〉を語り続ける。しかし、その語り自体がメロスを捧げ続ける物語を同時に生成し、準じてセリヌンティウスをも人質という犠牲者に仕立てあげる。つまり〈信実〉と〈友情〉という輝かしくわかりやすい主題をもつ勇者物語と同時に、それだけを見出すがゆえに読み得なかった見覚えのない物語である犠牲物語が成立しているのである。

輝かしい物語が巧妙に仕立てあげられる。と同時に、犠牲物語が開示される。そして犠牲物語は勇者物語を裂開する。

五

セリヌンテイウス、私は走つたのだ。君を欺くつもりは、みぢんも無かつた。信じてくれ！　私は急ぎに急いでここまで来たのだ。濁流を突破した。山賊の囲みからも、するりと抜けて一気に峠を駈け降りて来たのだ。私だから、出来たのだよ。ああ、この上、私に望み給ふな。

「信じてくれ！」だけで語り終えないこの語りは、〈信実〉と〈友情〉がそれ自体のみでは成立しないことを告知する。だから、メロスはこの後にさらに詳しくその証明を語ったのではないだろうか。

肉体の疲労恢復と共に、わづかながら希望が生れた。義務遂行の希望である。わが身を殺して、名誉を守る希望である。（中略）少しも疑はず、静かに期待してくれてゐる人があるのだ。私は、信じられてゐる。私の命なぞは、問題ではない。死んでお詫び、などと気のいい事は言つて居られぬ。私は、信頼に報いなければならぬ。いまはただその一事だ。走れ！　メロス。

勇者物語は、〈信実〉と〈友情〉が存在することを語らなければならず、そのためには、約束を守ったメロスをつている。

また、勇者物語が犠牲物語によって裂開されたところに、メロスは約束を守ることを「問題ではない」と言い放れるメロス〉が語られることに、勇者物語形成の秩序が犠牲物語によって裂開されているのが見てとれよう。ス〉を同時に告げることになる。「義務遂行の希望である。わが身を殺して、名誉を守る希望である」と〈捧げら語らねばならない。しかしここで「走れ！　メロス」と語られることは、〈走らされるメロス〉〈捧げられるメロ

「それだから、走るのだ。信じられてゐるから走るのだ。間に合ふ、間に合はぬは問題でないのだ。人の命も問題でないのだ。私は、なんだか、もつと恐ろしく大きいものの為に走つてゐるのだ。ついて来い！　フィロストラトス。」

（中略）

言ふにや及ぶ。まだ陽は沈まぬ。最後の死力を尽して、メロスは走つた。メロスの頭は、からつぽだ。何一つ考へてゐない。ただ、わけのわからぬ大きな力にひきずられて走つた。

「私は、なんだか、もつと恐ろしく大きいものの為に走つてゐる」のだが「信じられてゐるから走る」のである。つまり「恐ろしく大きいものの為に」というのは、約束のために、約束を守るために走ることとなる。しかし「間に合ふ、間に合はぬは問題でない」し「人の命も問題でない」と語る以上、約束を守ることは「問題でない」のである。まさしく約束を守る〈ために〉走るメロスであり、約束を守るために〈捧げられるメロス〉（＝犠牲物語）を語ることとなる。このメロスは勇者物語形成の秩序に収めきれない。「メロスの頭は、からつぽだ。何一つ考へてゐない」は、意味回収の不可能を証している。興味深いのは、「言ふにや及ぶ」である。常套的には言うには及ば

ぬであって、言うまでもなく当然だとなるべき表現であろう。それが翻っている。言う必要があったのである。勇者物語の形成の秩序に収まらないメロスへの気づきが示されているのである。

にもかかわず、これらの言葉の意味が、メロスが刑場に着くことで、見逃されることになる。それほどに勇者物語の語りの強度は強い。〈信実〉と〈友情〉があまりにも美しく正しく見えるからであり、約束が正義の意を帯びていたからであろう。わかりやすい言葉、正しすぎる言葉の暴力性を指摘できるであろう。

〈走るメロス〉を語る勇者物語には、じつはあらかじめ犠牲物語が書き込まれている。光が当たるところにはかならず影ができるように。〈友情〉のために勇気を奮い立たせることは、自らを捧げることでもあるという在り方を気付かせてしまうのかもしれない。少なくとも王様物語へ捧げられていたことは確かである。

メロスは言っていた。「私は、今宵、殺される。殺される為に走るのだ」——約束を果たすこと自体が犠牲の完結となり、犠牲物語を生成する。そうであるならば、約束を守ること、〈信実〉と〈友情〉を証明することが語られれば語られるほどに、〈走るメロス〉という勇者物語を裂開する〈走らされるメロス〉という犠牲物語が書き込まれ、強度を増していくことになるのである。

約束を守るということが〈信実〉と〈友情〉の証明にはなりえよう。が、それがどれほどの犠牲性を帯びさせ、在り続けることが困難かということを、もう一つの見覚えのない犠牲物語が明かす。それは、勇者物語として完結させることの困難さでもある。ということは、勇者であること、つまり人として正しく在ること、なすべきこと、遵守すべき倫理・道徳とは、つねにすでに犠牲を生じさせていることを告げ知らせているのである。

勇者物語形成の秩序が失われながらも、勇者物語は完結しているように見える。が、「走れメロス」という題名それ自体が最初に犠牲物語の存在を暗示している。勇者物語だけ読まれることがすでに拒まれていたのである。勇者物語が存在するための「走れ」でもあり、同時に犠牲物語が存在するための「走れ」でもあるのだ。あまりに輝かしい光源によって眩暈した目には、見出し得なかった見覚えのない犠牲に気付かされる。つまり、巧みなキーワードで収斂する物語への、読みへの、異議申し立てがあったのである。

註

（1）「走れメロス」を論じる論考は多く、また多岐にわたっている。作家論的には奥野健男『太宰治』（昭48・3、文藝春秋）や相馬正一『評伝太宰治』（平7・2、津軽書房）などがあり、たくさんの示唆を与えられた。シラーの詩との関わりや伝承性を論じた論考には角田旅人「『走れメロス』材源考」（「香川大学一般教育研究」昭58・10）や九頭見和夫「太宰治とシラー」（「福島大学教育学部論集」平元・11）、杉田英明「〈走れメロス〉の伝承と地中海・中東世界」（「比較文学研究」平8・12）などが示唆的で得ることが多かった。また、物語性の強度をめぐる論考には、国松昭「『走れメロス』の暗さについての一考察」（「信州白樺」昭57・10）や濱森太郎「勇者の誕生」（「人文論叢」平元・3）、三谷憲正「『走れメロス』試論」（「稿本近代文学」平4・11）には学ぶところがあった。まだまだ挙げなければならないほど、「走れメロス」をめぐる研究言説は多い。それは作品研究という行為が一般言語化することを数多く例示しており、物語の強度がメタレベルで保たれている表れでもある。

（2）田中実「〈メタ・プロット〉へ」（「都留文科大学研究紀要」平5・3）は数々の示唆に満ちており、本論を立論するにあたり、学ぶところが多かった。また東郷克美「『走れメロス』の文体」（「月刊国語教育」昭56・11）にも示唆を受けた。

附記―本論中の「走れメロス」の引用は筑摩書房版『太宰治全集』第四巻（平10・7）に拠り、新漢字に改めた。なお本論は、平成一七年度解釈学会全国大会で、「教材としての『走れメロス』研究――構造の分析を通して――」と題して前嶋深雪氏と行った共同発表に基づいている。様々いただいたご教示を踏まえて、前嶋氏と共同論文として発表した（初出掲載一覧参照）。今回本書に収めるにあたり、加筆を大幅に行った。主旨はできる限り変えていないつもりである。また、本書への収録と加筆のご快諾をいただいた前嶋氏には心から感謝申し上げる。なお、国語教材としての「走れメロス」に関して、前嶋氏と共同で「太宰治「走れメロス」の授業論の試み――構造の理解によってはじまる授業――」（「解釈」平18・6）という論考を発表している。ご参照いただければ幸甚である。

3 独白を生成する会話
——国木田独歩「牛肉と馬鈴薯」論——

一

国木田独歩「牛肉と馬鈴薯」は一般に会話体の小説と言われている。会話による展開によって、現実か理想かという相剋の主題的問題に接しやすくなっているようだ。だが、それが必ずしも会話体である意義をわかりやすくしてはいない。何について語り合っているかではなく、どのように語り合っているのかといった会話体自体を問うことで、「牛肉と馬鈴薯」の独自性を明らかにできるであろう。(1)

会話は局面的に進展し、前の言葉を受け継いで、次の言葉が生成される。だが、その漸次的に変換する局面的な性質上、いつでも偶然に満ちている。したがって、会話言説から予定調和的に主題を抽出しようとしても、会話自体の偶然性に阻まれている。つまり、牛肉を現実に、馬鈴薯を理想に、それぞれ置き換え、それらは相剋すると把握しても主題にはなり得ないのである。

別な言い方をすれば、予定調和的に把握される現実と理想の相剋という主題は、明治倶楽部内で数人が語り合う内容から合目的的に抽出されるに過ぎない。上村は言う。

『僕のは岡本君の説とは恐らく正反対だらうと思ふんでね、要之《つまり》、理想と実際は一致しない、到底一致しない……』

このわかりやすい不一致に、現実と理想の相剋という問題は見やすい。だが、問題は続く会話の受け止め方にある。


『ヒヤ〳〵』と井山が調子を取つた。

『果して一致しないとならば、理想に従ふよりも実際に服するのが僕の理想だといふのです。』

『たゞそれ丈けですか』と岡本は第二の杯を手にして唸るやうに言つた。

『だつてねエ、理想は喰べられませんものを！』と言つた上村の顔は兎のやうであつた。

『ハ、、、ビフテキじやアあるまいし！』と竹内は大口を開けて笑つた。

『否ビフテキです、実際はビフテキです、スチユーです。』

『オムレツかね！』と今まで黙つて半分眠りかけて居た、真紅な顔をして居る松木、坐中で一番年の若さうな紳士が真面目で言つた。

『ハツ、、、』と一坐が噴飯《ふき》だした。


上村は井山に調子を取られ、岡本に「たゞそれ丈けですか」とあしらわれ、ついに「理想は喰べられませんものを！」と兎のような顔で言うのである。上村は自らの喩えに自信がなかったのであろう。だが、「理想は喰べられませんものを」と言ったことが、ビフテキという連想を誘発し、シチューやらオムレツやらに転じていく。ここに展開の偶然性は明らかである。

確かに上村は、理想と現実が不一致であるならば、現実に従うのが自分の理想だと演繹的に結論付けていた。だが、会話で強調されるのは、現実はビフテキでありスチューでありオムレツであるということであり、上村の帰結からは離れてしまった。そして今度は上村自ら喩えに準じて理想を馬鈴薯になぞらえ、そのイメージを定着させる。ここに自ら放った喩えによって自らが引き込まれていく様子を捉えられるであろう。つまり、局面的に出来した言葉に思考が引きずられるのである。


『例へて見ればそんなものなんで、理想に従がへば芋ばかし喰つて居なきやアならない。ことによると馬鈴薯《いも》も喰へないことになる。諸君は牛肉と馬鈴薯と何《どつ》ちが可い？』

『牛肉が可いねエ！』と松木は又た眠むさうな声で真面目に言つた。

『然しビフテキに馬鈴薯は附属物《つきもの》だよ、』と頬髭の紳士が得意らしく言つた。

『さうですとも！　理想は則ち実際の附属物なんだ！　馬鈴薯も全きり無いと困る、しかし馬鈴薯ばかりじやア全く閉口する！』

と言つて、上村はやゝ満足したらしく岡本の顔を見た。


「しかし馬鈴薯ばかりじゃア全く閉口する！」と上村が言っているのは、後に明らかにされるかつての北海道での実地体験に因っている。が、一方ではこの会話が現在牛肉と馬鈴薯という喩えの延長線上にあることも忘れてはならないだろう。たとえ上村がかつての北海道での体験を踏まえて発話していたとしても、「諸君は牛肉と馬鈴薯と何ちが可い？」と問いかけてしまえば、嗜好の問題として伝わってしまい、かつての体験とは乖離してしまう。言い換えれば、経験を言葉にして伝えようとしても、使う言葉自体がそれを伝えがたいものにする。加えて会話の局面的進行がいっそう発話者の意図を理解しがたいものへと変じさせてしまう。つまり、上村は自らが誘発した喩えに支配されてしまっているのだ。そして上村はかつて「北海道」という言葉に支配されていた。
「学校に居る時分から僕は北海道と聞くと、ぞく〳〵するほど惚れて居たもんで、清教徒《ピュリタン》を以て任じて居たのだから堪らない！」と上村は言う。「北海道」をあこがれの土地として見ていたのではなく、まさに「北海道」という一語にあこがれていたのである。

『そしてやたらに北海道の話を聞いて歩いたもんだ。伝道師の中に北海道へ往つて来たといふ者があると直ぐ話を聴きに出掛けましたよ。処が又先方は甘《うま》いことを話して聞かすんです。やれ自然《ネーチーユル》が何うだの、石狩川は洋々とした流れだの、見渡すかぎり森又た森だの、堪つたもんじやアない！　僕は全然《すつかり》まいツちまいました。そこで僕は色々と聞きあつめたことを総合して如此《こんな》ふうな想像を描いていたもんだ。』
『其処で田園の中央《まんなか》に家がある、構造は極めて粗末だが一見米国風に出来て居る、新英洲《ニューイングランド》殖民地時代そのまゝという風に出来て居る、屋根が斯う急勾配になつて物々しい煙突が横の方に一ツ。窓を幾個附けたものかと僕は非常に気を揉むだことがあつたツけ……』

　ここに上村の言葉による「北海道」のイメージを捉えることができる。事細かに話して伝えるイメージの鮮明さは確かに観念的である。が、それは言葉が実体性を帯びていることでもあろう。実体という具象は不要で、言葉自体が実体なのである。言葉による実体的イメージに酔い痴れると言えばよいであろうか。けれども、これはやがて岡本によって鋭く指摘されることになる。

『ちよツとお話の途中ですが、貴様《あなた》は其の「冬」という音にかぶれやアしませんでしたか？』と岡本は訊ねた。

上村は驚ろいた顔色をして

『貴様は如何して其を御存知です、これは面白い！　有繋《さすが》貴様は馬鈴薯《じやがいも》党だ！　冬と聞いては全く堪りませんでしたよ、何だか其の冬則ち自由といふやうな気がしましてねエ！（中略）僕は北海道の冬といふよりか冬則ち北海道といふ感が有つたのです。北海道の話を聴ても「冬になると……」と斯ういはれると、身体が斯うぶる〳〵ツとなつたものです。それで例の想像にもです、冬になると雪が全然家を埋めて了う、そして夜は窓硝子から赤い火影がチラ〳〵と洩れる、折り〳〵風がゴーツと吹いて来て林の梢から雪がばた〳〵と墜ちる、牛部屋でホルスタイン種の牝牛がモーツと唸る！』

岡本は上村の話を聞きながら、その内容ではなく、「冬」という「音」について問う。すなわち、概念でも意味でもなくただ「フユ」という音声に心ふるわせたと岡本は指摘しているのである。「北海道の冬といふよりか冬則ち北海道といふ感が有つた」と上村が言うからには、ここに「ホッカイドウ」という音声を加えてもよいであろう。「北海道」も「冬」も上村にとっては、あこがれの音声による概念であり、現実がどうであるかは二の次であった。極端に言えば、上村は言葉と戯れていただけなのである。

これは牛肉と馬鈴薯という言葉に支配されている会話の現在に通底する。自らが発した言葉に発話者自身の思考が支配されるならば、実は発話者の意図が先にあるのではなく、言葉が意図に先立ってあり、意図は言葉にかたちどられながら出来するのである。

こう言ってもよい。会話の偶然の展開は、上村が言葉と戯れていたことを明らかにした。以後、上村の自説を置き去りにし、ただその喩えだけが使用されていくことになる。構造的に上村はこれからの会話の言葉を出現させるきっかけとして配置されているのである。そしてこれを「詩人」として批判的に継承していくのが近藤である。

二

近藤は「君は詩人だ！」と叫んで、上村の話を遮る。

『君は詩人だ！』と叫けむで床を靴で蹶たものがある。これは近藤といつて岡本が此部屋に入つて来て後も一言を発しないで、唯だウヰスキーと首引をして居た背の高い、一癖あるべき顔構をした男である。

『ねエ岡本君！』と言い足した。岡本はたゞ、黙言《だまっ》て首肯いたばかりであつた。

上村の語る内容に対して、近藤は「詩人だ」と決めつける。上村の語る内容がまさしく言葉によってのみ成り立っていることを見抜いていると捉えてよいであろう。再び上村の話を聞いた後、近藤はさらに次のように言うのだ。

『僕は違うねエ！』と近藤は叫んだ、そして煖炉《ストーブ》を後に椅子へ馬乗になつた。凄い光を帯びた眼で坐中を見廻しながら

『僕は馬鈴薯党でもない、牛肉党でもない！　上村君なんかは最初、馬鈴薯党で後に牛肉党に変節したのだ、即ち薄志弱行だ、要するに諸君は詩人だ、詩人の堕落したのだ、だから無暗と鼻をぴくぴくさして牛の焦《こげ》る臭を嗅いで行《ある》く、其醜体《ざま》つたらない！』

『オイ〱、他人を悪口する前に先ず自家の所信を吐くべしだ。君は何の堕落なんだ、』と上村が切り込むだ。『堕落? 堕落たア高い処から低い処へ落ちたことだらう、僕は幸にして最初から高い処に居ないから斯様外見《みっとも》ないことはしないんだ! 君なんかは主義で馬鈴薯を喰つたのだ、嗜きで喰つたのじやアない、だから牛肉に餓ゑたのだ、僕なんかは嗜きで牛肉を喰ふのだ、だから最初から、餓ゑぬ代り今だつてがつ〱しない、……』

上村はこう言われて「一向要領を得ない!」と叫ぶ。が、それは牛肉と馬鈴薯すなわち現実と理想の概念に対して、近藤が嗜好という対立概念で対抗したからなのだ。嗜好を対立させたことによって、上村が立脚している現実対理想という概念は一気に相対化される。すなわち、言葉が嗜好という身体感覚に相対化されることで、上村は「主義」の人として位置づけられ、嗜好と対峙させられるのである。

言うまでもなく嗜好は極めて現実的な感覚であるから、的確に説明するのは難しい。すなわち、上村の「北海道」の説明のようにはなりがたい以上、近藤から見れば、上村が言葉を尽くす「詩人」に見え、理想を奉じる人として映ったとしても当然であろう。逆に、嗜好を重視する近藤は現実を奉じる人であり、言葉にする前に、まず嗜好という身体感覚を重んじる人なのである。

さらに重要なのは、こうして上村対近藤という対立が生じたことだ。上村の言う現実対理想という対立概念がそのまま二人に当て嵌まる。つまり、上村は自らが発話した言葉によって、最終的に自分自身を相対化することになったのである。この脱構築的な展開は、しかし、現実対理想という主題的な問題を明らかにしているのか。近藤もまた自ら脱構築してしまうのである。

先の引用の続きはこうである。

近藤は直《ただち》に何ごとをか言ひ出さんと身構をした時、給使の一人がつか〳〵と近藤の傍に来てその耳に附いて何ごとをか囁いた。すると

『近藤は、この近藤はシカク寛大なる主人ではない、と言つて呉れ！』と怒鳴つた。

『何だ？』と坐中の一人が驚いて聞いた。

『ナニ、車夫の野郎、又た博奕に敗けたから少し貸して呉れろと言ふんだ。……要領を得ないたア何だ！大に要領を得て居るじやアないか、君等は牛肉党なんだ、牛肉主義なんだ、僕のは牛肉が最初から嗜きなんだ、主義でもへチマでもない！』

近藤が力んで自説を述べる寸前で、まず一つの現実を拒絶していることは慎重に捉えなければならない。近藤は牛肉すなわち現実が好きだから喰うと言ったが、しかし車夫が博奕に負けて、近藤に借金を申し出た事実はまぎれもなく、近藤にとって目の前の現実である。この現実を「シカク寛大なる主人ではない」と言って退けるということは、近藤にとって気に入らない現実は受け入れないということを意味する。現実を嗜好する以上、そこには好き嫌いがあるならば、近藤は好きな現実だけを受け入れると捉えてもよいであろう。だが、どのような現実でも紛れもない現実であり、そこに好きな現実、嫌いな現実という区別はない。あるとすれば、概念的に区別されているに過ぎない。「主義でもへチマでもない」と近藤は言うが、車夫からの借金の申し出を拒絶する以上、目の前の現実をないことにしてしまうのだから、その嗜好は「主義」的傾向を帯びているのである。ここに自らによって自分自身を脱構築してしまう在り方が捉えられるであろう。近藤は現実を奉じる人ではないのだ。

上村と対立的に存在するかに見えた近藤は、自らの言動によって、自らの思考を崩してしまう。いわば、上村と

同じように言葉や理想を奉じる人であり、「詩人」なのである。したがって、一見現実対理想の対立を表したかに見えただけであり、そもそもそのような根柢的な対立はなかったのである。つまり「牛肉と馬鈴薯」のここまでの会話は、言葉との戯れに終始しているばかりで、現実か理想かといった主題的な問題をむしろ無効にしているのである。

三

脱構築的な近藤の在り方は、次のことも開示している。すなわち、近藤は、明治倶楽部の内部で語り合う言葉については受容し得るということである。それは現実と理想がつねに相対的であり、近藤がその相対に基づいた言葉を奉ずる人であるからだ。だが、外部からやってくる言葉は受け入れることができない。車夫の借金の申し出は極めて切迫した現実であり、理想と相対的な現実ではないからである。つまり明治倶楽部での会話は、理想と現実とをつねに相対させた傾向を有しているのである。だからこそ、切迫した現実がその内部の相対を裂開して、すべてが理想の領域内の出来事として転変させてしまうのである。構造的には近藤は、外部と内部を繋ぎ、内部の相対を裂開せしめる作用を有しているのである。

明治倶楽部についての説明とその外に車夫が博奕をしている描写で「牛肉と馬鈴薯」がはじまっているのは、明治倶楽部が内部であり、その外部が厳然たる事実として存在していることを示していたのである。加えて、岡本は「岡本誠夫」とだけ書いてある名刺を示すことで内部に入ることができた。一方車夫は直接入ることはなく、近藤に示されたのは伝言である。ともに共通するのは言葉であり、またその言葉の性質によって区別された。つまり、受け入れられた言葉と拒絶された言葉があったのである。拒絶された言葉はもはや現実ではなくなった。

むろん、明治倶楽部を内部化し、車夫を外部化したのは、明治倶楽部での会話である。もしかりに理想と現実という相剋を把捉しようとするならば、むしろここに見るべきであり、明治倶楽部内部に見ることはできない。受け入れることのできる理想と受け入れることのできない現実という相剋としてである。が、こうして内部外部を生成したのは会話の偶然性あるいは局面性に他ならない。会話自体は外部と内部の境界線なのだ。正確を期して言うならば、理想と現実を相対化し、さらにそれ自体を内部化することで、外部を生成するのだから、理想と現実の相対化は十全に機能しているのである。

こうして誰の意図をもはかることのできない不明な進行がいつの間にか構造的に機能する。この不明な進行こそ、岡本が驚きたいと言っていたことではなかったか。

四

岡本は明治倶楽部内に入ることができた。すなわち言葉を有する人物である。岡本は会話の喩えを踏まえて言う。

『僕も矢張、牛肉党に非ず、馬鈴薯党にあらずですなア、然し近藤君のやうに牛肉が嗜きとも決つて居ないんです。勿論例の主義といふ手製料理は大嫌ですが、さりとて肉とか薯とかいふ嗜好にも従ふことが出来ません。』

こうして上村とも近藤とも違う立場を宣言する。第三の立場から三つ目の主張が出てきたとも言えるが、宣言し得たのはむろん、ここまで会話が進行してきたからである。だが、それは三つ目の主張にはならなかった。

『何でもないんです、比喩は廃して露骨に申しますが、僕はこれぞという理想を奉ずることも出来ず、それならつて俗に和して肉慾を充して以て我生足れりとすることも出来ないのです、出来ないのです、為ないのではないので、実をいふと何方《どちら》でも可いから決めて了つたらと思うけれど何といふ因果か今以て唯つた一つ、不思議な願を持て居るから其ために何方とも得決めないで居ます。』

「比喩は廃して露骨に申しますが」と岡本は、これまでの会話の方向性を拒絶する。岡本は明治倶楽部内部の人でありながら、その言葉自体を廃して、「露骨」な言葉を準備してみせる。別な言い方をすれば、理想と現実を相対化し、喩えで語る言葉を明確に拒絶したのである。「不思議な願」があるからである。この「露骨」な言葉がみなに通じないのは当然である。明治倶楽部内で一度も語られることのなかったためだ。

『何だね、その不思議な願と言ふのは？』と近藤は例の圧しつけるやうな言振で問ふた。
『一口には言へない。』
『まさか狼の丸焼で一杯飲みたいといふ洒落でもなからう？』
『まず其様なことです。……実は僕、或少女に懸想したことがあります』と岡本は真面目で語り出した。

岡本は強い問われ、「一口には言えない」と説明を拒否する。なぜか。「不思議な願」について説明しても、それは説明的な言説になってしまい、「不思議な願」それ自体にはならないからであろう。理想と現実を相対化する喩えを拒絶したことを考慮すれば、岡本は相対化自体を拒んでいると捉えられる。「まず其様なことです」と近藤をあしらう所以である。そうであるならば、岡本は何かを追認し、説明しようとしているのではなく、言葉のみがすべてという価値を有していると捉え得よう。明治倶楽部内に入り得たのはそのためである。

問いが強いられるということ、これに対して説明的な言説を拒絶しつつ回答すること、そのためには説得性を排除し続けなければならない。だから岡本は自らの恋愛体験を唐突にはじめ、他の人たちの混ぜっ返しや冷やかしにも、近藤の「欠伸」を用いた喩えにもひるむことなく、話を淡々と続けていく。言ってしまえば独白である。つまり、言葉のみがすべてという価値は、自らの言語領域をかたちづくりながら、それが通じることを諦めるということなのだ。そのため喩えに引きずられることもないが、かわりに会話する相手をひたすら聞き役に徹しさせる。近藤が問いを強いたからには、近藤に聞き役を強いる。だからこそ、岡本の話を「唯だ一の不思議なる願を持つて居るといふことは、死んだ少女に遇ひたいといふんでしよう」とまとめ、理解を示す近藤に対して、「否《ノー》!」と岡本は叫ぶのである。岡本は理解される、すなわち自分の考えを相手の言葉で言い直されることを拒否する。それは聞き役以上には相手を認めないという意味だ。そして岡本は明確にみなに聞き役に徹する確約を得る。

『否と先ず一語を下して置きます。諸君にして若し僕の不思議なる願といふのを聴いて呉れるなら談《はな》しましよう。』

『諸君は知らないが僕は是非聴く』と近藤は腕を振つた。衆皆《みんな》は唯だ黙つて岡本の顔を見て居たが松木と竹内は真面目で、綿貫と井山と上村は笑味を含んで。

『それでは否の一語を今一度叫けむで置きます。

この場面以降、松木や綿貫などの冷やかしや混ぜっ返しはあるが、近藤だけはほとんど言葉も発せず、ひたすら岡本の説明を待っているのは示唆的である。近藤だけは聞き役に徹したのだ。
　こうして岡本は独白的に「不思議なる願」について語ることができる。だが、説明は否定で始まっている。説明は原則的に、何々であると肯定型でなければならないであろう。何々ではないという否定型では、ではつまり何かと説明の先送りを生じてしまう。ということは、岡本は一切「不思議なる願」の内容を説明してはいないのである。「不思議」ということ自体が説明できないからではあろうが、しかし、岡本はそもそも聞き役に理解させようとしていないのである。
　ついにしびれを切らせた松木が問いを発してしまう。

『何だね、早く言ひ玉へ其願といふやつを！』と松木はもどかしさうに言つた。
『言ひましよう、喫驚《びつくり》しちやアいけませんぞ。』
『早く早く！』
岡本は静に
『喫驚したいといふのが僕の願なんです。』
『何だ！　馬鹿々々しい！』
『何のこつた！』
『落話《おとしばなし》か！』
人々は投げだすやうに言つたが、近藤のみは黙言て岡本の説明を待て居るらしい。

岡本の「不思議なる願」は「喫驚したい」ということであるが、しかし、この説明は理解されることがないままに、岡本はさらに言葉を継いで「喫驚したい」という行為の難しさが「習慣《カストム》」に起因していることを明らかにする。

『曰く習慣の力です。

Our birth is but asleep and forgetting.

この句の通りです。僕等は生れて此天地の間に来る、無我無心の小児の時から種々な事に出遇ふ、毎日太陽を見る、毎夜星を仰ぐ、是に於てか此不可思議なる天地も一向不可思議でなくなる。生も死も、宇宙万般の現象も尋常茶番となつて了ふ。哲学で候ふの科学で御座るのと言つて、自分は天地の外に立て居るかの態度を以てこの宇宙を取扱ふ。（中略）

『結果は頓着しません、源因を虚偽に置きたくない。習慣の上に立つ遊戯的研究の上に前提を置きたくない。

この「習慣」は本源的に「不可思議」なものが不可思議にみえなくなってしまう人間の認識の在り方に基づいている。すなわち「不可思議」を認識していると感覚すること、さらに言えば、「不可思議」を不可思議と呼んでしまえば「不可思議」ではなくなってしまうということであろうか。いずれにせよ、「喫驚したい」と言う岡本は、未言語の領域を模索していることは確かである。

見方を変えよう。現実と理想との相剋、これこそが言語認識であり、それを会話で相互に理解しようとすれば、もはや「習慣の上に立つ遊戯的研究の上」に前提を置かねばならない。現実は理想に相剋するという前提である。しかし、先に見てきたとおり、その前提は会話の局面性によって偶然にも脱構築され、前提は無効になった。そこに岡本の話が始まったことを想起すれば、まさに未言語領域を示唆する言語が生成される場を構築したと言えるであろう。会話が偶然に局面的に。

その言語はしかし、会話言説としては説明性、説得性を欠いた独白であった。「もう止しましよう！　無益《だめ》です、無益です、いくら言つても無益です。……アヽ疲労《くたびれ》た！」と岡本が言い、「単にさう言ふだけですよハ、、、」と茶化して笑いに紛らわせてしまうことは、独白しつづける虚しさを印象づける。


『イヤ僕も喫驚したいと言ふけれど、矢張り単にさう言ふだけですよハ、、、』

『唯だ言ふだけかアハ、、、』

『唯だ言ふだけのことか、ヒ、、、』

『さうか！　唯だお願ひ申して見る位なんですねハツ、、、』

『矢張り道楽でさアハツハツ、、ツ』と岡本は一所に笑つたが、近藤は岡本の顔に言ふ可からざる苦痛の色を見て取つた。


俗な言い方をすれば、しゃべるのは無理であったのである。「岡本の手帳」が存在する所以がここにある。独白はおのれ一人で足りるかに見える。とすれば、「牛肉と馬鈴薯」は会話体を用いることで、独白言説を生成するテクストと言えるであろう。あるいは記述される言語の発見と言ってもよいのかもしれない。これが会話の局面に、偶然生じているということは、驚くべきであろう。牛肉や馬鈴薯の意味付けをし「不思議なる願」の内容を読み取ろうとする前に、言語が新しく生成されることに驚くこと、これこそが岡本の「願」に通底する姿勢ではないだろうか。

むろんどのような言語であっても、聞かれたり読まれたりすることが前提である。注目すべきは、近藤だけが岡本の「苦痛の色」に気がついていることだ。岡本の笑いには、自らの思考をかたちどる言葉の、届かない苦しみが隠れている。が、近藤は発話者岡本の言語の使い方に潜在する「苦痛」を悟った。聞き役に徹したからである。これは小説を読む読者の姿勢に重なるであろう。読むことに徹すれば、何が書いてあるかではなく、どのような言葉で書かれているかに思いを致し得るであろう。

いつの間にか備わる前提をつねに疑い、ひたむきに向き合う役割が「牛肉と馬鈴薯」の最後には描かれている。意味を先送りしながらも、独白というひとりの言語は相手を選んで間違いなく届くのである。

註

（1）「牛肉と馬鈴薯」研究は、独歩の思想を読み取るか、もしくは同時代の文化テクストとして言及される傾向にある。本文の構造を分析する論考の少ない中で、関肇「アイロニーの機制――国木田独歩「牛肉と馬鈴薯」論」（「光華女子大学研究紀要」平10・12）は、表現について深く言及している。とりわけ譬えについては多くの示唆を受けた。

附記―「牛肉と馬鈴薯」の引用は、学習研究社版『国木田独歩全集』第二巻（平7・7）に拠った。その際旧漢字は新漢字に改め、仮名はそのままとした。なお、ルビは適宜省略した。

4　詩的言語への前哨的素描
――折口信夫・萩原朔太郎の詩から――

一

詩は人類の母語であるという言葉がある。安易な理解を拒絶しているこの言葉は、詩とは何かという壮大な問いに対して、その応答として簡単に掲げ得る言葉だとは思われない。が、詩的言語について素描する際に素通りできない問題を有していよう。何故詩は人類の母語であると位置付けられてきたか。

たとえば、井上良雄の示したこの言葉への理解は、詩とは人間認識の原初的なかたちであるという、いわば人間存在と不即不離のところにあった。母語である以上は、人類の最初に習得された形式であり、人間の存在と結びついていることは見やすい。だから「詩人によつて理解された存在のみが、真実に存在の名に価する存在なのであつて、一切の他の認識は存在のかかる直接な理解の仕方を基礎としてのみ成り立ち得る」(「文芸批評といふもの[1]」)という断言がなされる。オスカー・ワイルドの「言葉こそ真実在である」という言葉を彷彿とさせるこの井上の理解は、決して古びてしまうことがないばかりか、常に立ち返り、検討し得る可能性を秘めている。その理解とはこうである。

詩こそ人間認識の最も原初的な形であつて、詩によつて――そして詩によつてのみ、存在はその無限の光彩と陰翳を孕んだまま把へられる。詩の言葉によつて把へられた存在は、決してその存在の影といふが如きものではなくして、再び存在それ自身であり、しかも最も優秀な意味における存在――現実以上の現実であるとさへ言へるであらう。

（「文芸批評といふもの」）

詩は存在を把え、詩の言葉によって把えられた存在は決してその影ではないとは、詩は存在を表し、存在は詩に現れ、存在は詩によって認識されるということである。これは概念操作上の問題ではない。意識が言葉とともにある以上は経験上の素朴な問題なのである。萩原朔太郎は言う。「詩とは実に主観的態度によつて認識されたる、宇宙の一切の存在である」（『詩の原理』(2)）。ここに挙げて觝触はないと思われるこの言葉の、注目すべきは「主観的態度」という言葉がつかわれていることだ。詩による認識にあっては、自然科学的な意味での客観的態度はあり得ない。意識にそれがあり得ないことを考慮すれば、異論はないであろう。詩は詩人の「主観的態度」によって書かれ、ついに「宇宙の一切の存在」を認識する。したがって、詩的言語は「主観的態度」によって生成されつつ、「宇宙の一切の存在」を表象するということはできる。だが、「宇宙の一切の存在」は本質的に主観も客観もなく、揺るぎないすべてであろう。それは相対化も対象化もないことを意味する。ここに要請されるのは、全体性を語る文法なのだが、そう言っては誤解も生じよう。あるいは対象化も相対化もあり得ない「宇宙の一切の存在」を語ることが、絶対を語ることになるのであれば、おのずから陥穽が待ち受けていよう。すでに絶対を目的とする対象化の言説になるからである。では一体「主観的態度にとって認識されたる、宇宙の一切の存在」を表象する詩的言語とは何であろうか。言い換えれば、「主観的態度」と相即の詩的言語とはどのような言語なのであろうか。

二

宇宙のすべての存在は詩に現われる。現われは対象化も相対化もなし得ないままでなければならないのであるから、詩的言語は本源的に何の対象もなく、相対的に言われるべきでもない。存在それ自体がつねにすでに詩的言語による詩なのである。とすると、詩人の「主観的態度」が身勝手に存在を切り出してみせるということではなく、存在それ自体として可能な言語を詩人はつかうということになるであろう。だが、言語は恣意的になどならないため、「主観的態度」はことごとく恣意性を除かれる。なぜか。存在には存在の秩序があるからである。

> 例えば夜空を仰ぐときを考えて見よ。われわれはそこに、宏大な時空の拡がりにわたって見出される多くの構造を識別することができる、だがそれはあるいみで、眼球で囲まれたちっぽけな空間内の光の運動中にすべて含み込まれている。（中略）
>
> ここに新しい秩序概念の萌芽がある。この秩序はたんなる対象や事象の規則的配列として理解することはできない。むしろ時空領域のそれぞれに、ある陰伏的ないみで、全体の秩序が含みこまれているのである。
>
> （『全体性と内蔵秩序[3]』）

D・ボームはこの「全体の秩序」は含み込まれて包まれているという意味で「内蔵秩序」と呼んだ。眼球は主観的存在であって、これが宏大な時空を見上げ、星々の運行を捉える。と同時に、星々がそこに在ることを見出している。そこに在る理由を問うことはできない点で他の可能性はあり得ず、したがって必然と言い得よう。言い換えれば、星の周期や周転円といった規則的把握では捉えきれず、眼球は夜空に内蔵された秩序を見出している。むろん秩序は宇宙・存在それ自体ではなく、内蔵された論理＝言語である。そうであるならば、詩人の眼球が捉える主観的な把握は、この内蔵された秩序を見出し、その論理＝言語を表象すると言ってもよいであろう。つまり、詩的言語とは内蔵秩序の論理＝言語の詩的表れなのである。

誤解さえなければ、詩人という部分が宇宙という全体を表していると捉え得る。が、内蔵された秩序は宇宙・存在内にあるのだから、それを表象しても全体にはならない。しかし、全体は詩人の眼球内にあり、見出せるものは限定的であり主観的である。そこから表象される内蔵秩序は全体を看取させる。ということは、内蔵秩序は限定的な領域で見出されながら、全体を示唆すると捉えられよう。したがって、それを表象する詩的言語は、限定的な領域に属しながら全体を示唆する言語となる。全体を示唆する言語ということ、これが全体に内蔵されているならば、全体でありつつ全体ではないという境界上の言語という捉え方ができるのではないか。「詩の言葉によつて把へられた存在は、決してその存在の影といふが如きものではなくして、再び存在それ自身」と井上は言った。「再び存在それ自身」と再帰的に捉えられたのは、境界上で、その属する全体を示唆するという動的な言語運動があるからである。決して一対一的対応といった静的な言語ではない。

境界上の論理＝言語の詩的言語が内蔵秩序の表われとして詩に成る。詩は宇宙・存在を示唆する。しかも極めて主観的に、感得するより他にないかに見える表象を生じさせる。全体の看取に向けての示唆に一番最初に従ったのはおそらく詩人である。なぜならば、詩人は自らの眼球が見出した秩序によって自らの言語を発しているからだ。萩原が言う「主観的態度」とは、自らの内側に入り込んだおのれを含む秩序を、自らが語ってみせるといった態度と言えようか。いずれにせよ、これが批評的であることは確かであろう。井上が詩について「文芸批評といふもの」で論じる所以もここにある。詩的言語は恣意的に独善的に使用できないであろう。秩序が嵌入しているからである。

三

折口信夫には『古代感愛集』、『近代悲傷集』、『現代襤褸集』の三詩集がある。題名に古代・近代・現代という言葉を含んでいることからも見やすいように、この三詩集には緊密な関係性がある。これは様々な問題を孕んでいるが、ためらいなく言い得ることは、すべて折口の「主観的態度」によって書かれたということだ。むろん、詩作品それぞれに、独自の陰翳のあること、それは覆い尽くす統一的言説をはじめから拒絶していることを意味する。が、「主観的態度」のつねに生き生きとしていることをも意味する。生き生きとしているとは、主観は動的な言語運動をしているということであり、決して固定しないということである。別な言い方をすれば、詩一篇一篇には、折口の「主観的態度」のその時々の軌跡がとどめられているのである。例えば次のように――

わが為は　墓もつくらじ―。
然れども　亡き後《アト》なれば、
すべもなし。ひとのまに〳〵―

かそかに　たゞ　ひそかにあれ

生ける時さびしかりければ、

若し　然《シカ》あらば、
よき一族《ヒトゾウ》の　遠びとの葬り処《ハフド》近く―。

そのほどの暫しは、
村びとも知りて　見過し、
やがて其《ソ》も　風吹く日々《ヒビ》に
沙山の沙もてかくし
あともなく　なりなむさまに―。

かくしこそ―
わが心　しづかにあらむ―。

わが心　きずつけずあれ

（「きずつけずあれ」(4)）

『近代悲傷集』の最後に収録されているこの詩には、「わが心」をどうにかしようとしていることの態度は見やすいであろう。「わが為は　墓もつくらじ―。」としながらも、しかし、「亡き後なれば、」それは後代の人々の意のままに委ねるしか術はなく、自らの思いを貫くようなことはできない。むしろ、言葉によって言い分けてみせた思いはこうであった。「かそかに　たゞ　ひそかにあれ」。密やかにあってほしいと希ったこと、これは一体何に対してであったのか。

この希いの声はささやかである。三文字下げで記されていることに沈みこんでいくような感じを受けるならば、ここにその所以は見られそうである。ただ密やかにあってほしいとの言い方は、他に何も希っていないということであり、では死後のもはや何もない状態のなかで、望まれるものとは、たとえば死後の伝説的名誉ではないであろう。生きて在ったという存在の証明ではないのか。何にしても直接しているのは「わが心」に他ならないことを考慮すれば、その証明は、まさに折口信夫の「心」に求めるしかないであろう。他による存在保証の全くない心に、証明が果たして求められるのか否か。この疑問には、だが、折口は拘泥しない。『古代研究』の完成のあかつき、何よりもまず「あんまりあじきなかつた」長兄の生涯に思いを致した折口である。それは「追ひ書き」にある通りだ。自らの半生を振り返りつつ、その生き方のさまにどうしても触れずにはいられなかった折口に、できたことは一体何であったか。「彦次郎さんらのためいき」を感じずにはいられなかった意味はあまりに深い。「よき一族の遠びとの葬り処近く―。」折口にできたことは、心の生きて在る生活の有様を歌い上げて、自らの心に直接することであった。「生ける時さびしかりければ、／若し 然あらば、／よき一族の 遠びとの葬り処近く―。」「そのほどの暫しは、」「村びとも知りて 見過し、／やがて其も 風吹く日々に／沙山の沙もてかくし／あともなく なりなむさまに―。」。……砂山がやがて自らの砂によって跡形もなくなっていくような生活の無情を感じない人はいない。どのような生活であろうと、明日こそはよりよく生きていけるよう希望しながら生きていく――折口は少なくともそう感じていたのではなかったか。だからこそ生活に紛らわしても、なお紛れようのないもの、絶え入らないもの、すなわち心の不思議をいつくしんだのではないだろうか。「かくしこそ―／わが心 しづかにあらむ―。」

心の不思議を生活はきっと許容しない。平常の人々が気づかないふりをしているわけは、心の真に奥深いところが、明らかであったならば、日常性を失ってしまうためである。見て見ぬふりは、次は自分かもしれないという恐れから出てくる仕方なさであろう。しかし、心の不思議に直接しなければならない人は必ずある。窮境に立つとはこのことだ。少なくとも自らの存在を問われた人で、窮境に立たない人はない。

折口信夫もその一人であったと推察できる。社会的にそうだということではなく、いわゆる内面的にである。「わが心」に直接し、それを紛らわしてしまうことなくすべてを受けとめていく。しづかにあってほしい「わが心」、しかし、それは折口自身を窮境に立たせる根本の所以でもあった。折口は、そのような「わが心」を最後に調停する。

わが心　きずつけずあれ

これは祈願ではあっても、あがきではない。結局、折口は自らの心の不思議をめぐっては書かなかった。いや、「現実の生活が、私の腹から、胸から、私をつきあげるほどに、迫って来てゐる」(『古代研究』「追ひ書き」)のであれば、書き得なかったと言うべきなのかもしれない。別の仕方で存在させてしまうからだ。どのような意味にあっても「わが心」は、唯一の折口の本当であり、生活に圧殺されてはならないであろう。だからこそ、心の不思議よりも、第一にその不思議を有している「わが心」の無事を祈り、いつくしむことのほうが大切になるのである。

言い換えれば、心の不思議はどのような時代にあっても窮境に立てば思い知るであろう。「よき一族の　遠びとの葬り処近く―。」に墓を立てるなら立ててほしいという希いは、村人が見過ごす遠いところで静かに叶えられようとしている。どのような窮境も人跡未踏の過程であって、生きて在ることが当たり前だからであろう。それは記憶されるべきものではないかもしれない。だが、希いは消えない。「わが心　きずつけずあれ」は「遠びとの葬り処」という過去に届き、自分の亡き後の未来まで、時間を貫いて存続し続ける。つまり、折口信夫の詩的言語は、過去から未来へと存続する時間を表象しつつ、生きて在る現実から飛躍する。そのために個的な心の不思議を書いたとは言えないであろうか。それは窮境に立った人々の「遠人の葬り処」近くの言語である。誰もが言われれば理解し、理解できるから見過ごしかねない。過去から未来への時間は存在の秩序である。が、人は日常それを抽象として扱うことはできない。時間は生きて在ることと相即であり、「葬り処」近くの言語がある。時を経て忘れ去り、時を得て思い出すその言語には、「わが心」の無事を、言ってよければ、心の永久の無事を祈願している自身がいることを知る時間がつねに在るのである。

四

萩原朔太郎の「主観的態度」によって描き出された世界は、周知の通りの影響を及ぼした。萩原の、詩というかたちの整えは、たとえば、次の一篇によっても充分に感得できる。

人家は地面にへたばつて
おほきな蜘蛛のやうに眠つてゐる。
さびしいまつ暗な自然の中で
動物は恐れにふるへ
なにかの悪夢におびやかされ
かなしく青ざめて吠えてゐます。
　のをあある　とをあある　やわあ

もろこしの葉は風に吹かれて
さわさわと闇に鳴つてる。
お聴き！　しづかにして
道路の向うで吠えてゐる
あれは犬の遠吠だよ。
　　のをあある　とをあある　やわあ

「犬は病んでゐるの？　お母あさん。」
「いいえ子供
　犬は飢ゑてゐるのです。」

遠くの空の微光の方から
ふるへる物象のかげの方から
犬はかれらの敵を眺めた
遺伝の　本能の　ふるいふるい記憶のはてに
あはれな先祖のすがたをかんじた。

犬のこころは恐れに青ざめ
夜陰の道路にながく吠える。

のをあある　とをあある　のをあある　やわああ
「犬は病んでゐるの？　お母あさん。」
「いいえ子供
犬は飢ゑてゐるのです。」
（「遺伝」[5]）

ここに描き出されるのは「のをあある　とをあある　やわあ」と遠吠えをする犬が「ふるいふるい記憶のはてに」感じたものであり、それは「あはれな先祖のすがた」であった。推測されるのは生命の世界である。連綿と続く生命の進化の歴史は、犬も人類もその源の同一であったことを教えている。と同時に、人類と犬とを峻別している。ここに生命の不思議がある。木村敏の次の生命観はとりわけ示唆的である。

私たちが物質的な身体をもって生きているということ、これは厳然たるリアリティーである。この現実は、その淵源にさかのぼれば四十億年前、この地球上に生命活動をいとなむ物質が合成されて以来、連綿と引き継がれてきている現実である。連綿と引き継がれてはいるが、それはけっして一つの連続した生命ではない。生物は生殖によって世代を変える。子供が生まれて親が死ぬ。誕生と死とによって区切られた不連続な生命である。

これに対してこの「生命リレー」のバトンに相当するもの、それも私たちは「生命」と呼んでいる。親から子へ、子から孫へと世代を通じて引き継がれていく生命、地球上に生命が発生して以来、世代がかわり種が進化しても、そんな水面上のさざ波とまるで無関係にそれ自身同じひとつの生命として、一度も途絶えたことなく生きつづけている生命。これはけっしてリアリティーではない。かといってそれは私たちの空想がでっちあげたフィクションでもない。私たちは個人としての自分自身が生まれてきてから死ぬまでのあいだ、それ自身としてはけっして死なない——そのかわり生まれもしない——連続的な生命を生きている。この現実性は、アクチュアリティーという以外に言いようがない。

（『心の病理を考える』(6)）

生命はリアリティー／アクチュアリティーの両極面をその性質上持って存在する。「遺伝」の「犬」は、そのうちのアクチュアルな生命を感じていたのだ。「遺伝の　本能の　ふるいふるい記憶のはてに／あはれな先祖のすがたをかんじた。」。それはまさしく古くからある記憶に遡源していくしかないだろう。そしてこの遡源が可能なのは「遠くの空の微光の方から／ふるへる物象のかげの方から／犬はかれらの敵を眺めた」時である。「空の微光」「ふるへる物象」といった言葉は、宇宙という言葉を指嗾するであろう。「詩とは実に主観的態度によって認識された る、宇宙の一切の存在である」と萩原が言っていたことが想起される。この詩の志向は生命であり、それを誕生させた宇宙なのである。

この志向はむろん萩原の「主観的態度」によっている。その主観性は、犬の「遠吠え」の鳴き声の表記にもっとも顕著である。「のをあある　とをあある　やわあ」という写実的とは言い難い表記が意味していることは、萩原にはそのように聞こえたということだ。つまり、萩原の内部の音であり、文字である。平仮名書きでなければならなかった所以である。ここに至ってこの詩の世界が、萩原の内部世界であると言ってもよいだろう。言ってみれば、萩原の内部と生命・宇宙が一体となって現前化している詩なのである。

「犬は病んでゐるの？　お母あさん。」／「いいえ子供／犬は飢ゑてゐるのです。」——という親子の会話は、生命・宇宙に向って叫び続ける犬の「こころ」のやむことのないことを告げる——「飢ゑてゐる」という言葉で。が、決してこの「こころ」のうごきは「病んで」はいない。ただ飢えているだけなのだ。この飢餓感こそ萩原の内部から発しているのであり、生命・宇宙と一であろうとする原動力であろう。「『現在しないもの』へのあこがれ」(『詩の原理』)が詩の本質であると萩原は言った。あこがれが尽きることのない思いであれば、この飢餓感も「あこがれ」とは言えないであろうか。

萩原朔太郎の「主観的態度」によって、描き出された世界は、まさしく自らの内部世界であり、詩になることで顕現した生命・宇宙への「あこがれ」であった。

五

『詩の原理』はその名の通り、詩の本質をめぐって書かれた。萩原は言う。

詩の本質とするすべてのものは、所詮「夢」といふ言語の意味に、一切尽きてゐる如く思はれる。しかしながら吾人の仕事はこの「夢」といふ言語の意味が、実に何を概念するかを考へるのである。

「夢」とは、ただちにVisionという概念規定の困難な語を思い浮かべるが、決して空想を意味しない。「夢」とは何か。萩原は問う。

夢とは何だらうか? 夢とは「現在しないもの」へのあこがれであり、理智の因果によつて法則されない、自由な世界への飛翔である。故に夢の世界は吾性の先験的範疇に属してないで、それとはちがった自由の理法、即ち「感性の意味」に属してゐる。そして詩が本質する精神は、この感情の意味によつて訴へられたる現在しないものへの憧憬である。されば此処に至つて、始めて詩の何物たるかが分明して来た。詩とは何ぞや？　詩とは実に主観的態度によって認識されたる、宇宙の一切の存在である。若し生活にイデヤを有し、且つ感情に於て世界を見れば、何物にもあれ、詩を感じさせない対象は一もない。逆にまた、かかる主観的精神に触れてくるすべてのものは、何物にもあれ、それ自体に於ての詩である。

詩の本質とは「夢」であり、「夢」とは、『現在しないもの』へのあこがれ」であると萩原は言う。眼前に認められないものへの憧憬こそが詩の本質ならば、その憧憬は宇宙・存在・全体といった固定して捉え得ないものに対してのあこがれである。注目すべきは次の断言である。「詩とは実に主観的態度によって認識されたる、宇宙の一切の存在である」。あこがれとは主観的な一つの態度である以上、詩とはまさしく、全体の内蔵秩序があこがれという「主観的態度」によって顕れた言語形式であり、それは「遺伝」に見た通りである。折口の「きずつけずあれ」も同様であろう。この詩の本質をめぐる考察は、ハイデッガーの「思索とは詩作である」という考察と通底している。ハイデッガーは「アナクシマンドロスの箴言」で次のように言うのだ。

思索の箴言は、思索と思索によって語られたものとの会話の中でのみ翻訳され得る。しかしながら思索とは詩作であり、しかも詩と歌という意味での一種の創作にすぎないものではない。有ることの思索は、詩作の根源的な仕方である。有ることの思索においては、何よりも先に初めて言葉が言挙げされる、すなわち言葉の本質に入り込むに至る。（中略）思索とは根源的な口授することである。思索とは原詩作である。この原詩作は一切の詩に先んじて立ち現れるが、芸術が言葉の範囲の内部で実行される限り、芸術の文芸的なものにも先んじて立ち現れる。一切の詩作は文芸的なものという広い意味においても、詩的なものという狭い意味においても、その根柢においては一個の思索なのである。思索の詩作する本質は、有ることの真相の主宰することを保護している。（『杣径』[7]）

「有ることの思索は、詩作の根源的な仕方である」とは、存在と詩とは一体であることを意味し、どちらが先かということは言えない。詩なくして存在はなく、認識されることもない。詩は「主観的態度」である「あこがれ」によって「現在しないもの」を表象する。表象されてかたちとして現れる。真実在化するのだ。

六

折口信夫の詩も萩原朔太郎の詩もその本質的な働きは同一であった。折口詩の祈願も萩原のあこがれも、過去のすべてのはじまりまで遡及する。それは始原であり根源と言っても無理はないであろう。言い換えれば、生命・宇宙と一体であることを表象し、アクチュアルな時間を獲得するのである。それが「主観的態度」によって把えられる。折口も萩原も、詩的言語が詩という形式に整えられることで、流動し消滅することのない世界観を表象したのである。詩一篇一篇がそれらの軌跡なのである。ただし、表象される世界観は詩的言語に根拠をおくため、宇宙・全体それ自体の境界上にあることは、もう一度指摘しておいてよいであろう。この境界の軌跡こそ、詩人の生きて在った証になるのであり、人類の始原を捉える母語となるのである。だが、母語は果たしてどのようであったか――境界は示唆し続けるだけで、習得したはずの記憶を思い出させることはないのである。

註

（1）井上良雄『井上良雄評論集』（昭45・11、国文社）。この評論集からは思索について示唆に富んでおり様々に学んだ。言及すべき内容がたくさんある評論集である。

（2）萩原朔太郎『詩の原理』。引用は筑摩書房全集『萩原朔太郎全集』第六巻（昭62・3）に拠り、新漢字に改めた。

（3）D・ボーム『全体性と内蔵秩序』（平8・7、青土社）。パラダイムを「内蔵秩序」から思索する本書は、量子論を踏まえた科学性と、それを思索するために語源に遡る言語学的な方法とが混じり合っており、量子論を越えて、世界観をどのように策定するかという問題について示唆を受けた。

（4）折口信夫『近代悲傷集』所収。引用は中央公論社版『折口信夫全集』第二六巻（平9・4）に拠り、新漢字に改めた。

（5）萩原朔太郎『青猫』所収。引用は筑摩書房版『萩原朔太郎全集』第二巻（昭61・11）に拠り、新漢字に改めた。

（6）木村敏『心の病理を考える』（平6・11、岩波新書）。

（7）M・ハイデッガー『杣径』所収。茅野良男、ハンス・ブロッカルト訳（『ハイデッガー全集』第五巻所収　昭58・8、創文社）。

第II部　小林秀雄・批評表象をめぐって

1　批評という「事件」——小林秀雄「様々なる意匠」論——

一

批評はその対象である作品を読むことにはじまる。作品を読むということは、作品と面接し、作品を構成する言葉の共有を企図している。だが、言葉の共有の企図は、いわゆる作者の意図や制作意識にとらわれることはない。何故か。作品を構成する言葉が、作者の意図や制作意識にとらわれるとは限らないからである。小林秀雄は言った。「劣悪を指嗾しない如何なる崇高な言葉もなく、崇高を指嗾しない如何なる劣悪な言葉もない。而も、若し言葉がその人心眩惑の魔術を捨てたら恐らく影に過ぎまい」（「様々なる意匠」）。言葉の「人心眩惑の魔術」が、作品に込められた意図も制作意識も「眩惑」してしまうのであれば、むしろこう言わなければならない。作品は、作者の意図したことや製作の意識をつねにすでに超越している。いわば、作品は作者の意識から脱却する一つの実在である。小林は言う。

霊感といふ様なものは、誠実な芸術家の拒絶する処であらう。彼等の仕事は飽く迄も意識的な活動であらう。詩人は己れの詩作を観察しつゝ詩作しなければなるまい。だが弱小な人間にとつて悲しい事には、彼の詩作過程といふ現実と、その成果である作品の効果といふ現実とは、截然と区別された二つの世界だ。

（「様々なる意匠」）

「截然と区別された二つの世界」という小林の把捉は示唆的である。というのは、実在としての作品が作者の意識から脱却していようとも、「作品の効果といふ現実」と「詩作過程といふ現実」とが指摘され得るからだ。換言すれば、「截然」と「区別」はされながらも、実在としての作品には、その「二つの世界」が確実に内在している。ただ、「試作過程といふ現実」が辿り難く、明確になり難いに過ぎない。「詩人は如何にして、己れの表現せんと意識した効果を完全に表現し得ようか。己れの作品の思ひも掛けぬ効果の出現を、如何にして己れの詩作過程の裡に辿り得ようか」。では、この明確になり難い「詩作過程といふ現実」の内在を知り得るのは一体何故か。

確実に言い得ることは、作品を書いたのは、まぎれもなくそれに署名した者であり、一つとして同一の作品がないのは、署名することの唯一性が証している。たとえば、「様々なる意匠」に署名されている名は小林秀雄であり、この名の固有性と「様々なる意匠」とは不即不離である。が、正確を期して言えば、小林秀雄がいたから「様々なる意匠」が実在しているのではない。「様々なる意匠」が実在しているから小林秀雄という名が在り得るのである。ということは、署名することの唯一性は、作品の唯一性を顕しながら、その唯一の作品の実在性に現成されていると捉え得よう。つまり、作品は作者に先立って実在しているのである。

しかも作品が先立って在ることは、作者の名のみを自動的に告知する。これは作品を実在せしめた者のかけがえのない名であることを開示している。すなわち、この名は、作品が実在する成立過程を統制していた者の名であって、いわば統制の痕跡である。そのように捉え得るならば、「詩作過程といふ現実」が明確になり難い所以がここに見られよう。作者は作品に名を告知されるのみであって、「詩作過程といふ現実」は「作品の効果といふ現実」についに潜在したまま、把捉し切れないからなのだ。別な言い方をすれば、「詩作過程といふ現実」は決して現前することなく、作者の名という痕跡に喚起されるより以外にはない。したがって、それは語り得ない「現実」と言い得よう。「秘密の闇黒」――小林はそう呼んだ。

芸術家は常に新しい形を創造しなければならない。だが、彼に重要なのは新しい形ではなく、新しい形を創る過程であるが、この過程は各人の秘密の闇黒である。

作品には「秘密の闇黒」がある。逆説的に言えば、「秘密の闇黒」を内在しない作品は実在し得ない。そして「秘密の闇黒」が秘密である以上、作者自身にさえ説き尽くせないのであり、言ってよければ、作品に署名し得た作者にとってさえも、もはや実在することだけがただ確実な作品を目にするばかりなのである。そうであるならば、批評もまた、実ははじめから究明を峻拒した「秘密の闇黒」を内在してはじまるのではないか。少なくとも「様々なる意匠」がこの「秘密の闇黒」を反復していることは、小林の批評の在り方を知らしめる。それは「作品の効果といふ現実」のみにとらわれない在り方であり、作品が内在する「秘密の闇黒」という語り得ない「現実」をも語ろうとする在り方に他ならない。だが、語り得ない「現実」を語ろうとすること、これは表現上明らかに矛盾を孕んでいる。小林はこの矛盾をどのように克服しているのか。

二

「様々なる意匠」にあって開示される小林の作品の把捉の仕方は、決して観念的にも抽象的にもなされない。作品は「現実」として認識され、把捉されている。

卓れた芸術は、常に或る人の眸《まなざし》が心を貫くが如き現実性を持つてゐるものだ。人間を現実への情熱に導かないあらゆる表象の建築は便覧《マニユエル》に過ぎない。人は便覧をもつて右に曲れば街へ出ると教へる事は出来る。然し、坐つた人間を立たせる事は出来ない。人は便覧によつて動きはしない、事件によつて動かされるのだ。強力な観念学は事件である、強力な芸術も亦事件である。

「卓れた芸術」は「現実性を持つてゐる」と小林は言う。これは「作品の効果といふ現実」や「詩作過程といふ現実」との言い方と通底する。すなわち、「現実」として作品を小林は把捉しているのである。重要なのは、さらに小林が「強力な観念学は事件である、強力な芸術も亦事件である」と捉えていることである。「事件」とは何か。「事件」は、どのような意味であろうとも、現実という実際で起こる。これが当たり前であるならば、次のことも明白である。すなわち、「事件」には必ず意味がある。意味がなければたんなる事故に過ぎない。ということは、厳密に言えば、事件に遭遇した者だけにそれは「事件」たり得るのであって、「事件」たり得るとは、その遭遇した者には意味があるということだ。というのは、「事件」は遭遇した者を、その当事者として存在させてしまうからに他ならない。「人は便覧によつて動きはしない、事件によつて動かされるのだ」と小林は言ったが、「動かされる」ということ、これは実際に対処を迫られることであって、その対処はつねに必然である。必然である以上、意志的選択の有り得ない対処を、遭遇したゆえに、しないわけにはいかないのだ。したがって、「強力な観念学」も「強力な芸術」も、対処せざるを得ないほど「強力」な「現実」であると捉え得よう。小林が作品を「現実」として把捉する所以である。

この「現実」として把捉される作品には、ただし、次の問いだけは提起し得ない。すなわち、何故対処しなければならないのかとの問いである。おそらくそれは、「強力な観念学」、「強力な芸術」に遭遇することが偶然の臨場だからかもしれない。あるいは偶然とさえ呼んでよいのか否か。しかし、「現実」がつねに局面的であり、傍観も予見も有り得ないことを考慮すれば、「強力」との小林の言い方は、むしろ「現実」それ自体に対してもっとも忠実な言い方なのではないか。ここに「現実」の語り得ない在り方がある。ということは、作品を読むということ、すなわち作品の言葉の共有を企図することにも、語り得ない「現実」が潜在していると捉え得よう。小林は言った。

論理家等の忘れがちな事実はその先にある。つまり、批評といふ純一な精神活動を嗜好と尺度とに区別して考へてみても何等不都合はない以上、吾々は批評の方法を如何に精密に論理附けても差支へない。だが、批評の方法が如何に精密に点検されようが、その批評が人を動かすか動かさないかといふ問題とは何んの関係もないといふ事である。

これは「自分の嗜好に従つて人を評するのは容易な事だ」との言葉に対する抗言に過ぎないのではない。小林は「尺度」に準じて「人を評する事も等しく苦もない業である」と断じているのである。つまり、「その批評が人を動かすか動かさないかといふ問題」を小林は提出しているのであって、「理論家」が「嗜好」や「尺度」といった分類で批評を「精密に論理附け」ようとすることとこの「問題」とには逕庭があるのだ。むしろ、「人を動かすか動かさないか」という問題に焦点化されていること、ここに小林の提起する批評の在り方を見得るであろう。小林にあっては、批評は何よりもまず、「人を動かすか動かさないか」が問われる。ということは、「強力な芸術」が人を「動かす」にたる「事件」であったように、批評も人を「動かす」にたる「事件」でなければならないことを示唆する。言い換えれば、対処せざるを得ない「現実」として批評は在り得なければ「事件」たり得ず、とすれば、それは作品と遭遇することそれ自体を、そのままに留めおくことを意味する。作品の斬新な解釈や新しい読みの提示などを示すよりも、遭遇は先行しているのであって、しかも具体的である。具体的であることは、「現実」ではあっても「便覧」にはなり得ない。小林が「印象批評の御手本」であるボードレールの「文芸批評」との遭遇の事例を挙げたのは、その「現実」の具体性を示唆している。

「兎も角私には印象批評といふ文学史家の一術語が何を語るか全く明瞭でないが、次の事実は大変明瞭だ」と小林は言った上で、次のように続ける。

所謂印象批評の御手本、例へばボオドレエルの文芸批評を前にして、舟が波に掬はれる様に、繊鋭な解析と溌剌たる感受性の運動に、私が浚はれて了ふといふ事である。この時、彼の魔術に憑かれつゝも、私が正しく眺めるものは、嗜好の形式でもなく尺度の形式でもなく無双の情熱の形式をとつた彼の夢だ。それは正しく批評ではあるが又彼の独白でもある。人は如何にして批評といふものと自意識といふものとを区別し得よう。彼の批評の魔力は、彼が批評するとは自覚する事である事を明瞭に悟つた点に存する。批評の対象が己れであると他人であるとは一つの事であつて二つの事でない。批評とは竟に己れの夢を懐疑的に語る事ではないのか!

ここに見易いのは、ボードレールの「文芸批評」が、小林を「動かす」にたる批評として描き出されていることである。「舟が波に掬はれる様に、繊鋭な解析と溌剌たる感受性の運動に、私が浚はれて了ふといふ事」が「明瞭」であることはその証左である。が、この「明瞭」な証左を慎重に受けとめるならば、指摘すべきはむしろ次のことだ。ボードレールの「文芸批評」を「前に」して、「繊鋭な解析と溌剌たる感受性の運動」によって「浚はれて了ふ」のは、他ならない小林であって、したがって、ここに言明される「私」は、「浚はれて了ふ」当事者を指している。換言すれば、小林は「浚はれて了ふ」という「事件」に確実に「私」という痕跡を残しているのだ。ということは、「事件」には、つねに「私」が痕跡として残され、先に倣って言えば、この「事件」が小林秀雄という名を告知する。また換言すれば、ボードレールの「文芸批評」に対処せざるを得なかった「現実」の在り方が「浚はれて了ふ」ということであったのであり、だからこそ、そこから「批評の対象が己れであると他人であるとは一つの事であって二つの事でない。批評とは竟に己れの夢を懐疑的に語る事ではないのか!」という意味を小林は引き出し得たのであろう。

この一節、とりわけ「批評とは竟に己れの夢を懐疑的に語る事ではないのか!」との言い方は、小林の批評の在り方を示す好例として、さまざまに取り挙げられ、さまざまな意味付けをされてきた。[1] ただし、この言い方がボードレールの「文芸批評」との遭遇という「現実」から引き出されていることを忘れてはならないであろう。つまり、「己れの夢を懐疑的に語る事」は、決して創意的なことを語るという意味ではないのだ。まして「批評とは自己を語る事だ、他人の作品をダシにして自己を語る事である」(「アシルと亀の子」Ⅲ)と比較されてあげつらわれる謂れはない。「事件」の、「私」を痕跡として残さないではあり得ない在り方に、あるいは「私」を告知してしまう在り方に、忠実な言い方なのである。つまり、「私」の言明されない「事件」がない限り、何よりもまず呼び出される「私」が確かに在るのだ。

三

ここに至って、批評は「事件」であると言ってもよいであろう。作品との遭遇という「現実」から意味を帯びる「現実」すなわち「事件」への転回に留意すれば、批評の普遍性などは、無効だということに気付くはずである。小林は言った。

こゝで私はだらしの無い言葉が乙に構へてゐるのに突き当る、批評の普遍性、と。だが、古来如何なる芸術家が普遍性などといふ怪物を狙つたか？　彼等は例外なく個体を狙つたのである。あらゆる世にあらゆる場所に通ずる真実を語らうと希つたのではない、たゞ個々の真実を出来るだけ誠実に出来るだけ完全に語らうと希つただけである。

当然「事件」は、「あらゆる世にあらゆる場所に通ずる真実」ではなく、「個々の真実」に過ぎない。だが、「個々の真実」も真実である以上は、偽ではない。ただ普遍性に欠けるだけであるならば、一つの経験として、否定し得ない出来事として、つまりは「人間的真実」として、「出来るだけ誠実に出来るだけ完全に語らう」と希うことはできる。小林は言っている。「範疇的先験的真実ではない限り、あらゆる人間的真実の保証を、それが人間的であるといふ事実以外に、諸君は何処に求めようとするのか？　文芸批評とても同じ事だ、批評はそれとは別だといふ根拠は何処にもないのである。最上の批評は常に最も個性的である。そして独断的といふ概念と個性的といふ概念とは異るのである」。

「人間的真実の保証」を「人間的であるといふ事実」に「求めようとする」ことは、説明的言説を峻拒することに等しい。というのは、「人間的であるといふ事実」がどれほどの共有性を有しているかは、「人間的」ということを理由にこころもとないからだ。「人間的」という言葉が茫漠にも似た多様な意味を帯びていることは、説明する端から陥穽にとらえられてしまうことに瞭かであろう。ということは、「人間的真実の保証」は説明的言説ではできないということも同時に明かしている。つまり、批評という「事件」は「人間的真実」でありながら、「人間的であるといふ事実」に求められず、説明的言説にはむろん託せないのである。とすれば、批評は、どのような言葉によって可能になるのか。

芸術家達のどんなに純粋な仕事でも、科学者が純粋な水と呼ぶ意味で純粋なものはない。彼等の仕事は常に、種々の色彩、種々の陰翳を擁して豊富である。この豊富性の為に、私は、彼等の作品から思ふ処を抽象する事が出来る、と言ふ事は又何物を抽象しても何物かが残るといふ事だ。この豊富性の裡を彷徨して、私は、その作家の思想を完全に了解したと信ずる、その途端、不思議な角度から、新しい思想の断片が私を見る。見られたが最後、断片はもはや断片ではない、忽ち拡大して、今了解した私の思想を呑んで了ふといふ事が起る。この彷徨は恰も解析によつて己れの姿を捕へようとする彷徨に等しい。

想起されるのは、先のボードレールの「文芸批評」に「浚はれて了ふ」という一節だ。これは「浚はれて了ふ」ことの反復であると捉え得よう。が、この「己れの姿を捕へようとする彷徨」は、反復しながらも次の言葉を見出している。

かうして私は、私の解析の眩暈の末、傑作の豊富性の底を流れる、作者の宿命の主調低音をきくのである。この時私の騒然たる夢はやみ、私の心が私の言葉を語り始める、この時私は私の批評の可能を悟るのである。

これは「批評とは、竟に己れの夢を懐疑的に語る事ではないのか!」との言い方を反復しているように見える。が、わずかに相違する点を蔵している。「私の騒然たる夢」はやんでしまうということである。これは一体何を意味するのか。

繰り返し言えば、「已れの夢を懐疑的に語る事」は、「私」が告知される「事件」を忠実に語ることであった。が、今その「夢」がやんだのであれば、これは「私」を告知する「事件」それ自体が消えることを意味する。では、何が残るのか。注目すべきは「夢」がやむきっかけである。それは「作者の宿命の主調低音」を聴いた時であり、ということは、残るのはこの「作者の宿命の主調低音」に他ならない。さらに重要なのは、「私の心が私の言葉を語り始める、この時私は私の批評の可能を悟る」と小林が言っていることだ。「作者の宿命の主調低音」が残り、同時に、「私が私の言葉を語り始める」のであれば、「私の言葉」とは、「作者の宿命の主調低音」を剔抉し、残留させ得る言説になっていることを意味する。「私の言葉」が剔抉し、残留させ得るのは、小林が「様々なる意匠」で展開しているように、「言葉も亦各自の陰翳を有する各自の外貌をもつて無限である。虚言も虚言たる現象に於いて何等の錯誤も含んではゐない」からである。とすれば、「私」とは、この剔抉し、残留させ得る言説が存在するための主語として記されていることになろう。そして「この時私は私の批評の可能を悟る」のであれば、悟られる「私の批評」は、もはや新しい見解や斬新な解釈の提出では有り得ない。ただ「作者の宿命の主調低音」を現前しているのだ。つまり、小林の批評は、説明的言説にはなり得ない「私の言葉」を駆使することで「作者の宿命の主調低音」を現前する。しかし、それは自らの「私」という痕跡を告知する「事件」、すなわち作品との遭遇という「現実」を裂開してしまう危機に直面することでもあるのだ。

「現実」を裂開してしまう危機に直面することは、しかし、小林の批評にあっては、実はどうしてもそうならざるを得ない必然的な在り方なのである。というのは、先に提示した語り得ない「現実」を語るという矛盾の克服の仕方だからである。この場合の語り得ない「現実」とは、作品が内在する「秘密の闇黒」のことであったが、それは「作者の宿命の主調低音」のことでもある。これらが説明を峻拒しているからには、むしろ、在ることを説明することはおろか指摘すらできないのであって、では、説明も指摘も禁じつつ現前する仕方は、裂開の危機の受け入れを択ぶことにしかないであろう。だから小林は次のように「不審」の念を吐露するのだ。

私には文芸批評家達が様々な思想の制度をもつて武装してゐることを兎や角いふ権利はない。たゞ鎧といふものは安全ではあらうが、随分重たいものだらうと思ふ許りだ。然し、彼等がどんな性格を持つてゐようとも、批評の対象がその宿命を明かす時まで待つてゐられないといふ短気は、私には常に不審な事である。

批評の在り方が可能性に満ちている限り、小林の批評は、その可能性の一つの在り方であろう。「文芸批評家達が様々な思想の制度をもつて武装してゐることを兎や角いふ権利はない」。だが、「文芸批評家達」の駆使する「様々な思想の制度」は、制度のために説明的言説であることを免れ得ない。これが「宿命」、「秘密の闇黒」に届き難いことはもはや説明を俟たない。説明的言説が犯す最大の難点は、例えば「宿命」を、別の仕方で存在させてしまうことにあるのだ。「宿命」はそれ自体で十全な在り方をしている。別の仕方で存在させることは、誤謬を引き起こしかねない。「批評の対象がその宿命を明かす時まで待つてゐられないといふ短気」と小林は言った。別の仕方で存在させてしまう誤謬を犯さない仕方は確かにあるのだから、「私の言葉」が発見される時を待てばよいのである。「だがこの事実の発見には何等の洞見も必要としない。人々はたゞ生意気な顔をして作品を読まなければいゝのである」。ところで、「宿命」は小林にはどのように捉えられていたか。

四

「様々なる意匠」が展開される中で、「宿命」は、反復されて語られる。これはどのような意味があるのだろうか。

人は様々な可能性を抱いてこの世に生れて来る。彼は科学者にもなれたらう、軍人にもなれたらう、小説家にもなれたらう、然し彼は彼以外のものにはなれなかつた。これは驚く可き事実である。この事実を換言すれば、人は種々な真実を発見する事は出来るが、発見した真実をすべて所有する事は出来ない、或る人の大脳皮質には種々の真実が観念として棲息するであらうが、彼の全身を血球と共に循る真実は唯一つあるのみだといふ事である。

「宿命」はまず、「彼は彼以外のものにはなれなかつた」という「驚く可き事実」として把えられる。この言い方は重要である。すなわち、「彼は彼以外のものにはなれなかつた」とは、彼が「彼」になることを意味する(2)。が、言うまでもなく、彼もまた「様々な可能性を抱いてこの世に生れて来る」からには、「彼」になるのは一つの可能性に過ぎない。だが、小林はそれを「驚く可き事実」と言うのである。何故か。「彼の全身を血球と共に循る真実は唯一つあるのみだといふ事」が諒解されているからだ。「血球と共に循る真実」とは観念ではない。血球が「彼」の維持に不可欠なように、「血球と共に循る真実」は「彼」になるには不可欠なのだ。ということは、「血球と共に循る真実」がなければ「彼」は存在し得ず、「彼」の存在はその「真実」が在るがゆえに可能になっていると捉え得よう。つまり、ここにも先の作家の「秘密の闇黒」と同一の様態を見ることができるのであって、したがって、次にように帰結し得る。「彼」は「血球と共に循る事実」に告知される名であり、言わば「彼」という作品なのだ。

そう考えると、次のように小林が言うことも得心がいく。

血球と共に循る一真実とはその人の宿命の異名である。或る人の真の性格といひ、芸術家の独創性といひ又異つたものを指すのではないのである。この人間存在の厳然たる真実は、あらゆる最上芸術家は身を以つて制作するといふ単純な強力な一理由によつて、彼の作品に移入され、彼の作品の性格を拵へてゐる。

可能態である彼にあつて「彼」になることが「宿命」であるように、作品は作者の可能性を「宿命」として内在する。この「宿命」もまた、宿命であることを理由に、語り得ない。潜在的であつて決して顕在化も有り得ない。ただ「彼」に、作品に知り得るのみである。そうである以上留意しておくべきは、「宿命」の意味を探ったり、過度に意味付けしたりしないことだけである。別の仕方で存在させられる宿命は、もはやそれ自体ではない。ではどうすればよいか。実は、「様々なる意匠」はその受けとめ方も準備している。

吾々にとつて幸福な事か不幸な事か知らないが、世に一つとして簡単に片付く問題はない。遠い昔、人間が意識と共に与へられた言葉といふ吾々の思索の唯一の武器は、依然として昔乍らの魔術を止めない。

「様々なる意匠」の冒頭である。「吾々」とは誰か。確かにこの中に小林を数えるのは見易い。とすれば、小林と誰かということになる。誰か――他者を召喚してはじまるのが「様々なる意匠」なのである。「吾々にとつて幸福な事か不幸な事か知らないが、世に一つとして簡単に片付く問題はない」、当たり前なことであると肯ったとしたならば、その肯定者こそが誰かであり、とすると、否定者も否定するためには一度その内容を把握しなければならない以上、まずは肯いがあるのだから、やはり、誰かである。つまり、この一行目を読んでしまった者こそが小林と「吾々」になる者なのだ。「吾々」になってしまった者は、「様々なる意匠」の読者として「私」に追随させられる。換言すれば、「様々なる意匠」の言葉を共有させられる当事者になってしまうのだ。

意識し得ない共有がある。これは作品「様々なる意匠」との遭遇であり、この共有は「現実」である。しかも先に述べたように、小林の「私」は、語り得ない「現実（宿命）」を別の仕方で存在させないために、マルクスやバルザック、スタンダール、マラルメといった「最上芸術家」との遭遇の「現実」を裂開して、語り得ない「現実」をそのまま剔抉し、残留させ得る「私の言葉」のたんなる主語となっている。そうであれば、「様々なる意匠」の読者が直面しているのは、小林の「私」ではなくなっていると言い得る。語り得ない「現実」に直面しているのだ。換言すれば、批評言説によって語り得ない「現実」に直面する時に立ち会わせられ、そのまま引き渡されてしまうのだ。この強要こそが作品という「現実」なのではないだろうか。言ってしまえば、選択できないのが現実なのであって、強要され「動かされ」るより他ないのである。「人はこの世に動かされつゝこの世を捨てる事は出来ない、この世を捨てようと希ふ事は出来ない。世捨て人とは世を捨てた人ではない、世が捨てた人である」。

作品を引き渡されるままに把えるための言葉、「私の言葉」を把えるために準備される言葉が事前に構えることもできないまま、読んでしまった以上、俟たれている。

註

（1）「様々なる意匠」は、小林秀雄の文壇登場作として小林研究にあって、重視されている作品である。にもかかわらず、この作品論は意外と少ない。多いのは、小林の批評の在り方を論ずるための手掛かりとして、一節が引用されるということである。「様々なる意匠」は小林の批評のインデックスではないであろう。最近の論考をみても、「宿命の理論」や「夢」といったキーワードを設定して論じる論考が多い。それぞれ新説やかつてない解釈の仕方を提示するのであろうが、こうした方法を相対化し刷新しているのが「様々なる意匠」である以上、その脱構築性を見落としては、結局説明的言説にしかならないことは留意しなければならない。「様々なる意匠」が有する脱構築性に関しては、三浦雅士（「『様々なる意匠』のこと」「三田文学」平10・11）が触れている。ところで、前田英樹（『小林秀雄』平10・1、河出書房新社）の考え方には、立論するにあたって大変刺激を受けた。とくに「強いられた問いの所与」や「作品＝回答」との把捉の仕方は、説得力があり、優れていた。また、「あとがき」の「小林秀雄が創り出したものについて、またそれが人間の世界のなかで占める地位について、無意味でない文章を書くことは、そんなにたやすくはない」との言葉は、常に念頭に置かせていただいたことを記しておく。

（2）　これについては、「『私小説論』の問題――生きて在るということあるいはリアリティ――」（「國學院大學大学院紀要」平8・3）を参照。

附記―「様々なる意匠」の引用は、新潮社版『小林秀雄全集』第一巻（平14・4）に拠った。なお、本論中の引用文の表記は、仮名遣いは原文通りとし、漢字は常用漢字に改めた。

2　〈橋〉としての手紙

――小林秀雄「Xへの手紙」論――

一

いつでも局面的な現場に人は在る。人の存在はここで問われるのだから、それは存在する現場として問われるしかない。そしてその問いを発する人自体が問われる問い――「私」とは何かとはついに存在する現場を言葉に拠って把捉していくことにである。換言すれば、「私」というもの自体の解明ではなく、「私」ということの形態を開示していくことなのである。しかも言葉は何よりも先行するという前提がある。局面的な現場は漸次的変化の過程であるゆえにいかなる意味をも生じ得る。しかし、その意味をかたちどるのは言葉である。いわば、言葉の把捉によって局面は現場として認知されるのである。つまり、先に在る事象を言葉が追認するのではない。言語行為が整序し得た表現だけが在るとしか認識し得ないのである。「私」ということの形態は言葉によってむしろ告知されるのだ。

「だから人間世界では、どんなに正確な論理的表現も、厳密に言へば畢竟文体の問題に過ぎない、修辞学の問題に過ぎないのだ」と「Xへの手紙」[1]で「俺」は言ったが、言葉がそのまま認識のすべてであるならば、言葉にするその仕方だけが問題となる以外にはない。「俺」は言う。「人がある好きな男とか女とかを実際上持つてゐない時、自分はどういふ人間かと考へるのは全く意味をなさない事ではないのか」。相手を「好き」という感情を「自分」は有し、その感情は相手との交際の現場にある。「自分はどういふ人間か」をそこで問うことは、現場を保持する

「自分」を考究せしめる。「自分」のかたちとは、保持をいかにしているかという有り様であり、相手との〈間〉という疑い得ない実際である。つまり「自分」を問うとは、〈間〉の形成の仕方を問うことと一事になると言い得よう。そうであるならば、「私」とは何かという問いの究極の焦点は、単なる自省にはとどまらず、「私」の在り方にあるのである。先ず「私」が在るのではない。在り方が「私」を形成するのだ。逆説的に言えば、この形成は相手との〈間〉にのみ成立する以上、〈間〉がなければ「私」もないのである。相手に準じて相手を具体的に理解していく主体的な働き掛けの可能な〈間〉こそが「私」を形成するのであり、それを知るとは「私」の在り方すなわち存立の仕方を知ることなのである。「凡そ心と心との間に見事な橋がかゝつてゐる時、重要なのはこの橋だけなのではないのだらうか」――「俺」はすでに「君」へ宛てた手紙の中で言っていた。〈間〉とは「橋」のことであり、それはすでに極めて大切な言葉として「俺」は捉えている。〈橋〉を「君」に架けること、「俺」の言葉はそのためにあるのである。

「俺」は言う。

　俺は今君にこの哀愁其他に就いて書き送らうと思つてゐる。俺の様な人間にも語りたい一つの事と聞いて欲しい一人の友は入用なのだといふ事を信じたまへ。――これは俺の手紙の結論だ。

この結論を「真っ先きに」記したことは「非難」を受ける「詐術」ではあるまい。「俺」が「俺」たり得ようとする時、先ずこの表明なくして、その成就はおろか可能性さえも準備できないからだ。「君」との間に架かる〈橋〉だけに「俺」の在り方は顕現してくること、それは先に見た通りである。だから「信じたまへ」と「俺」は言ったのではないか。言い換えれば、「俺」の言説のすべては、「俺」の存立を徐徐に可能にするために発せられ、その線条のやがては必ず「君」に届いていなければならない。届いているとは、〈橋〉は確実に確保されていることを意味するからであり、「信じたまへ」との呼びかけは、その確保を信じているということである。「だけど君はどうしても来てくれなくてはいけない。俺は君の来てくれる事を信じてゐるのだから」。この手紙の終わりに記された言葉に留意すれば異論はないであろう。

一方的にならざるを得ない手紙言説の性質は制約的である。が、一方的な制約は、実は、存立を目指すということの、常に付き纏う要諦なのではないか。そうであるならば、手紙という形式を、独白《モノローグ》と捉えようと対話《ダイアローグ》と捉えようと「俺」には同じ意味になる。言葉は常に誰かに読まれる前提が潜在するからには、独白も対話に成り得るであろう。あるいは対話もその究極に自己対話という言い方があることを考慮すれば、単なる会話に終始しないであろう。つまり、独白と対話との境界を消失せしめるのが存立の内包する要諦なのだ。時に「俺」が「君」に語り掛けていることを忘れたり、「さうではないか、君はどう思ふ」と問い掛けたりする所以である。

独白あるいは対話を繰り返しつつ「俺」は手紙を書く。それは存立を開示する〈橋〉を確保するために他ならない。では、「哀愁其他に就いて書き送らう」とした「俺」の存立の開始はどこからか。そしてそれはどのようにされたのか。

二

「俺」は断言する。「今の俺は所謂余計者の言葉を確実に所有した。君は解るか、余計者もこの世に断じて生きねばならぬ」。生に対する希望や逡巡を感得できないほどの逕庭が、この自身に強要する断言にはある。傍観の余地はないのが人生であるならば、希望や逡巡を抱くとは不決断でいようとする態度であろう。たとえばそれは生きて在る理由や意味を知り得ない態度であり、少なくとも「私」の在り方を問うことはできない。「君は解るか」とは「俺」には決してその態度のないことの示唆であったのだ。あれば問い得ないはずである。ところで、この断言はどのようにして獲得されたのか。

その断言の後、「再び言ふ、俺は今恐ろしく月並みな嘆きのたゞなかにある」と「俺」は繰り返し、さらに次のように換言する。

俺は元来哀愁といふものを好かない性質《たち》だ、或は君も知つてゐる通り、好かない事を一種の掟と感じて来た男だ。それがどうしやうもない哀愁に襲はれてゐるとしてみ給へ。事情はかなり複雑なのだ。

「事情」の複雑さはむろん忖度の限りではない。だが、今「俺」は「嘆き」「哀愁」に襲われているとは何を意味するのか。「哀愁」に襲われているとは、心的構造が哀愁の容態になっているのであり、要するに「俺」は今「哀愁」それ自体となっていると把捉し得よう。「一種の掟」を破戒せしめたどうしようもなさはその証左である。言わば、意識的制御のまったく働かない状態に「俺」はなっているのである。これはやがて自らの言葉で描き出されてくる。

たゞ明瞭なものは自分の苦痛だけだ。この俺よりも長生きしたげな苦痛によつて痺れる精神だけだ。痺れた頭はたゞものを眺める事しか出来なくなる。（中略）俺は懸命に何かを忍んでゐる、だが何を忍んでゐるのか決してわからない。極度の注意を払つてゐる、だが何に対して払つてゐるのか決してわからない。君にこの困憊がわかつて貰へるだらうか。俺はこの時、生きようと思ふ心のうちに、何か物理的な誤差の様なものを明らかに感ずるのである。

「この誤差に堪へられない様に思ふ」と「俺」は言う。この「精神」とは「やつぱり様々な苦痛が訪れる場所だ、まさしく外部から訪れる場所だ。俺は今この場所を支へてゐるより外、どんな態度もとる事が出来ない」という「場所」である。明瞭になった「苦痛」は外から与えられるのであろう。が、それを感覚するのは「俺」という主体であるのだから、先に倣って再び「俺」は今「苦痛」それ自体になっていると言い得よう。「苦痛」はいかなる意味であろうと字義通りに解しておけばよいであろう。むしろ重視すべきは、「俺」が自ら「精神」を「場所」と把捉したことである。「俺」の視ているのは「苦痛」となった「場所」であり、「この場所を支へてゐるより外、どんな態度」も取れずにいることだ。しかし、「支へてゐる」とは一体何か。

「苦痛」に対して、精神は、恬然としてはありえず、処さねばならなければ、「支へてゐる」とは求めた処し方を示唆する。が、それは恣意的ではない。自動的である。対象のまったく不明瞭な「何か」に対して、「俺」は「懸命に何かを忍んで」おり、「極度の注意を払つて」いるしかない。「困憊」の漏出はその態度の無目的であるがためだ。「生きようと思ふ」とはささやかでも希望であり、目的を蔵する思いであれば、そこに「物理的な誤差」を「明らかに感ずる」とは、その思いの抱き難さを意味する。「支へてゐるより外、どんな態度もとる事が出来ない」との言い方にそれは感得し得よう。「支へてゐる」しかないのだ。不決断でいる余地はない。自動的と言った所以である。別な言い方をすれば、この余地のなさだけが「俺」には明瞭であって、したがって、「支へてゐる」とは主体的な働き掛けのはじまりと把捉し得よう。これは「俺」という主体の始原とは言い得る。が、ただし、始原はやはり始原に過ぎず、言わば不確定であり、秩序はないのである。ここに「俺」の存立はあり得ないであろう。不確定を確定し、秩序を与えなければ、存立は可能にならないからだ。では「俺」の存立条件は何か。

「俺」には自らに課した強要があった。強要しなければならなかった所以がここで問い得るならば、今はその全文を掲げる時だ。

幾度見直しても影の薄れた自分の顔が、やつと見えだしたと思つた途端、こいつが宿命的にあんまりいゝ出来ではない事を併せて見定めた。御蔭で（この御蔭でといふ言葉を忘れてくれるな）今の俺は所謂余計者の言葉を確実に所有した。君は解るか、余計者もこの世に断じて生きねばならぬ。

「宿命的にあんまりいゝ出来ではない」と見定められた「顔」とは、まだ存立のはかり得ない始原のことであって、「俺」はそれを認知したと言っているだけなのではないか。そうでなければ「宿命的」という言葉は遣えないであろう。重要なのは「所謂余計者の言葉を確実に所有した」との断言である。「断じて生きねばならぬ」と自らに強要する時、始原の秩序立ては必然である。したがって、「俺」の存立は、言葉による秩序立てしかないということになるであろう。だから「御蔭で」と言い、「（この御蔭でといふ言葉を忘れてくれるな）」と註記せずにはいられなかったのである。つまり、認知のみでは自身の存立は有り得ないことを知ったのが、今の「俺」であるとの明言であったのである。「俺は自分の感受性の独特な動きだけに誠実でありさへすればと希つてゐたといふより寧ろさう強ひられてゐたのだ。（中略）強ひられてゐるだけで俺には充分だつた」。

「俺」の経験的に得られた「充分だつた」との納得を慎重に受け取めるならば、「確実に所有した」と断言された「余計者の言葉」で「俺」がこの手紙を書くことの意義がより鮮明になってくる。「俺とても黙つてゐた方がましなくらゐは承知してゐる。だが口を噤んだ自分のみすぼらしさに堪へる術を知らないとすれば」――言葉を発するとは「自分のみすぼらしさ」に堪えることだ。交換可能の意味はない。しかも言葉を発するとは、言葉による秩序立てであり、存立を可能にしていくことであった。「確実に所有した」と言い切れる「言葉」がある以上、「俺」の存立の討究の可能性があり得るのだから、「断じて生きねばならぬ」との自身への強要の所以をここに見てもよいであろう。すなわち堪えるということ、それは「言葉」を所有することによって開示された存立の可能性がある限りは、それに賭けるということであるのだ。

人はたゞ人に読まれるといふ口実の為に命をかけねばならぬ。そしてそれは楽しい事でもなければ悲しい事でもない。さうではないか、君はどう思ふ。

「人に読まれるといふ口実」に「命をかけねばならぬ」との強要は存立の可能性への賭けと捉え得よう。が、口実である以上は義理立てのいわれはない。だが、「俺」は自らに強要する。そして「それは楽しい事でもなければ悲しい事でもない」と断じる。「命をかけねばならぬ」事柄が「人に読まれるといふ口実」であったのは一体何故か。

俺には今遅々として明瞭にならうとしてゐる事がある。それは社会は決して俺を埋めつくす事は出来ぬ、だが俺は俺自身に対して、絶えずアリバイを提供してゐなければならぬといふ事だ。

「絶えず」自身に対してアリバイを「提供してゐなければならぬ」とは、存在証明の間断ない提供を意味する。注意を要するのは、この提供し判断することの円環を自身が遂行していくことには陥穽があるということだ。「俺」が自身に対してアリバイの提供をしても、判断する「俺」には在ったことにならざるを得ず、判断の時点の「俺」

もまた新たに提供しなければならない。が、これも在ったことになる。この円環は判断を中止しない限り継続していく。とすれば、この陥穽は説き尽くせない。ところで、これが仮に、単に繰り返されるだけだとしたら――「単調に堪へられないで死ぬ」と「俺」は言った。

人は女の為にも金銭の為にも自殺する事は出来ない。凡そ明瞭な苦痛の為に自殺する事は出来ない。繰返さざるを得ない名附けやうもない無意味な努力の累積から来る単調に堪へられないで死ぬのだ。

そして「俺は今も猶絶望に襲はれた時、行手に自殺といふ言葉が現れるのを見る、そしてこの言葉が既に気恥しい晴着を纏つてゐる事を確め、一種憂鬱な感動を覚える」と、もはや「自殺」できない自身を確認している。何故できないのか。「余計者の言葉」を「確実に所有」している「俺」には、生きて在り得ることの可能性があるからである。さらに次の言葉を「俺」が書き継いでいることは重要である。

さういふ時だ、俺が誰でもいゝ誰かの腕が、誰かの一種の眼差しが欲しいとほんたうに思ひ始めるのは。

「さういふ時」とは、「自殺」できない確認の時であったばかりではなく、「誰かの腕」「誰かの一種の眼差し」が欲しいと「ほんたうに思ひ始める」契機の時だったのである。この契機は、いわゆる関係性の希求を「俺」に準備せしめる。が、直ちに「誰か」を希求しているというだけの意味にはならない。想起されるのは「人はたゞ人に読まれるといふ口実の為に命をかけねばならぬ」との言葉である。「口実」の十全な成就のためには、確実に誰かがいるという絶対的条件を要する。しかもその十全な成就は〈橋〉だけに望み得ることであれば、そこに「俺」の存立の可能性が開示されることを意味する。それに導かれて言えば、「誰か」を「俺」が希求するとは、単に〈他者〉を求めることではない。自身の存立の可能性のある〈橋〉が架かることを切実に求めることなのだ。つまり「俺」が在って「誰か」を希求するのではない。「誰か」がいて「俺」は在り得るから希求するのである。共存の関係の希求ではないのだ。だが、「誰か」を常に見出し得る保証はない。

俺の努めるのは、ありのまゝな自分を告白するといふ一事である。ありのまゝな自分、俺はもうこの奇怪な言葉を疑つてはゐない。人は告白する相手が見附からない時だけ、この言葉について思ひ患ふ。困難は聞いてくれる友を見附ける事だ。だがこの実際上の困難が、悪夢とみえる程大きいのだ。

「ありのまゝな自分」とはありのままである限りにあって、何にでもなり得る秘められた可能性のある始原であり、それは「苦痛」となった「精神」を「支へてゐる」態度であった。が、ここに存立はあり得なかった。言葉による秩序立てを要し、その開示は〈橋〉が架かることにあった。「俺」の存立は「聞いてくれる友」との「見事な橋」だけに可能である。「告白する相手が見附からない時だけ、この言葉について思ひ患ふ」のは、存立を可能にする架かるべき〈橋〉の確保の不全を意味するからだ。「見附ける」という「実際上の困難」が「悪夢とみえる程大きい」のは「告白する相手」「聞いてくれる友」のいる保証がないからだ。それを語る「俺」には、充分に諒解されていることを感得できよう。

「俺」はしかし、この保証のなさで言葉を発していかねばならない。「口実」という表現の由来はここにある。発した言葉を受け取めてくれる人を希求せざるを得ないとしても、それが叶うとは限らない虚しさがその表現に感じられないであろうか。感じ得るのであれば、「命をかけねばならぬ」と強要した所以は自ずと解明されてくる。虚しくとも「命」を賭けるしかないのは、「余計者の言葉」を「確実に所有」してしまった者の存立の可能性がそこにしかないからなのである。「それは楽しい事でもなければ悲しい事でもない」と「俺」は言っていた。それは当然断行されるべきことであったのだ。これこそがアリバイの間断ない提供ということにならないであろうか。

提供し判断することをすべて自身で遂行する「俺」のアリバイ提供の仕方は、在ったことを自身一人で担わなければならないことを脱すれば、内包された陥穽を回避し得る。つまり、証明を「相手（友）」と分かてばよいのである。証明が「相手」にも可能であるということ、これは確実に〈橋〉が架かることを明示するのであれば、アリバイを自身に提供するとは、「俺」の、自身の「言葉」で秩序立てた存立の証明にもなる。ついに確保の明示と存立の開示とは同一に他ならない。これが過言であるならば、「Xへの手紙」の中で、信じるという言葉が繰り返されることの意味をどのように解していけばよいのか。架かるべき〈橋〉の確保は「悪夢とみえる」ほどの「実際上の困難」に充ち、その保証はない。だが、「俺」は信じると「君」に向けて発していく。信じるとは架橋の希いなのだ。しかし、その分かち合いに何故「君」が択ばれているのか。

三

「君」について「俺」はこう語る。

君くらゐ他人から教はらず他人にも教へない心をもつた人も珍らしい。さういふ君が自分でもよく知らない君の天才が俺をうつとりさせる。君の心のこの部分が、その他の部分とうまく調和しなくなつてゐる時、特に君は美しい。決して武装したことのない君の心は、どんな細かな理論の網目も平気でくゞりぬける程柔軟だが、又どんな思ひ掛けない冗談にも傷つかない程堅い。
この「心」は「君」だけが持っていること、これは「Xへの手紙」の読者は「君」ではないことを決定付ける。さらにこの決定的相違は次のことも示唆する。「俺」にとってこの手紙を書く「相手」は、他ならない「君」でなければならなかったことだ。

俺に入用なたつた一人の友、それが仮りに君だとするなら、俺の語りたいたつた一つの事とはもう何事であらうと大した意味はない様である。さうではないか。君は俺の結論をわかつてくれると信ずる。語らうとする何物も持たぬ時でも、聞いてくれる友はなければならぬ。俺の理解した限り、人間といふものはさういふ具合の出来なのだ。

「語りたいたつた一つの事」とは「哀愁其他」であったが、もはやそれは「大した意味はない」と「俺」は言う。それよりも求められるのは、「聞いてくれる友」である。何故か。語り掛けによって「心と心との間に見事な橋がかゝつてゐる時」を確保しなければならないからだ。「君は俺の結論をわかつてくれると信ずる」との言い方にその所以は感得し得よう。「わかつてくれる」ことの一事が何よりも大切であるのは「俺」の存立が「橋がかゝつてゐる時」にしかないからである。「俺が生きる為に必要なものはもう俺自身ではない、欲しいものはたゞ俺が俺自身を見失はない様に俺に話しかけてくれる人間と、俺の為に多少は生きてくれる人間だ」。
この「人間」になり得る条件は何人も有している。が、「わかつてくれる」ことの信用が「俺」から示される人であることは別事である。しかし、「君」にはある。ということは、「君」は「俺」の理想的な理解者であることを示唆するのではないか。そうであるならば、「俺」が「君」を択んだ所以はここにある。「君」は「俺」の言葉すべてを完全に理解してくれる人であるとは、架かるべき〈橋〉の十全な確保を保証し、「俺」の存立を可能にする人であることを示している。が、実際的にはこのような理解者が存在すること、その可能性は心もとない。だが、この見方は「君」が「俺」にそう描かれていることによって実は無効なのだ。つまり「俺」は「君」をそう描いておけば十分であったのだ。「君」をそのように定立しておけば、「俺」の存立は可能であったからである。問題は架橋の確保にある以上「君」は誰かとはついに意味のない問いなのである。(2) しかし、「君」を「俺」の内なる他者などと把捉することもできない。手紙中で言葉が交わされる場面があるが、どちらが言ったことか判然としなくなっているのは、「俺」の記憶の薄れのためではない。確実に「君」が定立されている証左なのであり、「俺」の現在の認識の相互理解が成立していることを意味しているのである。「今も俺達は同じ会話をとりかはす事は出来る、併し俺達はもう昔の様な表情はしまい」。

「君」を定立することで架かるべき〈橋〉は確保できる。そこには「好き」という発動していく主体的な働き掛けがある。「俺」は言う。

俺は別に君を尊敬してはゐない、君が好きだといふだけで俺にはもう充分に複雑である。言はばそれは俺自身に対する苦痛だが、又快い戦なのだ。

「好き」とは感情であり、この人と人との〈間〉に発動していく主体的な働き掛けは「俺」自身の存立を呼び覚ます動機なのである。自身との「快い戦」とはそういうことではないのか。したがってこの動機は、発動していく主体的な働き掛けを、発動していくがゆえに明け渡すことを要請する。明け渡すとは「相手」を信頼し託すことである。要請に従えば架かるべき〈橋〉の確保が常に問題となる他はない。「俺が生きる為に必要なものはもう俺自身ではない」と「俺」が言った所以である。つまり自我は始源ではあっても、存立の支持にはならないのだ。「近代人の自我は解体してゐるといふ事が、単なる比喩に過ぎないとしても、凡そ自我とは橋を支へるに足りる抵抗をもつた品物では恐らくあるまい」。

「橋を支へるに足りる抵抗」は自我にはないとは、自我は自省に堪え得ないからである。堪え得るのは、主体的な働き掛けを託し得る信頼に顕現する自己である。「俺」はそれを「橋」と呼び、次のように言っていた。

彼等の交渉するこの場所（井上註―人と人との感受性の出会ふ最も奇妙な場所）だけは、近附き難い威厳を備へてゐるものの様に見える。敢へて問題を男と女との関係だけに限るまい、友情とか肉親の間柄とか、凡そ心と心との間に見事な橋がかゝつてゐる時、重要なのはこの橋だけなのではないのだらうか。この橋をはづして人間の感情とは理智とはすべて架空な胸壁ではないのか。

慎重に捉えるべきは、この言葉の獲得が「女」との交渉の現場から具体的に得られたことだ。そこは傍人には知り得ない「様々な可能性」を孕む充足した「ほんたうの意味の人と人との間の交渉」の現場であり、世間とは隔絶した「極めて複雑な国」である。そこにあって互いは実は「覚め切つて」いて「間近かで仔細に眺める」のである。したがってすべての「秩序」も「無用な思案」も消え去り、「現実的な歓びや苦痛や退屈」があるばかりとなり、「抽象」や「明瞭な言葉」は一切拒絶される。そして「この時くらゐ人間の言葉がいよいよ曖昧となつていよいよ生き生きとして来る時はない、心から心に直ちに通じて道草を食はない時はない。惟ふに人が成熟する唯一の場所なのだ」と「俺」は結ぶ。この現場の「俺」の把捉は、具体が故の矛盾や錯綜を内包しながらの真実であること、これは弁舌を俟たない。換言すれば、「愛も幸福も、いや嫌悪すら不幸すら自分独りで所有する事は出来ない。みんな相手と半分づつ分け合ふ」分かち合いの現場であり、そこを「惟ふに人が成熟する唯一の場所」と「俺」が把えたことはとりわけ重要である。「成熟」に特別な意味を込める必要はない。架かるべき〈橋〉の在り方を知るという当然のことなのだ。が、「実際上の困難が、悪夢とみえる」との「俺」の言葉を忘れてはならない。「世間との交通を遮断したこの極めて複雑な国」は当然あり、そのために誰も意識しないほどの「瑣事」だとすれば、つまり密やか過ぎるのだ。「君は解つてくれるだらう、瑣事のもつ果しない力を見まいとする人達に立ち交つて、かういふ夢を見つゞけるのはかなり苦しい事だといふことを。俺は人々が覚め始めようといふ点を狙つて眠り始めねばならない。時々俺はこの夢の揚げる光にもうこれ以上堪へ切れないと感ずる。忽ち夢は変貌して、俺は了解し難い無頓着に襲はれる」。

「人々の心がなんにも支へる必要のない溜りがある。俺は堪へきれなくなるとさういふ溜り」に「俺」は出かけて行く。

どんな事にでも目的といふものを定めた上でなければ、なんの行動も出来ない人々が、目的を見失ひに集つて来る。俺は不器用な眼附きで彼等を眺める。俺は反対に一つの目的を恢復する為にこゝに来たのではなかつたか。だが俺の姿はなんと彼等によく似てゐる事だらう。

「一つの目的」とは架けるべき〈橋〉を確保することではないか。架かっている〈橋〉は誰にでもあるかもしれない。が、意識的な確保は別事であろう。だから獲得ではなく「恢復」なのだ。ところで、この「溜り」で「俺」は「囁き」を聞く。

耳もとで誰かがさゝやく、——何故お前はもつと遠い処に連れて行つて貰はないのか。お前の考へてゐる幸福だとか不幸だとか、喜劇だとか、なんでもいゝ、お前が何かしらの言葉で呼んでゐる人生の片々は、お前がどんなにうまく考へ出した形象であらうとも、そんなものは本当のこの世の前では、——さあなんと言つたらいゝか、いやお前は何故大海の水をコップで掬ふ様な真似をしてゐるのだ、——何故お前はもつと遠い処に連れて行つて貰はないのだ。——囁きはやがて俺を通過して了ふ。そして俺は単に落ち着いてゐるのである。

この「囁き」を宗教的な救済の声と捉えることに無理はないであろう。(3) 何からの救済か。〈橋〉の確保を意識しない人々に立ち交っていても、それをしていかねば存立があり得ないことからであろう。「恢復」に来てそれを聞くとはその艱難の程を知らしめる。が、「俺」は「通過」させ「単に落ち着いてゐる」のである。「俺」は存立の可能性に賭けようとしているのだ。「断じて生きねばならぬ」——その勁さとそれ故の孤絶性を感得し得よう。「俺は今すべての物事に対して微笑してゐる。たゞ俺にもよく解らない深い仔細によつて、他人には決してさうは見えないのだ」。

「俺」は「君」という理想的な理解者に語り掛けながら、自身の存立の仕方を開示する。開示は自己の韜晦でも前触れでもない。架けるべき〈橋〉の顕現であり、存在する現場の把捉に他ならない。つまり、語り掛けは自身を呼びとめることでもあるのだ。呼びとめていなければ閉蔵を常とする存立の可能性は語り掛けが開成する。そしてここに一つの存在論がある。

註

（1）「Xへの手紙」をめぐる先行研究は、先ず小林秀雄の青年期の未発表断片を引照しながらの解読の試みから開始されたことが挙げられよう。だが、樫原修（「『Xへの手紙』論」「国語国文論集（学習院女短大）」昭56・3）の「小林の内面につながる告白的性格」が読み得たとしても、それを作品化するまでの「作者の成熟」を考慮せず、「未発表断片と共時的に読むことはできない」との指摘は重要である。「Xへの手紙」言説と小林の年譜との整合性を求めてもそれは調整に過ぎない。調整がこの作品を裁断してしまう危惧を抱くならば、把捉し得る「小林の内面」がたとえあったとしても、その密意性のあげつらいには慎重にならねばならないであろう。比較的新しい論考を挙げれば、永藤武（『小林秀雄の宗教的魂』平2・2、日本教文社）は「信の一事のために」この作品は「したためられた」と捉える。そして「ここにしか自分の生きる意味はないと見定めた小林」の「生命の想いをこめた私信」と結論する。細谷博（「小林秀雄『Xへの手紙』読解」「南山国文論集」平4・3）は、「〈自己表現〉と〈自己像〉との齟齬に鋭敏なあまり、かえって両者の乖離をまねくというジレンマ」に立たされた「『俺』の鋭い自意識」を捉え、「〈自己を語る自己〉のありかたが語られようとしている」と指摘する。関谷一郎（『小林秀雄への試み』平6・10、洋々社）は、「『自我』の存立に疑問を投げかけている」小林を見た上で、これを語る自体「小林の『自我』の危機」であり、それを「他者に架橋することによって、克服しようとしている」と捉える。

（2）「Xへの手紙」研究において、「君」のモデル問題があることについては詳述の必要はないであろう。むしろモデルが誰であるかということより、モデルを喚起するほどの実在感があるように「君」が定立されている作品であるということ、これに特に注意が必要なのである。

（3）この捉え方については、「小林秀雄と正宗白鳥――『思想と実生活』論争、その語られなかったこと――」（「國學院大學大学院文学研究科論集」平6・3）を参照。

附記―「Xへの手紙」の引用は新潮社版『小林秀雄全集』第二巻（平13・5）に拠った。なお、引用文の表記は、仮名遣いは原文通りとし、漢字は常用漢字に改めた。

3　生きて在るということあるいはリアリティ
──小林秀雄「私小説論」の問題──

一

様々な問題を人間は抱え、独自のかたちで提出する。それは常に実際的だ。空想的観念的にならないのは、生きて在るということと不即不離に発しているからである。言うまでもなく、人間にとってもっとも大切なことは、今私が生きてここに在るということであって、この他ならない私とは一体何かという根柢的な問いは切実さを帯びている。切実であるからこそ一人一人の問いはそれぞれのかたちで生じる。実在する私というかけがえのない存在にそれぞれが実際的に向ける省察だからである。

「コギト・エルゴ・スム」という言葉はその省察が至った一つの結果である。デカルトが自ら第一原理と称したこの言葉が実際的な懐疑の末に見出されたことは周知の通りである。一切を虚偽であると仮定しようと考えた時、そう考える私は「何かであることがどうしても必要」(『方法序説』[1])という「保証つきである」ところから、私という存在を定義してみせたデカルトの省察は、他ならない私とは何かという人間存在の根柢的な問いである。デカルトはこの問いを抽象的に受けとめなかった。懐疑のための懐疑といった限りのない概念操作の陥穽に捕えられてしまうからだ。「疑うためにだけ疑い、いつも不決断でいようとする〈懐疑論者〉をまねたわけではありません。それどころか、私の計画はひたすら確信をいだこうとすることであり、泥土と砂をはらいのけて、岩か粘土を見つけようとすることだったからです」(同前)。

デカルトの問いは、常に生きて在ることと密接なかたちで発せられたのである。その問いから得られた「コギト」は、次のように定義される。「私とはそれでは何であるか。思惟する事物《もの》、である。思惟する事物とは何であるか。つまり、疑い、知解し、肯定し、否定し、欲し、欲せず、また想像もし、そして感覚し、するもの、である」(『省察』(2))。小林秀雄はこの定義についてこう言う。

こんな解り易い定義はない、といふよりも、これは、私達に直接に経験されてゐる諸事実全体の叙述である。彼の言ふ「思ふ」とは、何か特別の思ひ方を指してゐるのではない。彼の定義通りに受取れば、思ふとは意識的に生きるといふ事と少しも変りはありはしないのです。(「常識について」昭39・10〜11)

「思ふ(思惟する)」ことが「意識的に生きるといふ事」と変りはないとの理解を小林が示す所以は、小林自身が「意識的に」生きているからであろう。「意識的に生きる」ことに特別な方法はない。この他ならない私の、たとえば生まれてきた意味や生きて在る理由を求めながら生きていくことではないか。小林の「私達に直接に経験されてゐる諸事実全体の叙述である」という確信は、まさに直接の経験である生きていくことに根差し、したがって、人間の在り方そのものを表していると言い得よう。

小林の確信に留意すれば、「コギト」の定義に続くデカルトの次の言葉は重要である。「私には、見えると思われ、聞こえると思われ、暖いと思われる。このことは偽ではありえず、このことが本来は、私において感覚すると称せられていることなのであり、実際、このように厳密な意味に解するなら、感覚するということは思惟するということにほかならないのである」(『省察』)。感覚することもまた「思惟する」ことであるというデカルトの断言は慎重に受けとめなければならない。「思惟する」とは、思念上の限られたことではなく身体の感覚そのものであると解せよう。いわば思索や感覚、意識、気分、からだの動きといった自らが発する包括的な主体の働き掛けがまさしく「思惟する」ということなのである。

私とは「思惟する」ものであるとは、厳密に捉えれば、「思惟する」という主体の働き掛け自体が実は私そのものであることを意味する。逆説的に言えば、私はそのままでは存在し得ず、「思惟する」ことによって初めて「私」と認識されることになる。要するに「私」は「思惟する」ことに現れ、「思惟する」ことは「私」は「思惟する」ことによって生成され認識される。「思惟する」ことと「私」との間には円環関係があるのだ。[3]とすれば、「思惟する」ことによって生成される「私」は、包括的に実在する私の臨時の型に過ぎない。が、私たり得るために「私」という臨時の局面的な型を必要とするのだ。つまり「私」の表明は、主体的な働き掛けの関与を通じ、「私」という型を与えなければ不可能だったのである。

デカルトの定義が明示したこの人間の在り方は、「私」の問題は包括的に生きて在る私と私の「思惟する」という働き掛けの円環の問題であったが、在り方である以上ついに生きて在ることと切り離された問題ではない。だから、いわゆる私小説のみに顕在化する問題ではなかったのである。今日に至って、様々な領域の研究が「私」あるいは「自己」を追究していることはその証左となるであろう。[4]

生きてここに在ることを私は求めて「私」を探す。あるいは創作すると言ってもいいが、これは疑う余地のないことである。ギュスターヴ・フローベールは言った。「ボヴァリー夫人は私だ」。この言葉はその疑う余地のないところにあって、初めて意味が解けるのではないか。小林秀雄がフローベールのこの言葉の滅びない限り、私小説は新しい形で現れて来るだろうと「私小説論」の結論として記したことも、この疑いの余地のないところを見据えていたからではないだろうか。

二

「私小説論」(「経済往来」昭10・5〜8)で私小説としてとりあげられる小説は、単に一人称で書かれた作品だけではない。とりわけ核として論じられるのは、アンドレ・ジッドの『贋金つくり』である。また先に挙げたフローベールの言葉を小林がその結論に据えたことは重視されるべきである。「私小説論」を貫くこの視点は、小林が私小説という形式をどのように捉えていたかを窺わせる。別言すれば、この視点があるからこそ「私小説論」が今日にあっても読み継がれ論じられるのであろう。(5)小林によって提示された私小説の問題には古びてしまわない確かさがあるのであり、根柢的な問題を開示しているのである。では、小林の開示したその問題とは一体何か。

私小説はジャン・ジャック・ルソーの『告白(懺悔録)』に始まったと小林はまず位置付ける。ルソーが他ならない「私」を問題にしようとしたことは確かであるが、しかし、何故この他ならない「私」を描こうとしたのであろうか。ルソーは『告白』にきわめて個人的な事柄を書きつづった。それを自己告白と見做すことは簡単だ。だが自己告白ということを、あるがままの自己を赤裸々に語るというように安易に解することはできない。赤裸々にあるがままの自己を語るとは、もしかすると空想上の自己を語っているのかもしれないのだ。自己告白とは何か。福田恆存は「自己劇化」という独自の言葉を駆使して言う。

　意識家の眼は、自己のうちにつねにあらゆるものに成りうる自己を見てゐるだらう。が、あらゆるものに成りうるといふのは、その可能性のうちのなにかひとつに自己が転化する以前においては、自己はなにものでもないといふのにおなじだ。意識家はその間の消息によく通じてゐるはずである。なにかになるためには動かなければならぬ。自己は動かねばならない。かうして、かれは自己劇化に専心する。ルソーの「告白録」とはさういふものだ。かれはそこで、いはゆるあるがままの自己表現などに浮き身をやつしてはゐない。かれがマダム・ド・ワレンスとの情交について「誠実に」描写しようとするとき、かれが無意識のうちにこころがけたことは、自分に、そして相手に、当時のそれとは異つた役割を与へようとすることだつたにさうゐない。

（「自己劇化と告白」[6]）

「なにかになるためには動かなければならぬ。自己は動かねばならない」という言い方は注意を要しよう。「ならぬ」「ならない」という自己への禁止をしなければ、自己は自己たり得ない。福田の言う「自己劇化」とは、まさしく自己が自己に成ろうとするその意識をもっとも強く表現した謂である。自己は在るのではなく、成るのだというアンドレ・ジッドの言葉とほぼ同義と解せよう。つまり、自己告白とは、自己の劇化のことであり、自己に成ろうとする内的な動機の表現である。言い換えれば、自己が「なにものでもない」ものから「なにかになる」ために、選ばれた表現なのだ。重要なのは、それによってこの「意識家」が「異つた役割」を自らに与えようとした点である。あるがままの自己などはない。『告白』を書くことによって、一つのあるべき自己という型を創作し、「自己劇化」することで、ルソーは自己たり得たのだ。むろん、この自足は一時的だ。この創作は自らが壊していくだろう。再び、創作と破壊は繰り返される。その十全な完成は生きて在る限りあり得ないのではないだろうか。

この「劇化」という内的動機を、小林秀雄は「救助」と呼び、自らを救い出そうとする源は、ルソーの「強い精神力」にあると言う。「強い精神力」による「救助」も、内的動機による所作と見られるであろう。

私小説の先祖は恐らくジャン・ジャック・ルッソオであらう。少くとも彼は私小説の問題を明瞭に意識して文学に導き入れた最初の人物であつた。「懺悔録」に語られてゐる不幸は英雄の不幸ではない、凡人の不幸である。併し読者はこの不幸を及び難い不幸と観ずる。言ひかへれば、作者が自分の不幸な実生活を救助した強い精神力を感ずる。この力が私を語つて私以上のものに引きあげる。作者は自伝を書いて文学作品となしてゐるのだ。又言ひかへれば「懺悔録」の客観性は、彼が己れを忌憚なく語るといふ当時前代未聞の企図を信じた事による。何故信じたか。社会が自分にとつて問題ならば、自分といふ男は社会にとつて問題である筈だ、と信じられたが為である。

（「文学界の混乱」昭9・1）

『告白』に語られた「不幸」は、まさに「凡人の不幸」なのかもしれない。しかし、それが「及び難い」と観じられるのは、自らを「救助」しようとする「強い精神力」を感じるからであると小林は言う。ここで言われる「強い精神力」とは、「なにものでもない」自己以前の状態から「なにかになる」すなわち自己に成ろうとする強い内的動機であって、常に日に新たに自己たり得ようとする意志を指している。この意志によって、「私を語つて私以上のものに引きあげる」ことができる。何故できるのか。「社会が自分にとつて問題ならば、自分といふ男は社会にとつて問題である筈だ、と信じられた」からであると小林は言う。これは再び「私小説論」でも同様に繰り返されることになる。

ルッソオは「懺悔録」でたゞ己れの実生活を描かうと思つたのでもなければ、ましてこれを巧みに表現しようと苦しんだのでもないのであつて、彼を駆り立てたものは、社会に於ける個人といふものの持つ意味であり、引いては自然に於ける人間の位置に関する熱烈な思想である。（中略）彼の思想はたとへ彼の口から語られなくても、彼の口真似はしなかつたにせよ、ゲエテにも、セナンクウルにも、コンスタンにも滲み込んでゐたといふ事だ。彼等の私小説の主人公等がどの様に己れの実生活的意義を疑つてゐるにせよ、作者等の頭には個人と自然や社会との確然たる対決が存したのである。つゞいて現れた自然主義小説家達はみな、かういふ対決に関して思想上の訓練を経た人達だ。だから彼等にとつて、実証主義思想に殉じ「他」を描いて「自」に徹するといふ仕事は、久米氏の考へる様に、決して古今東西の一二の天才の、といふ様な異常な稀有な仕事ではなかつたのである。

ルソーにとって、社会が自分に問題であるとは自分が社会にとって問題であることを意味し、それは「社会に於ける個人といふものの持つ意味」であるばかりではなく、「自然に於ける人間の位置に関する熱烈な思想」でもあったと小林は解する。社会における個人というものの追究が、自然における人間の位置を思索しようとすることに至っている時、単に個人的な追究ではないことは見やすい。むろん、普遍の人間性を追究するということが初めにあるのではない。あくなき自己の追究のその先に見出されてきたと言うべきである。そうでなければ、「私を語つて私以上のものに引きあげる」という言い方はできない。さらに重要なことは、ルソーの「熱烈な思想」は、ルソー一人のものではなかったと小林が言ったことである。「ゲエテにも、セナンクウルにも、コンスタンにも滲み込んでゐた」思想は、その獲得の方法はそれぞれでも、辿り着いた思想が同じであったことを意味し、それを踏まえれば、小説という表現形式は、自己の「救助」であり、自己たり得ようとする表現であると言い得よう。『他』を描いて『自』に徹するといふ仕事」が決して天才のみがなし得るような「異常な稀有な仕事ではなかつた」と小林が言い切った所以である。決して稀有な仕事などではない。生きて在る人間にとって、自己たり得るということの切実さは、先に論じた通りであり、小説という表現形式は、極言すれば、作家の生きて在ることの必然の場なのではないか。小林は言っている。

バルザックの小説はまさしく拵へものであり、拵へものであるからこそ制作苦心に就いての彼自身の隻語より真実であり、見事なのだ。そして又彼は自分自身を完全に征服し棄て切れたからこそ拵へものの裡に生きる道を見つけ出したのである。

（「私小説について」昭8・10）

ここに言われていることは作家と作品とが短絡的に結び付いていることでもなく、作家の実人生に作品が還元できるということでもない。バルザックの小説は、「拵へもの」であり、虚構に過ぎない。作品はその完成度がすべてであるから、制作苦心の隻語は意味をなさないと考えられる。この考えは構造論的には当然かもしれないが、しかし何を意味するのか。「拵へものであるからこそ（略）真実であり、見事なのだ」と小林は言う。「拵へもの」という虚構を「真実」と言い得る所以は、作品の捉え方にある。繰り返すが、作品とは、あるべき自己の型の一つであり、内的動機によって求められた必然的な形式である。だからこそ作品の完成度が問われるのだ。つまり、作品の完成度が高いとは、あるべき自己の型がより十全になっているということだからである。十全になるとは、それだけ熱烈に自己に成ろうという意志の強さを示すことであろう。そう考えると「彼は自分自身を完全に征服し棄て切れたからこそ拵へものの裡に生きる道を見つけ出したのである」という言葉も納得できる。自分自身の完全な征服とは、あるべき自己の型を求めて作品を創作することであり、つまりは自己たり得ようとすることであったのだ。これは小林にはすでに諒解済みのことであった。「私小説の征服とは自分自身の征服といふ事に他なるまい」（「私小説について」）。

三

私小説の征服は自分自身の征服であるという小林の諒解は、またアンドレ・ジッドの信念でもあった。周知の通りフランスの十九世紀は、社会問題に関心が集まり、同時に社会科学や実証主義思想が人々の間に浸透していった。文学に科学的根拠をあたえようとする試みがなされたのはその一つの結果であった。例えば、イポリット・テーヌが代表作である『イギリス文学史』に適用させた決定論的な理論は、明らかに所謂自然科学に立脚している。「ほかの場合と同じように、事実の蒐集につづいて、原因の探求がこなければならない。物理的事象であろうと、精神的事象であろうと、事実にはつねに原因がある。（略）悪徳も美徳も、硫酸や砂糖と同じように、生成物なのである」（『文学史の方法』　瀬沼茂樹訳　岩波文庫）。

エミール・ゾラがテーヌの理論に深く示唆を受けて『実験小説論』を書いたことは、人間を科学的に計量し捉え得るという可能性を意味した。が、そればかりではなかった。小林が言うように、ゾラの選択した方法は、その方法を憎悪したフローベールやモーパッサンと同じ帰結をもたらしたのであった。

彼は時代思想を憎悪する代りに、進んでこれに愛着したが、これが為にその私生活上の「私」を見失つた点は、彼等と同様である。（中略）時代思想の記念碑を建てる為には、ゾラの様に、思想に憑かれて、身を亡ぼす人を要したのである。この点フロオベルと「ボヴァリイ」との関係は、ゾラと「クロオド」との関係と異るところはない。

（「私小説論」）

ゾラが「ルーゴン・マッカール叢書」で実現してみせたのは、「再現しようと希つた科学的真などといふもの」（「再び心理小説について」昭6・5）ではなかった。ゾラの理論の犠牲であり、「恐ろしく不器用な、巨大な夢の塊りであり、情熱的悪夢の絵巻」であった。二十巻にも及ぶ「絵巻」の完成のためにゾラは、自意識によって身を亡ぼしたのであり、しかしそれは自らの熱烈な思想の具現のためであったのである。そうであってみれば、私生活上の「私」を見失うとはすなわち、作品に「私」を生かすということを知ることなのだ。

十九世紀のそうした展開によってもたらされた「風通し」の悪さの中で、ジッドは「決心」する。すなわち作品に「私」を生かすということだけを信じたのである。

十九世紀の実証主義思想は、この思想の犠牲者として「私」を殺して、芸術の上に「私」の影を発見した少数の作家達を除いては、一般小説家を甚だ風通しの悪いものにした。個人の内面の豊富は閑却され、生活の意欲は衰弱した時にあたつて、ジイドはすべてを忘れてたゞ「私」を信じようとした。自意識といふものがどれほどの懐疑に、複雑に、混乱に、豊富に堪へられるものかを試みる実験室を、自分の資質のうちに設けようと決心した。客観的態度だとか科学的観察だとかいふ言葉が作家達の合言葉となつて、無私を軽信する事が文学を軽信する所以であつた様な無気力な文壇の惰性のなかで、彼は一人で逆に歩き出した。彼の鮮やかな身振りは、眼を文学以前の自己省察に向ける事を人々に教へたのである。

（「私小説論」）

「持つて生れた自我といふ様なものは幻影である、自己批評によつてばらばらに解体して了はねばならぬ幻影である」（「『パリュウド』について」昭10・9）と小林に「貴重な教訓」をあたえたジッドが、「私」を問題にするのは、必然的な「意志」であったろう。「実験室」はここに生まれた。「私」ということが「どれほどの懐疑に、複雑に、混乱に、豊富に堪へられるものか」という「自己省察」を試みたのは、人間性への挑戦であると同時に、実証主義によって形骸化してしまった人間性を回復することでもあったのだ。小林は、ジッドにその方法が可能であった理由として、「その時既に充分に社会化した『私』であつたからである」と指摘する。この言葉は「私小説論」から乖離し、有名になり過ぎてしまった。ために、さらに過度な意味付けがされてしまった。(7) しかしもう一度、「私小説論」にあって意味のある言葉として捉えるべきだろう。「社会化」とは何か。「社会化した思想」について言っている小林の次の言葉から推測できよう。

思想が各作家の独特な解釈を許さぬ絶対的な相を帯びてゐた時、そして実はこれこそ社会化した思想の本来の姿なのだが、新興文学者等はその斬新な姿に酔はざるを得なかつた。

（「私小説論」）

注意すべきは「社会化した思想の本来の姿」とは「各作家の独特な解釈を許さぬ絶対的な相を帯びてゐた時」にあるということである。つまり、「社会化」とは「独特な解釈を許さぬ絶対的な相」を帯びることなのだ。ここで「思想」と「私」とを入れ替えることはできそうである。「独特な解釈を許さぬ絶対的な相」を帯びた「私」――ジッドが唯一信じた「実験室」で発見されたこの「私」の在り方が、全ての解釈を峻拒しているということは、人間について深く知った人にも、なおうなずかせるだけの洞察の探さを内包していることを示唆する。つまり、この「私」の在り方はデカルトの定義した「コギト」と同様なのである。それを小林は「私達に直接に経験されてゐる諸事実全体の叙述」と言ったが、こうも捉え得よう。ある意図を叙述した創作主体としての作者などを全く無視して読む読者、すなわち、面白いかつまらないかを言うだけかもしれない読者をも魅了する「私」と成り得ているのだ。小林の次の言葉にそれを充分に感得できるであろう。

横光氏の「花花」を一体どれほどの人間が読んだであらう。高級だから売れないのか。だがジイドの「狭き門」も亦高級な現代恋愛小説である。山内氏の訳本が幾度か版を代へて今日まで売れた数は恐らく最もよく売れた通俗小説もこれに及ばないのである。何が人々を捕へるのか。何が、作者の企図したところを理解し得べくもない青年男女の心を捕へるのか。モオパッサンの「女の一生」を、例へば文学的教養に関しては殆どお話にならぬ僕の女房が何故夢中になつて読むのか。彼等は作品の見事さ純粋さにひかれるのだ。その通俗さにひかれるのではない。批評家等が作品の人間的真実といひリアリティと呼ぶまさに同じものに彼等はやはりひかれるのである。

（「私小説論」）

「人間的真実」とか「リアリティ」とかという言葉は、概念上の問題ではないであろう。実生活を見失うような解釈で得られるわけでもないであろう。すべては「意匠」に過ぎぬと言い切った「様々なる意匠」（「改造」昭4・9）の小林の言説を敷衍して考えれば、「意匠」に過ぎないところに「人間的真実」とか「リアリティ」とかは決して見出されはしないのである。先の引用からジッドはそれを把捉していたと考えられる。ジッドの見出した「私」の問題こそ、実はリアリティの問題だったのであり、では一体、批評家達だけではなく「文学的教養に関しては殆どお話にならぬ」人さえも惹かれるリアリティとは何なのであろうか。別な問い方をすれば、「人間の生活を一番よく知つてゐる人が一番立派な文学作家なのだ」（「批評について」昭8・8）と信じて疑わない小林は、リアリティということをどう捉えていたのであろうか。

四

小林は、ジッドについて「彼はディレッタントでも懐疑派でもない、言はば極度の相対主義の上に生きた人だ」という見解を示して次のように言う。

或る確定した思想に従つても、或る明瞭な事物に即しても彼には仕事は出来なかつた。

（「私小説論」）

ジッドの仕事はどこまでも現実世界に事件が起こるそのままを小説に描くことであり、事件の切り方を描いてみせる鮮かさにはなかったのである。ジッドは『贋金つくり』を書くことで、自らの思想を実現した。これがジッドの純粋小説の思想の結実であることはよく言われることである。エドゥワールは、「で……その小説の主題は？」と問われたことに対して、「そんなものないさ」とぶっきら棒に答える。

「そのないところが、おそらく一番変っている点じゃないかしら。僕の小説には、主題がない。そう、自分でもよくわかっています。（中略）では、一つの主題というものはない、ということにしましょう……。自然主義者は、《人生の断片》ということを言った。この派の大きな欠点は、その断片を、常に同じ方向、つまり時間の方向に、縦に切っていることです。なぜ、横に、奥行に切らないのか？　僕は、全然切りたくないのです。」

（『贋金つくり』川口篤訳　岩波文庫　傍点原文）

「解りますか、僕はその小説の中に、何もかも入れようと思うんです」と言ったエドゥワールに、ソフロニスカが作品の中ですべて消化されるのかと尋ねる。その言葉に多少の皮肉を感じながら、「現実を提示するとともに、(略)現実を消化する努力を見せたいのです」とエドゥワールは言う。小林の言うように「全然切りたくない」ということは確かに実行不可能である。「丁度僕等が、実際の世間にあつて、世間の無数の切口に出会つてゐる様に」この小説では、「無数の切口」に遭遇する。だが、この「無数の切口」のあるところが、実は人の生きて在る実際ではないのか。小説の登場人物のように、ある型の性格や情熱、心理を持たされて人間は生きてはいない。

といふより寧ろさういふ風には生きられない。他人が僕について作る像が無数であるに準じて、僕が他人について、或は自分自身について作る切口は無数である。結果は、僕等は自分をはつきり知らない様に他人をはつきり知らない。又知らない結果、社会の機構のなかで互に固く手を握り合つてゐて孤立する事が出来ない。

(「私小説論」)

という小林の言葉通りのところに人間は生きて在るのである。ある思想に従って一つの切り口しか見せないリアリズムは、その点からリアリズムとは言い難い。ジッドははっきりとわかっていたはずだ。『贋金つくり』に「何もかも入れよう」と企図した所以はここにある。たとえ「現実を消化する努力を見せたい」というわずかな希いの言葉でしか表現できないとしても。

注目すべきは、このジッドの思想を小林が「当時彼の周囲で流行してゐた心理的手法或は感覚的手法から何んの影響も蒙つてゐないと思はれるほど素直な手固いリアリズム」と認めたことだ。「無数の切口」に充ちている人間の実際の世界は、誰にも納得のいかない偶然や感傷に充ち満ちているであろう。言い換えれば、現実世界は原因結果の不明確な事柄に充ちており、それを究明すればたちどころに、中途半端な抽象の世界に安堵することになりかねない。ジッドの把捉はこの世界に対してであったのだが、さらにその把捉力の強靭さによって文学創造を体現させた作家として小林はドストエフスキーをみている。(8)

ドストエフスキイの作品には、この様な熱情や心理の偶然的な、奇怪と思はれる様な動きはいくらでも出てくる。現実の世界でさういふ事は方々に起つてゐるからであるが、さういふ事は通俗小説では決して起らない。真の偶然の姿は決して現れてはならない。その代り見掛けの偶然、つまり筋の構成上の偶然に充ちてゐる。そしてドストエフスキイが、その思想を語る為にこの見掛けの偶然を利用していけないわけがない。つまり利用された偶然は制作理論上の必然だからである。

ドストエフスキイはこの偶然と感傷に充ちた世界であらゆるものが相対的であると感じつゝ仕事をした人で、さういふ惑乱した現実に常に忠実だつたところに彼の新しいリアリズムの根柢がある。ジイドもドストエフスキイより遙かに貧弱にだが、遥かに意識的に同じ世界に対して、これに鋏を入れずあくまでその最も純粋な姿を実現しようと努めた。

(「私小説論」)

ここに至って、もう一度小林の言葉を想起しておこう。「人間の生活を一番よく知つてゐる人が一番立派な文学作家なのだ」。ジッドもドストエフスキーも人間の実際世界を決して解釈はしなかったこと、あるいはその世界に対して「その最も純粋な姿を実現しようと努めた」ことは、まさしく人間の生活の実際を「よく知つてゐる」からである。エドゥワールは言った。「お望みならば、作品の主題と言ってもいいが、その主題は、現実がその小説家に提供するものと、小説家が現実を料理しようとしているものとの闘争といったものです。」ジッドの「実験室」

での試みはまさに「闘争」の実現であったのであり、小林はこれを「言はば個人性と社会性との各々に相対的な量を規定する変換式の如きものの発見」と捉えた。「無数の切口」に生きる私は、「私」という「独特な解釈を許さぬ絶対的な相」を見出しながら偶然と感傷に充ちた実際世界を生きねばならない。つまり、この「発見」は生きる私の在り方の究明であったのだ。ここにドストエフスキーの文学営為も重ねられるであろう。「無数の切口」を集積しても顕現してこない私の在り方の発見は、この「立派な文学作家」達のもっとも忠実に、もっとも慎重につきつめられて見出されたことである。それを小林は「第二の『私』の姿を見つけた」と言った。「第二の『私』の姿」との小林の表現は、発見されたのは問題ではなく、姿と呼ぶのがふさわしい感覚を喚び起こす。フローベールがそうであったように、モーパッサンもジッドも、あるいはドストエフスキーさえも、無数に切られるあるがままの私が在り得ないことを人生に絶望するほどに思い知り、あるべき「私」を熱烈に求めた。そうであれば、作品はそのすべてを内包していなければならないであろう。むろん、その内包の仕方はそれぞれである。別な言い方をすれば、何を描くのかではなく、どのように描くのかということだけがすべてを収斂するのだ。人の姿がそれぞれであるように、作品は文体によって決定する所以である。ここに「発見」された姿が見出されてくる。言ってよければ、全人性ということであって、その包括性は姿とも言うべき詩的言説による表象とは言い得ても、もはや問題とは言い得ない。小林はそう言いたかったのではないか。

この世を如実に描き、この世を知りつくした人にもなほ魅力を感じさせるわざを、文学上のリアリズムと言ふ。これが小説の達する最後の詩だ。

（「批評について」）

この「最後の詩」へ味到しようとする人をリアリストと呼ぶことに無理はないであろう。さらに、リアリズムは文学に限定されることでもないであろう。小林の言う「わざ」は技術上のことだけではないこと、それはジッドやドストエフスキーについて見てきたことからもうなずけるはずである。小林はモーツァルトもリアリストとして捉えているのだ。

モーツァルトにとって肉体を持つということは、「大きな鼻や不器用な挙動を持つ事」ではなかったと小林は言う。そしてモーツァルトは何事も避けたわけではなく、人並みにできるだけのことはやってみたのだが、「大きな鼻と不器用な挙動では大した事は出来なかつただけである」と断言する。つまりは実際世界にあっては、この音楽家は誤解されていたことをうかがわせる。ここに先に触れた小説家達の「絶望」を重ねられるであろう。だから、小林が描いてみせるモーツァルトは次のようだ。

彼は、人間の肉体のなかで、一番裸の部分は、肉声である事をよく知つてゐた。彼は声で人を占ふ事さへ出来ただらう。だが、残念な事には、裸の肉声は、いつも惑はしに充ちた言葉といふ着物を着てゐる。人生をうろつき廻り、幅を利かせるのも、偏に、この纏つた衣裳の御蔭である。肉声は、音楽のうちに救助され、其処で生きるより他はない。実を言へば、僕は、モオツアルトを、音楽家中の最大のリアリストと呼びたいのである。もし誤解される恐れがないならば。だが、誤解は、恐らく避け難からう。時代の所謂リアリスト小説家達が、人生から文学のうちに、どれだけの人間を、本当に救助し得たであらうか。彼等の自負する人間観察技術が、果して人間の着物を脱がせる事に成功したか。この技術は、寧ろそれに似合はしい新しい衣裳を、人間の為に、案出してやる事に終らなかつたか。彼等の道は、遂に、「われわれは、お互に誤解し合ふ程度に理解し合へば沢山だ」といふヴァレリイの嘆きに行き着かなかつたであらうか。奇妙な悪夢である。いづれ、夢から醒める機は到来するであらう。併し、夢は夢の力によつては覚めまい。

（「モオツアルト」昭21・12）

ここに描かれているのは、裸の肉声を救助する姿であり、それはまさしく人間を救助する姿である。肉声とはまぎれもなく発声者その人のものである以上は、その人と為りを示していると言い得よう。肉声の救助は、モーツァルトのそれを救うだけではない。唱うすべての人のそれをも救助するであろう。そうでなくして何故「肉声は、音楽のうちに救助され、其処で生きるより他はない」と言い得るのか。つまり、彼の音楽は、観念の衣裳を着る前の人間の、言ってよければ、全人的な存在を救助しているのだ。したがって、リアリストとは、全人的に在ることに直に触れようとする人のことを言うのである。それに導かれていくとリアリズムとは、全人性を、例えば全人格的思惟と呼び得るような、思考だけに頼らない包括的な思惟によって把えることとなるであろうか。ともあれ、この思惟によって把捉された全人性こそ、リアリティなのだ。リアリティが現実性を意味するのは、まさに人が、今ここに生きて在ることに由来するからであって、生きて在ることがいかに実際的であるかということの証左に他ならない。ここに在るべくして在るということ、その獲得のためにモーツァルトは肉声を救助し、旋律にのせた。ジッド達小説家は、「私」が「作品の上で生きてゐるが現実では死んでゐる事」を厭でも知らねばならなかった。リアリティの追究は、自己が在るだけでは済まされず自己に成ろうということの究明であった。だが、意識されなくなってしまったことを付言しておくべきかもしれない。「だが、誤解は、恐らく避け難からう」という小林の諦めを思えば。

五

志賀直哉が夢殿の救世観音を前にして耽った感慨に、小林は「私小説理論の究極が、これ程美しい言葉で要約された事は嘗て無かつた」ことを見た。日本の私小説及びその作家に対する小林の理解は、実生活の方を優位においているという見方に発する。日本の私小説作家達は実生活の夢に憑かれ、実生活に膠着しながら表現するという独特の方法を必死に守ってきた。その結果、実生活の豊饒が滅びるとともに、文学の夢も滅びてしまうということを知らねばならなかった。この捉え方の是非を問うことに意味はないであろう。小林は日本の私小説の解明をしているわけではないからだ。むしろ、「自分の名などを冠せようとは思はない」という感慨に至った志賀の地点が、フローベールの文学に対する覚悟を決めた地点であったという小林の指摘の方が重要である。

志賀の感慨は「行く処まで行きついた」時に吐露されたと小林は言う。その道は「日常生活の理論がそのまゝ創作上の理論である私小説の道」である。いきついて志賀は沈黙した。「この作家の沈黙の底には（略）実生活をしやぶり尽した人間の静謐と手近かに表現の材料を失つた小説家の苦痛が横はつてゐる筈である」と小林がその沈黙を捉えたのは、ギエスターヴ・フローベールの「絶望」に戦慄したためではないか。フローベールは、二十四歳の時、「僕は実生活と決定的に離別した」と書いた。「あらゆるものを科学によつて計量し利用しようとする貪婪な夢」のために人生に絶望したこの小説家が、実生活を描こうとは考えもしなかったであろう。いきついて実生活を描くことをやめた志賀とは、似ていながらも決定的に相違している。この決定的な相違を充分に知悉していれば、実生活に対する絶対的な信頼などはなかったはずである。大正時代にあげられた様々な私小説否定の声が、決定性を欠いた所以は、その相違の消化が充分になされなかった点にある。「廿四歳で実生活に別れを告げたと宣言しなければならなかつたフロオベルの小説理論に戦慄を感じた人は恐らく無かつた」と小林が言った所以である。

マルクス主義の移入によっておこったマルクシズム文学は、確かに従来の作家の実生活に対する信頼への反抗を確実にした。小林がこの点を認めたことで、小林はマルクシズム文学を再評価することになったと言われるが[9]、はたして本当であろうか。小林は次のように言っているのだ。

最近の転向問題によつて、作家がどういふものを齎すか、それはまだ言ふべき事ではないだらう。たゞ確実な事は、彼等が自分達の資質が、文学的実現にあたつて、嘗て信奉した非情な思想にどういふ具合に堪へるかを究明する時が来た事だ。彼等に新しい自我の問題が起つて来た事だ。さういふ時、彼等は自分のなかにまだ征服し切れない「私」がある事を疑はないであらうか。

（「私小説論」）

「非情な思想にどういふ具合に堪へるかを究明する時が来た」という一文に、二十四歳のフローベールの人生への離別を決心した時の状況を考え合わせてみれば、言われていることは次のことだ。すなわち、マルクシズム作家達の置かれた境遇は、フローベールやモーパッサンの生きていた時代の境遇と近似であり、後者は、作品に「私」を生かすという技法を発明せざるを得なかった。それを考えると、マルクシズム作家達は、自らが信じたマルクス主義によって滅びてしまうかもしれない。むろん私小説は否定されたが、新しく「私」を生かす技法は試練のただなかである。「彼等に新しい自我の問題が起つて来た」とは、まさにその試練を小林が見据えていたことを窺わせるが、それはマルクシズム文学の評価とはおよそ別なことだ。注目すべきは次の一文である。「さういふ時、彼等は自分のなかにまだ征服し切れない『私』がある事を疑はないであらうか」との小林の言葉は、まさしくフローベールの覚悟と通底するだろう。「すべてが萌芽だ。出来上つたものは一つもない」（「文学界の混乱」）とすでに小林が書いていたことに留意すれば問題はないだろう。

従来にあった私小説は滅んだかもしれない。しかし、フローベールの小説理論がすでにある以上、小説家は「私」と向き合うことを避けるわけにもいかないのである。

私小説は亡びたが、人々は「私」を征服したらうか。私小説は又新しい形で現れて来るだらう。フロオベルの「マダム・ボヴァリイは私だ」といふ有名な図式が亡びないかぎりは。

「私小説論」のこの結論で小林が私小説の可能性[10]を言ったかどうかはわからないであろうし、それを問うことの意味も積極性を欠くであろう。ただ言い得ることは、この有名な図式が、文学理論上成立しているのではなく、「私」が「作品の上で生きてゐるが現実では死んでゐる事を厭でも知つた人の言葉」であるということだ。つまり、フローベールの生きて在るということと相即な作品創造にあって究極的に作り出さざるを得なかった図式に他ならないのである。だからこれは図式ではあっても、誰もが気軽に使用し得るような公理的図式ではなく、例えばジッドのようにその獲得には「三十年を要した」図式なのである。

小林は、「私小説論」を書く前に、一つの決意を披瀝していた。

僕は今ドストエフスキイの全作を読みかへさうと思つてゐる。広大な深刻な実生活を活き、実生活に就いて、一言も語らなかつた作家、実生活の豊富が終つた処から文学の豊富が生れた作家、而も実生活の秘密が全作にみなぎつてゐる作家、而も又娘の手になつた、妻の手になつた、彼の実生活の記録さへ、嘘だ、嘘だと思はなければ読めぬ様な作家、かういふ作家にこそ私小説問題の一番豊富な場所があると僕は思つてゐる。出来る事ならその秘密にぶつかりたいと思つてゐる。

（「文学界の混乱」）

この結実は、周知の通りのかたちで残されているが、ドストエフスキーもまた、フローベールの有名な図式を独自に獲得していたと言ってよいであろう。これが過言ならば、少なくとも小林はそう見ていたはずである。「私小説問題の一番豊富な場所がある」と言っていることから充分に感得できる。この「秘密」にぶつかるために、小林はドストエフスキーの生活と文学に肉薄していくことになる。だが、小林の肉薄はドストエフスキーに限らなかった。「私小説論」の完成後、半年と経ないうちに正宗白鳥と交したいわゆる「思想と実生活」論争においても、人智を尽くしても探り切れない〈一つの秘密〉をめぐって論争を展開させた(11)。

小林にとって「私」の問題とは、私の在り方を追究することであって、それはそのままリアリティの追究でもあった。「私小説論」は極言すれば原理論である。ただし私小説の原理論ではない。作家と作品との関係性の原理論である。私の在り方の包括性を作品に描いていくということは、そのまま作家自身の在り方の究明に挑むことである。在り方はむろん描こうとするだけでは把えられるはずもない。描いてみて知らされることもあるのだ。「小説は問題の証明ではない。証明の可能性である」(「様々なる意匠」)と小林は言った。可能性であることは銘記すべきである。日に新たに更新し続けるリアルな私に、間断なく「私」という型を与えていくこと、ここに絶対ということはない。局面的な可能性だけがある。作品はそれを書いた作家の自己に成ろうとする意志の具現の可能性が表れている。だが、読者にはむろん作家自身にも、どこまでも探り切れない〈秘密〉なのかもしれない。

註

(1) 三宅徳嘉・小池健男共訳　引用は『デカルト著作集1』(昭48・5、白水社)に拠った。

(2) 所雄彰訳　引用は『デカルト著作集2』(昭48・8、白水社)に拠った。

(3) この考えは木村敏に多くの啓示を受けてのことである。木村はデカルトの「コギト・エルゴ・スム」について、「コギト」を基礎づける「感覚的な現れ」を重視する(『生命のかたち／かたちの生命』平4・7、青土社)。それは「いまここにわたしが生きているというアクチュアルな事実が、わたし自身に直接に現れて感じとられる『感覚』」

（傍点原文）であり、これを「コギト」と呼ぶのであれば、そのまま「わたしはある」という「自己存在の事実としての『スム』でもあるだろう」と言う。だから、一般に「われ思う、ゆえにわれあり」と訳される「コギト・エルゴ・スム」の「エルゴ」は、到底「ゆえに」の意味ではないと邦訳の誤りを指摘し、「そこには原因や根拠や理由を求めなくてはならないような隙間は一切開いていない。『コギト』そのものにおいて、『スム』はいかなる疑いを差し挟む余地もなく、絶対に自明な事実として成立している」と解明する。つまり「コギト」と「スム」は差異的同一であり、ここには円環関係があるのだ。これが人間の存在の仕方であると木村は捉える。デカルトの方法を所謂二元論ではないとするこの考察は、人間を生命あるものとして追究しており、優れて説得的であった。

（4）例えば、養老孟司『唯脳論』（平元・9、青土社）や中村桂子『自己創出する生命』（平5・8、哲学書房）、多田富雄『免疫の意味論』（青土社　平5・4）、また、この三氏による『「私」はなぜ存在するのか』（平6・9、哲学書房）などが挙げられる。

（5）「私小説論」をめぐる論考は数多くあるが、小林の当時の文学史的状況への関わりの論として捉えているものが多い。比較的新しい論考を挙げれば、芳谷和夫「小林秀雄『私小説論』ノート」（「日本文学ノート」昭50・2）は、「近代日本文学を文学史的に捉えなおすことによって明治・大正旧文学を越える現代文学の成立の可能性」を求めたと捉えている。勝又浩「小林秀雄『私小説論』の問題」（「昭和文学研究」昭59・1）は、「自己を語る批評の意図がどういう風にして自己を語らない批評制作の意図に触れ合うか」という問題を指摘する。そして「現代文学」からの一歩後退によって、近代批評を完成させた小林を見る。佐伯彰一「『私小説論』再訪――自伝の世紀5」（「群像」昭59・11）は、小林に「一種歴史的な機能主義とでもいった態度」を見、ジッド受容の「強引さを承知の上で、史的な見取り図」を引こうとしたと捉えている。吉田司雄「小林秀雄『私小説論』の問題」（「文芸と批評」昭63・10）は、小林の「社会的伝統」への言及に注目し、「同時代の文学については、否定的な言辞」を連ねつつも、結局この論には「特定の理念がついに書かれなかったこと」を指摘する。理念を打ち出せなかったのは、「伝統」の残滓が小林の「肉体」に残っているからであると見ている。阿部到「小林秀雄論――『私小説論』をめぐって」(「鹿児島女子大学研究紀要」平2・3)は、小林が置かれた「文学状況を総合的に分析し、そこで明らかにされた問題の解決策を模索」したと指摘している。

(6) 初出「文學界」(昭27・12)。引用は文藝春秋版『福田恆存全集』第二巻に拠った。

(7)「社会化した『私』」という言葉をめぐる様々な解釈については前出の吉田論に詳しい。ただし、関谷一郎『小林秀雄への試み』(平6・10、洋々社)の諫言にあるように「高みから『理屈』だけで整理したもの」にしないことが肝要である。

(8)「リアリズムに関する座談会」(「文学界」昭9・9)で、ドストエフスキーについて語る小林の言葉から、小林がドストエフスキーをジッドやフローベールと同じように把えていたことが窺われる。「僕はこの頃ドストエフスキーを読んでゝ一番おもしろいところはね、あいつが自分のことを実によく考へたことなんだよ。さつき言つた実証主義精神といふものね、さういふ思想があるでせう、科学的な思想が……世間の見透し……さういふものがある処に社会と個人との問題が起るが、さういふ問題にぶつつかつて、自分といふものをとことんまで調べてみる――さういふ処が実に面白いんだよ」。引用は初出誌に拠った。

(9) 小林のマルクシズム文学の再評価が言われるのは、「私小説論」を状況論として捉えることにある。例えば、「正統な称揚」(これは平野自身によって後に訂正されるが)と言った平野謙を始め、前出の芳谷和夫などが挙げられる。これに対して橋川文三の、平野説を退け、平野を批判した佐々木基一をも否定した見解(「『社会化した私』をめぐって」「文学」昭33・11)は、今日にあっても首肯し得るであろう。

(10) 阿部到(前出)は「私小説の滅亡の可能性は示唆」されていることを読む。あるいは勝又浩「私小説論ノート」

（「日本近代文学」平2・10）は、批判されつつも不死鳥のように蘇る私小説の実状に合わないと指摘する。一方、橋川文三のように私小説は亡びないとの「宣告」をしたという見解（前出）もある。また、関谷一郎（前出）は「実情とかけ離れた高所からの分析に終始することとなり、新文学の担い手たちに現実的な指針を示せぬまま、手ぶらでたたずまざるをえなかった姿」を見ている。

（11）〈一つの秘密〉については「小林秀雄と正宗白鳥――『思想と実生活』論争、その語られなかったこと――」（「國學院大学大学院文学研究科論集」平6・3）で論じている。

附記―小林秀雄の著作のすべての引用は新潮社版『小林秀雄全集』（第五次）に拠った。なお、本論中の引用文のすべての表記は、仮名遣いは原文通りとし、漢字は常用漢字に改めた。

4 「思想と実生活」論争、その語られなかったこと
――小林秀雄と正宗白鳥――

一

昭和十一年一月から六月にかけて、小林秀雄と正宗白鳥との間で、トルストイの家出をめぐってなされた論争は、一般に「思想と実生活」論争と呼ばれる。この名称を付したことは、この論争の一面だけを強調し過ぎてきたのではないだろうか。白鳥が、トルストイの『一九一〇年の日記』を読んで、彼の家出と死に改めて感慨を催し、自然主義的文学観を述べた（「トルストイについて」昭11・1）ことに対して、小林が、「あらゆる思想は実生活から生まれる。併し生れて育つた思想が遂に実生活に訣別する時が来なかつたならば、凡そ思想といふものに何んの力があるか」（「作家の顔」昭11・1）と論難したことから、「思想」と「実生活」という言葉を中心に、基本的に問題は提出されてきたように思われる。(1)

確かに、トルストイの家出の原因を、「思想的煩悶」ではなく、細君のヒステリーに見、そこに人生の真相を見ようとした「永年リアリズム文学によつて鍛えられた正宗氏の抜き難いものの見方とか考え方」とかに「反抗したい気持ち」（「文学者の思想と実生活」昭11・6）を小林自身持っていたことは否めないとしても、「思想」や「実生活」という言葉のみにひきずられて、日本近代文学史の図式に還元しようとする限り、この論争の大切な一面は隠されてしまうのではないか。そうした言及が意味のないことだと言うのではない。だが、次の小林の言葉に触れた時、それは大切な面に届き難いものであることに気付かずにはいられない。

大多数の読者には、論戦はたゞ有耶無耶に終つて了つたと映つたであらうが、論戦の当事者には、論戦はその内部から全く別様に見えてゐた。（中略）ともすれば揚足とりとも取られさうな私の執拗な論駁を、正宗氏は、一つ一つ丁寧にまともに受け止め、執拗に駁論をつゞけられた。何の為であつたか。何故さういふ事になつたか、正宗氏にとつても、論争をするとは、人生如何に生くべきかといふ、自力で自分流にしか入り込めない汲尽せぬ難題に、知らぬ間に連れ込まれる事だつたからだ。

小林の絶筆「正宗白鳥の作に就いて」（昭56・1〜11未完）の中の一節である。「論争をするとは、人生如何に生くべきかといふ、自力で自分流にしか入り込めない汲尽せぬ難題」に、小林は晩年に至って気付くことになる。それに準じて言えば、この論争では、小林も白鳥もトルストイを媒介に、自らの生きて在り続ける意義を拮抗させていたことになるであろう。そこには単なる文学論、「絵空事」の理論のみの争いはなかったのだ。論争中、小林はすでにこう書いていた。

「抽象的思想は幽霊の如し」と正宗氏は言ふ。幽霊を恐れる人も多すぎるし、幽霊と馴れ合う人も多過ぎるのである。

（「思想と実生活」昭11・4）

先の「正宗白鳥の作に就いて」からの引用の後に、さらに注目すべき一節がある。論争の切っ掛けとなった一文とは別の白鳥の「トルストイについて」という一文を初めて読み、「トルストイの家出問題は、余程古くからの正宗氏の関心事であつた」ことを小林は改めて確認して、こう言う。

「アンナ・カレニナ」の芸術的価値は、やがて作者自身によつて否定される。否定されて大小説家トルストイの代りに、求道者としての大思想家トルストイが現れ、信者の群れが、これを取巻く事になる。この空想的世界が消えて、惨めな家出の現実が現れるのを確認し、正宗氏は、信者の妄想を否定し去るのだが、否定し去つたところで、トルストイを仰ぎ見てゐた氏の濃厚な心情が消滅した筈はない。トルストイ信奉者を否定するなど正宗氏には易々たる事であつただらう。何故かといふと、トルストイに対する己れの心情の始末といふ難事は避けて通つてもいゝといふ事だつたからだ。私の正宗氏との論争の切つ掛けとなつた文は先きに引いたが、文の重点は「人生の真相を鏡に掛けて見る如くである」にはなく、「あゝ、我が敬愛するトルストイ翁！」にあつた。

「論争の切つ掛けとなつた文」は、あまりに有名な一文であり、それを要約すれば、トルストイの家出の報が日本に伝わった時、日本の文壇人は人生に対する抽象的煩悶に堪えずに救済を求める旅に出たと捉えたが、実は、妻君を怖れて家出したに過ぎない。日記には如実にそれが描かれている。そして、「人生の真相を鏡に掛けて見る如くである。あゝ、我が敬愛するトルストイ翁！」と白鳥は結ぶ。論争の当時、小林はここに自然主義の傾向を見ただけであったが、白鳥の思いはもとよりそこにはなかった。小林は晩年に至りそれに気付いている。では、その白鳥のトルストイへの思いの深さとは何か。昭和二十三年十一月に行なわれた両氏の対談の中に、注目すべき発言がある。(2)

小林　僕が思想というようなことをしきりに言ったならば、正宗さんは、思想なんて何でもない、トルストイの実生活、その殺生石のようなにおいの方が大事だとおっしゃった。当時、僕にはまだはっきりしていなかったことなんですが、殺生石は正宗さんの憧れだったんですな。あれは正宗さんの思想だ。

「僕は今にしてあの時の論争の意味がよくわかるんですよ」と小林は、このすぐ後に言葉を継ぎ、白鳥にとって、「あの時」の「実生活」とは「あなたに非常に大切な」一つの言葉、一つの思想であると念を押すように言う。そして晩年のトルストイを書きたいと思うが、「思想」ではなく、「九尾の狐と殺生石」を書くだろうと断言している。ここにとりわけ重要と見られるのは、「殺生石」という語である。これは白鳥の語った語であった。

我が敬愛する卜翁の末路に心を惹かれ、我身にとって重要な「抽象的煩悶」に思いを致すことを小林に「トルストイの尻尾を摑まへてゐる」と言われたことに対して、白鳥は、

> さういふ小林氏自身が私の言葉の尻尾を摑へてなにかと云つてゐるのである。昔、絢爛たる十二一《ママ》重を襲ねてゐた玉藻前は、安倍晴明の鏡に照らされて、金毛九尾の尻つ尾を現して、那須ヶ原へ飛んで殺生石と成つた。この玉藻前の物語に含蓄ある人生の象徴が見られるのである。尻つ尾も馬鹿にならない。（中略）卜翁の荘厳な抽象的思想も「日記」に照らして見ると、殺生石のやうな匂ひがする。
>
> （「思想と新生活」昭11・5）

と言う。ここまで書いて、唐突に、「しかし、かういふ事はどちらでもいゝ。トルストイの家出問題なんかどちらでもいゝやうなものだ」と自らの考えを突き放して、「肝心なのは、『実生活を離れて思想があるか』無いかの問題である」と論争へ再び戻ろうとする。だが、引用文から充分に明瞭なことは、白鳥にとって、最も大切であったのは、「殺生石」の匂いであろう。「卜翁」の「抽象的思想」や「日記」にこだわらず、「殺生石」の匂いを感じずに

はいられない白鳥に、論争中、小林は単に自然主義的思想、文学観を見たに過ぎなかった。

　白鳥が一貫して強調し続け、小林がやがて至り感得した「殺生石」とは何であつたか。

二

　トルストイは、白鳥の敬愛してやまない人物であった。論争から遡ること約十年前の大正十五年七月、「中央公論」に白鳥は、「トルストイについて」という一文を発表している。これには、小林も着目したように、論争の切っ掛けになった同題の一文と、ほぼ同様な白鳥のトルストイへの思いの深さを捉えることができる。

　ゴーリキーの『トルストイの思ひ出』に触発されて、この一文は書き起こされる。「トルストイの中には、ある憎しみに似た感情を私に喚起させるものが沢山ある。しかもこの憎しみは、私の魂の上に圧し潰すやうな重みでかゝつて来る。彼れの不釣合ひに発達した個性は、殆んど醜に近い怪物的現象である」と書くゴーリキーは、さらに「私が深く感じたことは、彼れが語つたものゝ向うに彼れが黙つてゐた。（略）それは無限にして救はれ難い絶望や、恐らく彼れ以外には何人もかつて経験したことのない恐ろしくはつきりした孤独の土地から生れ出た、最も険悪な虚無主義のやうに思はれる」（傍点原文）と断じている。以上を引用して白鳥は、「明快に鋭くトルストイの人となりを断じてゐる」と評価して「トルストイを人道主義者としたり聖人としたりして、その前に合掌礼拝してゐるに留まらないで、この怪物的人物の核心を稍々摑んでゐるところがあつた」とゴーリキーの言うところを肯定する。白鳥のこの言い方は注意を要しよう。「怪物的人物の核心を稍々摑んでゐるところがあつた」と言い切るには、白鳥自身にも、同意するだけの理解がなくてはならないからだ。白鳥は言う。

私は、トルストイの著作は随分読んでゐるが、この人の作品ほど人生の種々相を作品に蔵した人はないと思つてゐる。「あらゆる人間がその裡に自己の一部を、恐らく、彼れの一部に自己の全部を見出し」得られるのである。人生の概念的類型的種々相しか現し得なかつたシエークスピアとは比較にならない。無類の客観詩人と云はれてゐる沙翁よりも、主我的主観的作家とされてゐる杜翁の作品に於て、人生が一層深刻に一層複雑に、一層多種多様に現れてゐるのだから不思議だ。

「不思議だ」とは、作家白鳥の苦しみの反映であり、自らも人生の意義を問い続けていなければ、吐露し得ない思いであろう。この思いのあるからこそ、白鳥はト翁の「核心」に肉薄し得るのである。

トルストイは、欧州の常識に従つて、キリストを崇拝し、原始的基督教を鼓吹してゐたが、それは溺れた者が藁でも摑まうとしたのと同様で、彼れに取つてそれが何の足しにもならなかつたことは、『晩年のトルストイ』を読むとよく分るのだ。全体、二千年来の伝統的迷妄から離れて見たら判ることだが、トルストイはキリストとは比較にならない厚みのある人間なのだ。(中略)キリストは僅か三十余歳で夭死したのではないか。八十余歳までも人生の風波を凌いで来たトルストイに比べて、人生の体験に於てどちらが富んでゐたか、それは云ふまでもないことである。(中略)

論より証拠、トルストイ全集と、四福音書とを比べて見るがいゝ。どちらが人生の書物として内容に富んでゐるか。トルストイが四福音書に帰依したのは、彼れの空想裡の福音書に帰依したのである。

ここに描き出されてくるトルストイは、キリストと対峙せられて、独自の「信仰」を持った人物である。その

「信仰」は、決して教会や教義といったいわゆる信仰を支えるものの範疇には納まらないかたちである。聖書に親しんできた白鳥に倣って言えば、まさしく「空想裡の福音書への帰依」なのである。つまりそれは、ゴーリキーの言う「恐らく彼れ以外には何人もかつて経験したことのない恐ろしくはつきりした孤独の土地」であり、そこから産出せられてくる文学——白鳥は、この「恐ろしくはつきりした孤独」の人の、語ろうにも語り得ない、しかし語らずにはいられぬところに生み出されてきた表現に、人生の種々相を明確に感得していたのだ。「主我的主観的」と見做されようとも。

論争中、白鳥が決して譲歩せず強調して来た「殺生石」の匂いとは、白鳥のトルストイの内に見た「信仰」のかたちと言ってよいであろう。「思想」とか「実生活」とかという言葉では到底言い尽せぬことは、白鳥は、充分わかっていたはずだ。トルストイの「空想裡の福音書」としての「信仰」、この白鳥の感じずにはいられなかった「信仰」のかたちは、自然主義的解釈では見えてはこない。小林秀雄がトルストイの「思想」を語っていた時、白鳥の思いはそこにはなかった。トルストイの内の独自の「信仰」、そのあまりに独特な、あまりに分明な「信仰」に届いていたからではないか。そうであるならば、正宗白鳥にいわゆる自然主義のみを見るわけにはいかない。

想起されるのは、先に触れた対談の小林の言葉である。「殺生石は正宗さんの憧れだったんですな。あれは正宗さんの思想だ」。論争時には、小林はそれを充分に見抜けてはいなかった。それはしかし、あげつらってみても詮なきことだ。むしろ大切なのは『本居宣長』の後に、白鳥について書かねばならなくなったことである。小林の追究し尽そうとした問題は、白鳥の内にあったのと同一であったと見られるからである。

三

私が持つてゐる秘密、誰にも打ち開けないで墓場まで持つて行かうとする秘密は、『蒲団』や『新生』などに類似したものではない。さまぐ〳〵な私小説家が臆面もなく打ち開けてゐるやうな秘密ではない。それは私が他人に何等かの害を与へようとしたことではなくつて、たゞ私自身の身心に関係した事なのだが、それを打ちあけるよりは、むしろ死を選ばうといふ気持ちになるのである。私の心理が異様なのか。(中略)

小説家は、人の心の秘密をさぐらんと心掛けてゐる。科学者は宇宙の秘密をもさぐらんとしてゐる。しかし、人智を尽しても、さぐりきれない秘密が永遠に存在してゐるのではあるまいか。私が持つてゐる一つの秘密にしても、近親者の誰もが看破し得ないのである。私自身はそれを打ち開けるよりは、むしろ死を選ぶのである。(中略)私の秘密は、昔ながらの毒気を持つて出現するのである。

正宗白鳥「一つの秘密」(昭35・11)の一節である。プルタークの「人間は誰でも自分の過去に、それを打ちあけるよりは、むしろ死を選ぶやうなことがらを少なくとも一つはもつてゐる」という言葉に共鳴した白鳥の言葉は、「私の心理が異様なのか」という自問によって確信を得ているようだ。私には間違いなく「秘密」があるという確信である。むろんそれを明言することはどこまでもできない。「身心に関係した事」がついに個人の問題であれば、忖度の及ぶ限りではない。だが、これだけは言えそうである。トルストイに感じ続けていた「殺生右」の匂いは、白鳥の心にもあったのであり、「秘密」はそれとふかく結びついているということである。「我が敬愛するトルストイ翁!」と言わずにいられなかった白鳥の思いの深さは、ここに見られよう。

小林秀雄が「正宗白鳥の作に就いて」において、言葉を尽して追究しようとしたのもまた、この「秘密」であると見てもよいだろう。小林の死によって絶筆をなってしまうこの作品は、白鳥を起点に、内村鑑三、リットン・ストレイチ、フロイト、ユングさらにユングの『自伝』に至って、「心の現実にまつわる説明し難い要素は謎や神秘のまゝにとどめ置くのが賢明」というヤッフェの言葉の引用の途中で欄筆されてしまう。それらはすべて正宗白鳥の作品について論じるために必要であったと推測し得るが、やはりその域を出ない。だが、次の推測は許されるだろう。それは、白鳥の「秘密」に想到するために、すべて回避は不可能であったのだ。そうであるならば、むしろ、「秘密」に想到する必然だったと言わなければならない。たとえば、小林は、白鳥の「内村鑑三」(昭24・4、5)に着眼してこう言っている。

私は「文壇的自叙伝」から始めて、人間の天分といふ問題を中心に話を進めて来たが、「内村鑑三」で扱はれてゐるのも、本質的には、全く同じ問題に帰するのだ。論者(井上註―正宗白鳥)の言ふ内村が及ぼした「感化影響の真相を検討する」といふ言葉の意味合を忠実に辿るとは、内村との出会ひといふ出来事の本質、即ち内村の天分を確かめる事により、己れの天分を見極めるといふ道を行く事に他ならなかつた。

白鳥が「内村鑑三」を書くことは、「己れの天分を見極める」ことに他ならないと小林は言う。七十歳の白鳥によって書かれたこの内村論は、確かにそのような姿勢に貫かれている。言葉こそ違うが、副題に「如何に生くべきか」と付せられていることからもそれは明らかであるし、文中に「私は青年時代に内村の作品を読んで、『如何に生くべきか』を感得するつもりであつた。あの時分の文筆業者で如何に生くべきかに思ひを注いだものはなかつたやうである。内村はとにかくそれを狙つてゐたのだ」とあることからも疑いようはない。つまり、「内村鑑三」は、内村論の枠を越え、「私の一生に彼の及ぼした感化影響」の「真相」を探る書であり、人生の意義を見出そうとする書でもあるのである。

内村に心酔し、内村を第一としてきた若き日を回想して白鳥は「彼によつて刺激され、彼によつて知恵をつけられ、彼によつて心の平和を見つけんとしたのであつた」と書く。これはそのまま「如何に生くべきか」という問いに結びつく言葉であり、白鳥にとって、心の平和は如何にしたら得られるのかという問いこそが大切であったことをうかがわせる。内村を、その解答を与えてくれる唯一の対象と見ていた白鳥ではあったが、当時を回想する今、内村自身完全に慰めを得たであろうかという疑いを抱くことになる。

『基督信徒の慰め』の筆者は、ここに叙せられる通りに完全に慰めを得てゐたのであらうか。私はそれを疑つてゐる。小説家の素質を持つた文人が、ここにあるやうな体験、ここにあるやうな心境を微細に描叙したなら、詰まりは本当の慰めなんか得られないことに決着しないであらうか。この書を発足のはじめとして、文筆によつて身を立てた彼は、一生の最後まで、基督信徒の慰めを書き通したやうなものであつたが、彼は果して完全な慰めを得て日を過ごしてゐたであらうか。異教徒の慰めと異つた徹底した慰めを得てゐたであらうか。私はそれを疑つてゐる。

ここに繰り返される疑いは、全遍を貫くものであって、換言するならば、キリスト教徒に真なる慰め、即ち心の真の平安は本当に得られるのかということであろう。しかしもはや、慰めの可能性を信じていないところにこの疑いは至っていると見てもよいであろう。「心の平和」を教えてくれた内村にさえ、実はそれは得られなかったのではないか。白鳥は内村の著作から感じ取っている。七十年生きてきた者の経験を通じ、得られた確信をここに感じ得られよう。それは、単なる懐疑のための懐疑でもなく、むろん信仰の無意味を言ったものでもない。確かに内村は完全な慰めを得て日を過ごすことはできなかったが、その一生を〈基督信徒の慰め〉を書き貫くことで全うしたことに対する「やるせない思ひ」である。「キリストでもパウロでも、或ひは内村でも、生存中の夢は死後に実現されないで、空々漠々、塵となり、灰となり、無に帰してゐるのではあるまいかと、我々の現代的通俗知識で考へてゐると、人類の生存、自己の生存について、『やるせない思ひ』見たいなものが感ぜられる」。

小林は、内村に『基督信徒の慰め』を書かせたきっかけが「不敬事件」であることに留意して、次のように言う。

「自然主義文学盛衰史」で藤村の「家」を解説し、正宗氏は活きることの艱難が人間のやうに形を帯びて、藤村を待伏する光景を詳説した事は、既記の通りであるが、内村鑑三論の場合でも、論者の眼に映じたものは同じ情景であり、人間の姿をした艱難にどうあつても交はらねばならなかつた内村の苦しい心情に、論者は深く入り込むのである。

ここで表出されてくるのは、白鳥の内村に肉薄する姿勢だが、表象される内村像は、トルストイと微妙に重なり合ってくる。内村の「苦しい心事」を見つめずにはいられない白鳥の「やるせない思ひ」という心の在り方の不思議こそ「秘密」と呼んでよいのではないであろうか。まさしくそれは、小林の言う「己れの天分」としか換言できないかもしれないが、しかし、その心が自身にあるならば、己の天分とは信じ得ても、疑うことはできない。つまり、白鳥の見つめていたものは、「人智を尽しても、さぐり切れない秘密」という真実であった。

四

先に引用した「一つの秘密」の後段には、次のようにある。

「君もこの世以外の風景にあこがれてゐるのか。この世以外の、飛び切りにすぐれた風光のうちに身を置きたいのなら、そこへ運んでやらうか。」と、天女か悪魔かのまぼろしの声が聞えた。

ふとその声に心を惹かれた私は、墓場まで持つていく筈の一つの秘密を振り棄てゝ、声のする方へ駆け出さうとしたが、そのとたんに、心がひるんでおのづから足が留つた。この世で教へられた知識といふ知識は、私の足にからみついて、「行く甲斐のなきものを。」と私に知恵づけてゐるやうであつた。

白鳥に聞こえた声は、比喩的に言えば、天の声といった宗教的響きを持っている。この声に白鳥は心を把えられ惹かれる。そして声のする方向へ駆け出そうとした。そのためには、「打ち開けるよりは、むしろ死を選ぶ」はずの「秘密」をも棄てようとしたのだ。ここに、「秘密」を持ち、「孤独地獄」におののく白鳥の心に、宗教的救済の一筋の光があたっていることを見ることはできよう。

しかし、白鳥は心が怯み、足がとまる。「行く甲斐のなきものを。」と白鳥に教えたのは、この世の知識であったが、それは「秘密」を振り棄ててまで行く甲斐はないといったものと考えられる。何故か。白鳥にとって、自らを救済する世界に入ることは、その「秘密」を持たざるを得ない生きた心の真なる姿の死を意味したからだ。救済に心惹かれながらも、心の真なる姿の生きることを白鳥は選んだのである。小説家は人の心の秘密を探らんと心掛けると白鳥は言ったが、それはつまり、永遠に探り切れぬとしても、「秘密」を持たずには生きていかれぬ人間の心の真なる姿の表出を志すという意味なのだ。文学表現に潜む希いが、人間の心の表出であるならば、正宗白鳥の長い文筆生活は、まさに自らの選択の実践だったと言い得よう。

小林秀雄もまた、心の真なる姿の追究を常に志していた。ベルクソンを論じた「感想」(3)の連載第一回(「新潮」昭33・5)には、それを感得するに充分な小林の言い方がある。

当時の私はと言へば、確かに自分のものであり、自分に切実だつた経験を、事後、どの様にも解釈できず、何事にも応用出来ず、又、意識の何処にも、その生ま生ましい姿で、保存して置く事も出来ず、たゞどうしやうもない経験の反響の裡にゐた。それは、言はば、あの経験が私に対して過ぎ去つて再び還らないのなら、私の一生といふ私の経験の総和は何に対して過ぎ去るのだらうとでも言つてゐる声の様であつた。併し、今も尚、それから逃れてゐるとは思はない。それは、以後、私の書いたものゝ、少くとも努力して書いた凡てのものゝ、私が露《あらは》には扱ふ力のなかつた真のテーマと言つてもよい。

ここに言われる「経験」とは、二つの経験であるが、共通していることは、小林の母に関係していることだ。ひとつは、終戦の翌々年の「母の死んだ数日後の或る日」の「或る童話的経験」と小林自ら名付ける経験であり、「門を出ると、おつかさんといふ螢が飛んでゐた」と表現するのが最も正直であるとされる。もうひとつは、水道橋駅のプラットフォームから墜落した時に、「母親が助けてくれた事がはつきりした」という経験である。

私は、その時、母親が助けてくれた、と考へたのでもなければ、そんな気がしたのでもない。たゞその事がはつきりしたのである。

小林のこの付言といい、「おつかさんといふ蛍」という表現といい、非常に複雑な問題を孕んでいるが、唯一つ言えば、「私が露には扱ふ力のなかつた真のテーマ」に忠実な小林の言葉と受けとめることはできそうである。「経験」への疑えば消滅するささやかな思いは、信ずるということであってみれば、生きた心の問題である。「私の一生といふ私の経験の総和は何に対して過ぎ去るのだらう」という声に誠実に応えていくには、その問題の回避はどうしても不可能だ。小林の言う「真のテーマ」はここにしかない。ささやかな思いが、心の内にあり、確かならば、「真のテーマ」とは、生きた心の真なる姿の表出と捉え得よう。本居宣長について十年以上の時をかけて熟慮を重ねた後、さらに正宗白鳥について言葉を尽した所以はここに見られるのである。

昭和七年九月「中央公論」に発表された「Xへの手紙」の結末に、小林にとってこの「真のテーマ」がいかに切実な意味を持っていたかということが、白鳥に見たところと同様な意味合いで、感得できる。

耳もとで誰かがさゝやく、――何故お前はもつと遠い処に連れて行つて貰はないのか。お前の考へてゐる幸福だとか不幸だとか、悲劇だとか喜劇だとか、なんでもいゝ、お前が何かしらの言葉で呼んでゐる人生の片々は、お前がどんなにうまく考へ出した形象であらうとも、そんなものは本当のこの世の前では、――さあなんと言つたらいゝか、いやお前は何故大海の水をコップで掬ふ様な真似をしてゐるのだ、――何故お前はもつと遠い処に連れて行つて貰わないのだ。――囁きはやがて俺を通過して了ふ。そして俺は単に落ち着いてゐるのである。

この詩的言語の表象に、もはや説明は不要であろう。白鳥に聞こえた声と同質な宗教的響きを持った囁きを、「通過」させる小林に、白鳥との驚くべき同一の志を見ることができよう。

生きた心の真なる姿の表出という問題は、他に解決されることのない孤独な問題である。心の凝視である限り、各々の追究の仕方でしか迫ることはできないからだ。この論争で行なわれたことも同様である。トルストイの心を把えようとすることは、自らの心をいかに処すかということに基づく。自らの心の処し方は、自らの生き方の反映に他ならない。この論争では、決して表面化はし得なかったが、その問題に対する両氏の志と追究しようとする姿勢こそが真の接点として表象されていたのである。

註

(1) この論争については、既に多くの先行論文がある。ここでは比較的新しい論考を挙げるにとどめておきたい。棚田輝嘉は、「正宗白鳥と小林秀雄――いわゆる『思想と実生活論争』について――」(「国語国文」昭58・12)において、この論争は「本来、白鳥・小林という二人の『批評家』の論争であるはずだった」が、それにもかかわらず、「自然主義の、作家」対「昭和の、批評家」という文学史の図式上の論争とならざるを得なかったと論じている。さらに、小林の希求した批評が、白鳥の旧い自然主義に近いことに気付いた小林に〝あせり〟を見る。松本鶴雄は、「『思想と実生活』論争ノオト――正宗白鳥・小林秀雄の隠れた争点、ドストエフスキー問題など――」(「群馬県立女子大国文研究」昭59・3)において、この論争は、「現代文学の中枢部を占めていた」として、「昭和文学のメルクマールとして無視出来ない」と捉える。そして白鳥、小林のそれぞれの個人的な問題に限定されない「日本近代の内実が問われていた」論争であったと位置付ける。また、小林と白鳥との決定的な相違を、それぞれのドストエフスキー理解の相違に見ている。丸山浩は、「『思想と実生活』論争――小林秀雄の敗北の意味」(「近代文学試論」昭59・12)において、白鳥の根深く頑固な「実生活」重視の考えに対して、小林は「思想」などの原理的主張をすると捉え、その主張に苦渋の意識の存在を見る。その意識はまた、「新時代文学者としての自負」と繫がっていると論じ、小林の状況を指摘した上で、小林の敗北の意味付けをする。それは白鳥に対してではなく、状況認識に対して、丸山の指摘する「自負」が敗北したと見るのである。

（2）「大作家論」（初出「光」昭23・11）引用は『小林秀雄対話集』（昭41・1、講談社）に拠った。

（3）『感想』（初出「新潮」昭33・5〜38・6未完）。

附記―小林の著作は新潮社版『小林秀雄全集』（第五次）に、正宗白鳥の著作は福武書店版『正宗白鳥全集』に、それぞれ拠った。なお、引用文の表記は、仮名遣いは原文通りとし、漢字は常用漢字に改めた。

5　「私《わたくし》」の問題と〈歴史〉観との接続
――小林秀雄の〈歴史〉観・序説――

一

それは確かに在ったのだから、在ったことの確信を拭い去ることはできない。卑近であればあるほど、明らかに確信し得ながらも、しかし、在ったことの明確な証を手に入れることさえできず、たとえ手に入れたようにみえたとしても、それが言葉に拠っていることは紛れもない事柄としてごまかすことさえできない。あらゆる史料はすべて語ることの現在にあって、解釈されるテクストとしての意味的な存在である。言い換えれば、過去はすべて語ることによって出来するのであるから、語ることの現在が過去自体を再構成し、書物化する。したがって、語り方によって過去はそのかたちを変えることになる以上、言葉が――というより、言葉の用い方すなわち語り方が問題にされることになる。小林秀雄は「歴史について[1]」を次のように書き出している。

例へば、かういふ言葉がある。「最後に、土くれが少しばかり、頭の上にばら撒かれ、凡ては永久に過ぎ去る」と。当り前な事だと僕等は言ふ。だが、誰かは、それは確かパスカルの「レ・パンセ」のなかにある文句だ、と言ふだらう。当り前な事を当り前の人間が語つても始らないと見える。パスカルは当り前の事を言ふのに色々非凡な工夫を凝したに違ひない。そして確かに僕等は、彼の非凡な工夫に驚いてゐるので、彼の語る当り前な真理に今更驚いてゐるのではない。驚いても始らぬと肝に銘じてゐるからだ。

歴史について論じるにあたり「当り前の事を言ふのに色々非凡な工夫を凝したに違ひない」とパスカルの「非凡な工夫」すなわち語り方を小林が取り上げたのは、まさしく歴史が語り方に拠っていることをはっきりと捉えていたからであろう。重要なのは、パスカルのこの「非凡な工夫」を真理ではなく、歴史として保存してきたと指摘していることである。

例へば、僕等はパスカルの言葉を保存した、真理としてではなく歴史として。真理としても保存されてゐる様に見えるが、それは僕等が保存しようと希つた結果ではない。言はばひとりでに残つたのだ。単に自然は依然として過ぎ去る事を止めないからである。

小林は歴史と真理とを峻別する。歴史は自ずと存在しているのではない。言葉を歴史として保存しなければ、歴史それ自体が存在し得ないのだ。ということは、在ったことはそのままでは存在せず、言葉に拠って存在することを意味する。だから「自然は人間には関係なく在るものだが、人間が作り出さなければ歴史はない。歴史は人間とともに始り人間とともに終る、と言はれるが、この事は徹底して考へる必要がある」と小林は繰りかえし歴史と真理や自然とを峻別し、歴史を人間の外部にあると見る観点を消滅させる。

自然は疑ひもなく僕等の外部に在る。少くとも、自然とは、これを一対象として僕等の精神から切離さなければ考へられないある物だ。だが、歴史が僕等の外部に在るといふ事が言へるだらうか。僕等は史料のない処に歴史を認め得ない。そして史料とは、その在るが儘の姿では、悉く物質である。それは人間によつて蒙つた自然の傷に過ぎず、傷たる限り、自然とは、別様の運命を辿り得ない。（中略）岩石が風化を受ける様に、史料は絶えず湮滅してゐる。（中略）さういふ在るが儘の史料といふものが、自然としてしか在り様がないならば、其処に自然ではなく歴史を読むのは、無論僕等の能力如何にだけ関係する。そしてこの能力は、史料といふ言葉を発明した能力と同一である他はあるまい。この能力には史料を自然の破片として感ずる事が出来ないのである。

「僕等は史料のない処に歴史を認め得ない。そして史料とは、その在るが儘の姿では、悉く物質である」と小林は言い、さらにそこに歴史を認知していくということは、「僕等の能力如何にだけ関係する」と言う。この能力を「史料といふ言葉を発明した能力と同一である他はあるまい」と小林が捉えていることは示唆的である。自然がそのままで在るようには、歴史は在り得ないのであり、在り得るには言葉が必要なのだ。したがって次のような断言がなされる。

歴史は神話である。史料の物質性によつて多かれ少かれ限定を受けざるを得ない神話だ。歴史は歴史といふ言葉に支へられた世界であつて、歴史といふ存在が、それを支へてゐるのではない。

ここに至って、歴史は語られない限り歴史たり得ないと言ってもよいであろう。だからこそ、パスカルの「非凡な工夫」である語り方の問題――すなわち何をどのように語るのかという問題が重要になってくるのである。「歴史について」がこの語り方の問題から始められた所以である。だが、この問題の重要性は、いわゆる歴史哲学や歴史のナラトロジーの問題に吸収されてしまうであろう。[2] しかも歴史のナラトロジーの討究している問題の深遠さに比せば、もはや当然の域に過ぎないであろう。とすれば、小林の「歴史について」について論じることは、その先駆性の、まさしくささやかな指摘にとどまってしまうのか。果たして小林は歴史のナラトロジーについて論じたのであろうか。

二

歴史は神話であり言葉である。それゆえに語るその仕方が問題になる。歴史はその語られ方がすべてであり、それ以上も以下もないのであり、語るその仕方それ自体が歴史なのである。が、再び、小林が自然や真理と歴史を峻別していたことに立ち還るならば、こう考えられるであろう。事実としての歴史は確かに在った。なければ歴史自体が語られることさえない。ただし、事実としての歴史は本来言葉ではなかったはずである。まさしくあらゆるものが自然として存在し、人も事物も生まれ死んでいった。この厳然たる事実は、かつて過去として存在したにもかかわらず、その当時のように現働化することはもはやない。その現働化を告げる史料でさえ隠滅している。小林は言った。「其処に自然ではなく歴史を読むのは、無論僕等の能力如何にだけ関係する」。この「能力」は言葉を発明した能力と同じであることは先に見たとおりである。とすると、歴史はこの「能力」の発揮に基づくのであり、取り戻しようのない過去を想起することである。むろん、想起が「能力」を有する個々の行為である以上、歴史を語る言葉も、その語り方も、個々に属していくことになる。だからこそ、歴史は外部に存在するのではない。

慥かに事実が在った。それは自然であるのか歴史であるのか、これを截然と区別することは実はそう簡単ではない。だから、先の引用からわかるように、入り組んだ複雑な語り方で小林は行った。真理や自然と歴史とをたんに峻別したのではなかったのである。真理や自然とは峻別されながらも、歴史はそれらから乖離することはない。だが、歴史は自然から区別され、「能力」に基づきながら内部化される。内部化とは、次のようなことだ。

「おごれる人も久しからず、唯春の夜の夢の如し」、してみると、「平家」の作者も、歴史の発展といふ事を承知してゐた。無論の事です。併し、彼にとつて、それは、歴史過程の図式といふ様な玩具めいたものではなかつた。自ら背負ひ、身体にのしかゝつて来る目方のしかと感じられる歴史の重みだつたのである。その感覚と感情とのそつくりその儘の表現が、彼の名調となつたので、断じて文飾といふ様なものではないのです。

（「歴史と文学」昭16・3、4）

はっきりと小林が言うように、「自ら背負ひ、身体にのしかゝつて来る目方のしかと感じられる歴史の重み」は、平家物語の「文飾」と言って済ませられる問題ではない。「目方のしかと感じられる歴史の重み」という身体感覚は、個々の「能力」によって差があるであろう。ということは歴史の内部化にも差があるということを意味する。ここに歴史のナラトロジーの問題として小林の歴史観を片付けられない意義がある。むろん、人の数だけ歴史があると言っただけでよければそれでよいのかもしれない。ということは、「自ら背負ひ、身体にのしかゝつて来る目方のしかと感じられる歴史の重み」が個々の「能力」にかかっているのであれば、自然から区別し内部化する歴史は、必ず、別の仕方で存在するということだ。しかも別の仕方と認知されるための、事実としての歴史はわからないままに、である。つまり、起源をその最初に喪失して存在しているのが歴史なのである。小林が歴史の再現という言い方をしておらず、むしろ、「創り出す」という言い方をしていること、これは、歴史の存在の仕方の本質を捉えていたことを示唆している。ただし、この「創り出す」ということは、語る者の勝手気儘な創作ではない。「自ら背負ひ、身体にのしかゝつて来る目方のしかと感じられる歴史の重み」がそれ自体語り方を制約するからである。つまり、「歴史の重み」を捕らえるような語り方をしなければならないのである。
この語り方は当然現在にしかなし得ない。とすると、歴史を語るとは、歴史を現在に存在させることを意味する。つまり、過去―現在―未来といった直線的な時間ではなく、現在としての時間が成立するのである。この時間を小林は次のように捉えている。

「月日は百代の過客にして、行きかふ年も亦旅人なり」と芭蕉は言つた。恐らくこれは比喩ではない。僕等は歴史といふものを発明するとともに僕等に親しい時間といふものも発明せざるを得なかつたのだとしたら、行きかふ年も亦旅人である事に、別に不思議はないのである。僕等の発明した時間は生き物だ。僕等はこれを殺す事も出来、生かす事も出来る。過去と言ひ未来と言ひ、僕等には思ひ出と希望との異名に過ぎず、この生活感情の言はば対称的な二方向を支へるものは、僕等の時間を発明した僕等自身の生に他ならず、それを瞬間と呼んでいゝかどうかさへ僕等は知らぬ。従つてそれは「永遠の現在」とさへ思はれて、この奇妙な場所に、僕等は未来への希望に準じて過去を蘇らす。

小林は、時間を歴史とともに発明されたと捉えた上で、それを「永遠の現在」とさえ思われる「奇妙な場所」と言い、これは「僕等の生」に他ならないと捉えている。この時間が、奇妙ではあっても「場所」であることは、直線的な時間ではないことを示唆するであろう。ここに歴史を語る現在を見ることはできる。むしろ重要なのは、これを「僕等の生」と小林が捉えていることである。これは一体何を意味するのか。
「僕等の生」とは、むろん生きて在る時間であり、「歴史の重み」を「自ら背負ひ、身体にのしかゝつて来る目方のしかと感じられる」時間でもある。ということは、歴史を語るその時間とは、歴史を存在させると同時に生きて在ることをも存在させる時間であったのだ。換言すれば、語るということは、歴史の存在を顕現しつつ、同時に語る者の生きて在ることを告知するのである。この顕現と告知は現在に可能なことであるからには、より正確を期して言うならば、語ることはすなわち現在することなのである。語ることが現在であるとは、言葉が時間それ自体であることを意味する。過去から未来に向かう留めようのない自然の時間に対して（これは言葉ではない）、語りの時間は「行きかふ年も亦旅人」であるように、現在を生き抜く、在ることの時間なのだ。だとすれば、歴史を語ることは、歴史的時間を手に入れることであると言い得よう。歴史的時間とは何よりもまず、生きて在る時間なのだ。小林が歴史のナラトロジーと劃するのはこの点においてである。

ただ忘れてはならないのは、この語ることはあくまでも歴史を語るために準備されているに他ならず、生きて在ることを語るためではないということだ。生きて在ることは語ること自体に告知されるしかないのである。

三

生きて在ることは語ること自体に告知される。だから小林は、次のような決意を述べるのではないか。

ドストエフスキイといふ歴史的人物を、蘇生させようとするに際して、僕は何等格別な野心を抱いてゐない。この素材によつて自分を語らうとは思はない、所詮自分といふものを離れられないものなら、自分を語らうとする事は、余計なといふより寧ろ有害な空想に過ぎぬ。無論在つたがまゝの彼の姿を再現しようとは思はぬ、それは痴呆の希ひである。

「自分を語らうとする事」を「有害な空想」として斥け、「在つたがまゝの彼の姿を再現しよう」とすることを「痴呆の希ひ」と見倣すこと、これは語ることの性質を見てきたからには疑い得ないであろう。語ることによって告知される生きて在ることは、生きて在るから語り得るのではない。生きて在ることは自然であり、「在つたがまゝ」である。が、これを再現することは、歴史と自然とが峻別されていたことを想起すれば、不可能である。つまり、語ることが生きて在ることに先立って在るのであり、いわば語ることに遅れて見出されるのである。それはドストエフスキーについてはむろん、それを語ろうとする小林自身にも言えることである。重視すべきは、小林が「何等格別な野心を抱いてゐない」と宣言していることである。宣言した理由は一体何か。

僕は一定の方法に従つて歴史を書かうとは思はぬ。過去が生き生きと蘇る時、人間は自分の裡の互に異る或は互に矛盾するあらゆる能力を一杯に使つてゐる事を、日常の経験が教へてゐるからである。あらゆる史料は生きてゐた人物の蛻の殻に過ぎぬ。一切の蛻の殻を信用しない事も、蛻の殻を集めれば人物が出来上ると信ずる事も同じ様に容易である。立還るところは、やはり、さゝやかな遺品と深い悲しみとさへあれば、死児の顔を描くに事を欠かぬあの母親の技術より他にはない。彼女は其処で、伝記作者に必要な根本の技術の最小限度を使用してゐる。困難なのは、複雑な仕事に当つても、この最小限度の技術を常に保持して忘れぬ事である。要するに僕は邪念といふものを警戒すれば足りるのだ。

「歴史について」の結末である。「歴史と文学」でも同様のことが言われていることから、小林のこの頃の歴史に関する思想の結実を示す一文と捉えてもよいであろう。とりわけ有名になった「さゝやかな遺品と深い悲しみとさえあれば、死児の顔を描くに事を欠かぬあの母親の技術より他にはない」という強い言い方は、「何等格別な野心を抱いてゐない」と宣言した小林が、歴史に関する思想をいかに具体的に確信していたかを窺わせる。そしてこの具体性が解釈の方法を示すはずはない。「過去が生き生きと蘇る時、人間は自分の裡の互に異る或は互に矛盾するあらゆる能力を一杯に使つてゐる事を、日常の経験が教へてゐるからである」。言うまでもなく「技術」は「想像力」ではない。では、「技術」とは何か。

子供が死んだといふ歴史上の一事件の掛替への無さを、母親に保証するものは、彼女の悲しみの他はあるまい。どの様な場合でも、人間の理智は、物事の掛替への無さといふものに就いては、為す処を知らないからである。悲しみが深まれば深まるほど、子供の顔は明らかに見えて来る、恐らく生きてゐた時よりも明らかに。愛児のさゝやかな遺品を前にして、母親の心に、この時何事が起るかを仔細に考へれば、さういふ日常の経験の裡に、歴史に関する僕等の根本の知慧を読み取るだらう。それは歴史事実に関する根本の認識といふよりも寧ろ根本の技術だ。其処で、儀等は与へられた歴史事実を見てゐるのではなく、与へられた史料をきつかけとして、歴史事実を創つてゐるのだから。この様な知慧にとつて、歴史事実とは客観的なものでもなければ、主観的なものでもない。この様な知慧は、認識論的には曖昧だが、行為として、僕等が生きてゐるのと同様に確実である。

「僕等は与へられた歴史事実を見てゐるのではなく、与へられた史料をきつかけとして、歴史事実を創つてゐる」と小林は言う。この「創つてゐる」とは、先にみた「自ら背負ひ、身体にのしかゝつて来る目方のしかと感じられる歴史の重み」を捕らえる語りをすることであり、それは現在のことである。「歴史事実とは、嘗て或る出来事が在つたといふだけでは足りぬ、今もなほその出来事が在る事が感じられなければ仕方がない」と小林が言う所以である。

歴史事実とは、嘗て或る出来事が在つたといふだけでは足りぬ、今もなほその出来事が在る事が感じられなければ仕方がない。母親は、それをよく知つてゐる筈です。母親にとつて、歴史事実とは、子供の死ではなく、寧ろ死んだ子供を意味すると言へませう。死んだ子供については、母親は肝に銘じて知るところがある筈ですが、子供の死といふ実証的な事実を、肝に銘じて知るわけにはいかないからです。さういふ考へを更に一歩進めて言ふなら、母親の愛情が、何も彼もの元なのだ。（中略）愛してゐるからこそ、死んだといふ事実が、退引きならぬ確実なものとなるのであつて、死んだ原因を、精しく数へ上げたところで、動かし難い子供の面影が、心中に蘇るわけではない。

（「歴史と文学」）

そしてそれを「よく知つてゐる筈」と言われる母親にとって、事実としての歴史とは、「死んだ子供」に他ならず、「子供の死」ではないと小林は断じる。これは、もはや一般的、統計的な子供の死ということの原因や理由、因果関係は、母親にとっては何ら意味を発揮しないという意味である。母親にとって意味のあるのは、他ならない死んでしまった子供を思う悲しみという思いであり、哀惜の念である。それは「子供が死んだといふ歴史上の掛替への無さ」によって引き出された思いである。そうであるならば、「死んだ子供」という事実としての歴史を語るということは、語る母親を制約していると捉えられるであろう。「死んだ子供」は、母親を悲しい母親にしてしまうのであり、悲しい母親になって、はじめて「死んだ子供」を語り得るのである。小林が言っていた「歴史の重み」とはこの制約を指すであろう。言い換えれば、「死んだ子供」が在って、母親は悲しい母親として存在させられるのである。「死んだ子供」と母親とが共に最初から存在しているのではないのだ。つまり、事実としての歴史が、語る者をその制約のうちに呼び出し、存在せしめるのである。したがって、呼び出されない限り、語る者は、存在し得ない。これに導かれて「それは歴史事実に関する根本の認識といふよりも寧ろ根本の技術だ」との言葉を見ると、「技術」という言葉の意味が明らかになってくるであろう。すなわち、事実としての歴史がその制約のうちに存在せしめる語る者になる仕方こそが、まさしく「技術」なのではないか。制約に従い、その導きに沿ったかたちとして存在し得ること、ここにどのような史観も必要のないことは見やすい。あるいは歴史の新しい解釈も必要ないことも見やすい。ただ、成るという主体的関与としての行為上の問題があるだけであり、だからこそ、「技術」という実践的な言葉が遣われていたのである。小林は言った。「母親の愛情が、何も彼もの元なのだ」。これが「技術」の根源にある限り、感情が元にはなる。けれどもそれにこだわっていては、成るという行為が完遂できない。「技術」はつまり、語る者に、自らが現実に対処できるように、組み換わる覚悟を問いかけている。それゆえに「子どもの死」という抽象的な概念ではないし、亡児などと乱暴な捉え方をしてはならないのである。

この語る者になるという行為上の問題は、先に見た通り、歴史を存在させる語りを創り上げねばならないというもう一つの行為を開示している。ということは、語らしめられる者になる「技術」を駆使することと歴史の存在を語り得る語り方を練り上げることとは同一であったと言い得よう。さらにこの「技術」には制約があるからには、制約を遵守していく責任が生じてくる。悲しい母親に、「死んだ子供」が決して荒唐無稽に語り得ないようにである。そして責任の遵守である限り、主観も客観もないことはいうまでもない。小林が「この様な知慧にとつて、歴史事実とは客観的なものでもなければ、主観的なものでもない」と言う所以である。

こうも言えるであろう。この責任を負う語り、すなわち歴史を語るその線条に並ぶ言説に匿名や無署名は有り得ない。歴史を語る者が呼び出されて、歴史を存在させる言説として語り方を練り上げる責任上、語り手としての「私」を、署名することが必要になるからである。これは語ることが現出させる有責性ゆえの、便宜上設けられた主語としての型である。語り手に意志が有り得ないように、歴史を存在させる語りを行う「私」にも歴史を左右し得る意志はあり得ないからである。この「私」という型は、語ることそれ自体歴史という存在である以上、歴史に呼び出された型と捉えられる。しかもこれは責任を果たそうとする者が「私」と署名するのであるから、この「私」という型は、歴史に呼び出された証拠ということにならないであろうか。そう捉えられるならば、呼び出され、語らしめられる者になったことを、「私」という型が証拠として明かすのである。つまり、歴史を語る者になるという行為は、語るその仕方を練り上げつつ、「私」という型を設定する。が、この「私」の設定は直ちに、なろうとした者の責任が果たされたことを証明する。ということは、成るという主体的関与は、それに証明されて、はじめて明らかになることだったのである。いわばこの「私」は、成るという行為すなわち主体的関与の痕跡なのである。

この痕跡は、語る者の生きて在ることの痕跡でもある。語ること自体が、その語る者の生きて在ることを告知するとは、すでに見ておいた通りである。母親は、「死んだ子供」を語ること自体に、悲しい母親としての現在の「私」を告知される。つまり、生きて在ることも、自分のことにもかかわらず、痕跡としてしか認識できないのだ。何故ならば、生きて在るとは、そのままでは何にでもなり得る可能性を秘めてはいるが、何にでもなり得るとは何でもないのと同じであり、未確定であり、認識できないからである。認識するためには、確定し、何かにならなければならない。ここに主体性が生じてくる。要するに、何にでもなり得るいまだ確定しない私は、主体的に「私」という型を求め、それにならなければ、「私」として自身を認識できないのである。

四

私が「私」に成ること、「私」によって認識すること、これは内的動機に基づいている。[3] そして語ること一般に付帯する主体的関与と通底している。

私小説は亡びたが、人々は「私」を征服したらうか。私小説は又新しい形で現れて来るだらう。フロオベルの「マダム・ボヴァリイは私だ」といふ有名な図式が亡びないかぎりは。

（「私小説論」昭10・5〜8）

あらゆる思想は実生活から生れる。併し生れて育つた思想が遂に実生活に訣別する時が来なかつたならば、凡そ思想といふものに何んの力があるか。大作家が現実の私生活に於いて死に、仮構された作家の顔に於いて更生するのはその時だ。或る作家の夢みた作家の顔が、どれほど熱烈なものであらうとも、彼が実生活で器用に振舞ふ保証とはならない。

（「作家の顔」昭11・1）

この二つの引用は、小林が「歴史について」とほぼ同時期に書いていることである。これは、何にでもなり得る可能性を秘めている実生活上のフローベールを含めた「大作家」が、思想あるいは作品という言語の構築体を通じて出来する「私」という型、すなわち「仮構された作家の顔」を残すという、まさしく「私」という存在の事情を語っている。たとえば、『ボヴァリー夫人』によってギュスターヴ・フローベールの名が残っているように。そして「大作家」が「仮構された作家の顔に於いて更生する」と小林が捉えたことは、主体性としての私が「私」たり得るためには、「顔」という痕跡以外にはなかったということを示唆している。そうであるならば、「私」を創り上げていくことこそ、私が「私」として存在していくことになるのである。ただし、「私」という痕跡はどこまでも痕跡に過ぎない。ということは、この痕跡に、実在する主体性としての私を、自分自身でさえも十全に実証できないということを意味する。主体性としての私が、「私」になろうとして希求したそのかたちを見ていくしかないのである。ここに、小林の歴史への根本的な態度を見ることができるであろう。

歴史といふ不思議なからくりは、まるで狙ひでも付ける様に、異常な人物を選び、異常な試練を課する様です。かういふ試練に堪へた人が、そこいらの文学青年並みに、切羽つまつて自殺するといふ様な事では、話が全くわからなくなります。僕は乃木将軍といふ人は、内村鑑三などと同じ性質の、明治が生んだ一番純粋な痛烈な理想家の典型だと思つてゐますが、彼の伝記を読んだ人は、誰でも知つてゐる通り、少くとも植木口の戦以後の彼の生涯は、死処を求めるといふ一念を離れた事はなかつた。さういふ人にとつて、自殺とは、大願の成就に他ならず、記念撮影は疎か、何をする余裕だつて、いくらでもあつたのである。余裕のない方が、人間らしいなどといふのは、まことに不思議な考へ方である。

（「歴史と文学」）

これは乃木将軍についての小林の言及である。「そこいらの文学青年並みに、切羽つまつて自殺するといふ様な事では、話が全くわからなくなります」とは、芥川龍之介の「将軍」に対して言ったことである。乱暴な要約を試みれば、この中に青年が出てきて、乃木将軍の自裁に理解は示しつつも、死の直前に記念撮影をする余裕などは不可解だと言い、先日僕の友人も自殺したが、記念撮影などしている余裕はなかったと言う。これに対して小林は「まことに不思議な考へ方である」と反駁する。小林がこのように言うのは、「私」になろうとする内的動機に歴史を見ているからである。小林は乃木将軍を「明治が生んだ一番純粋な痛烈な理想家の典型」と捉える。すなわち、「少くとも植木口の戦以後の彼の生涯は、死処を求めるといふ一念を離れた事はなかつた」乃木将軍にとって、「自殺とは、大願の成就」であり、「理想」だったからである。ということは、「自殺」という痕跡を残すことが、主体性としての乃木将軍の私が「私」たり得ることだったのだ。だから乃木将軍の自裁は「私」を求めた内的動機だったと捉えられる。これは、先の作家の「私」を求めた内的動機と同一であると言ってよいであろう。そうだすれば、作品を書くという行為と「自殺」するという行為とは、何の違いもないと言い得る。つまり、この行為とは「私」を語ることであり、語ることとは、「私」になろうとするあらゆる行為を総括する表現なのである。ここに小林の歴史への根本の態度があるということは、次のことを意味する。語ることとは、「私」を語ることでありながら、歴史を語ることにもなるということである。

「私」になろうとする内的動機を有した者によって、「私」はすでに語られたことである。したがってそれを読むということは、厳密に言えば、語られたその語り方をまったく同じ仕方で読むということになるであろう。同じ仕方である以上、読むこととは、語られたことを語ることなのである。が、それは語られたことそれ自体では有り得ない。語られたことを語るということは、「私」を求めた者の内的動機を顕現しつつ、一方で語り方によって形成される「私」に、自ら生きて在ることを遅れて告知されるということだからだ。この顕現と告知が先に述べた歴史を語ることになるのである。

五

語られたことを語るということの根源的なあるいは原理的な在り方を「歴史について」は明らかにしていたので

ある。小林の生きて在ったことは、小林の死とともに消えてしまっている。が、小林は、自らの主体性としての私を、批評という形式で「私」という型を創り上げ、その痕跡を残している。この小林の「私」の在り方は、批評というまず他の作品があって成立する形式によって存立可能であるという条件を有している。これは、他の「私」に呼び出されて、自身の「私」の存立が可能になる形式として捉えられるであろう。誤解を恐れずに言えば、小説を筆頭に自身で「私」の存立を可能にさせる形式よりも、先立つ他者を要する以上、制約の厳しい語られたことを語る形式なのである。責任の遵守は絶対の条件となる。

この条件は、「歴史について」では、主語の「僕等」と「僕」の使い分けに見ることができる。先に引用したドストエフスキーを描く決意を述べる箇所では「僕」であり、それ以外、「母親の技術」などを言う箇所ではすべて「僕等」である。ここから言えることは、「歴史について」も読まれることが前提であるからには、同じ仕方で語る者がいることになる。したがって、共有は可能であり、これは共に責任を果たしつつあることであり、問題の分かち合いが可能になる。が、ドストエフスキーと向かい合おうと決意し、その責任を果たせるのは、唯一人小林だけである以上、その分かち合いはあり得ない。問題を分かち合ってきた者は、「僕」という痕跡を知るしかない局面へ導かれているだけなのである。別言すれば、「僕」に呼び出されて、語らしめられる者に成るか成らないかの選択を迫られるということであり、「僕」を語る責任が負えるか負えないかが問われている。が、これはまず小林が至った局面であった。つまり、小林は、責任を果たしつつ、自身の「私」を痕跡として残すだけではなかったのである。小林自身にとって問題になることは、それを同じ仕方で語る者の問題にもなることを提起し、継承すべきこととして批評を完成させている。あるいは、語られたことを語ることが、呼び出されて可能になることを、まず小林が語ってみせることで知らしめていると言ってもよいであろう。

批評の対象が己れであると他人であるとは一つの事であつて二つの事でない。批評とは竟に己れの夢を懐疑的に語る事ではないのか！

この「様々なる意匠」（昭4・9）の一節で、すでに小林が断言していたことは、呼び出されることが十分に考慮されていたことを窺わせ、批評という形式が、語られたことを語るということにとって、必然の形式であったことを示唆してやまない。(4) さらに言い得るならば、小林の批評が、自立性を持つに至った所以をここに見ることができるのではないだろうか。語られたことを語るということの根源な意味が示されているからである。少なくとも、小林にとっては、小説に向かうことも、歴史に向かうことも同じことであり、語られたことを語るということから離れることはなかったと言い得るであろう。

呼び出されること、呼びかけに応じること、これは小林の言葉である。

「平家物語」は、末法思想とか往生思想とかいふ後世史家が手頃のものと見立ててかゝつた額縁の中になぞ、決しておとなしくをさまつてはゐない。躍り出して僕等の眼前にある。そして僕等の胸底にある永遠な歴史感情に呼びかけてゐるのだ。

（「歴史と文学」）

「歴史について」が「僕」という署名をした署名者小林秀雄の下に、呼びかけてきたことは、語られたことを語るその仕方が、語られたことを別の仕方で存在させる時にいやおうなく立ち会わせることでもあったのである。そして立ち会うことは、別の仕方で存在させてしまう語ることを、いま一度、語り返そうとする契機を準備する。語り返しとは、語ることをその仕方で新しく語ることに他ならない。「僕等の胸底にある永遠の歴史感情」が本当に永遠である限り、誰にでも認められるものであり、だとしたら、語り返しは、胸底の永遠に、歴史を、留めておきたい希いに基づくと言えるのかもしれない。が、歴史はそんな希望を掠めて、パスカルが言ったように「凡ては永久に過ぎ去る」のであろう。留めておきたい希いとは、ついに小林が言っていたように「積り」なのかもしれない。

凡ては永久に過ぎ去る。誰もこれを疑ふ事は出来ないが、疑ふ振りをする事は出来る。いや何一つ過ぎ去るものはない積りでゐる事が、取りも直さず僕等が生きてゐる事だとも言へる。積りでゐるので本当はさうではない。歴史は、この積りから生れた。過ぎ去るものを、僕等は捕へて置かうと希つた。そしてこの乱暴な希ひが、さう巧く成功しない事は見易い理である。

「何一つ過ぎ去るものはない積りでゐる事が、取りも直さず僕等が生きてゐる事」であるならば、語ることは、ここから始まる。小林は呼びかけているのだ。歴史として。「私」はつねにすでに遅れている。

註

（1） 本論で論じた小林秀雄「歴史について」は『ドストエフスキイの生活』の序になっているものである。『ドストエフスキイの生活』が昭和一〇年一月から昭和一二年三月まで、「文學界」に連載されたのち、昭和一四年五月に「歴史について」は「文學界」に発表された。この発表の経緯とその内容から、従来独立したものとして論じてきた傾向がある。本論もその立場に立っている。

また、小林秀雄の歴史観の研究は、昭和初期の歴史に関する論究との関係を探ることから始まっている。山田輝彦「小林秀雄における『歴史』――ベルグソンの影響を中心に――」（「福岡教育大学国語国文学会誌」昭57・12）は、江藤淳が『小林秀雄』で指摘したベルグソンやアランの影響を具体的に探り、『物質と記憶』が小林の歴史観の核心の部分にあることを指摘した。また、綾目広治「小林秀堆と京都学派――昭和十年代の歴史論の帰趨――」(「国文学攷」昭61・3)は、いわゆる京都学派の歴史認識による影響を見る。とくにディルタイの影響が多大であったことを示唆する。一方、小林の論述の内容を問う論考もある。例えば、饗庭孝男『小林秀雄とその時代』(昭61・5、文藝春秋)は、「歴史について」を「歴史のディアレクティックを説いている部分と、亡児を惜しむ母の感情としての歴史をのべた最後の結論との部分とは、虚心に読むかぎり異質なものとして映じ、その間に思想の連続性がほとんど存在しないように見える」と捉え、後者に小林の論点はあったと論じる。饗庭論の視点が端的に示すように、小林の歴史についての論述を二分割して捉える論考は、島弘之『小林秀雄――悪を許す神を赦せるか――』(平6・6、新潮社)にも継承されている。「歴史上のあらゆる事件の『非可逆性』や「掛替への無さ」を幾度も強調する小林の言い分は、全く正しく、異論の入り込む余地などあり得ない。だが、『子供を失つた母親』の『思ひ出』の能力とは、あくまでも漠然とした一般論の対象である」と捉える島は、「ドストエフスキイの作品論においては、あまり役に立ちにくい」と結論する。また、小林の歴史観は主観的との批判をする論考は多く、紺野馨「哀しき主――小林秀雄と歴史」(「群像」平6・6)にも受け継がれている。

影響論と論述を分割する論とが多い中で、影響はついに類推を出ず、分割は論者の論法の裁断であるならば、考えるべきは、「歴史について」の書かれたままをすなわち内的統一をそのままに討究することであろう。その意味から樫原修「『歴史について』と『無常といふ事』――小林秀雄の〈歴史〉をめぐって――」(「文学」昭62・12)は、注目に値する論考である。樫原は「歴史について」を「単純な歴史的必然性の思想を説いた昭和の唯物史観に対してだけではなく、我々の意識しない思想の枠組みに対しても、鋭くぶつかって来る考え方だ」と捉える。この捉え方は、現代歴史学からも言われている。池上俊一「小林秀雄と現代歴史学」(「新潮」平5・5)。「『歴史は神話である』という小林の言葉は、今日の歴史家には、もはやなんら奇矯な音色を響かすことはないであろう。というのも、今日では、自然科学者が自然に向き合うと同様に資料にむかって歴史的事実を客観的に取りだすことができる、と盲信するような素朴な実証主義者はほとんどおらず、歴史叙述の物語性やレトリックが人気のテーマとなっているほどであるから」と言い、さらに「小林の洞察した以上に、歴史の『実証』とは曖昧で難しい課題であることが痛感されつつある」と池上は言う。小林の歴史観が、現代歴史学にとって「緊急の課題」を提示していることを窺わせる。そして「小林の歴史に対する洞察は、学派や方法に安住して自己の鏡を磨くのを怠る者の胸を、いつまでも不思議な魔力をもって打ちつづけるであろう」と結論する。樫原はさらに、小林自身にも「鋭くぶつかって来る考え方」であり、「小林自身も拠っている思考の制度、言葉の体系からはまともに語り難いものだった」と言う。「そうした危機的な場所で『無常といふ事』の連作は書かれ、そこに〈歴史〉はわずかに生き延びることになる」と樫原は見る。その『無常といふ事』では従来の「僕」=小林の捉え方を否定し、「いわば〈僕〉を仮構することで、対象としての中世とともに、それを見る視線の在り様を示す」と言い、小林の語り方に注目する。対象としての中世の「風景」とそれを「僕」の視線がどう見ているかを同時に描き出すところに、小林の「歴史」はあると結論する。言わば「僕」を相対化したこの視座は、「歴史について」を内的統一として把捉していく上で示唆的である。が、何故「僕」は相対化されるのか。次に論じていくべき問題である。この点をさらに鋭く論じているのが、前田英樹『小林秀雄』(平10・1、河出書房新社)である。「出来事」と「潜在性」という述語を駆使して、小林の〈歴史〉観を見出す。「小林秀雄は、人物の〈死〉が歴史の潜在的な出来事として、その人物の身体の消滅に先立って存在していることを、ほとんど誰よりもよく知っていた。彼の批評は、このような歴史の出来事を、人物=個体の『宿命』が、強いられ、闘い、ついに或るやり方において回答するに至る秘密の問題をとおして描く」と言う。前田が論中で駆使した「強いられる」や「回答」といった言葉は、すぐれて説得的で大変な刺激を受けた。

（2）歴史のナラトロジーについては、たとえば野家啓一『歴史を哲学する』（平19・9、岩波書店）が科学と歴史哲学との相関性を含めて、簡明にまとめており、示唆を受けた。

（3）小林秀雄「私小説論」に描かれている私と「私」の型については、自己劇化の問題として、「小林秀雄『私小説論』の問題――生きて在るということあるいはリアリティ」（「國學院大學大学院紀要」平8・3）で論じた。

（4）小林秀雄「様々なる意匠」については、「小林秀雄『様々なる意匠』論――批評という〈事件〉」（井上謙編『近代文学の多様性』所収、平10・12、翰林書房）で論じた。小林の批評の〈事件〉性は、小林の言葉によって呼び出された読者が、呼び出されたことによって、小林と対象との遭遇を目撃する当事者にされてしまうことにあると論じた。

附記―小林秀雄の著作の引用は、新潮社版『小林秀雄全集』（第五次）に拠った。ただし、新漢字、旧仮名遣いに改めるに際して、『小林秀雄全作品』（新潮社）を参照した。なお「歴史について」の引用については、そのつど示さなかった。それ以外は引用の末尾に記した。

6　転換の意味、回帰したこと

――小林秀雄『無常といふ事』論にむけて――

一

四百字詰原稿用紙に換算しておよそ百枚になる一冊のエッセイ集が、小林秀雄の代表作になり得たのはなぜであろうか。わずか百枚ばかりのと言ったとき、それが枚数を強調する修辞に過ぎないのは、読み取り得る意味の陰翳があまりにあり過ぎるからであらう。『無常といふ事』という一冊のエッセイ集[1]をいかに読み、いかに語るのか。この当惑はおそらくその意味の陰翳のあり過ぎることに端を発している。そうであれば、それを手放した論理、語る言葉はいずれ何か別の事柄を語るに過ぎないであろう。

原稿用紙およそ百枚の言葉が内包する意味を解読すること、さまざまなこれまでの試みがこの当惑を手放すはずはなかった[2]。けれども、新しく読み解こうとすれば、新たに独特な在り方でやはり陰翳は顕れている。孤独な言葉、おそらく解釈される前に、差し延べられた手を払いのけるようにその言葉は、陰翳を内包して在るしかないのであろうか。

方向を変えよう。『無常といふ事』が一般的な文学史の本に、小林秀雄の顔写真とともに紹介されている。近代文学史上銘記すべき作品として、あるいは近代批評の確立者の業績としてである。ことさらそういうことに、見取り図をあらかじめ設けて巧んだ問いを立てようとするのではない。近代文学史上銘記すべき作品として映るということは、そうはなり得ずに消え去っていった作品の夥しさを思うだけですでに充分な痕跡なのだ。

原稿用紙およそ百枚の言葉が文学史の本に刻まれるのではない。正確を期せば、痕跡として読まれるか否かをまったく別にして『無常といふ事』という書名だけが残ってしまうのである。したがって小林秀雄という名も残される。誰かという問いがつねにすでに別なところで。誰ひとり小林の面影を思い出せなくなったとしても。当惑の予感はこうして別な角度から暗示される。近代文学史の記載が形骸的な内容になっているからではなく、思い出す必要さえない関わりのうちに、小林秀雄という名だけが記憶されるからだ。が、名を記憶することには陰翳はない。ということは、何も読み取ることがないとの意味だとしても、それでも近代文学史の担い手としての意味を帯びて、近代文学のとりわけ近代批評の歴史の痕跡の一つとして記憶されることを示唆する。

小林秀雄が歴史となること、歴史をかたちづくる痕跡として在ること、それは『無常といふ事』に限って言えば、原稿用紙およそ百枚の言葉が、というよりはそれらの言葉が書き記されたことが、本来的に実現してきたことではなかったか。しかもそれらをいかに読み、いかに語るのかという当惑のうちにあるのであれば、この歴史はいっそう戸惑わせるのに充分な在り方をしているであろう。

「上手に思ひ出す事は非常に難しい」。すでに「無常といふ事」にはっきりと書かれていたはずであった。なぜ「非常に難しい」のか。「非常に」と言われるように、ただちに解明し得るほど簡単ではむろんない。が、ただ一つはっきりしていることは、歴史をかたちづくる小林の言葉の陰翳が、直ちに小林秀雄という人物に由来していることを思い知るからであり、とすれば、当惑の予感はここに始まると見てもよいであろう。換言すれば『無常といふ事』を読むとは小林秀雄を知ろうとすることと同義なのである。むろん、いわゆる在ったがままの小林にたどり着こうなどと迷妄するのではない。思い知る由来とは、ただ一つの、ただし見失いようもない言葉だけをよすがにせざるを得ない方途だけがはっきりと在るということである。

二

当たり前なことであろうか。

あらゆる作品が「私を読んでごらん、きみにそれができるかな？」[3]（J・デリダ＝高橋哲哉）との問いを発しており、意味の戯れのうちに、読みそれ自体を韜晦させてしまうのだとしても、眼前に在る言葉なくして戯れはおろか、問いさえも始まりはしない。加えて読みはいつでも眼前の言葉の意味をはかる試みだとするのであれば、いくつかの意味と引き替えにいつだって本質ということを相対的に無効化し続ける可能性になってしまう。

こうした捉え方のうちに、あまりに当たり前に見える先述した方途を見出しても無意味なのかもしれない。が、読むことの意味や作品《テクスト》の機能をあげつらう前に、『無常といふ事』は小林秀雄が書いたということを、簡明な事実として受けとめてもよいであろう。逆説的に言えば、小林秀雄が『無常といふ事』の一連のエッセイを書かなかったならば、戯れ得る意味さえあり得なかったはずであり、ひいては近代文学の歴史は違ったはずである。

この簡明な事実はもちろん、決して作品理解の唯一の在り方を統御する者として小林を配置させるとの意味ではない。ただ無起源な言葉ではないことを瞭かにしているだけである。人知れず生まれる言葉など少なくとも近代にあっては存在し得ないのではないか。そう見える言葉はただ起源が明確に捉えられないだけであろう。これが過言ならば、誰が言ったのか不明な言葉は、小林秀雄の『無常といふ事』にはまったくないのである。

小林が書いたという紛れもない事実、これが眼前に在る言葉をよすがとする動機である。よすがとは、たんに頼るということだけではない。その言葉だけを恃むことであり、対する覚悟であり、僭越しないことを意味している。が、これではあまりに観念的な言い方に過ぎないのであれば、今は小林の次の言葉を引用すべき時だ。

実朝といふ人が、まさしく七百年前に生きてゐた事を確かめる為に、僕等はどんなに沢山なものを捨ててかゝらねばならぬかを知る道を行くべきではないのだらうか。（「実朝」）

『無常といふ事』を読み、語ることは、小林秀雄が「生きてゐた事を確かめる」ことが目的である。したがって当時小林が何を思い、何を考えていたのかとの疑問は当然ある。だが、それは読み語る状況に置いて、主体的な読みによって小林の言説を組み換えることが目的ではない。「僕等はどんなに沢山なものを捨ててかゝらねばならぬか」とは、読み語る現在の「僕等」の方が作品に準じて組み換わることであり、それ自体が問われ続けることを示唆している。「知る道を行くべき」と小林は言う。これは比喩ではない。到達しようとする過程は、まさしく言葉をよすがにすることを手放さない覚悟のことだ。とすれば、覚悟とは全人格的思惟とも言うべき状態で在り続けることであり、容赦のない状態に在ることである。「『万事頼むべからず』、そんな事がしつかりと言へてゐる人がない」（「徒然草」）との小林の言葉をここに挙げられるであろう。「万事頼むべからず」としっかりと言えるためには、どれほどの覚悟が必要であろうか。これは決して分析的に生まれもしなければ、相対的に始まりもしないであろう。

しかも問題は、この覚悟の言葉が、「無常といふ事」には記されているということにある。想起されるのは、先に挙げた「私を読んでごらん、きみにそれができるかな?」との問い掛けである。これを意味確定に対する挑発的な問いから、組み換えることができよう。「きみにそれができるかな?」とはまさに、「知る道を行くべき」覚悟ができているかを突きつける問いなのである。「私を読んでごらん」と発するのは、よすがとする言葉それ自体であり、そのためには「沢山なものを捨ててかゝらねばならぬ」ことが要請される。つまり、『無常といふ事』に先の引用が記されているのは、そうした覚悟の問い掛けであったのだ。

脱構築的言辞に引きつけた解釈と言っても、すでに小林にはそれがあったと見做す解釈と言っても同じことだ。覚悟とは、どのような時代にあっても変わることはなく、浅はかにはなしえない。そうであってみれば、脱構築それ自体が明かすresponsibility責任＝応答可能性の問題は、ここでともに捉えておいてもよいであろう。責任もまた時代によって変わることはないからだ。これもまた独特な仕方で身に負うより他ない点で、覚悟と同じである。さらに言えば、責任は応答の可能性であるから、唯一可能な仕方で、よすがとした言葉に対して応答することでもあり、だからこそ、僭越は有り得ない。先に覚悟と僭越を同時に示した所以である。つまり、覚悟はよすがのための言葉に対して決められるのであり、背負うがゆえの責任であり、どのような背負い方であるかを言葉で応えていくことなのである。

留意しておきたいのは、小林が「僕等」と書いていることだ。明らかに一緒にある者が示される。「きみにそれができるかな？」——例えば、佐古純一郎は次のように言うのだ。「私自身はもう恐ろしくて、これらの作品に解説めいたことばを付け加える勇気がない」（『無常という事』解説　角川文庫）。なぜ「恐ろしい」のか。『無常といふ事』が要請する言葉が説明的言説ではないからであろう。「僕等」の言葉、それは小林の言説と測り合えるほどの勁さを持たなければならない。覚悟のある言葉、責任の取れる言葉、いわば身に負えるだけの言葉だけが期待されているのである。したがって、『無常といふ事』を読むとは、「僕等」になるということを意味する。それは『無常といふ事』に収められたそれぞれのエッセイの文脈に即して自らを組み換えることである。

小林とともに在ること、しかも覚悟を問われて在るということ、言葉の陰翳があり過ぎるように映じるのは、この切実さゆえであったと言ってもよいであろう。言葉それ自体がもはや現実となり得ているからである。どのような現実も複雑と矛盾を孕んで在ることを思えば、現実としての言葉がそうであっても不思議はないであろう。だから次の言葉にも納得してしまうのではないか。

解釈を拒絶して動じないものだけが美しい、これが宣長の抱いた一番強い思想だ。解釈だらけの現代には一番秘められた思想だ。
（「無常といふ事」）

有名なこの一節をめぐって是非を言っても仕方がないのは、その断定的な書きざまにある。修辞法は決して衒いではない。理解の仕方であると同時に説得の仕方でもあるのならば、覚悟の決め方でもある。準じて覚悟の要求の仕方にもなり得ていよう。

「解釈を拒絶して動じないものだけが美しい、これが宣長の抱いた一番強い思想だ」と小林は捉える。しかもそれは「解釈だらけの現代には一番秘められた思想だ」とその理由を述べずに断じている。ここで小林の独善を指摘してもそれだけのことに過ぎないであろう。むしろ言うべきは次のことだ。

この小林の捉え方がそれである限り、一つの解釈であることは指摘し易い。が、それが独善的と言われる程に映るのは、たんに理由が述べられていないからでも直観でもない。以下のような状能に生み出されているからだ。「一言芳談抄」の一節が「当時の絵巻物の残欠でも見る様な風に心に浮び、文の節々が、まるで古びた絵の細勁な描線を辿る様に心に滲みわたつた」経験を小林は次のように言う。

確かに空想なぞしてはゐなかつた。（中略）僕は、たゞある充ち足りた時間があつた事を思ひ出してゐるだけだ。自分が生きてゐる証拠だけが充満し、その一つ一つがはつきりとわかつてゐる様な時間が。
（「無常といふ事」）

「ある充ち足りた時間」とは「自分が生きてゐる証拠だけが充満」していることが「一つ一つはつきりとわかつてゐる様な時間」であることは見やすい。しかし「自分が生きてゐる証拠」については果たして見やすいと言えるであろうか。忖度しても不足し、誰にあってもうかがい知れない究極的な不可解を秘めているはずだ。が、小林には「一つ一つはつきりとわかつてゐる」のである。それを「ある充ち足りた時間」であると言うのであるから、生きて在る証が明瞭に把捉されていたことが充足の「時間」ということになる。とすれば、この「時間」は実は極めて難解な時間ということになろう。生き生きとした時間とか生きられる時間とかと現象学的修辞で捉えてみても換言したに過ぎない難解さである。むしろ、その「時間」が「まるで古びた絵の細勁な描線を辿る様に心に滲みわたつた」ことに生じていることを慎重に捉えるべきであろう。たんに「心に滲みわたつた」のではなく、「細勁な描線を辿る様に」滲みわたるのである。

たどるということ、これは意味を理解することだけではないであろう。ただ一つの表現をそのままに受け取ることであり、それは言説を生きると言ってもよいのかもしれない。別言すれば、他にあり得ようがなかったと思いを確かにすることであり、だから、言葉が信じられるということである。それは「いつはりてかんなぎのまねしたるなま女房」が「十禅師の御前」で深夜鼓を打って「心すましたる声」でうたった言葉である。

とてもかくても候、なうなう

なま女房は慥かにこれしか言わなかったのだ。それを「しひ問はれて」解説すれば、

生死無常の有様を思ふに、此世のことはとてもかくても候。なう後世をたすけ給へ

ということになる。なま女房の思いは後者の「しひ問はれて」出てきた言葉によってわかる。だが、これは意味のみである。「いつはりてかんなぎのまね」をし、鼓を打った時には、前者の言葉しか口にしていなかった以上、なま女房にはそれで充分であったことを告げている。祈りに万感の思いがこめられるならば、切実なその言葉に過不足などあるわけはない。「かんなぎのまね」をしたなま女房は祈りそれ自体になっているのだ。そうでなければ、夜更けに、「かんなぎのまね」などして、鼓を「ていとうていとう」と打ちはしないであろう。

ここに祈りのために自らを整えるなま女房の姿を見出せるであろう。言葉は誰にも理解されなくとも自らの祈りの発露であれば充分である。そのために姿を整えた一人の人間が「十禅師の御前」に座っている。が、告白のない孤独である。これを小林は「文の節々」に感得し、「まるで古びた絵の細勁な描線を辿る様に心に滲みわたつた」と言ったのだ。「本当によく自覚された孤独とは、世間との、他人との、自分以外の凡てとの、一種微妙な平衡運動の如きものであらう」(「蘇我馬子の墓」)と小林は言った。「自分以外の凡て」が在って自らが成る。小林はなま女房を解釈したのではないのだ。なま女房に対して自らが「平衡運動」のごとく組み換わったのである。

小林は言う。

この世は無常とは決して仏説といふ様なものではあるまい。それは幾時如何なる時代でも、人間の置かれる一種の動物的状態である。現代人には、鎌倉時代の何処かのなま女房ほどにも、無常といふ事がわかつてゐない。常なるものを見失つたからである。(「無常といふ事」)

「一種の動物的状態」とは「何を考へてゐるのやら、何を言ひ出すのやら、仕出来すのやら、自分の事にせよ他人事にせよ、解つた例しがあつたのか。鑑賞にも観察にも堪へない」状態のことである。重要なのは「無常」それ自体ではなく表題にもなる「無常といふ事」が現代人は「鎌倉時代の何処かのなま女房」ほどもわかっていないと小林が言っていることだ。「無常」とは理念である。それは何かと問いを立てれば、直ちに分析に陥ってしまう。対して「無常といふ事」は状態であろう。分析のできない現実それ自体であり、それがわかるためには、なま女房のように姿を整え、自らが負える身の丈の言葉を発するしかないであろう。

どうなるか明日をもしれない現状に対して、自らできることを、自らを組み換えることで乗り越える。このような言い方でよいであろうか。要するに現実それ自体は変わらない。それを変えると言うときは、主体的な対処の仕方が換わることである。つまり現実に対して組み換わるということをここにも見出すことができる。「上手に思ひ出すことは非常に難しい」、しかし「成功の期はあるのだ」と小林が言った所以がここにある。すなわち、組み換わる覚悟を決めるということだ。むろん現状に対して抵抗や分析を諦めることではない。絶望も希望も喜怒哀楽も喪失すべきということでもないであろう。それらがあってもなおどうにもならないのが現実であれば、覚悟を決めること、そしてこれはどんな時代状況でも同じことであり、組み換わるしかないのである。とすれば、「常なるもの」は理念ではなく、誰にでも感得できることではないか。だからこそ「成功の期はあるのだ」と小林は言ったのである。「歴史の魂に推参」するという小林の言葉も同じである。「推参」は主体的な行為であり、歴史という現実を前に、自らが組み換わることなのである。

こう捉えられるのであれば、小林の言葉が独善ではないと言ってもよいであろう。対象によって自らが組み換わる。言うまでもなくそれは言葉が組み換わることを意味する。あるいは言葉によって組み換わった小林自身の、その姿が整えられたと言うことができるであろうか。なんにせよ、対象のために、責任を果たすべく、言葉が線条に並ぶ。当然小林にしか負えないかたちがそこには示現する。この示現の勁さが独善に見えたに過ぎないのだ。捉えるということにやさしさと裏切りが本質的に備わっていても、覚悟を相対化することなど有り得ないからに他ならない。

三

小林が対象に準じて自らを組み換える好例が示されている。

凡そ詩人を解するには、その努めて現さうとしたところを極めるがよろしく、努めて忘れようとし隠さうとしたところを詮索したとて、何が得られるものではない。保延六年に、原因不明の出家をし、行方不明の歌をひねつた幾十幾百の人々の数のなかに西行も埋めて置かう。彼が忘れようとしたところを彼とともに素直に忘れよう。僕等は厭でも、月並みな原因から非凡な結果を生み得た詩人の生得の力に想ひを致すであらう。
(「西行」)

「彼が忘れようとしたところを彼とともに素直に忘れよう」と小林が組み換わる。これが小林の対象の理会の仕方であり、対象の指向に従って自らの在り方を修正する。対象をこちらの都合で理解していたのでは簒奪に過ぎない。これが当たり前であってみれば、「当麻」の次の一節には首肯し得るであろう。

肉体の動きに則つて観念の動きを修正するがいゝ、前者の動きは後者の動きより遥かに微妙で深淵だから、彼はさう言つてゐるのだ。

世阿弥の「物数を極めて、工夫を尽して後、花の失せぬところをば知るべし」という花伝書の一節について小林はこう剔抉する。したがって組み換わるとは「物数を極め」ることであり、「工夫」を尽くす、そういう創意にあるのである。

こう言ってもよい。対象を相対化することではなく、対象に相対する手だてを熟慮するということである。相対化は問題を対象との差異・差延のうちに見出す方法であろうが、相対することはそれには至らない。対象と向き合えるように組み換わる在り方を見出すことだからだ。言うまでもなく、これは独自の「工夫」でしかなく、頼ることもない孤独な営みである。したがって出来上がる自らの言葉の整えだけがよすがとなると言い得よう。それは小林が、兼好法師の「徒然わぶる人は、如何なる心ならむ。紛るゝ方無く、唯独り在るのみこそよけれ」との言葉を引いて次のように言ったことに感得できよう。

兼好にとって徒然とは「紛るゝ方無く、唯独り在る」幸福並びに不幸を言ふのである。(中略)兼好は、徒然なる儘に、「徒然草」を書いたのであつて、徒然わぶるまゝに書いたのではないのだから、書いたところで彼の心が紛れたわけではない。紛れるどころか、眼が冴えかへつて、いよいよ物が見え過ぎ、物が解り過ぎる辛さを、「怪しうこそ物狂ほしけれ」と言つたのである。この言葉は、書いた文章を自ら評したとも、書いて行く自分の心持ちを形容したとも取れるが、彼の様な文章の達人では、どちらにしても同じ事だ。(「徒然草」)

ただ独り在ること、これは孤立ではない。「心」の在り方を見つめることである。「物が見え過ぎる眼を如何に御したらいゝか、これが『徒然草』の文体の精髄である」と小林は言う。対象に相対したときに、対象をどうするかではなく、「見え過ぎ」、「解り過ぎ」ることの制御が「文体の精髄」であるならば、文章によって兼好は己を整えたと捉えられるであろう。なま女房のように、世阿弥のように。これらは相対する事象に準じ制御し修正した点で同質であろう。ここに「いかにかすべき我心」の「呪文」を和歌にしていく西行や「巨大な伝統の美しさに出会ひ、その上に眠つた事を信じよう」とされる実朝、「叙事詩人の伝統的な魂」をよく信じて合作されたと言われる「平家物語」を、ともに挙げてもよいであろう。

こゝに在るわが国語の美しい持続といふものに驚嘆するならば、伝統とは現に眼の前に見える形ある物であり、遥かに想ひ見る何かではない事を信じよう。（「実朝」）

すべて小林がこれらの対象に対して自らを組み換えたことから描き出されたことである。しかも、小林の文章によって描き出されているのであれば、それは一つの覚悟に繋がっているのである。彼らが覚悟をしているのか否かはむろんわからない。が、この「実朝」の結語は『無常といふ事』の最後の言葉でもあることを考慮すれば、「わが国語の美しい持続」に「驚嘆」し、伝統を「現に眼の前に見える形ある物」とはっきりと小林が視ていることは示唆的である。小林秀雄というただ一人覚悟を決めた人が、原稿用紙およそ百枚の言葉によって、日本語の「美しい持続」を獲得し、伝統へと回帰しているからだ。換言すれば、対象それぞれに対して、具体的にしかも独特な仕方で自らを組み換えたことは、対象それ自体への理会である。それが日本語の「美しい持続」へ想到するとは、日本語を遣い、日本語に生きて在ることをはっきりと見定めることであったのだ。そしてこれらはすでに小林が取り上げた西行や実朝などがたどっていたことであるならば、小林も同じように自ら工夫をしてたどっていたのである。

ここに日本語を駆使する一つの言語位相を見ることはできるであろう。覚悟が定まった言葉の在り方として、小林秀雄の言葉は文学史をかたちづくるまでに至っている。

四

河上徹太郎は、「危機の作家たち[4]」で言う。

やがて時代は、事変から開戦、降伏、といふことになる。その内小林は、開戦前の一年は比較的よく書いてゐるが、開戦と共に寡作になり、それもわが古典か或は新刊書などにテーマを託した独自な内密なエッセイに限られてしまつた。(これらはその後「無常といふ事」と題して出版された。)そして敗戦後は全く沈黙して、一年たつて長編論文「モオツァルト」が発表された。

これに導かれて言えば『無常といふ事』は寡作期に著された書であり、「独自な内密なエッセイ」である。河上が続けて言うように、たんに「意識的にわが古典に沈潜し、顧みて他をいつて直接戦争目的になるやうな題材から身をかはしてゐる」のではなく、そういう意味での古典回帰などではないのである。ところで河上に「独自な内密なエッセイ」であると言わしめたのは、それまでの小林の作品とは明らかに違ったからであろう。それは覚悟を決めたということに推測できる。必要のある言葉だけを書いたとすれば、寡作になって当然であろう。では、必要だけで書くということは一体どういうことか。

「非常時が常時の極限概念であること、それを小林は繰り返し説いた」と河上は言っている。そして「無常とい

ふ事」の末尾を挙げて、

して見ると、今のやうな非常時に際会した我々は幸である、といはんばかりだ。これは小林の皮肉ではない、実感である。

と言い、小林が福沢諭吉の『文明論之概略』について書いた「感想」（昭16・1）の、

世人が最悪の状態とした処を、福沢諭吉は僥倖と呼び得たのである。彼は、現に見える世の中の状態は最悪と呼べる状態だぐらゐはよく承知してゐたのだが、彼がもつとはつきり承知してゐたのは、問題を解決する鍵を現に見えてゐる世の中の状態の外に探つてはならぬといふ事であつた。

に依拠して、「この考へ方の中に小林は、自身当時の最悪の非常時に生きる覚悟を見出したのである」と捉えている。

この覚悟は「事変と文学」（昭14・7）の次の一節にも看取できる。

事変は、日本を見舞つた危機ではない。寧ろ歓迎すべき試練である。僕は非常時といふ言葉の濫用を好まぬ。困難な事態を、試練と受取るか災難と受取るかが、個人の生活ででも一生の別れ道とならう。

ここに試練というかたちで問われることを歓迎していることは見やすい。災難は回避すればそれで終わるが、試

練は自らが事態を受け入れ克服するという意味であれば、河上の言うように小林は現状に対して覚悟を決めている。どんなに強いられる現状であっても、それに相対し自ら組み換わる覚悟である。そう捉えられるならば、『無常といふ事』に現れた覚悟と当時の時代状況を受け入れるそれとは同じことだと言えるであろう。どちらも小林が自身を組み換えていくこと、その覚悟だけが必要であるからだ。事変は危機ではなく、試練として歓迎すべきとするのは、平常では問われることのない覚悟が、明らかに問われるからであろう。

もともと覚悟は問われることではなく、そっとしておくべき心的状態であるのかもしれない。平常、常時とはそういうことであろう。が、それは「何を仕出来すのやら」わからない「一種の動物的状態」でもある。そこには「自分が生きてゐる証拠だけが充満」した「ある充ち足りた時間」はなかった。鎌倉時代のなま女房、西行、実朝といった人々を「思ひ出す」ことで感得できたのであれば、非常時とはそうした覚悟に想到する時なのであり、それに気づくことができる時なのだ。だから「歓迎すべき」であり、受け取り方によっては「個人の生活でも一生の別れ道」になるのである。「非常時が常時の極限概念であること、それを小林は繰り返し説いた」と小林の当時の言葉を要約して河上が伝えたのは、確実に河上には了解されていたことを意味し、「常時の極限状態」に過ぎないのが非常時であれば、つまり常時と非常時とには本質的な差はないことを示唆する。

非常時の思想などといふものはないのだ、僕等には平常時に慎重に叩き上げた思想があるだけだ、といふ事をしつかり心に入れて置かなくてはならない。

（「事変と文学」）

「しつかり心に入れて置かなくてはならない」との強い言い方は、現状を受け入れる覚悟に生まれていると言ってよいであろう。つまり小林はもう問われることはないのだ。だから自らが必要とする言葉だけを書いたのである。

したがつて寡作になつたのであり、『無常といふ事』はその証であると捉えてもよいであろう。「歓迎すべき試練」としての事変は、小林に確かに覚悟の決定をせまったという点で、時代的な状況的な転換点であり、少なくともここに覚悟の決められた言葉、それは原稿用紙およそ百枚分ではあるが、その言葉が確実に存在し得た契機となった。しかもその内容は、先述した通り、「国語の美しい持続」への回帰を示していた。当時この言葉が在ったということ、これはささやかで寡黙であっても、これが小林秀雄という一人の「自分が生きてゐる証拠」である限り、忘れ得ない日本語の言語位相を示しているのである。これが過言であるならば、事象に相対し、身に負え、責任のとれる言葉の在り方を、小林秀雄が体現しているのである。やるべきことをやったと言えばわかりやすいであろうか。

戦が始まつた以上、何時銃を取らねばならぬかわからぬ、その時が来たら自分は喜んで祖国の為に銃を取るだらう、而かも、文学は飽く迄も平和の仕事ならば、文学者として銃を取るとは無意味な事である。戦ふのは兵隊の身分として戦ふのだ。銃を取る時が来たらさつさと文学など廃業してしまえばよいではないか。簡単明瞭な物の道理である。（「文学と自分」）

「簡単明瞭な物の道理である」と小林は言う。河上によれば、こういう小林の言動が、「時局に対して国民として無自覚な態度として非難される惧れのある『危険思想』に近いものであり、これだけいふのも勇気のいるものだったのである」。小林の覚悟が強かったことを知らしめる証言である。覚悟の強さはさらに次へとつながっている。覚悟を決めるということ、これが「簡単明瞭な物の道理」であるとは、おそらく「人間の真の自由」の問題に行き着くことだ。吉田松陰の辞世歌「呼びだしの声まつ外に今の世に待つべき事の無かりけるかな」を引用し、「人間の真の自由」を歌ったと小林は解する(「文学と自分」)。断首の呼び出しを待つことだけが自分のなすべきことと自覚する、そこに「人間の真の自由」があるならば、『無常といふ事』は小林の、その追求の書でもあるのだ。身に負え、責任の取れる言葉とは自由な言葉ということになるであろう。

『無常といふ事』の一連のエッセイは昭和一七〜一八年に、断続的に書かれている。

註

(1)『無常といふ事』に収録されているエッセイとその発表年月は「当麻」(昭17・4)、「無常といふ事」(同・6)、「平家物語」(同・7)、「西行」(同・11、12)「実朝」(昭18・2、5、6)であり、すべて「文學界」に発表している。その頃のことを河上徹太郎が伝えている。「その頃私はこの雑誌の編輯をやつてゐたが、当時漸く骨董その他の美術品に没入して来た彼は、『美は沈黙なり、』と自分でいつてゐたやうに、物を書くのが億劫な表情をしてゐたので、題目は自由で何にもこだはらず、出来たらこの雑誌に載せることを慫慂した」(「危機の作家たち」)。小林の覚悟が、河上の決断に守られていたことは忘れてはならないであろう。初出単行本は昭和二一年二月、創元社より刊行された。

(2)『無常といふ事』に関する先行研究はここに挙げることが不可能なほど枚挙に暇がない。小林の代表作であるからであろう。それらには十分に示唆を受けた。が、近年この書名を論題にした論文がほとんどないのはなぜであろうか。本論でいうような当惑のためであろうか。

(3)高橋哲哉『デリダ』(平10・3、講談社)冒頭一行目に掲げられたこの問いが理論的な解釈としてのみ受け取れないのは、本論で展開した通りである。

(4)河上徹太郎「危機の作家たち」(昭32・5、彌生書房)。本論の河上の引用はすべてこれからである。なお引用は勁草書房版『河上徹太郎全集』第三巻に拠っている。なお、仮名遣いは原文のままとし、漢字のみ新漢字に改めた。

附記―『無常といふ事』の引用は、本論旨にあわせ、初出ならびに初出単行本に拠った。なお、他の小林の作品の引用は新潮社版『小林秀雄全集』（第五次）に拠った。ただしは、仮名遣いは原文のままとし、漢字は新漢字に改めた。

7 〈個性〉をめぐって ——小林秀雄「川端康成」論——

一

小林秀雄は直接作者と向き合おうとする。ことに親しかった作者については、友情を大切にし、そこから語ろうとする。「作品といふ間接なものを通さずに、直かに作者と付き合ふのは楽しい事である」と「島木健作」（「文藝春秋」昭16・2）で小林は言った。間接的な作品よりも、豊かに友の人となりを知り得るからである。が、当然これは限られたことであり、友情の成立は「大した事」だと小林自身が感じている。ところが、川端康成について小林は「川端康成」（「文藝春秋」昭16・6）で、友情には触れずに、作品から得る作者としての川端を語る。何故であろうか。

小林秀雄と川端康成は同時代を生きた者同士である。「文學界」をその創刊から支えたことは周知の通りである。また、小林も川端もその文芸時評に、否定的に引用し合うことはなかった。(1)むしろ、豊田正子の『綴方教室』を「空白」と見た評価の一致や、(2)泉鏡花について、日本語の可能性を示し得た作家という共通の理解をしていたことなどから、(3)この二人の文学の指向性は同じであったと言ってもよいであろう。つまり、郡司勝義の言うように「半世紀の間、同じ時代を共に歩んで来た。同じ町内に住んで鎌倉文士と世間からは呼ばれ、「文學界」をともに手がけ、公私ともに手をとつて生きて来た(4)」のである。友情が生れていても不思議はない。が、それは推測を出ないであろう。小林はついに川端との友情をめぐってはほとんど語らなかったことだけが確かである。言い換えれば、作品という間接的なものだけを頼りに小林が川端を語ったこと、これは間接的なだけで充分であったことを示唆するのではないか。つまり、川端の全人格的な在り方ではなく、作者としての在り方のみを小林は語ろうとしたのである。

二

「作品を一番大切な土台」(「島木健作」)にして小林は川端を語る。これが可能であるのはよく言われるように、作家は作品とは切り離せないが、作品は作家の原因であり、作家は作品の結果であるからであろう。小林には諒解済みである。「バルザックの小説はまさしく拵へものであり、拵へものであるからこそ制作苦心に就いての彼の雙語より真実であり、見事なのだ」(「私小説について」「文學界」昭8・10)。逆説的に言えば、制作のノートやエピソードを収集しても作者については語り切れない。川端を作者として認知させるのは他ならない川端文学であり作品であることは明瞭であろう。

作品はしかし、簡単には作者を明かしてくれない。川端は「決して人に尻尾を摑ませぬ男だ」とか「自分を人前に出さぬ人だ」とかと評され、さらには「奇術師」扱いされた。だが、小林は「そんな風な事が彼については一番言ひ易い評なのであらう」と言って斥ける。その理由はこうである。

彼の複雑な人工的な文学が、複雑な人工的な人間をたゞ何となく読者の頭に拵へ上げてゐるからである。

小林が川端の文学をこう捉える所以は『雪国』についての見解に見出せそうである。

例えば最近の傑作「雪国」にはどんな雪国の芸者が描かれてゐるか。あの芸者の美しさは、実は作者の憧憬の美しさに過ぎないのであつて、あんな女がたしかにゐると思ひ込ませるものは作者の腕だ。

（「女流作家」「新女苑」昭13・1）

『雪国』に描かれる芸者の美しさは、読者にあたかもその実在を喚起するかのように描かれる。それは川端の憧憬の美しさに拠っていると小林は見る。これは「人間に就いても、文学に就いても、その複雑さといふものに惑はされない様に心掛けるのはよい事だ」という考えに基づいている。

芸者の美しさを実在的に喚起させる要因は、『雪国』の現実的な構成にある。それによって読者が作品という虚構を現実と見做してしまう。「たゞ何となく」という言葉を小林は遣ったが、見做してしまうことが何となく読んでしまうからであろう。あるいは川端の技法が技法とすら感じさせないように駆使されているからか。何にせよ、読者が直接面接し得るのは川端の作品であって、川端ではないと言えよう。ここに先の「一番言ひ易い評」の由来を見ることができる。それらに共通している否定性は、川端の作品を相対化し、川端を捉えたことを意味しない。むしろ言ってしまえば、川端の技法に囚われたことを明かしているのであり、「複雑さといふもの」に惑わされたに過ぎない。だから「人間に就いても、文学に就いても、その複雑さといふものに惑はされない様に心掛けるのはよい事だ」と小林は言ったのではないか。むろん、小林も川端の作品を読み、そこから川端を語ろうとすることは同じである。そして川端の憧憬を見出していた。すると、これは「複雑さといふもの」を警戒した上で見出されたと捉えられよう。何が違うのか。

三

小林が川端の憧憬を見出すことができたのは、次の確信を得ていたからである。

僕は、ドストエフスキイの作品を精読した時、はじめはパラドックスめいて感じ乍ら、遂に否応なく納得させられた一事は、彼の信念の驚くべき単純さであつた。彼の作品の複雑さに眼を見張つて兎や角言ふ人は、彼の作品といふ複雑な和音が、単声に聞えて来るまで我慢の続かぬ人だけである。

自分が信じた或る名状し難い、極めて単純な真理を、一生を通じ、あらゆる事に処して守り了せようとした。その為に彼がめぐらさねばならなかつた異常な工夫、それが、彼の作の異常な複雑さに他ならない。複雑な人生図など描写したわけではない。そんなものは、無ければ、無くて済ましたかつたであらう。世渡りとは綱渡りの様なものであり、綱を渡るのに、彼が払はねばならなかつた注意や戦の一切が、彼の作に他ならぬ。

小林にとって作品とは現実に生きる作者の所作それ自体の顕れであって、そこには「自分が信じた或る名状し難い、極めて単純な真理」が秘められている。この確信が「川端康成」で展開されていることを考慮すれば、川端の作品にも同じことが言えるであろう。つまり、川端が「奇術師」と称されるほどにめぐらした技法は、まさに「自分が信じた或る名状し難い、極めて単純な真理」を守り抜くための工夫であったのである。ドストエフスキーについてすでに『ドストエフスキイの生活』を書き上げ、なおその作品論を書き続けていた小林は(5)、それを見抜いている。重要なのはここで小林が信じるという言葉を遣っていることだ。信じるという個的な所作は、しかし、個性的な文学の在り方を開示するであろう。「個性といふものは天禀だ。（中略）僕の個性といふものの原因は、僕のうちにしかない。僕が信じなければ、僕の個性といふ様なものは何処にもない」。

誰にもうかがいしれない世界が作品となって拓かれる。そこはおそらく、説明の拒まれた、自分の信じる「極めて単純な真理」という一つの秩序に支えられている。憧憬――川端の信じる「真理」は、小林にも信じられ、見出されたのである。

社会の複雑さに反抗してゐない様な人間も文学も、僕は信用する気になれない。どんな時代の社会生活も、その時々の人々にとつては充分に複雑な筈のものだし、人間の信ずる事の出来た美とか善とかいふものの秩序の極まるところが、複雑だつた例しはないのだから。

信じる「真理」は刻々と変化する社会に受け入れられるとは限らない。信じることが個の所作だからである。むしろ、変化に対して抗わなければならないのかもしれない。小林が次のように表現したことはその証左である。

川端康成は、小説なぞ一つも書いてはゐない。僕等の日常の生活とはどういふものであるか、社会の制度や習慣やに僕等はどんな風にぶつかりどんな風に屈従するか、思想や性格を異にする二人の人間の間にはどんな葛藤が生ずるか、等々凡そ小説家の好奇の対象となるものに、この作家が、どんなに無関心であるかは、彼の作を少し注意して読めば直ぐ解る事である。彼が、二人の男、二人の女さへ描き分ける才能を持つてゐないのを見給へ。

小説家が対象にする社会的事象に川端が無関心であることや作中人物の性格や心理を描き分ける〈才能〉が重要ではないのは、自分の信じる〈極めて単純な真理〉を守り抜くことだけが明確になっているからである。が、その明確さは守り抜くことが簡単だという意味ではない。川端の工夫の複雑さはその困難のほどを知らしめる。「極めて単純な真理」を守り抜く困難は、それを社会の中で信じる困難であって、それ自体が川端の作品を個性的に形成している。が、川端はその個性を作家活動のはじめから把えていたわけではないと小林は見ているのである。

四

非凡な才が四十過ぎまで書きつゞけ、少年時の日記に及ばざらん事を恐れてゐる。これは一体どういふ事になるのか。だが、さう質問してゐるのが実は、彼自身なのである。

答への方ではない、質問の方が明らかになるにつれて、彼は自分の個性と信ずるものに出会ふ様になつた。恐らく彼はそれを自分の業と呼びたいのである。

これは、改造社版川端康成選集の「あとがき」で『十六歳の日記』を川端自身が「私の作中では傑れたものである」と言ったことと「私の文才は決して早熟ではなかつた」という「附記」とから小林が感得した言葉である。その上で『十六歳の日記』の一番優れた鑑賞者は川端自身でり、それこそが重要だと小林は強調する。

彼自身が、言葉通り処女作であり、唯一の真率な自伝であると言ふ「十六歳の日記」を僕は注意して読んだ。

（中略）優れた文章だと思つたが、日記の一番優れた鑑賞者は川端康成自身だ、その方が肝腎であると直ぐ気が付いた。恐らく、日記は彼の心中で次第に育つて行つた、次第に優れた作と映る様になつたのである。

ここに明確なのは、「四十過ぎまで」書き続けた川端の憧憬の向かっていたのが『十六歳の日記』であったことだ。それは川端の個性がすでに表れていたことを示唆する。そうであるならば、ここに小林の感得した川端の「恐れ」を見ることができよう。すでに個性が表れていたから恐れただけではない。「四十過ぎまで」書き続けてきたこと、それは自ら信じた「真理」を守り抜くために工夫を凝らした連続であった。が、この工夫の連続が、実は、「真理」を守り抜くことにはならなかったかもしれないといった戸惑いでもあったのではないか。「非凡な才が四十過ぎまで書きつゞけ、少年時の日記に及ばざらん事を恐れてゐる」。つまり、川端は自らの工夫に、自ら懐疑を抱いたのである。

彼が廿七歳の時、少年時の日記を、故郷の倉で見付け出した時、最近の彼が断言する様に、これは私の作中で傑れたものときつぱり言へたかどうか疑問だが、奇術師と言はれた形式模索時代の彼には、一つの強い啓示だつた事は疑へぬ様に思ふ。彼は、直ちにそれを発表したのだから。

小林は「一つの強い啓示だつた事は疑へぬ様に思ふ」と述べる。自らの工夫への懐疑を川端に生じさせるほど『十六歳の日記』が啓示に富んでいたのであれば、形式を模索していた川端に見失われたことがあったと考えられよう。小林は「子供といふものの恐ろしさ」を挙げる。ただし、留意すべきは「常識が、何かにつけ憧れてみせる天真爛漫な子供の天国といふ様なものは、この作家が一番信用しないもの」と小林が峻別していることである。

川端さんがこの日記から読み取つた啓示といふものは、どういふものだらうか、と忖度し、拙い言葉で言つてみるわけだが、それは子供といふものの恐ろしさなのだ。孫にはみんな解つてゐる。（中略）真率な子供の愛や悲しみの動くところ、人間の肝腎なもので何が看破されずにゐようか。知識はもう大したものをこれに附加する事が出来ない。

「真率な子供の愛や悲しみの動くところ、人間の肝腎なもので何が看破されずにゐようか」と小林は断言する。知識が何も付加できないのは、「真率な子供の愛や悲しみ」が人と人との間の直接の交渉に生じるからであり、根柢的に解釈や意味付けができないからである。これこそが形式模索時代の川端に見失われたことではなかったか。単に傍観的な表現はこの日記にはなく、まして企んだ技法などない。ただ正直で粉飾のない生があるだけだ。豊田正子の『綴方教室』を川端も小林も「空白」と評した所以である。子供の表現が正確であってもそれだけのことであって、生きて在ることの意味や意義が表れているとは限らないからだ。小林は言う。

少年が、たゞ真率に生きてゐるといふ最小限度の才能を以つて描き出したものが、人間の病や死や活計の永遠の姿であるとは驚くべき事ではないのか。そして、何故この少年の世界が、あらゆる意見や理論や解釈や批判の下に、理想と幻滅とが乱れ合ふ大人の複雑に加工された世界に抗議して立ち上つてはいけないか。

「人間の病や死や活計の永遠の姿」は紛れもなく生きて在ることの普遍の様相である。そしてこれは「たゞ真率に生きてゐるという最小限度の才能」があれば充分に表現できるのだ。小林はさらにこの表現を「大人の複雑に加工された世界」への抗議と見ている。生きて在ることに対する意見や理論や解釈の巧みに説くことが、逆に生を皮相的にしてしまうこともあるのだ。

『十六歳の日記』の与えた啓示が、それを川端に気付かせたと捉え得よう。自ら信じることのできる個性は「たゞ真率に生きてゐるといふ最小限度の才能」で表現できること、この簡明なことが川端の心中で育ち、川端の作品を個性的に形成する。だが、それは「才能」に捕えられることでもあるのだ。

彼は十三年間文芸時評を書き続けて来た鋭敏な批評家でもある。何んでも承知してゐるのだ。だが、正銘の芸術家にとつては、物が解るといふ様な、安易な才能は、才能の数には這入らない。天賦の才が容易であるとは間違ひだ。作家は、それを見付け出して信じなければならない、そしてそれはその犠牲となる事だ。彼も亦その犠牲、従つて一種の無能者でもある。

「正銘の芸術家」として川端を小林は描き出した。自分が信じられる個性を見出した川端である。ただし、「天賦の才」を「見付け出して信じなければならない」という小林の強要を慎重に受けとめるならば、信じることはたやすくないと言えよう。小林が言うように「犠牲」になることでしか獲得できないのかもしれない。

「犠牲」を言うことは簡単である。が、実際小林が斥けた評言があるように、言えなかった者もいるのだ。これに想到するためには、言う者自身も犠牲を要するのではないか。小林は批評活動の初めから「宿命」を追究してきた。(6)が、小林は川端を「宿命」を追究する人とは言わない。新しい評言になるからであろう。あくまでも犠牲になることを明確にするだけであって、その後の川端についての判断は、「川端康成」を読んだ者に委ねられてしまう。しかも小林はこれ以降、川端について論じないのである。(7)

註

（1）小林と川端の文芸時評での相互の引用については『別冊國文學　小林秀雄必携』（學燈社）に詳述されているので、ここでは省略する。ところで、小林は川端の時評を「時評といふより寧ろ作家の感想文たるところに魅力がある」と評する（「岸田國士の「風俗時評」其他」「読売新聞」昭11・2・29〜同3・3）。一方川端は小林の批評に「小説を書く者の宿命的な渋面の嘆き」を見、「深く小説の制作の秘密を感じさせる」と捉えている（「文学の嘘について」「文藝春秋」昭14・2）。

（2）小林は「清君の貼紙絵」（「文藝春秋」昭15・2）で「文章自身に意味が欠けてゐた」と指摘し、川端一人がそれを明瞭に言ったと付言する。その川端の言は「文学の嘘について」（前出）中の「読後の印象が全く奇怪なばかり「空白」なのである」であり、評価は一致している。

（3）泉鏡花に対して小林と川端とがともに強調する点は言葉への信頼である。小林は「鏡花の死其他」（「文藝春秋」昭14・10）で「文章の力といふものに関する信仰が殆ど完全である」と言い、川端は「九月作品評」（「新潮」昭5・10）で「日本語の可能性の、最高の一つを示してくれた作家として、国宝的存在である」と言っている。

（4）郡司勝義『小林秀雄の思ひ出』（平5・11、文藝春秋）。

（5）ドストエフスキー研究は小林のライフ・ワークである。『ドストエフスキイの生活』は昭和一四年五月、創元社より刊行されている。また、本論が関係する昭和一六年当時は、「カラマアゾフの兄弟」が一、一一月「文芸」に発表された。

（6）「宿命」は、「ランボオⅠ」や「様々なる意匠」で「主調低音」として表現される小林批評の重要な言葉である。なお、これについては、「小林秀雄「様々なる意匠」論――批評という「事件」――」（井上謙編『近代文学の多様性』平10・12、翰林書房）で言及を試みている。

（7） 確かに「川端康成」以降、小林は川端について何も書かないが、郡司勝義（前出）に小林は「『雪国』は認めるが、『山の音』『千羽鶴』などは全く認めてゐないのだつた」という証言がある。

附記―小林秀雄の著作引用は新潮社版『小林秀雄全集』（第五次）に、川端康成の著作の引用は新潮社版『川端康成全集』にそれぞれ拠った。ただし、仮名遣いは原文通りとし漢字は新漢字に改めた。

第III部　横光利一・表象の局面、強度

1　語ることの原理へ　――横光利一「機械」論――

一

語ることは現在である。現在はつねに局面であり、語る現在の意識や判断は語る内容を局面的に生成していく。虚構も事実もその点では同じであり、過去さえも語られた過去に他ならず、決して過去それ自体ではない。言い換えれば、過去には語ることによって際会する。際会は局面的現実であるから、したがって過去もまた局面的に出来することなのであると言えよう。いわば、語ることはその内容に先立っており、その先立ちゆえにもはや取り返しようのない仕方で、内容を顕在化させてしまうのだ。

横光利一の「機械」は、まさしくそうではなかったか。「私」が語ること――この状況で物語は展開される。独特な仕方で、唯一の表現で。つまり何をかではなく、どのようにかという問いしか立てられない語りであった。だからこそ、様々な分析が試みられてきたのであろう。(1) とりわけ語りの構造分析の方法は、「私」が語ることそれ自体を、特権的に論究し、読みの可能性を開示してきた。(2) そこには明らかに「私」ではなく、「私」の言葉をというよりはむしろ「私」の語り方を、意識するとしないとにかかわらず、信用してきたという経緯が指摘できよう。むろん、この信用なくして内容の解読はあり得ない。が、これは物語の局面的に生成される様態を信用してきたということと実は同義ではないであろうか。読む現在は語られる現在である。そうでなければ、何故語りという発話的要素を感じさせるような術語を使用してきたのか。つまり読むことは、語られたことを局面的に、疑うことなく、独特の仕方で聞き届けることでもあるのである。「私」の語るその開始は、次のようなところに推測される。

軽部が手を打つて、よしツ酒を飲まうと云ひ出すと立ち上つた。丁度それは軽部が云はなくても私たちの中の誰かがもう直ぐ云ひ出さねばならない瞬間に偶然軽部が云つただけなので、何の不自然さもなく直ぐすらと私たちの気分は酒の方へ向つていつたのだ。実際さう云ふ時には若者達は酒でも飲むより仕方のないときなのだがそれが此の酒のために屋敷の生命までが亡くならうとは屋敷だつて思はなかつたにちがひない。

この記述が屋敷の死後であることは疑う余地がないであろう。「目が醒めると三人の中の屋敷が重クロム酸アンモニアの残つた溶液を水と間違へて土瓶の口から飲んで死んでゐたのである」と屋敷の死は語られる。「間違へて」と言えるのは、屋敷には聞けない以上死後の推測であると捉え得よう。また「実際さう云ふ時には若者達は酒でも飲むより仕方のないときなのだが」という判断や、「そんな風に考へると」とか「後になつて気付いたことだが」とかといった言い方が散見されることから、「私」の語りは今、現在行われていることがわかるであろう。とすれば、もはやネームプレート製造所での過去それ自体ではなく、言ってしまえば、「私」の語りがかたちどるネームプレート製造所の物語であると捉え得よう。「屋敷だつて思はなかつたにちがひない」との勝ち気な言い方はその証である。

屋敷の死以後の過去についての語りがないことを考えると、ここまでが過去に過ぎていた時間であり、それを再び語り直しているのが「私」の語りの時間であって、「機械」は一見そういう二種の時間層を有しているように見える。が、語り直された過去は過去自体ではないのだから、それは語る現在に再編成されている。つまり「機械」は、語る現在の時間しか有していないのであって、ネームプレート製造所での過去は語るその言葉に継起的に出来し、その時間はまさしく現在のそれによって確かめられるだけなのである。
　これは過去それ自体への遡及が不可能になっていることを告知している。過去はただ、辿り得ない痕跡として物語に滞留しているに過ぎない。つまり、ネームプレート製造所物語は、その痕跡を滞留しながらも、「私」の語る現在によって遡及不可能な仕方で「機械」に内在しているのである。それはこう語り出されている。

　初めの間は私は私の家の主人が狂人ではないのかとときどき思つた。観察してゐるとまだ三つにもならない彼の子供が彼をいやがるからと云つて親父をいやがる法があるかと云つて怒つてゐる。畳の上をよちよち歩いてゐるその子供がばつたり倒れるといきなり自分の細君を殴りつけながらお前が番をしてゐて子供を倒すと云ふことがあるかと云ふ。（中略）此の主人はそんなに子供のことばかりにかけてさうかと云ふとさうではなく、凡そ何事にでもそれほどな無邪気さを持つてゐるので自然に細君が此の家の中心になつて来てゐるのだ。家の中の運転が細君を中心にして来ると細君系の人人がそれだけのびのびとなつて来るのももつともなことなのだ。従つてどちらかと云ふと主人の方に関係のある私は此の家の仕事のうちで一番人のいやがることばかりを引き受けねばならぬ結果になつていく。

　語り出すにあたり、「私」がまず主人を「狂人」と見做して始めたことは慎重に捉えておく必要があろう。というのは、情報が「私」の語ることからしか得られないからだ。過去それ自体への言及も推測も無効にされる。ここに認められるのは主人それ自身ではない。「私」が判断し語った主人しか見出せないのであって、主人それ自身は永久に不明のままにされてしまっている。読者は最初からただ「私」の語りに傍観的に接しているしかないと言えよう。別な言い方をすれば、「私」の言葉だけを頼りに信用の構造を得ている。「私」が語ることに配慮しつつ、聞き届けているしかないのだ。
さらに重要なことがこの引用には明らかになっている。主人を「狂人」と見做したことをきっかけとして、細君の家の中での立場が想起され、判断されて、ついには「私」の位置にまで言及してしまうことである。これは他者を判断したことで自分の在り方が見出されていると捉えられないであろうか。確かに関係性のことではあるが、他者が存在するがゆえに私は「私」たり得ているということを意味する。「私」がまず在って、他者も在るという共存関係ではないのである。
本源的に私は何にでも成り得る可能性をつねにすでに秘めている。が、それは何でもないのと同じであり「私」たり得ていない。とすれば、「私」たり得る契機なくして「私」には成り得ないと言えよう。そうでなければ、次のような自己規定の意味は不明になってしまうであろう。

いやな仕事、それは全くいやな仕事で然もそのいやな部分を誰か一人がいつもしてゐなければ家全体の生活が廻らぬと云ふ中心的な部分に私がゐるので実は家の中心が細君にはなく私にあるのだがそんなことを云つたってていやな仕事をする奴は使ひ道のない奴だからこそだとばかり思つてゐる人間の集りだから黙つてゐるより仕方がないと思つてゐた。

先の引用で主人を「狂人」と見做したことによって、こうして「使ひ道のない奴」という自身の規定へと至っている。しかも「家の中心」の認識が細君から「私」へと移っている。これは、ここまで語ってこなければこの規定には至らなかったということを告知している。単なる認識の遷移ではない。言葉にするということは「私」に成る契機なのである。そうであるならば、ここに語ることの局面が次の局面を喚起する様態を見ることはできないであろうか。局面が次のそれを呼び起こし、次の語りが生成される。その語りによって「私」は、その局面に相応しく意味のあるかたちで成立せしめられてくる。意味があるとは語り得るということである。「家の中心」は細君と一度は認定されながら、語りが進むと同時に、「私」へと至ったことは、まさに局面的認識の所与に他ならない。こう言ってもよいであろう。「私」が在って、物語があるのではない。物語を生成する言説が局面的に在り、それが「私」を適切に成立させる。いわば、「私」に先立って局面的な言説があるのである。物語を語るということは、「私」を成立させることと同じなのである。

この成立は同時に「私」の過去に出会った人や事象をすべて物語化している。さらにそれらへの直かに接することを無効にし続け、自らの言葉へ収斂させようとする指向性を有している。したがって、ネームプレート製造所物語は、「私」が「私」たり得るために語られる物語と捉え得よう。ここに至って、「私」が過去の出来事に際会し、それを生き直していると換言してもよいであろう。再体験と言ってもよいが、今現在、「私」はつねに新しく、自らが語る物語のその都度の局面を経験し、その局面に応じて対処するその仕方を顕わす「私」と成っている。決して追体験ではないのだ。だから、その都度の判断が活かされる現在でしかないのである。要するに、過去を物語としての現在に仕立て直しているのである。

二

その仕立て直しは次からもうかがわれよう。

しかし、私とてもいつまでもここで片輪になるために愚図ついてゐたのでは勿論ない。実は私は九州の造船所から出て来たのだがふと途中の汽車の中で一人の婦人に逢つたのがこの生活の初めなのだ。（中略）それでは自分のこれから行く親戚へ自分といつてそこの仕事を手伝はないかとすすめてくれた。私もまだどこへ勤めるあてとてもないときだしひとつはその婦人の上品な言葉や姿を信用する気になつてそのままふらりと婦人と一緒にここの仕事場へ流れ込んで来たのである。

ネームプレート製造所に入るきっかけとなった婦人との出会いが「ふと」と言い表されている。ここに偶然性は見やすい。が、何故「私」は偶然を語るのか。「私」がネームプレート製造所へやって来たのは単に偶然に過ぎないのかもしれない。しかし、この偶然は主人や軽部、屋敷たちとの出会いを生み、「私」が「私」に成り得ることを可能にする場をもたらした。とすれば、この偶然は「私」成立の必然を秘めていたから、「私」は語ったと考えることはできないであろうか。しかも「使ひ道のない奴」「片輪」という認識に至ったところで、この偶然を語るのは示唆的である。それは、そのような者としての「私」に成るきっかけとしての偶然でもあったのだ。何にでも成り得る「私」が、ある一つの「私」に成ること、この可能性に、可能性である以上、約束された法則は見出せない。「私」が「勿論」と納得しているのは、その可能性を感じていたからではないか。しかし、「使ひ道のない奴」になってしまうという必然がある。

別な見方をすれば、この偶然は、物語にあっては見かけ上の偶然に過ぎず、ネームプレート製造所物語が「私」を局面的に成り立たせる必然として捉えられる。ということは、「私」の成り立ちは、物語に、物語を語ることに、在るべき「私」を強要されることでもあるのだ。「私」は記している。

だが此の私ひとりにとつて明瞭なこともどこまでが現実として明瞭なことなのかどこでどうして計ることが出

来るのであらう。それにも拘らず私たちの間には一切が明瞭に分つてゐるかのごとき見えざる機械が絶えず私たちを計つてゐてその計つたままにまた私たちを押し進めてくれてゐるのである。

これは「私」が獲得した認識である。その都度の局面に出来する「私」は、望んでできることは稀であって、「一切が明瞭に分つてゐるかのごとき見えざる機械」に「押し進め」られているのであり、ここに強要は感得できるであろう。現実が必ずしも望んだかたちにならないことと同質である。「私」の在り方は局面的言説に明け渡されているのである。では何故「私」は自らの出自を語るのか。「実は私は九州の造船所から出て来たのだが」と「私」は言った。これが「片輪」という認識を得た後ただちに語られたのは示唆的である。

この言葉は「私」の由来のことであり出自のことだと捉えられるであろう。が、語りの指向が「私」のそこに向かっていない以上、それに向かって言葉が費やされ、物語としての線条が構えられることはない。したがって、この出自を語る言葉は、私という何にでも成り得る可能性を秘めた存在の証明でありながら、この語りの中では痕跡に過ぎなくなっている。だがために、痕跡は「私」がいたずらに虚構化されることに歯止めをかけている。そしてこれは、次のことをも意味している。すなわち、痕跡があることによって、語る現在もまた、虚構としてのみ把握されることはないということである。これは〈語り手〉という分析上想定される装置としては措定し切れないことを意味する。そうであるならば、ネームプレート製造所物語は、「私」を内包することによって、完全に虚構化し得ない物語に成り得ていると捉え得よう。先に過去を「私」が生き直していると言ったことに倣って「私」が現在を生きていると言ってもよい。つまり、この痕跡ゆえ「機械」中のネームプレート製造所物語は、今現在生きられる物語として内在しているのである。

物語を生きるということ、それは文脈を辿るということであろう。過去それ自体は文脈を支える意味的背景であり、そこには主人や軽部、屋敷、主婦（細君）といった人々がいる。というよりは、文脈に準じてそれらの人々は存立されてくる。ここに存立に先立つ文脈ひいては物語を見定めることができるであろう。つまり、彼らも「私」と同様なのであり、したがって、物語が在ってはじめてその存在が保証されるのである。ということは、他の人物たちにも「私」同様の存在の痕跡があることを示唆している。

私ももうそれだけの暴力を黙つて受けてをれば軽部への義務も果したやうに思つたので起き上るとまた暗室の中へ這入らうとした。すると軽部はまた私のその腕を持つて脊中へ捻ぢ上げ、窓の傍まで押して来ると私の頭を窓硝子へぶちあてながら顔をガラスの突片で切らうとした。

これは軽部に「私」が暴力を受ける場面であるが、この点は後にこう言われる。

私は屋敷が軽部に少なからず抵抗してゐるのを見ると馬鹿馬鹿しくなつたがそれより尊敬してゐる男が苦痛のために醜い顔をしてゐるのは心の醜さを表してゐるのと同様なやうに思はれて不快になつて困り出した。私が軽部の暴力を腹立たしく感じたのもつまりはわざわざ他人にそんな醜い顔をさせる無礼さに対してなので、実は軽部の腕力に対してではない。

ここに顕著なのは「顔」という語である。屋敷の顔を醜くゆがめる軽部の暴力に、「私」は腹立たしさを覚えている。これは「私」の「顔」を傷つけようとしたことにも敷衍できるであろう。顔は人の存在をものがたる重要な部分だと考えられるならば、「私」が現在の語りにあって顔を語ったことは、まさしくその人の存在の尊厳への気遣いをうかがわせる。つまり、「顔」は存在したことの痕跡であり、確かに「私」と交流があったという実在性を暗示しているのである。とりわけ屋敷については、語り合った場面で最後に「ふツふと笑つて自分の顔を濁してしまつた」とも言われるくらいである。さらに指摘できるとすれば、喧嘩の場面が二回あるが、そこには「肉体」が語られるし、主人については「主人の肉体から出て来る光りに射抜かれてしまつたわけだ」と「肉体」に基づいた他者了解が語られている。これも存在したことの痕跡と捉えてよいであろう。しかし痕跡はあくまでもそれである限り、その人自身を直接語り得るということを意味しない。「私」が彼らの代わりに発話しているのはその有力な証である。むろんこれはいわゆる代行表象ではない。他者を語るということ、「私」の他者の尊厳への気遣いを考慮すれば、次のような決定的な在り方を見出すことができる。

するとと、よくよく軽部も腹が立つたと見えてあるとき軽部の使つてゐた穴ほぎ用のペルスを私が使はうとすると急に見えなくなつたので君がいまさきまで使つてゐたではないかと云ふと、使つてゐたつてなくなるものはなくなるのだ、なければ見附かるまで自分で捜せば良いではないかと軽部は云ふ。それもさうだと思つて、私はペルスを自分で捜し続けたのだがどうしても見附からないので（後略）

この他者をつねに肯定する語り方は、「機械」中随所に見受けられる。他者を否定する文言がなく、すべて受け入れていこうとする在り方である。が、語りが「私」の言葉である以上、「私」の解釈や判断から免れることはあり得ない。言い換えると、「私」に認識されたことだけが語られているからには、他者それ自体を言い得ていることはない。これが認識のやむを得なさであるならば、「私」は他者を痕跡として残しつつ、認識し得た他者の在り方を肯定して受け入れていくより他なかったと捉えざるを得ないであろう。

あるいはむしろ逆に、十全な他者理解などは有り得ず、つねにすでに局面にあって他者は、認識しようとする者が一方的に理解できたところだけで再構成し直されている存在であるということを示しているのであろうか。いずれにせよ、語るというこの線条的な営みは、十全ではないのである。

これは「私」の語りの指向性に過ぎない。ただし、過去の出来事を現在、語ることで生き直すとき、他者をいかに語り得るのか。少なくともこの「私」には他者肯定の指向性があること、すなわち倫理的であることは指摘できよう。[3] すなわち、ネームプレート製造所物語は倫理的な指向性を有して存在している。しかし、最後に屋敷の死を語っている。これは過去の死という事実なのだからそれを語ることは他者抹消にはならないと言えば言えるであろう。そう語らざるを得ない事実としてである。しかし、むしろ問うべきは、それが語り直されたということである。

ネームプレート製造所物語は屋敷の死をもって終焉を迎える。それは「私」が語り得る最後ということであり、語ったということは意味があるということである。どのような意味なのか。

三

ネームプレート製造所物語はその言説によって、「私」を成立せしめた物語であった。その物語が一方では他者である屋敷の存在を抹消してしまうのである。

その夜私たち三人は仕事場でそのまま車座になつて十二時過ぎまで飲み続けたのだが、目が醒めると三人の中の屋敷が重クロム酸アンモニアの残つた溶液を水と間違へて土瓶の口から飲んで死んでゐたのである。私は彼を此の家へ送つた製作所の者達が云ふやうに軽部が屋敷を殺したのだとは今でも思はない。勿論私が屋敷の飲んだ重クロム酸アンモニアを使用するべきグリユー引きの部分にその日も働いてゐたとは云へ、彼に酒を飲ましたのが私でない以上は私よりも一応軽部の方がより多く疑はれるのは当然であるが、それにしても軽部が故意に酒を飲ましてまで屋敷を殺さうなどと深い謀みの起らうほど前から私たちは酒を飲みたくなつてゐたのではないのである。

屋敷を殺害したのは軽部だとは「今でも思はない」と、語る現在にあっても「私」は確信しているかのようである。そしてこれ以降、ついにその殺害者の可能性を「私」は自分自身に見出していくように映るが、問題は、殺害者やその動機探しにあるのではない。正確を期して言えば、屋敷の死を語った次の局面が自分を疑うことになる局面を導いたということにある。

語り直しであり、生き直しであるネームプレート製造所物語は、「私」を成立せしめ、「私」が存在することを明確にし、それは言葉に依拠している。が、それが今度は他者を抹消するに至るという方向へと向かっていく。死とは誰にあっても他者との実際的な交流が不可能になることであって、言葉を失うことだ。「私」の存在を唯一成立せしめてきた言葉を失うのである。とすれば、屋敷の死を改めて語るということは、「私」がその死をどれほどひたむきに引き受けても、屋敷から言葉を失わせ、このネームプレート製造所物語から追放することにならないであろうか。屋敷もまたこの物語が存在して、はじめてその痕跡とともに実在性を得ていたにもかかわらずである。

先に示した倫理的な在り方をここでは見ることはできない。軽部がふるった暴力よりもむしろいっそう根柢的な暴力すなわち存在を簒奪する暴力を指摘できるであろう。事実がそうであったからという捉え方は、この暴力を無警戒に肯定してしまうことになる。そうである以上、暴力の肯定に甘んじるしかなくなるのだ。屋敷の死というかつてあったはずの過去の事実は、そう語らざるを得ない物語として再現前する。想起されるのは「一切が明瞭に分つてゐるかのごとき見えざる機械」に「押し進め」られる様である。語らざるを得ないとはそういうことではないか。そうであるならば、根柢的な暴力の肯定をすることになった「私」も、また「押し進め」られ自動的に成り立ったと言い得るのである。

いや、全く私とて彼を殺さなかつたとどうして断言することが出来るであらう。軽部より誰よりもいつも一番屋敷を恐れたものは私ではなかつたか。（中略）さうだ。もしかすると屋敷を殺害したのは私かもしれぬのだ。私は重クロム酸アンモニアの置き場を一番良く心得てゐたのである。

劇薬によって殺害したか否かという実際的な問題よりも、物語の終焉からこうした言葉が導かれているということに留意すれば、ここにネームプレート製造所物語を成立させた最後の「私」を見出すことはできるであろう。実際に殺害したか否かは別に、語ることで他者を抹消してしまった「私」である。

さらに物語が終焉を迎えてしまった以上、次の「私」はもはやその成立があり得ないことも意味している。終焉とは物語を失うことだからだ。が、「私」はその存在の顕現のためにいつでも「私」に成ることを強いられているからには、物語を必要とするであろう。ということは、「私」に成り得ないことがはっきりしているにもかかわらず、成ることだけを強いられているとは言えないであろうか。だから「私」は自らを把捉し得なくなるのだ。

私はもう私が分らなくなつて来た。私はただ近づいて来る機械の鋭い先尖がじりじり私を狙つてゐるのを感じるだけだ。誰かもう私に代つて私を審いてくれ。私が何をして来たかそんなことを私に聞いたつて私の知つてゐるよう筈がないのだから。

「機械」の結末である。「私はもう私が分らなくなつて来た」とは、「私」に成り得ない以上、その認識ができないからであろう。「私はただ近づいて来る機械の鋭い先尖がじりじり私を狙つてゐるのを感じるだけだ」とは、成り得ないにもかかわらず、成ることを「押し進め」強いる現在が瞭かに感得されていることを告知しているであろう。語り直し得る最後があるとは、つまり、新しく物語を語り得る余白はないということなのだ。

四

さらに重要なことが開示される。今、「私」は「私」を成立せしめる強要にあえいでいる。これは「私」の感覚的な声にも似た言葉と捉えられよう。物語を語るための目的的な言葉ではなくなり、ただ強いられることに対するあえぎを表す言葉である。記述的言語としてよりは発話的言語としての度合は強い。したがって、語る主体を宙吊りにし、一般的言語と見倣してはじめて把捉可能な、発話に先立つ記述としての言語というポストモダン的な捉え方が難しくなる。発話は記述に先立っていることもあるのである。

ネームプレート製造所物語の〈語り手〉という装置として「私」を捉え切れなかった所以はここに明確であろう。すなわち、語る現在それ自体が顕現し続けたこと、読者はここに「私」との信用の構造を得ていた。構造であったのは、ネームプレート製造所物語を「私」が語るということ自体の仕組みをこそ受けとめ続けていたからであって、語ることの主体が顕示されてしまう在り方に面接していたからである。信用は抽象、一般に得られることはない。「婦人の上品な言葉や姿を信用する気」になった「私」同様包括的に得られ、加えて「誰かもう私に代つて私を審いてくれ」との言葉を聞き届けることが具体であったからこそ得られるのであろう。別な言い方をすれば、信用は、

「私」の語りが何を語るのかという主題的な事柄にはなく、語り方それ自体の現状にあったのであり、語り方を構造的に共有していることに言い得るのである。だから〈語り手〉という装置としては捉え切れなかったのだ。

語ってしまうことは、どれほど倫理的であっても他者抹消の軌跡にも成り得てしまう。とすれば、屋敷の死を引き受けてものがたった「私」のあえぎは、その抹消に対しての苦しみでもあるのかもしれない。そうでなければ、自らを殺害者として疑っていくことはないであろう。語ることに原理的に潜在する苦痛――これさえも「押し進め」られた結果に他ならない。「私」はただ当たり前に存在し、当たり前に語っただけなのだ。「私が何をして来たかそんなことを私に聞いたつて私の知つてゐよう筈がないのだから」。とすれば、語ることの原理さえ、書き込まれているのが「機械」ということになるであろう。

「私」に発話的言語を見出し得たのは、実は、「私」それ自体にはない。物語を語る「私」が、そのように描かれたことにある。描いたのは誰か。こう問えるのは「機械」言説に信用の構造を求め得るからである。名指し得るのは、作品言説に先立つ署名者横光利一であろう。語ることの原理性を剔抉し、一般言語としての把捉を不可能にし得た唯一の人の名である。確かに署名は模倣できなければならない。が、ただ一度の、もっとも初めの署名があったことは、作品が一般言語化しない限り、見失い得るであろうか。

「機械」は由良海岸の宿で書かれた。[4] その時の横光の意図、思い、意識、言葉を選ぶ動機、その他はすべて忖度の限りであろう。が、それでも言える。それらはすべて「機械」に込められている。読まれるか否かさえわからないままに。にもかかわらず「機械」はその言説に先立たせる形式で署名を冠し続ける。横光利一の「機械」を読者は具体的に読むのだ。これは無限に思える読みの可能性の追究ではない。作家の意図を究明しようとの試みでもない。先立つ横光利一という署名者を、作品の在ることのかけがえのなさと観じて、「私」同様、ただし独特の苦痛をともなって、信じ語ることなのだ。「誰かもう私に代つて私を審いてくれ」。審くことは裁きではない。「私」の在り方を見出しつつ、「機械」が示現する横光利一という「私」を詳らかにすることなのである。「私に代つて」――聞き届ける期はある。「機械」は、その仕組みをも、記述できる最後のこととしては、開示しているのである。

註

（1）周知のように「機械」への論究は多岐にわたっている。心理主義小説としての実験性を論じることも維持される一方、作品それ自体の有するいわゆる〈語り〉の問題や発表当時の機械主義との関わり、映画や探偵小説という分類との関連などが論じられている。それらすべてを挙げることはできないので、とくに代表的と思われる論考を挙げる。心理主義については、脇坂幸雄「横光利一『機械』の文芸性――心理主義の検証を通して――」（「日本文藝學」平4・11）がある。日比嘉高「機械主義と横光利一「機械」」（「日本語と日本文学」平9・2）は機械主義との関連を論じている。また山本亮介「『機械』を読む――『科学』の思考および『唯心的な目醒め』の帰趨――」（「国文学研究」平11・10）は「科学（化学）」の意味を討究し、「科学」的な方法で捉えられた人間の「心理」の様態、さらに「科学」的な思考それ自体が問い直されたのが「機械」と見る。十重田裕一「「機械」の映画性」（「日本近代文学」平5・5）は一九三〇年前後の映画との関連性を論じた論考であり、「映画というメディア」を意識しつつ創作したことを指摘している。探偵小説との関連については、沖野厚太郎「メタ小説・反探偵小説・『機械』」（「文芸と批評」平元・9）や坂井健「探偵小説としての『機械』」（「群系」平8・8）、島村　輝「劇薬・暴力・探偵物――『機械』の逆接――」（「早稲田文学」平11・11）、島村健司「『機械』と探偵小説の近接性――『私』の企図と読者への通路――」（「蒼光」平12・3）などがある。

（2）いわゆる〈語り〉の分析については、絓秀実「書く『機械』」（『探偵のクリティック』昭63・7、思潮社）と、それを批判的に継いで論究した松村良「『機械』――一人称の『私』」（「解釈と鑑賞」平12・6）がある。絓は物語言説と物語内容とを区別して捉え、言説に内容が遅延することを指摘し、「書くようにして書く」という横光の「自覚」を見出す。松村は絓の「『話者の現在時』において語り得たか」と疑問を提する。そして「語る私」と「語られる私」とに時間的・空間的な「切断」も見出す。そして「物語世界外の語り手」として「私＝X」を想定する。これは「機械」に書かれる「推し進めてくれてゐる」ものであり、「『機械』というテクストを語る機能としての『私＝X』以外のなにものでもない。『私＝X』は、テクスト内において自らを『機械』という隠喩でもって自己言及し続ける」と把握する。問題は、過去とか現在とか判らないような語りの在り方にあるからには、語ることの在り方を見定める必要があろう。過去で語ることも未来で語ることも有り得ない。過去を、未来を、語る現在しかない。むしろ現在は語ることそれ自体と言うべきであろうか。したがって、絓の想定はそれとして、やはり語りが「現在時」に向かうという言い方はできないであろう。語ることすなわち現在であれば、現在とは語ることの線条それ自体にしか見出せないから「押し進めてくれてゐる」という受動的な言い方がされるのではないか。ここに物語枠内／外を想定する前に、局面性を見ることができる。つまり物語言説と物語内容とに区別される前の、「機能」としての物語それ自体である。とすれば、物語枠内／外を設けて〈語り手〉を想定する必要もなく、時間の把捉に迷うこともないのではないか。特権的に想定することには慎重になる必要があること、これが局面性の要請なのである。

（3）　倫理については、小林秀雄「横光利一」の「世人の語彙にはない言葉で書かれた倫理書だ」という有名な一説に基づいている。「それもさうだと思つて」の意味がわからなければ「全文は寝言」との解し方に、他者肯定の「私」は見やすい。むしろ問題は「世人の語彙にはない言葉で書かれた」という捉え方にある。「軽部にしてみればたゞ『私』を怒らす目的で自然と口に出た意地の悪い感情の言葉に過ぎぬ」。その言葉を「私」は「純粋な理論」として受けたと小林は言う。すなわち、「世人の語彙」は軽部の遣った感情の言葉であり、それにはない言葉は「理論」と捉えられよう。とすれば、感情を理論化する時に他者肯定がなされるということになる。これは次のように敷衍することも可能になる。「私」が物語を生成し得たのは「理論」としての言葉を使用し得たからに他ならない。感情をあらわす語では物語たり得る強度を保てないであろう。いわば、「私」の言葉は倫理としての物語たり得る倫理性を備えているのである。だから、〈語り〉の分析にも耐え得る程の強度を有しているのである。

（4）「機械」は由良海岸の和田伊三郎宅で執筆されたとされる。その執筆に使用した机があり、新潮文学アルバム『横光利一』に掲載されている。が、その撮影時とはもはや異なり、現在はニスが塗られている。横光の執筆痕に触れることができない。それは「機械」に由良海岸の雰囲気を見出せないのと同じく、「私」の語る物語に過去それ自体が見出せないのと似ている。けれども〈横光利一がこの机で書いた〉ということは、透明なニスに拒まれ触れることができないまま、ただしそのニスによって保守されながら、見出され語られていくことが待ち望まれているであろう。

附記―「機械」の引用は河出書房新社版『定本横光利一全集』第三巻に拠った。その際、仮名遣いはそのままとし、漢字のみ新漢字に改めた。

2　分類された物語
――横光利一「上海」論――

一

　都市小説という分類があるのだとしても、その定義が漠然とし、対象となる物語を十全に把捉し得ないことは諒解済みであろう。が、分類が無効になったことはかつてない。捉え得る可能性として新しさやわかり易さを開示しながら、対象となった物語を分類し続けてきた。横光利一の作品「上海」は都市小説であると言っても、一応は納得される所以である。だが、それは見かけ上に過ぎない。何故分類は終わらないのか。
　おそらく分類することに内在する名付けの問題があるからであろう。名付けること、これは確かにその名にふさわしい側面を的確に現前する。それによって現前化した物語として認識され、世の中に流通する。呼びようのない物語はついに流通はおろか、歴史に登録されることすらない。したがって、名付けとは単に認識の手段であるばかりではなく、流通や登録の最初の手段でもあると言い得よう。横光利一は言った。

　全篇を纏めるにあたつて、突然上海事変が起つて来たので題名には困つたが、上海といふ題は前から山本氏との約束もあり、どうしたものか自然に人々もそのやうに呼び、またその題以外に素材と一致したものが見当らないので、そのまま上海とすることにした。

これは昭和七年十二月二十五日に刊行された改造社版『上海』に収められている序の一節である。ここには興味深いことが記されている。すなわち「上海」という題名は、本来横光自身が考えていたのではなかったということである。山本実彦との「約束」であり「どうしたものか自然に人々もそのやうに呼」んだ、言ってみれば、他によって自然発生的に生み出された題名であった。とりわけ、後者は慎重に受けとめなければなるまい。命名を横光ではなく「人々」が行なっているからである。

周知の通り「上海」の発表形態は、「ある長編」として「風呂と銀行」(「改造」昭3・12)、「足と正義」(同 昭4・3)、「掃溜の疑問」(同 昭4・6)、「持病と弾丸」(同 昭4・9)、「海港章」(同 昭4・12)、「婦人—海港章」(同 昭6・1)、「春婦—海港章」(同 昭6・12)、「午前」(「文学クオタリイ」昭7・6)という題名がそれぞれに冠せられた断続的な連載であり、「上海」という題名が現れたことはなかった。にもかかわらず、「人々」は「上海」と呼んだ。これは何を意味するのか。

「ある長編」として世に問われた物語群は、いまだ名を授けられないまま「人々」に読まれた。名がないということは、意味付けができないということであって、把捉し得る物語たり得ていないことを意味する。そうであるならば、確かに眼前にありながら「ある長編」では確実な認識ができなかったと言ってもよいであろう、だから、認識するために「上海」と「人々」は「自然に」呼んだのではないか。

「上海」と呼ぶことすなわち名付けることとは、「ある長編」を「上海」という物語として認識する手段である。別な言い方をすれば、読むということは意味を得ることである以上、名付けることで意味付けが果たされる。意味付けに準じて分類が始まる。「ある長編」は「上海」という分類を得て、世の中に流通し、歴史への登録が果たされたのである。

見方を変えれば、横光が企図したことや制作意識などにおかまいなく名付けは行なわれたのである。横光は山本実彦に宛てて書き送っている。

今日水島君が来られまして上海紀行を書けとの事でしたが、紀行に書いて了ひますと材料が盛り上つて来ませんし、たいていの人がそれで失敗して了つてゐます。それで私は上海のいろいろの面白さを上海ともどこともせずに、ぽつかり東洋の塵埃溜にして了つて一つさう云ふ不思議な都会を書いてみたいのです。

（書簡　昭和3年6月15日付）

「上海のいろいろの面白さを上海ともどこともせずに、ぽつかり東洋の塵埃溜にして了つて一つさう云ふ不思議な都会を書いてみたい」との希望が横光にはあった。これを企図と言い得るならば、「ある長編」はこの企図の具現化であったはずだ。物語をかたちづくった言葉は、この企図の実現のために、横光のペン先から記されていたのではなかったか。物語中、明確な地名がわずかであることはその表れと言ってもよいであろう。とすると、「ある長編」は「不思議な都会」という名付けの可能性を有していたのではないか。(1) そうであるならば、「上海」と名付けることはそうした希望を纂奪し、「上海ともどこともせずに」語られていたはずの物語を「上海」へと帰属させる。極言すれば、強行な手段でもあったのだ。

認識がいつでも言葉でなされる限り、つねにすでに対象を別な仕方で存在させる。物語に読まれるという前提がある限り、あるいは読まれなければ物語として存在し得ない限り、これを回避する術はないであろう。換言すれば、別の仕方で存在させることで、物語の起源としての作者の企図や制作意識は纂奪される。が同時に、他者は物語を奪取し、あらゆる読みの可能性を開示する。むろん言うまでもなく、読まれた物語はいつでも別の仕方で存在する以外ではないにせよ、ここに物語の共有が果たされている。厳密に言えば、作者も読者も独占できない自立した物語としてである。

物語が別の仕方で存在し自立を果たすこと、これは作者という立場の危機を意味する。序に「どうしたものか」という横光のためらいが記されている所以である。しかし、ためらいながら横光は「上海」という題名を容認する。ということは、他者による名付けを認めたのであり、別の仕方で存在し始めた物語を肯定したのである。ここで山本実彦との「約束」があったことを想起してもよいであろう。山本もまた他者に他ならなければ、「上海」という題名は、すでに「ある長編」に先立って在ったのであり、それはいまだ書かれていない物語の指向性をすでに決定せしめていたことを示唆する。ということは、「上海ともどこともせずに」語り「不思議な都会」を描こうとした物語を「ある長編」としつつ、初出形態のような題名を付けたことは、先立つ指向性への抵抗と見てもよいであろう。が、それさえも読まれることで、他者に再び「上海」と名付けられたならば、「どうしたものか」とは、作者である横光が自らの物語を恣にできなかった諦めにも似た思いというべきかもしれない。しかも「上海」という名付けの容認にあたって、全編にわたり改稿を施している。それでも地名を不明にしたままであったということは、簒奪された横光の企図は、確実に痕跡として「上海」中に滞留していることを告知する。むろん、自立した物語内である以上は、痕跡への遡及はもはや不可能であって、痕跡は「不思議な都会」を喚起することさえないかもしれない。けれども、昭和一〇年三月、決定版『上海』(書物展望社)を再び世に問うことを考え合わせるならば、横光の作者としての抵抗は、読めないままに、告知されていると捉えられよう[2]。

こう言ってもよい。痕跡があるゆえに、横光利一という名が「上海」の作者として歴史に登録され、物語が残り続ける限り、その名も呼ばれ続ける。だとすれば「上海」を読むということは、横光利一という名を模倣することでもある。模倣とは、いつでも同一の名を、同じように、ただし独特な仕方で、名付け署名することであろう。つまり「上海」を読み、語るということは、横光利一の名を署名し語り続けることでもあるのである。物語は共作であると言われる所以であり、痕跡としての横光の企図を残し続けることでもある。

重要なのは、以上のようなことが論じ得るだけの余地が序には内包されているということである。序とはおそらく、物語に先立つ単なる宣言ではない。作者の思惑を超脱し、他者を歓待する線条である。そして物語に先立って在ることが、物語それ自体の指向性を韜晦し、それ自体で充足したはずの言説の在り方を繰り返し撤回して、他者に向かっていつでも新しく裂開し続けようとするであろう。つまり、他ならない他者がすでに内在されていることを明示しているのである。

二

「上海」という物語は他者を内在して自立している。それは他者の読みを内在しているという意味だけではない。他者を内在するとは、多様な読みを許容するからには、物語言説が決して固定的に意味を確定することがないという意味であって、したがって、物語構造それ自体も確固として有り得ないことを告知する。読みの可能性がここに開示されるならば、他者の内在を序によって明示された「上海」という物語は、いっそう固定性を得ていないと捉えられるであろう。「上海」の特長が例えば「流れ」という言葉に代表される所以である。その語り出しは、有名な次の一節である。

満潮になると河は膨れて逆流した。火を消して蝟集してゐるモーターボートの首の波。舵の並列。抛り出された揚げ荷の山。鎖で縛られた桟橋の黒い足。測候所のシグナルが平和な風速を示して塔の上へ昇つていつた。海関の尖塔が夜霧の中で煙り出した。突堤に積み上げられた樽の上で、苦力達が湿つて来た。鈍重な波のまにまに、破れた黒い帆が、傾いてぎしぎし動き出した。

この一節は、いままでどれほどの意味が読み込まれてきたのであろう。とりわけ一行目には、従来の「上海」研究が開示してきた意味の多さ(3)にとどまらず、語られさえしなかったそれをも想像すれば、読み込む隙さえないようだ。それでもあらゆる他者は、その都度、この一行目から読者として捉えるべき意味を要求されている。何故か。

冒頭の「満潮になると河は膨れて逆流した」という一行が、次行との連関性を欠いているからであろう。「火を消して」から「黒い足」までが、点景描写のように風景を紡ぎ出していることに対して、一行目は叙景的である。ことに「膨れて」との言い方は認識の結果を示しており、読者はその度合いや意味の判断を迫られる。ここにすでに内在させられる読者の在り方が見出し得るならば、言うべきは、読者こそがこの言葉を支持するということである。意味の判断を強いられ、決定を迫られるからに他ならない。そうでなければ、「上海」研究の多くがここに言及するわけはなく、ひいてはこの一行を物語全体の象徴と見做しはしないであろう。つまり、言及は支持表明の証なのである。とすれば、証立てられて、「海関の尖塔が」以降は、ひたむきなまでに読者が支え続けるであろう。「煙り出した」「湿つて」「鈍重な」といった言い方には、まさしく判断を求められる。読むことには必ず最初に肯定があることを考えれば、異論はないであろう。むろん、それは意味を一に限定することではない。意味は肯定の後直ちに生じるのであるから、意味を見出すことはその肯定を知らせながら、物語に自らを登録していくことでもある。しかも「上海」には序があり、他者の内在を開示していた。ということは、冒頭の一行目は、登録の要求であり、内在する他者の表明と捉え得よう。次行との連続性が稀薄なのは、その手続きのための一行だからであり、とすれば、ここに象徴を見たがる所以は、物語全体を支持する存在に、意図するか否かは読んでしまう以上別事であって、今、ここで、直ちに、登録の手続きを果たしたがゆえである。

別な見方をするならば、他者が内在する他者すなわち読者へと登録を果たす場を設けているということは、物語言説が他者へと委ねられることを示唆している。序に横光のためらいが記されていたことが想起される。すでに他者が肯定する言説は、見出される意味で膨んでいる。作者が有していた企図はついに企図に過ぎず、ただし打ち消し合うこともなければ、つまり、共存の関係が成り立つのだ。物語が読まれてこそ物語たり得るのは、この関係性ゆえであろうし、つねに新しい他者が新しい意味を見出し得るのも、この関係性によってどこへも回収されることがないからである。ここに物語の自立を見出し得よう。読者も作者も、物語にそれぞれが関与する。その度合いが読みこむ意味となり企図となって表れる。その表れは相互に認められ、同時に物語言説が誰にも独占されていないことを示している。つまり、この相互の関係性は物語それ自体を自立せしめていると言ってもよいのである。

三

この関係性は次のことをも開示してくる。物語言説がそれ自体で完結する必要がないということである。他者が意味付けてくれるからに他ならない。例えば、参木は物語前半で「ドン・キホーテ」と名付けられる。甲谷と山口の会話を交わすところで、山口が言っている。

「いや、ところが、それになかなか話せる奴がゐるんだがね、オルガといふロシア人だが、どうだひとつ。参木の奴にひとつと思つてたんだが、あ奴はああ云ふドン・キホーテで面白くなし、どうだ君は。――意志はないか。」

そして、さらに後に甲谷にも次のようにも言われる。

あのお杉と此の宮子、さうして、あのお柳とあの支那婦人の芳秋蘭、——何と女の変化の種類も華やかなものではないか。甲谷はまだ参木に紹介しない此の宮子を、是非とも参木に——あの不可解なドン・キホーテに紹介してみたくてならなくなつた。

「あの不可解なドン・キホーテ」と換言され表象されていることは重要である。確かに、参木は「白皙明敏な、中古代の勇士のやうな顔をしてゐる」と冒頭部で言われてはいる。が、風貌を理由にドン・キホーテであるとは決して言えない。ドン・キホーテとは文学的理念だからである。甲谷だけでなく、山口もそう解しているとは、参木をドン・キホーテ型の人間として同定しようとする分類の指向性が見出せよう。けれども、物語後半にはこの分類が出てくることはない。何故か。

一見、語りが放棄したかに見えるこの語りの在り方は、一人の人間を一語で捉え得ることはあり得ないのと同じく、参木をドン・キホーテと呼んで済ませることに初めから無理があったのである。が、これは語りの破綻などではない。「ああ云ふ」という言葉を山口が、「あの不可解な」という言葉を甲谷が、それぞれ付け加えていることは示唆的である。こう言い得るのは、そのような言い方で通じ合えているからである。ここに、特に後者には肯定する他者を見出し得よう。そうであるならば、他者が参木という人物をドン・キホーテと同定する理由を見出す、その局面を迎えるのであり、物語内にその原因探しが準備される。つまり、語り自体は一語に拠る把捉を放棄し、他者に委ねてしまうのである。これはさらに参木の次のような描かれ方にも通底する。

参木はひとりになると、ベンチに凭れながら古里の母のことを考へた。その苦労を続けて、なほますます優しい手紙を書いて来る母のことを。

物語中何回か「母」を思う場面が語られるが、結局これが何を意味しているのか、どのように機能しているのかについて考えるのはむろん他者である、別な言い方をすれば、「母」を思うことが、参木の人物像を確定するには至らないで、ただ思われるだけであること、ここに物語を構築しなければならないとすれば、他者へ委ねられた言説のあるいは物語の比重は大きいと言わねばならない。さらに「必ず死ぬ方法を考へた」参木の在り方も同じであろう。

彼は一日に一度、冗談にせよ、必ず死ぬ方法を考へた。それが最早や、彼の生活の、唯一の整理法であるかのやうに。

参木は物語が終わるまでついに死なない。「此の民族の運動の中で、しかし、参木は本能のままに自殺を決行しようとしてゐる自分に気がついた。彼は自分をして自殺せしめる母国の動力を感じると同時に、自分が自殺をするのか自分が自殺をせしめられるのかを考へた」と死に最も接近した局面にあっても、死ぬことを考えることは観念的に過ぎず、実際死ぬこととは違うと言われるように、彼はただ、そう「考へた」に過ぎないと言ってもよいであろう。参木に夢想家の姿を見出すのはやはり他者だけである。しかし、語りがそうなっていない以上、把捉しようとすることは、極言すれば意味化することであって、人は単に意味ではない以上、存在の可能性を簒奪することになるのである。

これでは確かに参木を読むことはできない。が、物語は参木物語ではない。「上海」である。「何事でも困るとその場を捨てる彼の持病を出して、さつさとひとりで出ていつた」と言われているのは示唆的である。「持病」とは対処の放棄であり、したがって出来事化し得ないのだから、参木自身実は物語を成立せしめない。いわば「上海」物語内で〈流れ〉て漂っているのだ。乱暴な言い方が許されるならば、従来の「上海」研究のなかで参木を捉えようとする論考[4]があるのは、この漂いの不確定性ゆえの誘惑のためであり、物語に成り難かった不安定さゆえであったと言っては言い過ぎになろうか。ここにも把捉し分類する傾向を見るべきであろう。

そう考えてみると、参木に限らずこの物語内には、たくさんの語りの放棄があるのではないだろうか。誤解を恐れずに言えば、参木はドン・キホーテであり、甲谷は愛国主義者であり、山口はアジア主義者であるというように、主要登場人物はたやすく言い表せるようだ。これが一見物語を重層的に見せる。[5]しかし、それらが物語内でどう描かれていたかを探り始めると、ただ宣言しているすなわち名付けているばかりであって、一向にかたちどられてこない。むしろ、様々な言い換えがなされて困惑してしまうであろう。例えば次のようである。


　陽がもう全く暮れてから、漸く食事にありつくと、甲谷は再び元気になつた。彼は今朝から起つた始終の話を山口にしてから云つた。

「僕はそれで、君の此の家へ這入つて来るなり、いきなり突然変異が起つてね。僕は君のやうに愛国主義者になつたんだが、もう僕は君より愛国主義者だ。覚悟をしてくれ。」

「良ろしい。」

　アジヤ主義者の建築師、山口はポケットからナイフを出してつきつけると、甲谷に血判状をつくれと云つた。

甲谷がこのように言う前の場面は、彼が群衆の暴動に巻き込まれそうになって、殺されそうになることが語られている。それが命が安全になり空腹を満たすと、自身をこのように名付けている。しかしその直後で「血判状」を迫られると躊躇してしまう。主義者という言葉が軽々しいのは見やすい。さらに「もう僕は君より愛国主義者だ」という甲谷の言葉を引き受けず、語りは「アジヤ主義者の建築師、山口」と語る。甲谷の言葉のむなしさは、語り自体によっても拒否されていると言い得るであろう。

以上に見られるように、語り自体がそうであるからにはむしろ、この物語は主要と見做される人物の同定を放棄していると捉えるべきであろう。したがって、これを「上海」物語の指向性の特長として挙げることができるであろう。つまり、同定を拒んでいるという特長である。

逆に、この物語が群衆を描く点では圧巻とされ、高い評価を受けていることや、描かれる場所の多くが街路であることは納得できよう。というのは、本来物語化を拒絶して群衆は存在するし、街路はただそれとしてあるからである。だが、語りが他者へ委ねられている以上は、引き受ける語りは意味化する。物語化すると言ってもよいが、これらが「地」と「図」という読み[6]へと転回し、上海の歴史的背景と結び付けられた時[7]、物語と上海と五・三〇事件との整合性が計られる。むろん、それに意味がないと言うのではない。内在する他者、登録を宣言した他者が物語それ自体を逸脱すること、これは他者である限り、やむを得ない。むしろ、それに準じて新しい読みが提示されるであろう。とすれば、それをも取り込んで「上海」という物語は在ると捉えられよう。ただし、それは「上海」という物語が契機となった新しい物語である。自立していたはずの物語がそうして語り直されるならば、先に見た「上海」の同定しない指向性が簒奪されていることを忘れてはならないであろう。では、「上海」という物語は、どのような物語として実在しているのであろうか。

四

描かれる人物達は果たしてお互いを理解し合うことがあったであろうか。この物語の語られ方の特長として会話を交わした後、自分の立場についての言及が多いことが挙げられる。例えば、宮子と語り合った後、参木は「参木は手丸にとられた自分を識つた」と描かれる。また、甲谷も宮子に結婚を迫る場面で「しかし、甲谷は完全に振り落された男がここに転げてゐるのだと気がつくと、もう動くことも出来なくなつた」と描かれる。こうした描かれ方は、随所にあるのだが、重視すべきは会話によって、自省的に自身の立場に言及していることである。ここに相手すなわち他者に直接触れることへの恐れを指摘できないであろうか。

会話は、漸次的に変換していく局面の過程である。あらかじめ準備されていない言葉の交わし合いであって、その都度の対処であるならば、他者によって自身が顧みられるのは当然であろう。と同時に、たとえその場限りであるとしても、他者の了解も果たされ、会話は止揚されて、新しい話題を生んでいくのではないか。が、この物語では、その止揚がほとんどなく、言ってしまえば、互いに言いたいことを言っているばかりで、相手を了解することがほとんどない。したがって、会話が物語化へ寄与することもなく、もたらされるのは自省的な立場への言及ばかりである。つまり、相手の正体がつねに不明なのだ。想起されるのは甲谷が山口の正体を見てしまった場面である。

山口は鼠の傍へよつていつて手を出した。忽ち鼠の大群が、膝から肩へ、群らがり登つては転がり落ち、転がつては這ひ登つて、頭の上まで渡りだした。彼は鼠を冑のやうに身体につけたまま甲谷の方を振り返つた。
「どうだひとつ。」

甲谷は戸を閉めると、ひとり梯子の方へ引返さうとした。

「逃げちゃいかんよ」と山口に言われても甲谷は「もう充分であった」。これは鼠を纏う山口の姿が単に「不潔」だったからではないであろう。山口の生活がこの都会に根ざし、それを利用して生きている生き方それ自体を知ってしまったから、甲谷は堪えられなくなったのではないか。正体を見ること、これが他者を引き受けることの本義的な意味だとすれば、甲谷はそれができなかったことを意味する。これは先に見た会話の在り方と通底しており、他者を了解せずに生きて在ろうとする、言わば、観念的に成り立っている人物が描かれているのである。

他者を正体不明のままにしておくことは相互理解が成立し得ないことを導くであろう。この物語内で「結婚」が一つも成就しない所以である。敷衍して言えば、あたかも亡霊のように参木に現れる競子がついに登場せず、参木によって一方的に想起されてきたのも同じであろう。あるいは参木が芳秋蘭への思いを本人には言い出せず、齟齬を来すような会話をしてしまい、後で甲谷にその無念の思いを伝えるのも同じである。さらに挙げるならば、オルガが参木を思うのもついに参木が理解しないことによって拒まれる。宮子も同じであった。「何事でも困るとその場を捨てる彼の持病」をもう一度、確認しても無駄ではないだろう。相互理解のないところに止揚された物語がないのは、自らの立場を気にする者達の、他者を了解しない描かれ方にも見出せるのである。言い換えれば、止揚されないことが漸次的に次から次へと展開していくばかりで、因果といった物語性が極めて希薄であり、他者はどこまでも了解されないままに先送りされていくのである。

それは、お杉の描かれ方にも顕著である。(8) お杉が参木の部屋に泊まった時、甲谷に「身体」を奪われる。が、翌朝目覚めた時、甲谷と参木とが「一つの寝台」に眠っていたのだ。

翌朝お杉が眼を醒ますと、参木が甲谷と一つの寝台の上で眠つてゐた。お杉は昨夜の出来事を思ひ出した。すると、今迄自分を奪つたものを甲谷だとばかり思つてゐたのに、急に、それは参木ではないかと思ひ出した。しかし、それをどうして二人に訊き正すことが出来るだらう。彼女は昨夜は、全く自分の眠さと真暗な闇の中で起つたことだけを、朧ろげに覚えてゐるだけだつた。

他者との直接の交渉があったにもかかわらず、お杉にはその相手が不明なのは重要である。決して他者の了解を拒んだわけではなく、「真暗な闇の中」という状況自体によって了解が不明になったからだ。けれども、この不明はお杉だけであり、語りはその他者が甲谷であったことを明瞭にしている。すなわち、お杉には了解させないままであることを、他者に開示している語りの在り方は、先に見た正体不明にし続ける語りの指向性を強めていると捉え得よう。しかし、この不明についてだけは、物語の最後に至って次のように転回するのだ。参木がお杉を訪ねて泊まる場面である。

お杉は喜びに満ち溢れた身体を、そつと延ばしてみたり縮めてみたりしながら、もう思ひ残すことも苦しみも、これですつかりしまひになつたと思つた。明日までは、もう眠るまい。眠るといつかの夜のやうに、――ああ、さうだ、あの夜はうつかり眠つてしまつたために、闇の中で自分を奪つてしまつたものが、参木か甲谷か、たうとうそれも分からずじまひに今日まで来たのだ。

「あの夜」の他者の了解不明が解決したわけではない。が、「これですつかりしまひになつた」とお杉は思う。それは「今夜の参木だけは、これはたしかに本当の参木にちがひない」との思いからであって、これは他者の了解と捉え得よう。すなわち、お杉の安堵感はかつての疑問を解けたということではなく、今ともにいる他者を、確実に了解したことから生じているのである。とすれば、語りはお杉についてだけは他と違う指向性を示したことになるのであろうか。

お杉は参木や甲谷などとは語られ方が明らかに相違している。まず、「お杉の母親は、まだお杉が幼い日のころ、彼女ひとりを残しておいて首を縛つて死んだのだ。お杉はそれからの自分が、どうしてこの上海まで流れて来たか、今は彼女の記憶も朧げであつた」としながらも、この都市へ来た過去の来歴が語られている。そしてトルコ風呂から参木の「戯れ」によって追い出され、春婦へと変化する身の上も物語の時間に従って語られている。しかもお杉は自ら名付けることをしないし、甲谷とお柳を発見した時も結局、彼等の前に出ず去ってしまう。さらに、最後で参木に対して、春婦であることを恥じ入る。こうして乱暴ながら梗概が描けるのがお杉の語られ方なのだ。つまり、唯一「上海」物語内に成立し得る物語としての可能性を有していたのである。

この可能性は、しかし、「上海」物語の結末で他と同じように他者へと委ねられ、お杉物語としては完結しないのだ。

——お杉はその島を眺めながら、二日も三日もただじつと参木の帰つて来るのを待つてゐたのだ。——しかし、明日から、もし陸戦隊が上陸して来て街が鎮まれば、またあの日のやうに、自分はぼんやりとし続けてゐなければならぬのだらう。(中略)もう彼女はあきらめきつた病人のやうに、のびのびとなつてしまつて天井に拡がつてゐる暗の中を眺め出した。

「上海」の結末である。物語中、陸戦隊が上陸してくることは、参木にとっては明日への希望であった。が、お杉にとってはそうではない。絶望とまでは言えないにせよ、お杉は「あきらめきつた病人」のようになってしまう。参木の帰りを待つこと、これは「あの日」であり、「あの夜」のことがあった日である。語りは、お杉を「あの日」へ送り返そうとする予感を抱かせて終わっていると捉えられるならば、成就しかかったお杉の物語を再び、他者の共有が刻まれる「あの日」へと転換しようとしていると捉えられるであろう。お杉の不幸が言い得るのは「あの日」であり、もはや、それは物語の時間を超えた未来である。つまり、最も物語化の可能性を有していたお杉さえも、先送りしてしまうことで、物語化させないのである。

都市とは、数え切れない他者が往来する場であり、物語はそれに準じて漸次的に生成され、留まることはない。が、あらかじめ準備されることもない。「上海」が数え切れない程の他者を内在して始まるのは、まさに中国の、ひいてはアジアのあらゆる象徴として把捉される都市を描いているからである。そして言い得るのであれば、他者がかかわり、登録した度合いだけ物語は語られ得る。つねにすでにその準備はされていると言ってもよいであろう。つまり、それ自体では完結し得ない物語であり、しかし読みが生まれる程の強度はあるのだ。その意味で「上海」は都市小説として分類されることを拒みはしないのである。

註

（1）題名の可能性については、水島治男「横光さんは苦労人」（改造社版『横光利一全集』月報第十号）に「唯物主義者」があったことが示されている。これについて神谷忠考「『上海』――唯物から唯心へ」（「国文学」平2・11）が言及している。「上海」という決定は看過できない問題を有しているのではないだろうか。

（2）改稿については、玉村周「横光利一・『上海』――〈排泄物〉の中から――」（「蟹行」昭61・7）や福田要「横光利一『上海』論――〈未完〉と改稿における政治的意味――」（「南山国文論集」平3・3）などに示唆を受けた。横光の企図が甦生しているのは、改稿という問題系のためだけではないであろう。

（3）これについて篠田浩一郎をはじめ、様々な読み方が提示されてきたのは改めて取り上げる必要はないであろう。問題はそうした可能性にとどまらず、その可能性自体を引き出す語りの在り方にある。

（4）参木を中心にした近年の論考としては、濱川勝彦「横光利一・『上海』論一――参木の人物像を中心に――」（「人間文化研究科年報」昭62・3）やドン・キホーテの意味を模索した山本亮介「ドン・キホーテの勇み足――『上海』（「ある長編」）論の序に代えて」（「早稲田文学」平11・11）がある。後者には本稿を成すにあたり、様々な示唆を受けた。

（5）「上海」の構造の重層性については多くの言及があるが、中村三春「非構築の構築――横光利一『上海』の小説言語――」（「弘前学院大学・弘前短期大学紀要」昭62・3）には、同氏の「逃走するエクリチュール――『上海』『浅草紅団』のフラグメント性――」（『川端文学への視界』平11・6）とともに大変教唆を受けた。

（6）前田愛「SHANGHAI 1925――都市としての『上海』――」（「文学」昭56・8）にはじまると言ってよい読み方であろう。「上海」研究史の一つの流れを作ったことは確実である。

（7）「上海」と歴史的背景を取り結ぶ論考が多いのは周知の通りであり、李征「横光利一『上海』における五・三〇運動の描写をめぐって――同時代関係資料との比較をとおして――」（「文学研究論集」平8・3）などの論考のように、より詳細になっている。その方法に異を唱えるつもりはないが、史料も論文化された時点でテクストとなる。つまり史実ではないのだから、それをもって「当時は」と断じることにためらいはないのだろうか。

（8）田口律男「横光利一「上海」論の試み――娼婦〈お杉〉の意味――」（「近代文学試論」昭60・12）がお杉を詳細に論じており、示唆を受けた。論中で指摘があるように、お杉に焦点があてられていることは重要である。物語後半で山口がお杉を訪ねようとするが、これは物語をお杉に収斂させようとするかのようである。

附記―横光利一「上海」の引用は、初めて「上海」とされた初版本が収録されている河出書房新社版『定本横光利一全集』第三巻に拠った。ただし、旧漢字は新漢字に改め、仮名遣いはそのままとした。なお、ルビはすべて省略した。

3 潜在する文脈

――横光利一「旅愁」自筆原稿をめぐって――

一 鶴岡市所蔵「旅愁」自筆原稿について

横光家の所蔵していた横光利一の遺品が山形県鶴岡市に、平成一二年(二〇〇〇)九月に寄贈され、横光の生活の一端をうかがうことができるようになった。さらに、平成一五年(二〇〇三)九月と平成一六年(二〇〇四)一一月の二回にわたって自筆原稿を中心に、横光の文学的営みを知る資料が寄託された。寄贈・寄託された資料は、横光自身のものだけではなく、千代夫人のものも含む計二九三点である。その内容は鶴岡市教育委員会編『横光家寄贈寄託 横光利一資料目録』にまとめられている。寄託資料の中には、「旅愁」の自筆原稿四九枚、複製一枚の計五〇枚がある。その中に戦後発表される「梅瓶」(「人間」昭21・4)相当の自筆原稿が一一枚ある。これについては内容と執筆時期の推定が可能であるため、次章で考察することとする。

すべてにノンブルが打たれており、それぞれが「旅愁」執筆の過程の一枚であったことを実感させてくれる貴重な資料である。複製の一枚とは、新潮文学アルバム『横光利一』にも掲載されている「旅愁」の冒頭である。

横光利一が欧州旅行をし、その見聞を『欧洲紀行』などにまとめ、それらをさらに「旅愁」に結実させていく営みを自筆原稿は痕跡として、息づかいを感じさせるかのように留めている。まさに肉筆である。横光が書いたという事実は、エッセイや書簡から「旅愁」へ至る方法とは別の、横光の思考を探りながら接近する方法を可能にしている。

そのような横光の肉筆である「旅愁」自筆原稿すべてを翻刻し公開しながら、横光の思考過程の一端として「旅愁」の生成を考察する。(1) それにあたり、五〇枚の「旅愁」自筆原稿のうち「梅瓶」を除く三九枚を分類すると以下のようである。分類番号(1-1-7等)は前出の『横光利一資料目録』に従い、便宜上アルファベットを振った。本章ではこのアルファベットを用いて検討していく。ただし、「旅愁」冒頭の一枚である(1-1-7)は複製なので、「複」とした。またそれぞれの枚数と、自筆原稿の内容から推定して、該当箇所のある初出掲載誌と年月を示した。

複(1-1-7)一枚　A(1-1-8)一枚　B(1-1-9)一枚　C(1-1-10)一枚　D(1-1-11)一枚
E(1-1-12)五枚　F(1-1-13)一枚　G(1-1-14)一枚　H(1-1-15)二枚　I(1-1-16)二枚
J(1-1-17)一枚　K(1-1-18)一枚　L(1-1-19)三枚　M(1-1-20)四枚　N(1-1-21)二枚
O(1-1-22)三枚　P(1-1-27)一枚　Q(1-1-28)二枚　R(1-1-29)一枚　S(1-1-30)二枚
T(1-1-31)一枚　U(1-1-32)一枚　V(1-1-33)一枚

これを「旅愁」の物語内容によって分類すると以下のようになる。

複　第一篇第一回冒頭(「東京日日新聞」「大阪毎日新聞」昭12・4・18)
A　第三篇第一回(「文藝春秋」昭17・1)
B・R　第三篇第三回(「文藝春秋」昭17・6)
C・D　第三篇第四回(「文藝春秋」昭17・7)
E・F・G・H・I・J・K・L・M・N　第三篇第五回(「文藝春秋」昭17・8)
O　第三篇第六回(「文藝春秋」昭17・9)
S　第四篇第四回(「文學界」昭19・1)

P・Q・T・U・V　不明

以上を概括すると、「旅愁」第三篇と推定される自筆原稿が多い。矢代が日本に帰国した後の部分である。なお、P・Q・T・U・Vは該当箇所の推定が困難な内容が記されている。さらに、**複**を除くすべての自筆原稿が初出本文と同一ではないため、**複**のように本文との異同の比較検討が単純にはいかない。

「旅愁」本文には初出があり、いわゆる戦前版、戦後版と呼ばれる単行本があり、さらに単行本『旅愁 全』がある。『旅愁 全』については、横光の没後の刊行になるので、異同の照合からはずしてもよいであろう。したがって照合すべきは、初出と戦前版、戦後版の二種類の単行本ということになる。つまり、今回検討対象にしている自筆原稿は、初出時のもの、戦前版単行本のために書かれたもの、戦後版単行本のために書かれたものという「旅愁」本文の種類に従った少なくとも三種類の可能性を考えることになる。それを考える上でもっとも困難なのは、初出と戦前版、戦後版の三種類の本文が同じ場面で同じ表現描写の場合である。その三種類が合致している箇所に相当すると推定される自筆原稿の場合、必ずしも初出時のものだとは断定できない。戦前版、戦後版それぞれの単行本の改変時のものかもしれないという可能性が捨て切れないからである。

たとえば、第三篇第三回（「文藝春秋」昭17・6）に該当箇所があると推定できるBとRである。ともに第三篇第三回で描かれる内容と類似している。（以下の自筆原稿の算用数字はノンブルを表している。）

B【1-1-9】

5

しかし、自分は何を〔云ほふ〕考へやうとも、〔自分の〕父は〔□〕山岳を貫〔き□、〕く仕事に従事して自分を育てくれた〔ことに間違ひはないのだつた。〕のだと彼は思つた。〔そのた〕父のしたその労苦の〔□〕結果、

〔多くのは人〔は〕は〕以後多くの日本人は、居眠りながら〔□〕トンネルを越して〔ゆ〕行けるのだ〔つ〕つた。矢代の父は日本のトンネルの〔□〕難〔□〕関と云はれる准水、東山、會津のトンネルを総て仕上げ〔て□て〕、そして、今は老後を庶民金庫に勤〔務〕務してゐた。

「俺はトンネルに初めて汽車の通〔る〕すときは、夜も眠れなかつたよ。自分の〔作〕造つたトンネルだからね。どういふ〔ことで〕間違ひで、汽車が通ると〔□〕崩れてしまふか分らんからなア。」

と矢代の父はいつも彼に話したことがあつた。

R【1-1-29】

17

「ああ、自分は何も分らぬ。ただ〔し〕為たい〔げ〕だけ」自分はするのだ。」

このやうに心の底で呟く心を矢代は覚え、〔□〕母の実家からまた引き上げては温泉に〔□〕身を浸した。

「自分は〔そ〕これ以上どうすることも出来ぬではないか。〔□〕何をまた自分〔に〕〔が〕のすることがあるのだらう。」

矢代の今の歎きはそんなものだつた。自分の力のある限り謙遜して考へた末に起つて来たものこそ、自分の真の力といふものだと矢代は思ひ、照り曇る北の海の水平線を終日眺め〔る日が〕暮らして九月を送つた。そして、彼が東京へ帰つ〔た〕て来たときは〔、〕もう十月を越してゐた。

Bで描かれる矢代の父の台詞は第三篇第三回に描かれている。しかし、主旨は同じでもその表現は違っている。さらに第三篇第三回では、〈洋行〉について触れ、日本が西洋式になってきた歴史的経緯の中で〈漂ふ人の旅の愁ひの増すばかりが若者の時代となつて来た〉という文脈で父の台詞が出てくる。対してBでは、〈父のしたその労苦の〔□〕結果、〔多くのは人〔は〕は〕〔は〕以後多くの日本人は、、居眠りながら〔□〕トンネルを越して〔ゆ〕行けるのだ〔つ〕った。〉となっており、まったく文脈を異にしている。

Rも同様である。第三篇第三回では〈十月を越してゐた〉の前に父と母の出自をめぐる記述がなされており、Rで描かれている内容は、そのままでは初出「旅愁」本文（以降、本文と略記）にも戦前版にも戦後版にもない。矢代の〈歎き〉はないのである。しかし、だからといって初出時のときにこれらが反故にされたと考えるのはやはり早計であろう。もしかしたら、戦前版の改訂時に試みられたかもしれないし、戦後版のときかもしれない。いずれにせよ、矢代の〈歎き〉すなわち自省が日本に帰国後、母の故郷で行われていたことが書かれ、最終的には「旅愁」自体からは削除されたことは指摘できる。父の台詞の想起の別の文脈のBの描写も同様である。矢代の人物像をかたちづくる内省的な描写は、当初横光が矢代をどのような人物として想定していたかを考える上で重要な手がかりになるであろう。

ところで、初出時、戦前版改訂時、戦後版改訂時の三種の可能性を探る手掛かりとして、編集者などの横光以外の筆跡があれば、確実に他人の手に渡ったことを意味する。例えば執筆期の断定に至り得る自筆原稿は、初出時のときのみに記された〈第五回〉との表記があるEのみである。

E【1-1-12】

1

〈1行空き〉

〈3字下げ〉旅愁〈3字空き〉第五回

〈1行空き〉
〈10字下げ〉横光利一
〈1行空き〉
由吉は陶器〔に〕〔の〕に趣味があるのか出て来る食器を〔手にとつて〕取り上げ裏を〔見〕返した。矢代は他
人の〔□〕こと〔ならともかく〕だと気づかぬときだつたが、それが千鶴子の兄の〔仕草〕癖かだと思ふと自
然に彼も〔矢代〔は〕も〕〔自然に〕注意した。〔〔矢代〕〔彼〕は前から、陶器を愛する人間〔を好きではなかつ
た〕は人の形に捉はれた見方をする〔偏見がある〕ものだと思ひ込んでゐたために、〔あまり〕〔好〕さういふ〔人
□〕〔男〕人物を好きではなかつたので、何となく〔一瞬〕由吉のその様子だけ嫌ひだつた。〕
〔「ここの家は、食器はなかなか〔〔いい〕ものを使〔い〕つてゐるな。〕〔選んでゐるな。〕〔」〕味を見せるためか
な。〕〔その間も塩野は〕そのとき客部屋〔へ入つて〕を廻つてゐた〔□〕この〔料亭の〕家の主人の〔畑〕澤が入
つて来た。〔頭を丸〔坊〕〔彷〕坊主に剃つて〕丸がりの頭で眼をしよぼしよぼさせ、一種とぼけた無表情な顔
〔で〕のまま
〔2〕〔2〕2
矢代の傍へ来て坐〔つて、〕〔り、〕つた。〔畑〔澤〕は銚子を〕〔矢代〕〔彼〕に出した。
「どうですこのごろは。――今日はちよつと蒸し蒸し〔□〕しますね。〔あつ□〕〔痛〕
あッ、さうだ、今日はウイスキイのいいのがあるんですがお良ろしかつたら出しますよ。〔」〕お金は別に〔「〕頂
戴しなくてもよろしいですから。」〔上つて下さい。」〕
〔畑〕澤は笑ひもせず〔にさう〕かういふことをぼつりと云つて、〔から〕〔傍の女中に向ひ、誰の返事相談もな
く「おい、一寸、ウイスキイを持つといで。」と相談もなくウイスキイを命じた。〕〔女中に向ひ〕誰の返事も待た

ず女中に ウイスキイを 命じた。

〔女中が出て〔来〕〕出て行く女中と入れ代りに〔、〕千鶴子が部屋へ入つて来た。矢代は〔畑〕澤に由吉や塩野を紹介〔した。〕するとき〔て、〕〔の〕この二人は君の自慢のウイ〔ス〕スキイの本場から帰つて来たばかりだと説明した。

「へェ、それは困りましたな。しかし、お金はいただきませんから、いくらでも〔上〕召し上つて貰ひませう。」

「いや、さういふ人は、〔イ〕ロンドンにもゐ

3

〔なかつた。」〕せん〔だ〕でしたよ。」

由吉の〔云つた〕気転で一座は急に笑ひに波立つた。その笑ひの波立つ中で千鶴子は〔部屋へ入つて来てから〔前〕、どうしたこと〔か〕か前〕出て行つたときとはまつたく違ひ、生き生き〔と〕した笑顔をたたへてゐた。〔へ、〕〔いつもの〕特長のある靨も〔心を〕〔吸ひとるやうに明るく矢代の方を向いてゐ〔た。〕て、眼も〔笑〕絶えず〔笑ひ〕〔微笑むと〕微笑□にちりばめ〔た〕、艶かなゆらめき〔は〕に波かと〈破れのため1字判読不能〉明る〔く〕かつた。何か漣に似〔て〕た〔押しよせて来る〕〔て押しよせて来る〕〔眩惑する。〕〔、やうな、〕〔押し〕よせては〔ぱッと〕拡がり過ぎ〔る〕てゆく光彩〔をもつて湛へ〕〔のやうに、〕〔悪く〕を見るやうに矢代の顔を見〔詰め〕ては〔□つづけてゐるのだつた。〕笑つた。〔矢代は暫く驚きながら、見てゐたが、自然に彼も〔笑〕そのやうな笑顔〔となつて〕〔が千鶴子を〔見〕眺め〔て〕、ゐた。〕〔が〕〔そのうち〕〔二人の〕テーブルをへだてて向き合〔つた〕つてゐる二人の間隔が、だんだん不自然な間〔のやうに思はれ〕〔て来るのだつた。ていら〔いら〕立ち〔したるままに、〕につれ彼は立つて千鶴子の傍へ廻つていつた。〕に〔□〕思はれて来るのだつた。

4

「あなたお疲れになつたでせう。」

と矢代は千鶴子に云つた。

「ええ、しばらく疲れ〔た〕ましたわ。でも、もういい〔い〕んですのよ。何んだか、あたし心配ばかりつづいて〔しまつて〕、――あなたあたしの手紙、見ていただけました〔い〕かしら。アメリカから出した〔んです□のよ。〕の」

「二通いただきましたよ。それだけは拝見しました。」

「ぢや、半分も届か〔か〕なかつたんだんわ。きつと、さうだらうと思つてゐましたの。〔でも、そんなこと、〕あ〔た〕たし、あなたが〔きつと、〕もう帰つていらしつてるのにちがひないと思つてましたのよ。先日から、〔あなたが〕〔□〕いつになつたら帰つたといふお手紙下さるか〔と、〔思〕〕〔ゐ〕しらと、そのことばかり待つて待つてたんですのよ。だつて、〔□〕あんなにお約束しておいたんですもの。まさか、〔あ〕そんなことまで

この〈第五回〉との表記のあるEが初出時のものだと考えられる。単行本では、そうした表記は除かれているからである。

「旅愁」が複雑な変容を遂げた本文から成立している小説であることは周知の通りである。それが内容的な追究を困難にするだけではなく、自筆原稿の調査という実体的な生成の追究も同時に困難に至らせている。独断的な断定を避け、困難を困難のまま保留するために、**複**～Vの分類を示したところで該当箇所を有する初出を示した所以である。やがて、鶴岡市以外が所蔵する他の「旅愁」自筆原稿が調査され、翻刻、公開され、執筆過程の全容が明らかになれば、本章で取り扱っている自筆原稿も、その執筆時期が確定できるであろう。

以上、自筆原稿の執筆時期の確定について考察を加えたが、むろん、そこには読みが入りこむことは避けられない。そこでB・E・R以外の残りの自筆原稿の翻刻をすべて掲載した上で、いくつかの問題点を論じてみたい。

第一篇第一回冒頭

復【1-1-7】

1

〈枠外右辺に赤字で「初号」と表記あり〉

〈2字下げ〉旅愁〈赤字で「りよし〔ゆ〕う」のルビあり〉㈠〈カッコは赤字、「5ゴヂ」と指示あり〉

〈2字下げ〉〔学生〕

〈12字下げ〉横光利一作〈「作」は薄いインクで表記〉〈赤字で2行取の指示あり〉〈「作」は赤字で4ポイントの指示あり〉

〈12字下げ〉藤田嗣治画〈薄いインクで表記〉〈赤字で2行取の指示あり〉〈「画」は赤字で4ポイントの指示あり〉

〈3行空き〉

　家を取り壊した庭の中〔で〕に、白い〔白い〕〔□ただ一本の〕〔白い花を〕〔全身に〕〔つけた〕〔花をつけた〕花をつけた杏の〔花□だ〕樹が、〔□がただ一本立つてゐた□□〕ただ一本立つてゐる。〔吹き曲つて来ときどき微〔□〕□に〔□〕慄へる真白な〔□〕杏の花を〕〔□□□□□□〕復活〔□〕祭〔□〕の近づいた春寒い風が、河岸から吹〔いて来る〕く度に、〔花〕〔杏の花は〕〔ぼろぼろに崩れた〕〔□塀□□□間で〕〔壁に囲まれたまま、〕〔杏の花〔□〕は〕〔□□〕〔白い杏の花が〕〔をひとり慄はせて〔□□〕ゐる。〕枝枝が〔杏〕〔花は〕慄へ〔□〕つつ〔が〕弁を落していく。〔ゐる〕。

パッシィからセイヌ河〔□□つて〕〔の道に〕〔のだ〕を、登つて来た蒸気船が、〔岸□べに〕芽を吹き立てたプラターンの幹の間から、物うげな汽缶の音を響かせて来る。〔厚い〕城〔壁〕砦のやうな厚い石の欄壁に〔□〕〔□〕〔背〕肘をつ〔□□〕〔けて、〕いて、〔□沖〕〔隆夫は〕さきから、〔□〕河の水面を〔眺〕見降ろしてゐた久慈は、

第三篇第一回

A【1-1-8】

〈原稿用紙裏面に表記〉

8

疲労が〔来〕襲つて来るといふ風な具合で、いつの間にか〔□〕疲れが疲れ〔が〕を生〔んで、〕来るその次ぎの、〕み、初めに溜つた疲れなど〔忘れ溜り〕〔塊り〕固り忘れ〔て〕、〕こちこちになつてゐる。

かういふ風な中で、まだ千鶴子〔の〕に関する記憶だけはいつも矢代を〔せつせと〕追つかけて来てゐたが、それも、ともすると矢代には、〕〔もう〕遠くかすかな呼び声となつて衰へ〔て〕凋んで来〔るのだつた。〕るやう〔に〕〔感〕じられた〕な思ひもする。さうして、千鶴子に代り、〕それだけ強烈に〔そ〕位置〔を〕を占めて来〔る〕たも〔の〕〔た〕のは、他でもない祖国といふものだつた。

「祖国。」

と〔かういふ〕矢代はときどきかう〔秘かに〕そツと心の中で言葉に出してみる〔と、〕ことがある。すると、胴〔から〕のあたり〔が〕からぞくツと〔して〕慄へるやう〔に何かな〕な興奮した感覚〔を〕〔な〕〔な〕が〔覚えた。〕脊を〔伝〕走つた。こんなことも矢代は、日本にゐたとき〔は〕には一度も感じたことがなかつた。それどころか、うつかり人前で「祖国」などと云ほふものなら、

第三篇第四回

C【1-1-10】 16

〔そして、〕塩野もまた、〔何も気附ずながら、〕〔自分〕こちらを同様に見〔に〕てゐるに〔ちがひないと〕〔のであらう〕ちがひないと思〔ふと、〕ひ出され、ふと〔羞〕差し覗いて来るやうなただならぬ寂しさが〔つ〕、薄〔□〕気味〔悪〕悪〔くな〕い〔る〕〔冷た影に見えるのだつた〕影を流〔落〕して通りすぎ〔□〕た。それも、もしこのまま千鶴子に会へば、〔この〕一層拡がるばかりの〔□〕パリの影が、今はその前兆のやうな不吉なゆらめきを、ちらりと見せたやうに思はれるのであつた。

「しかし、どうも旅といふものは、不思議なもの〔□〕〔ですね。〕だなァ。行くときはただ夢中になつて行くが、――君、もう暫くすると辛いですよ。〔□〕こんなに辛いものだとは、思はなかつた。」

「さうだらうな〔。□〕ァ。」と塩野はまた眼を空に上げて云つた。

「ことに日本といふ所は、これは君、〔西洋〕東洋でもなければ西洋でもない。そのどつちもの体系や思想〔など〕や、論理などといふやうなものは、――こんなことを〔云〕うつかり云ふと、日本の知識階級のものから、さんざんな眼に会はされるんだが、現に僕は

D【1-1-11】 28

〔〔酒〕〔アル〕すぐ出〕〔酒〕〔〔が〕と前栽〕〔□〕すぐ酒になつたが塩野は酒〔ばかりではなく〕が飲めなかつ

たので、自然に由吉と矢代だけ〔で〕に猪口が廻〔り〕つた。〔暫く〕料理の〔来〕二三〔が〕来てゐる間は、塩野と由吉〔が〕二人〔が〕〔の間で〕〔□〕の口から、矢代には分らぬ共通の知人たちの〔話〕消息ばかりが出てゐた〔が〕。その中にときどき、侯爵とか男爵とか〔と〕と名を云はずに、爵位で知人たちを呼ぶの〔も〕を〔、〕矢代は〔聞き、〕耳にしながら、〔それらの〕見知らぬそれらの貴族たちに交友を持〔ち〕つ千鶴子が、〔貧しい〕自分に近づいて〔来〕ゐた不似合なパリでの一〔期間〕時期の交遊期を、今さら訝しく、〔むしろ〕奇〔特〕徳なことだ〔つたのかもしれぬ。〕〔つたのだと思つた。〕〔と思つた。〕と思はざるを得なかつた。しかし、もう今は、〔何と〕どこともなくすべてが前とは違つてゐた。

「いつお帰りになりました？」

〔と〕矢代は、このことだけは訊きにくい事だつたので、〔それまで〕なるだけ〔延〕訊き延ばしてゐ〔□〕たかつたのを、いくらか酒に柔ぐ思ひに手伝はれ、千鶴子に初めて訊ねてみた。

「八月の廿一日〔でし〕に着きましたの。」

　と千鶴子は〔云ふと〕答へると、またすぐ食卓の上

第三篇第五回

F【1-1-13】

10

たし思へないわ。」

傍に人のゐることなど〔□〕もう千鶴子は気兼〔ね〕も出来ないほどしやんとしてゐた。

「忘れ〔ち〕たわけぢやありませんよ。」〔□〕

と矢代は〔低い〕また小声で云つた。

「何んだ、喧嘩か。」と塩野は突然横から〔云つて〕〔□〕二人の顔を覗き込んだ。

「いや、さう〔□〕ぢやないのだよ。誤解さ。」

〔「さうかしら。」〕

「誤解〔〔ぢや〕ありませんは。と〕〔ないわ。〔」〕〕だなん〔□〕て〔、〕——〕千鶴子は〔強い〕張りの〔ある〕なくなつた声で、〔云つた。〕〔ふと〕〔矢代の顔を見据え〔るやうに〕て云つた。〕云つたかと思ふと〔□〕食卓の上に眼を落し、また暫くして顔を上げた。

「でも、こんなこと、やはり矢代さんの仰言つたやうなことかもしれないのね。

G【1-1-14】

5

お忘れになる方〔だ〕だとは、あたし思へ〔ませんもの。〕な〔い〔□〕んですもの。」〕かつたわ。」
「いや、忘れ〔ち〕たわけぢやありませんよ。」
と矢代は笑つて云つた。〔」〕
「でも、あたしにしてみれば、〔悲しかつたわ。」〕〔」〕——そりや、〔悲〕淋しいわ。」
〔かう云つて千鶴子は〔急に〕涙を流した。〕
「いや、とにかく、そんなことぢやないですよ。」

H【1-1-15】

14

〔くなつて、ぶるぶる慄へちやつたの。」〕
〔「僕の母は、「ほ〔ツ〕うツ、□それはまた変〕
〔「〔つ〕〔はつ〕な夢ですね。僕の母は――」〕
〔と矢代は云つ〔て〕たまま後は黙〔つた〕り、〔「〕しかし、〕矢代は母が千鶴子を叱つてゐるところを想像し、〔ながら、〕さういふところもたしかに母にはある〔と彼は〕かもしれないと思つた。また今の千鶴子〔の〕がカソリックのまま〔では、〕だと、〔〔自分の〕〔母〔に〕も叱〕〔られるところはたしかにあつた。〕〔るかもしれ〔ぬ〕な〔か〕い、〔つた〕〕

法華を信じてゐる昔かたぎの武士の〔気〔情〕性〕〔だつた。古〕〔娘の〕娘の母の気性〔が〕〔の母と、〕と〔あつた。〕〔カソリックの千鶴子と、〕の武士の娘の〕〔母の心の〕折れ合〔ふ〕へるところ〔は〕が〔あるとするなら〕どこだらうかと〔□〕矢代は考へ〔ながら〕、ゑびすの駅の方へ下つていつた。

「僕の母に一度あつて下さいよ。僕の母親といふのは、これはまた儼しいんでね。しかし、そんなことは、どう〔□〕だつてなるん〔だ〕ですよ。まア、〔□〕あなたみたいなものだなア。」と矢代は云つて空を仰いだ。月が丁度斜めの空に出てゐて美しかつた。

15

〔「日本に都会といふものは、一つもないですね。〕「あたしみ〔い〕たい〔なの〕。あなたのお母さん。」

「君に似てゐるなア。」と矢代は云つた。「しかし、似てゐる〔ので〕だけで同じぢやないですよ。」

「〔さ〕あ、さう。」

「そんなものです。〔「〕〔「〕まア、一寸ば〔の〕かり違ふんだが〔。〕、〔「〕違つただけは良いでせう。」

「あたしの方なの、それ？」
「それは分らん。」と矢代は云〔てつ〕つて月を眺めながらまた笑つた。

ー【1-1-16】

15
自分と千鶴子の二人の行く〔道〕路も〔彼〕〔由吉〕彼の笑声で随分〔と〕明るさを増すことだらうと思つた。〔□〕ゑびすの駅まで来たとき〔、〕由吉と塩野は二人の来るのを待つてゐて、〔「はい、切符、」と云って二人に〕そこで方向の違ふそれぞれの切符を買ひ高いプラットへ〔□〕登つていつた。そこは非常に明るくて高〔かつた〕〔く、〕かつた。西と東に別れる電車〔が来たと〔き〕き〕のうち、千鶴子〔の〕と由吉の乗るべき方のが最初〔めに〕に来〔た。〕〔て〕た。〔停つた。〕
「ぢや、」また〔。〕〔□〕そのう〔□〕ち
と千鶴子は云つて笑〔つた。〕顔を矢代と塩野に向けた。パリのブルージェの飛行場で二人が別れたときも、千鶴子はそんな顔をして飛行機に乗り、黄色な手袋を空から〔振つ〕暫く振つてゐたと矢代は思つた。あのときの寂しさに較べれば、今の別れは〔、〕どんなに苦もない明るさか分らないと思ひ、彼は塩野の今日の勘違ひのおかげを〔□〕感謝するのだつた。

16
〔二行アキ〕
千鶴子と〔吉〕由吉が電車で見えなくなつてしまつてから〔□〕、矢代は〔□〕次に来る電車を待ち〔□〕なが
ら

「面白うてやがて悲しき鵜飼かな〔。〕か」と呟き〔□〕ながら芭蕉はたつたそれだけ〔だつたのかと思つ〕で終つたのかと、彼は〔にこにこして〕気の毒になりプラットの電光の下〔で〕に立つてゐた。

J【1-1-17】

13

〔「さ〕

〔二行アキ〕

二行アキ

菊日和のよく晴れた〔□〕日が暫くつづいた。

K【1-1-18】

22

「歴史は進むのではない、あるひは繰り返すのかもしれぬ。」

と矢代のかう思〔ふ〕〔つた〕ふのも、やはりガリシヤ〔に似た千鶴〕が〔□〕良人の忠興を悩ませた日常〔□〕〔と、二人をそんなに〕と、〔こ〕その二人〔を〕〔の〕の睦じさ〔□〕の間に〔油〕水をさし〔□〕、〔て〕夫婦を絶えず争はせ〔た〕てゐた高山右近の、異国に憧れ〔た〕つづけた惑乱だつたかもしれぬと〔、〕矢代は思〔つた〕つた。」ふのである。

〔「〕

「右近も久慈も同じ奴〔□だ。〕さ。〔こ奴〔は〕らは、〕〔友人□〕自分の親友の夫婦の間をかき乱す奴たちだ。」

と矢代は思つた。

「馬鹿ツ、馬鹿ツ。」

と矢代は〔右□〕高山右近と久慈との二人〔を〕に怒鳴りつけたくな〔り〕ることも、ときどきこのごろ〔□〕の彼にはあつた。〔「〕自分の親友の〔□□〕一番愛してゐる女人を奪ふ男――かういふ男〔は〕は、高山右近と〔□〕いふ、フィリピンで死んでし〔た〕まつたと男だつた。

24

L【1-1-19】

と矢代は思つた。しかし、〔□〕もし間違ひにしても、千〔鶴〕鶴子が〈この記述の枠外に試し書きあり〉自分を他の誰よりも〔愛〕愛してゐてくれることも〔、〕また矢代は感じるのだつた。

「おれは敵と〔いふ〕いふ火〔を〕を抱〔い〕きかかへしまつた。千鶴子は自分の一番の敵だ。」

と矢代は思ひ歎くのだつた。その一番の敵から現在愛されてゐる自分を考へると、彼は何とも云へぬ羞〔恥〕恥心がまた自然に湧いて来るのだ〔のた〕つた。この敵をひと思ひに殺さうか、それとも生かさうかと思ふ〔つ□〕迷ひに迷つた日日が矢代に暫くつ〔い〕づいた。

さういふ〔あ〕ある日、突然、千鶴子

25

から電話がか〔□〕かつ〔て〕て来た。その電話を聞いてゐると、塩野が原因不明の高熱がつづいて今駿河臺の病院へ入院して〔□〕ゐるので、自分は見舞ひに行き〔思〕たいと思つてゐるが、あ〔なたものその日に〕なたも明日ぜひ病院へいつて〔「是非〕来て〕貰ひたいと云ふ電話だ〔□〕つた。

「たうとう〔□〕塩野も入院したか。」
と矢代は思〔つた。〕ひ、〔□〕自分も明日行きたい〔と〕〔といふ 矢代は〕といふ返事を矢代はした。
「君はもうぢき〔入院〕入院するから用心したまへ。」
と〔さ〕さう塩野に云つ〔た日に□〕て〔□〕別れた間もなく、〔□〕その通りになつてしまつた日であつた。
それも、千〔鶴子〕鶴子といふ、細川ガラシヤのやうな婦人からかかつて来た電話だつた。つまり、矢代にとつて
は敵からかかつた電話である。忠興〔は〕と等しい矢代は承諾せざるを
26
得なかつた。
「おれは細川ガラシヤを愛してゐる忠興〔の〕だ。どうしやうもない。ガラシヤを愛してをれば、何とも仕様がな
い〔い苦しさだ〕ではないか。」。」と矢代は思〔つた。〕ひ、今さらながら忠興の苦しさが〔分つ〕ひしひしと身に
詰つて考へられるのだつた。

M【1-1-20】

29
起る、〔病〔明〕名〕ある特種な不明〔の〕病といふことに〔、〕〔こ〔の〕〔れらの〕〔ら〕種の病気は〕〔され〕な
つてゐる〔のが常であるが、〕やうであつた〔□〕が、矢代にはさうは思へなかつた。彼は〔それは〕やはりそれ
〔が〕は〔の〕〔種の〕ある〔特〔□〕別に〕選ばれた純真な人物に恵まれた一種のみそぎだと思〔つた。〕ふのだ
つ〔た〕た。そんなに思ふと彼は、自分が〔、〕過去に一度〔は〕、〔西〕西洋人のやうにギリシヤに憧れた一時代
のあつたことを思ひ出し、その天罰が今になつてもまだ下らぬのだと、むしろ自分の〔その〕この健康な身体を逆

に病気〔だ〕のしるしだと思ふ判断さへ起るのだつた。
　かういふ判断は間違ひであらうか。また、自分はかつて〔□〕一度も、日本を西洋のやうに〔なりたい〕したい
と思はなかつただらうか〔、〕と〔、〕考へるのだつた。
「君がパリへ〔□〕来て、何に一番苦しんだかね。」
　と久慈に矢〔□〕代はさう訊かれたとき、
30
「〔世界の〕西洋の人間が誰一人も日本の真似をしてくれぬといふことだ。」
　とかう云〔つ〕ひ放つた自分を矢代は思ひ出〔し〕した。そして、あのときに〔は〕云つた自分の言葉は〔、〕
自分が云つたといふものの、たしかに自分が云つたといふのではなく、誰か自分の中にひそんでゐるある先祖が自
分に云はしめたやうに彼には思はれ〔た。今の〕た。今になつて〔ここにゐる〕自分を考へ〔る〕ては、いや、あ
〔れ〕の西洋も〔も〕苦しんで〔ゐ〕ゐる〔奴らは〕心情明らかである以上、捨てるべきところは〔少しも〕ない
と思〔ふ〕ひもした。
　矢代は日本の純粋性といふこと〔にかけ〕を思ふ〔は〕限りは人には負けぬと思つたが、必ずしも〔、〕〔その〕
日本の綷純性のみが日本を育てていくものではな〔し、〕いと思つた。むしろその反対の不純といふ人間の混濁し
た心の行方もあつて、初めて世界の人間の労苦が分り、〔、〕そして、その後に〔はるかに〕〔□〕徐徐にそれを潔
める下毒済〔も〕〔にも通じる〕ともなつて〔、初めて〕快〔痛〕通する繊細微妙な〔、〕、〔迷点〕〔の〕西洋人の
分らぬ〔□〕非合理と〔称する〕云はれてゐる迷点の〔連係でなる〕連係を、実〔に〕際に〔東洋のみに〕
アジ〔ア〕ヤのみに通じるこの連係〔が〕を〔して〕〔も〕可能〔に〕な〔るの〕らしめる

31

〔愛〕友情〔の〕ゆたか〔に〕な〔薫じる〕世界〔を〕〔にして〕に希望を〔持つ〕つなぐ〔矢代は想像する〕人間だと思ふのだつた。

　彼は、さまざまな変容の中から不変なものを抽象〔する〕して、それを〔世界の根幹〕の論理〔と〕の根幹とする西洋の生理学を、〔人々のやうには〕日本の知識階級のやうには尊〔敬〕敬しなかつた。彼は透明な〔もの〕抽象〔を〕とといふものを一種の病〔癖〕態と見る蛮性のあることを自認し、そして、〔それ〕〔し〕〔そして〕それが自分〔の〕を生かしてゐる〔論理と〕非合理といふものの根元をなすものだと確〔心〕信するのだつた。彼は人間のいのちといふものを、合理といふ分明なものでは解釈できぬと〔思ふ〕悟つた〔□〕〔信仰〕日本人の世界〔の〕に入つてゐる人物だつた。〔そし〕そして、こ〔れ〕のやうな悟りを日本人の知性〔だと彼は〕だと思つてゐる、道元以来の伝〔□〕統を自分も〔持つてゐると〕守つてゐる人間の一人〔だと〕だと思つふのだつた、

32

〔がごと〔□〕き〕矢代はこの日から〔何となく〕〔み〔そ〕そ□〕形式にせ〔□〕よ、〔みそぎを一度〕万葉以前の自分の先祖の斎戒したみそぎといふものを、〔したいと〕〔□〕〔〔何となく〕〔自分も〕一度してみたい〕一度は自分もしてみたい〔と〕と思ふやうになつた。形式〔をその〕の語るままに自分も心を従へてみなければ、〔自〕日本人の願ひといふものは分ら〔ない〕ぬと思ふ、これは矢代の日ごろの謙遜さのためだつた〔。〕が、人といふものは、どんなにつ〔□〕まらぬものでも、栄えることを夢見る傲慢なところを持つてゐると〔□〕、確〔心〕信した、〔矢代のこれが〕これは矢代の〔身がはりになり〕〔なりたいと〔□〕願ふ〕悟り〔だ〕といふ一種〔□□〕〔これが〕〔傲慢な〕虚傲な心理世界だつた。〔。〕〔彼はさう思ふと〕

〔二行アキ〕

二行アキ

N【1-1-21】

33

〔千鶴子は〕彼女は それとはまつたく反対に矢代を強く見〔て〕たまま黙つてゐた。それはとがめるやうな視線でもなく、軽蔑したやうな眼でもなかつた。矢代は千鶴子のその動かぬ〔光つ〕輝い〔た〕た眼〔が〕を美しいと思つた。

〔 〕「僕も日本の男と生れたからは、〔僕はやはり〕やはり、一度は本当のみそぎ〔を〕もやつてみたいですよ。たとへ〔□〕形式にしたところで、これは〔元〕武士が元服をする儀式と仝じですからね。日本〔人〕の男が外国から帰つて〔□〕元服も出来ぬといふのは、〔第一〕だいいち、先祖〔に対して〕〔も〕顔向けが出来ないです」よ。」

〔 〕の希ひも知らぬ男だから、——」

矢代はかう〔い〕云つてから突然、千鶴子に〔□〕厳しく訊ねた。

「あなたと一緒に帰られた侯爵といふ人は、誰だか僕〔□〕は知らないけれども、その人は、どういふ方ですか。」

「田辺侯爵ですわ。」

と千鶴子は用心深さうな小さな声で答へた。

34

今もなほ日本で有名な城を持つてゐるその侯爵の名を〔 〕矢代は聞〔き、すぐ〕くのと一緒に、〔彼は〕、あ〔る〕あ〔の〕の人かと思つた。その侯爵は一度も彼〔は〕は見たことはなかつたが、その城だけは彼もよく見〔た〕て知つてゐた〔□〕からである。

〔「僕のうちにもいまだ〕

〔「あの〕「田辺侯爵〔は〕の城は僕も見て知つて〔るで〕ますよ。あの城は、日〔本〕本でも特種な城ですね。あ〔れに〕の城を僕は見たとき、雨が降つてたが、この城は羽根〔の〕板の色合ひがどうも矢羽根を重ねたやうで、〔鳶に〕〔鳶〕他の日本の城とは違つて〔□〕鳶に似てゐるなアと思つたが、侯爵もきつと〔□鳶〕鳶みたいな人ぢやないですか。」と矢代は訊ねた。

「さう、そんな方よ。自〔□〕動車の運転がお上手で、ロンドンにいらしたとき〔、〕御自分で運転して、よくパリ〔まで〕までいらした〔□〕方ですもの』。〔」〕〔「人も〕たしか人も一人〔ぐ〕ばかりイギリスで轢〔かれ〕き殺されたやうよ。」

第三篇第六回

０【1-1-22】

7

〈右上辺に鉛筆で「3枚」と表記あり〉

には何よりこの樹は役立つた。しかし、〔つ〕「君も夢を見たついでだ。」とそんなに欅の云〔つ〕ひ放つた笑顔には、矢代も考へさせられざるを得なかつた。すべて夢といふものは〔、〕現実よりも〔正しい〕〔のに――と思つた〕高雅な美しさに〔満〕充ちてゐると〔□〕矢代の思つてゐ〔る〕たとき〔に――〕であるだけに――

ふと矢代はこの欅がいつか必ず誰か〔矢代〕〔二行アキ〕に挽き倒されてしまふとき〔を〕が来るその後を想〔□〕像した。そして、そのときになつて、もう欅もなくなつた〔まつたく〕明るい空間を頭に泛べ、また千鶴子と自分のことをさらに考へ〔る〕のだつた。

「君よりも僕の方〔は〕が、とにかく〔、〕〔二行ア□〕面白いよ。それは必ずさうだ。」

と矢代は欅にあるとき云つてみた。

「そんなことはどうだつていいよ。」

と欅は矢代を見降してまた笑つた。

「しか〔し〕し、そんなものでもないさ。〔また〕またそれぞれ自ら違ふもんだ。そ

8

れが〔□〕人〔□〕間の夢といふもの〔だ。〕さ。君は樹の夢だけよりやはり分らないのだよ。きつと今に君は載り倒されてしまふ〔□〕から見てゐたまへ。〔」〕ばつさり人間からやられるときが、必ず来るよ。つまり、それが〔善いのだ。」〕君の美しさで善良さだ。〔」〕良い加減に君も腹を切る覚悟をしなさい。」

「さうかね。〔」〕恐ろしい世の中だ。」

と欅は沈んだ声で呟いた。

「〔そ〕れやさうだよ。人間はみな首〔断〕きり浅衛門〔ぢや〕だ。この男はもの凄い男だからね。〔」〕勤皇の志士〔も〕〔も〕〔の〕〔この男に〕首も　の首も、〔みな〕〔首を〕この男に切られたのだよ。」日本といふのは。」

この男のために幾つ飛んだか君は〔見て〕長年見てゐて知つてるだらう。〔」〕浅衛門〔は〕が勤皇の志〔志〕士の首を〔切る〕きる日は、ただ自分の技術だけに自信を感じて首を切つた〔た〕の〔た〕さ。〔□〕この男は雲井〔□〕龍〔男〕〔□〕雄

9

の首を切〔つた〕り落したときだけ〔□〕へとへとになつたのだよ。〔」〕〔馬鹿な奴だから〕、その夜浅衛門〔は〕、

帰つてから念仏をあげたの〔□〕だ。何んだ、あ〔んな〕の男の念仏なんて〔°〕、〔□〕鳥も逃げるよ。」
　と矢代は欅〔に〕を見上げて笑つた。

第四篇第四回
S【1-1-30】
23
ひ、思ひがけない二人の相違を発見して、互に遠ざかるばかりだらうと思はれた。
　しかし、矢代はこんな思ひの忍び出たときには、どういふものか自然にまた、父の先祖〔の〕がカソリックの用ひた大砲に滅ぼされた怨みを考へるのであつた。
「怨みとは何んだらう。」
　かういふ疑〔間〕問に応へて来るの〔は〕も、また不思議と矢代の先祖の歴史であつた。
「何といふことだらう。滅んだものは、〔滅〕自分を滅ぼしたものに愛情を感じるといふことは。」
　と矢代は思つた。しかし、それが日本の他国には見られぬ特長であつてみれば、深く〔久〕彼もこの点についは考〔□〕へた。滅び、滅ばされたことが他国にとつてただ敵意ばかりとなるときに、日本に於ては、それが
〔□〕互ひの愛情に変るとい
24
ふ、不〔思□〕可思議極る質の転換〔――〕の行はれるといふことは――この地上の人間の最も理想とする希ひ〔の〕が行はれ〔る〕〔て〕、当然と思はれる健康さは、これはどういふことだらう。

該当箇所不明

P【1-1-27】

31

た。

「眞紀子さんと久慈とを駄目にさすのは、「君さ。」

と矢代はまた〔云はずに〕、ただこのときも思〔ふばかりだつた。〕つただけで黙りつづけた。そして、心中久慈に云ふやうに、今なら君が〔眼〕僕の眼の前で千鶴子さんと結婚しても、〔僕〕自分は少し〔も〕の怒りも感じないですむだらうと云ひたかつた。しかし、それも今のうちで、もう暫くすれば、〔絶対に〕〔□〕それも〕絶対に〔不可能〕それも駄目だと思つた。しかし、ただ今のうちなら良いとはいへ、〔それも、〕もう駄目だと自分の締め切つた後に、久慈はのつそりと帰つて来て、ひとり無〔□〕茶苦茶な盲〔□〕者の力で千鶴子に向つて突〔き〕進〔んで〕して行きさうな気配を矢代は感じた。そ〔んな〕のときの久慈の歪んだ愚な顔を想像すると、せめて、今より少しでも日本

Q【1-1-28】

2

にゐるときからの計画の一つで、すぐ実行するべき段取りの最初のことだつた。

いろいろな〔云ひ〕考へ方があらうとも、〔一度〕自分のいつも〔□〕ゐ〔る〕た家から一歩外へ出たもので、およそ自分の家を振り返らぬものはない。家に絶えずゐるものと〔、〕〔家から〕外へ出たものとの違ひは、自分の家について眺める感じ〔は〕に〔必ず〕どこかで違つ〔てゐるのに〕たところがあるに相違な〔い。〕く、またた

とひ同じ〔であつ〔た〕てもところで、〕としても苦労の仕方が〔また〕自ら違つてゐることだけは争へぬことだつた。また家にゐるものと外へ出たものとのその違ひは、それぞれに〔□〕具つた運命〔で〕の相〔□〕異であつてみれば、〔どちらがどうといふ〕〔〔わけではなく〕より〕矢代〔は〕も自分〔の〕に与へられた運命に随〔つてふ〕ひ素直な眺め方も〔□〕したかつた。〔彼は自分の家に反抗を〕彼は外国へ行つた人々の中で、帰〔つてから〕国後〔の〕に行〔つた〕ひ主張した人の言葉を熱心に読みた〔いと〕〔思ふ念願を起した〕〔が、〕くなつたが、それも必ずその時代によつて云ひたいとこ〔ろ〕ろは〔また〕各人違つてゐるにち

3

がひないと思つた。〔そ〔の〕のやうな違ひが今の矢代には一番興味の湧いて来るところ〔だつ〕であつた。〕

彼はその中でも、森歐外の「舞姫」といふ外国滞在〔に〕の〔作品の〕所感〔に〕を筆にした冒〔□〕頭の一句が特に面白かつた。それは次のやうな一言である。

「

T【1-1-31】

16

ままでは〔い〕ゆかぬ〔労苦〕惨事のひそんでゐることもまた感じた。それはどんな痛ま〔い〕しい悲しみかは分ら〔ぬ〕なかつたが、必ずまた来る〔こと〕に違ひない悲しい必然〔性〕も、一瞥の中に感じ〔るのであつた。〕られた。しかし、そのときには〔〕母に代〔つて〕り子供の自分が出て、すべてを処理してしまひたい決心も彼はまた感じるのであつた。矢代は外国を廻〔り〕つて来てからは、〔悲〕すべて人の悲しみを消した〔□〕く思ふ火消しの役を〔したいと〕希ふ気持ちが、日に日に強まるのも〔また感じ〔るのであつ〕た。て来〕停まり難く

〔□〕覚〔て〕えるのであつた。〔自〕自分はその役に〔敵〕適してゐるとは思へなくとも、それをせずに〔□〕はゐられぬ〔と思ふ〕情熱は、〔山〔□〕峡の中でも〕〔湯に浸つてゐる〕硫黄の〔□〕匂ひの強い、〔の立つた〕山峡の湯を〔、〕頭から浴びた〔と際〕身震ひする瞬〔□〕間に〔し〕も、停めどもなく動いてやまなかつた。

U【1-1-32】

9

へたいと思つてゐる。この二つは今後の世界に、必〔□〕ず何ものか清新潑溂たるもの〔を□〕を持ち来す精神だと思つてゐる。

僕は〔君と〕パリにゐるとき、科〔□〕学につい〔□〕ても君と論争した〔□〕が、あのとき君に云つた僕の考へは、いまだに〔□〕僕は変へてはゐない。僕は君に〔、〕、「科学といふものは、何も分らぬといふこと〔だ〕だ。」〔と君に云つ〔て〕たと覚えてゐる〕。

と君に云つたのを君は覚えてゐる〔。〕だらう。今も僕は君にさう云〔ふ〕ひたい。多分、君はまた笑ふだらう〔□〕と思ふが、その君の笑顔には、何ぜまた笑ふのか〔、〕それさへ僕には分つてゐる〔のだ。〕。君は、自分の笑顔さへ科学的に知らぬ男であるからだ。

何ぜ君はいつたい笑ふ〔の〔だ〕だ。〕のか、君は一度でも考へたか。その妙〔な〕に、眼を光らした君の笑顔、すべての人間は、自分よりも阿呆だ〔と思つた〕と〔□〕確〔□〕信した

V【1-1-33】

2

とつて〔は〕もつとも恐るべきものだつた。〔十目の見るところ〕そして またこの二つの〔もの〕強敵を突き伏せない限りは、他のことなどおよそ第三第四のことだと矢代は思つた。彼は自分の父〔が〕が、明治時代に科学を修め〔てくれて〕これ〔の〕〔を〕の利用〔をして〕を 考へてくれたことを喜んだが、それなら自分のときにはカソリック〔だ〕に負けぬことだと思ふ〔□〕気持ちが強かつた。

　ある日、矢代はいつ〔の〕ものやうにバスに乗らうとして坂を降りていつた。

二　表現・内容の獲得の軌跡

　横光利一が表現、とりわけ冒頭にこだわったことは有名である。それは「旅愁」冒頭である**複**にも見られる。とりわけ注目すべきは、次の部分である。

〔厚い〕城〔壁〕砦のやうな厚い石の欄壁に〔□〕〔□〕〔背〕肘をつ〔□□〕〔けて、〕いて、〔□沖〕〔隆夫は〕さきから、〔□〕河の水面を〔眺〕見降ろしてゐた久慈は、

　ここに引用した抹消痕から久慈の名前と思われる〈隆夫〉という名前が読み取れる。久慈の名前が構想されていたことがうかがえるこの抹消痕は興味深い。出自を探る矢代耕一郎が名字と名前を与えられたことに対して、欧州での場面では対等に描かれている久慈の名前が一番最初に抹消され、他の者たち同様名字で描かれていることは、

人物の相関関係だけではなく、歴史性をともなうアイデンティティの在り方を考えさせるであろうし、「旅愁」がどのような物語を内包しているかを改めて検討させるであろう。

内容の獲得としては〈祖国〉という言葉の表れ方が違うAが挙げられる。


かういふ風な中で、まだ千鶴子〔の〕に関する記憶だけはいつも矢代を〔せつせと〕追つかけて来てゐたが、それも、ともすると矢代には、〔もう〕遠くかすかな呼び声となつて衰へ〔て〕凋んで来〔るのだつた。〕るやう〔に〕〔感〕じられた〕な思ひもする。さうして、千鶴子に代り、それだけ強烈に〔そ〕位置〔を〕を占めて来〔る〕たも〔の〕〔た〕のは、他でもない祖国といふものだつた。

「祖国。」

と〔かういふ〕矢代はときどきかう〔秘かに〕そツと心の中で言葉に出してみる〔と、〕ことがある。すると、胴〔から〕のあたり〔が〕からぞくツと〔して〕慄へるやう〔に何かな〕な興奮した感覚〔を〕〔な〕〔な〕が〔覚えた。〕脊を〔伝〕走つた。こんなことも矢代は、日本にゐたとき〔は〕には一度も感じたことがなかつた。それどころか、うつかり人前で「祖国」などと云ほふものなら、

これは矢代がシベリア鉄道を下りた場面の前後と推定される。本文もAも〈胴〔から〕のあたり〔が〕からぞくツと〔して〕慄へるやう〔に何かな〕な興奮した感覚〔を〕〔な〕〔な〕が〔覚えた。〕脊を〔伝〕走つた。〉という感覚を覚える描写はほぼ同じである。だが千鶴子について本文とAとは異なる。本文では、矢代にとって千鶴子は忘れようとする対象であるのに対して、Aでは矢代を追いかけてくる〈疲労〉として描かれている。そして〈千鶴子に代り、それだけ強烈に〔そ〕位置〔を〕を占めて来〔る〕たも〔の〕〔た〕のは、他でもない祖国というもの

だつた。〉となって、千鶴子と〈祖国〉とが対置される。Aでは千鶴子こそが矢代にとって関心の対象であったからこそ、〈祖国〉と対置されるのであろう。だが、この矢代の思いは本文に成ることなく、千鶴子を〈忘れたかつた〉人として描いてしまうことによって、読むことすらできなくなっている。つまり、矢代の千鶴子に対する心理的な事柄は、本文では極めて見抜きにくいことになっていると言えよう。いわば、読み得ない文脈が「旅愁」には潜在しているのである。

千鶴子から塩野のお見舞いに行こうという誘いがある場面のLも同様である。重複するが全文を挙げる。

24

と矢代は思つた。しかし、〔□〕もし間違ひにしても、千〔鶴〕鶴子が〈この記述の枠外に試し書きあり〉自分を他の誰よりも〔愛〕愛してゐてくれることも〔、〕また矢代は感じるのだつた。

「おれは敵と〔いふ〕いふ火〔を〕を抱〔い〕きかかへしまつた。千鶴子は自分の一番の敵だ。」

と矢代は思ひ歎くのだつた。その一番の敵から現在愛されてゐる自分を考へると、彼は何とも云へぬ羞〔恥〕恥心がまた自然に湧いて来るのだ〔のた〕つた。この敵をひと思ひに殺さうか、それとも生かさうかと思ふ〔つ□〕迷ひに迷つた日日が矢代に暫くつ〔い〕づいた。

さういふ〔あ〕ある日、突然、千鶴子

25

から電話がか〔□〕かつ〔て〕て来た。その電話を聞いてゐると、塩野が原因不明の高熱がつづいて今駿河臺の病院へ入院して〔□〕ゐるので、自分は見舞ひに行き〔思〕たいと思つてゐるが、あ〔なたもの その日に〕なたも明日ぜひ病院へいつて〔〔是非〕来て〕貰ひたいと云ふ電話だ〔□〕つた。

「たうとう〔□〕塩野も入院したか。」
と矢代は思〔つた〕。ひ、〔□〕自分も明日行きたい〔と〕〔といふ　矢代は〕といふ返事を矢代はした。
「君はもうぢき〔入院〕入院するから用心したまへ。」
と〔さ〕さう塩野に云つ〔た日に□〕て〔□〕別れた間もなく、〔□〕その通りになつてしまつた日であつた。
それも、千〔鶴子〕鶴子といふ、細川ガラシヤのやうな婦人からかかつて来た電話だつた。つまり、矢代にとつて
は敵からかかつた電話である。忠興〔は〕と等しい矢代は承諾せざるを
26
得なかつた。
「おれは細川ガラシヤを愛してゐる忠興〔の〕だ。どうしやうもない。ガラシヤを愛してをれば、何とも仕様がない〔い苦しさだ〕ではないか。」。」と矢代は思〔つた。〕ひ、今さらながら忠興の苦しさが〔分つ〕ひしひしと身に詰つて考へられるのだつた。

千鶴子を〈敵〉と捉える矢代が、細川ガラシャを愛した細川忠興になぞらえられる。千鶴子が〈カソリック〉信者であることにこだわる矢代の心理状態が自筆原稿の段階では克明に描かれている。これに先のRとAを考え合わせると、矢代の心理的な内容の多くは一度描かれていたと見てもよいだろう。それは横光が、矢代を心理的側面からも捉えていたことを示唆する。だが、物語としては採られることがなかった。つまり、「旅愁」の生成は、一度描いた心理的側面を採らないものの、確実な内容として描き、確定した上で、それを踏まえて本文を成立させる過程を経ていたと言えないだろうか。帰国後矢代が千鶴子との結婚を考えると、矢代の恋愛の思いや自省的な思索ではなく、千鶴子を〈カソリック〉信者というカテゴリーに押しとどめる。そして、それに対峙し得る矢代自身の宗

教性を見出しながら結婚への思いが固まっていくのは、この心理的な側面の描写が採用されていないことからも指摘できるであろう。Pの一節も同様である。

31

た。

「眞紀子さんと久慈とを駄目にさすのは、「君さ。」

と矢代はまた〔云はずに〕、ただこのときも思〔ふばかりだつた。〕つただけで黙りつづけた。そして、心中久慈に云ふやうに、今なら君が〔眼〕僕の眼の前で千鶴子さんと結婚しても、〔僕〕自分は少し〔も〕の怒りも感じないですむだらうと云ひたかつた。しかし、それも今のうちで、もう暫くすれば、〔絶対に〔□〕それも〕絶対に〔不可能〕それも駄目だと思つた。しかし、ただ今のうちなら良いとはいへ、〔それも、〕もう駄目だと自分の締め切つた後に、久慈はのつそりと帰つて来て、ひとり無〔□〕茶苦茶な盲〔□〕者の力で千鶴子に向つて突〔き〕進〔んで〕して行きさうな気配を矢代は感じた。そ〔んな〕のときの久慈の歪んだ愚な顔を想像すると、せめて、今より少しでも日本

この該当箇所が不明のPには、千鶴子を〈カソリック〉信者とみなしていない矢代の思いが自省的に描かれている。久慈を思い浮かべ、〈今なら君が〔眼〕僕の眼の前で千鶴子さんと結婚しても、〔僕〕自分は少し〔も〕の怒りも感じないですむだらう〉と言いたいという思いも〈しかし、それも今のうちで、もう暫くすれば、〔絶対に〔□〕それも〕絶対に〔不可能〕それも駄目だと思つた。〉へと矢代が思い改めるのは、千鶴子への愛情ゆえであろう。さらに千鶴子へ〈ひとり無〔□〕茶苦茶な盲〔□〕者の力〉で〈突〔き〕進〔んで〕して行きさうな気配〉を久慈

に対して想起する矢代は、〈久慈の歪んだ愚な顔を想像すると、せめて、今より少しでも日本〉と言う。千鶴子に突き進む久慈から〈日本〉が連想されているのは示唆的である。突き進む久慈が〈日本〉であるならば、その対象である千鶴子は〈西洋〉の意味合いと解せよう。これはRの〈祖国〉と千鶴子との対置と同じ傾向である。

こうして見てくると、自筆原稿A・L・P・Rは、千鶴子への矢代の心理的な側面が実は自省的に描かれていたことを証している。「旅愁」が恋愛小説として読まれる側面を持ちながらも、その恋愛面だけを深く掘り下げることが難しい所以を、これらに見ることができる。千鶴子が〈祖国〉と対置されたり〈敵〉と捉えられたりすることで単なる恋愛対象ではなく、むしろ千鶴子は〈西洋〉の意味合いを強く帯びているのである。この生成の過程を踏まえるならば、千鶴子＝〈カソリック〉という図式が、個人的範疇を超え、物語を左右するような重要な要素となっていることは、いっそうの検討を要するであろう。矢代のいわゆる恋愛心理を見出せないようにその文脈ごと潜在させてしまって、思想的な傾向が強い人物として定着させる。とすると、千鶴子＝〈カソリック〉＝普遍＝〈西洋〉と矢代が結婚しようとすることは、〈西洋〉と〈東洋〉とを思想的に融合させようとする一つのメタファだったのかもしれない。

心理の細かい領域を横光が一度描いていたことは自筆原稿から確実に指摘し得ることである。だが、それを省くことで横光は長編小説として「旅愁」を生成していたのだ。いわば心理小説というジャンルに留まることなく、物語背景の強度として据えながら、時代を描くという傾向を強く持った思想的な苦闘を横光は描き得たと捉えることができる。あるいは思想を心理からひき離してみせることで、時代を描くという挑戦を横光は背負ったと見ることもできるであろう。

註

（1）横光自筆資料のうち、「旅愁」に関しては、すでにその一部を『横光利一　欧洲との出会い『欧洲紀行』から『旅愁』へ』（平21・7、おうふう）に掲載した。そこで行った考察に加筆訂正したものが本論である。また、先に公開した翻刻を再検討し、精度がさらにあがっているものを本論に収録してある。

なお、翻刻に際しては、『横光利一と鶴岡―21世紀に向けて―』（横光利一文学碑建立実行委員会編　平12・9）で行った「雪解」草稿の翻刻と同様、次の記号を用い、固有名詞を除いて旧漢字は新漢字に改め、仮名遣いは原文のままとした。誤字等については原文のままとした。ただし、原稿用紙や使用されたインクなどの情報については省略してある。

□→判読不可能な文字。塗りつぶされた文字数を推測し、その数分を入れた。

〔　〕→抹消された表現箇所を示す。なお多重抹消は、〔〔　〕〕というかたちで表記し、内側から順次対応する。

傍線→抹消後の修正、ないしは行間や欄外に書き加えられた表現を示した。

〈　〉→翻刻者の註記を示す。なお、表記字句等については、「　」を付して示した。

附記―本論を成すにあたり、たくさんの関係者の方々にお世話になった。とくに横光佑典氏には貴重なご助言を賜った。また、「旅愁」自筆原稿の公開、翻刻については鶴岡市教育委員会のご協力を得た。同委員会の佐藤孝朗氏、松浦幸子氏、鈴木晃氏には細々とした調査、翻刻でひとかたならないご尽力を得た。御礼申し上げます。

なお、横光利一「旅愁」自筆原稿の翻刻は、平成二三・二四年度、日本学術振興会科学研究費補助金の助成を受けた「横光利一自筆資料の調査翻刻による研究基盤形成」（課題番号 23820049）の成果の一部である。

4　抵抗としての物語
――横光利一「梅瓶」論への試み――

一

前章に続いて、山形県鶴岡市が所蔵する横光利一「旅愁」の最終章となった「梅瓶」（初出「人間」昭21・4）の自筆原稿の翻刻をとりあげる。複雑な発表形態を有する「旅愁」の自筆原稿のなかで、「梅瓶」に該当するものは執筆時期が特定できる。(1)「梅瓶」は校正時を除けば、横光によって改稿されなかったからである。「梅瓶」の自筆稿の翻刻を紹介し、その生成過程の考察を行う。さらに「梅瓶」の時代的意味について考えたい。

二

鶴岡市が所蔵する「梅瓶」自筆稿は次の通りである。分類番号は前出の『横光利一資料目録』に従った。また、分類番号とともに原稿用紙枚数を記載した。なお、前章を引き継ぎ、分類番号の上に適宜アルファベットを振った。本章ではこのアルファベットを用いて検討する。

W　1-1-23（三枚）　X　1-1-24（二枚）　Y　1-1-25（三枚）　Z　1-1-26（三枚）

以上の計十一枚は、すべて左下隅に「四百字」と記載された四百字詰め赤枠線原稿用紙が用いられ、内容として

「梅瓶」初出本文に該当している。「梅瓶」全体から見ればわずかに過ぎない。が、W〜Zは確実に横光が書いたという点で極めて貴重な資料である。横光が「旅愁」の最終場面を「梅瓶」と名付けて(2)描いた執筆の過程の完璧な再現はできないにせよ、W〜Zの翻刻を示すことで、執筆過程の一端はうかがえるであろう。なお、翻刻の際に用いた記号等は前章と同じである。また、翻刻中の算用数字は、自筆稿に記されたノンブルである。横光以外の筆跡とわかる場合には適宜説明を加えた。

W【1-1-23】

4

久慈と同船で帰って来たこの大石は、パリ滞在中は眼光が鋭く痩せてゐたのも、いつ〔か〕の間にか全く別人にな〔つたて〕つてゐて〔ゐて〕よく肥り、眼も穏か〔に〕な〔静かな〕風貌に変つてゐた。〔彼は〕〔若手の〕秘書官〔の〕〔としては〕若手の書記官としては、〔中でも〕〔大石は〕彼は敏腕〔で〕で、パリの上流階級のサロンを落す〔名人〕達人として聞えて〔ゐた。〕をり、速水は〔また〕外交界の名門の息子で、フランス語〔の巧み〕に堪能なことは〔その〕、彼〔の右〔の〕に出るものはゐないとまで〔云は〕〔評〕〔さ〕れて〕に及ぶものは少いであらうと噂されてゐ〔た。〕る美青年で〔で〕あつた。二人は〔どちらも〕それぞれ〔若手の〕革進派に属してゐる模様だつたが、それも表面〔の様子〕には現れず、〔話〕もつぱら談も聴き手に〔もつぱら〕廻らうとする落ちついた様子が見〔え〕られた。〔しかし、この〕一団の中でもよく談じて笑ひを立てるのは、〔やはり〕〔松〕堂堂と肥つた年長の平尾男爵〔であ〕だつた。この大名華族は十数年もパリに棲んでゐて、〔〔研究〕〔専門〕の〔は〕の学〔門〕は〕社会学〔を専〕〔の勉強に身を入れて〕を専攻してゐたとは〔いへ〕いへ、日本人として〔、〕、〔ゆつくりと〕身につけ得られる学問〔の〕〔と〕芸術すべて〔を修め用ひ〕〔に意を〕にわたつて〔、〕意を用ひ〔てゐて高級な〕〔、〕た。〔〔紳士だつた。〕で、〕一同の談が、〔□〕日支の戦争〔が〕の拡大性がどこで停るものか〔の〕、といふ予測〔にかかつて、〕で二つに岐れて〔くると、〕来たときも、〔この男爵は〕、

「それや駄目だ。」とこの男爵は云つた。〔「〕「戦争の予測といふものは、当らない方が正しいよ。それといふのは、誰も彼も予測して動いて行くのだからね。動きは予測〔を乗り〕の集りを乗り越さざるを得ないぢやないか。」ものは、当〔つたためしがないよ〕らない方が正しいよ。それといふのは、誰も彼も予〔側で〕測して動〔く〕いてゆくのだから、〔ね。〕動きは予測〔を〕の集りを乗り越えて、〔進むからな。〕〔ばかりさ。〕〔より〕別の形〔になつて〕で進むより仕様がないさ。〔」〕殊に近代戦はラヂオ〔を〕があるからね。」〔一波万波を呼ぶ速度は、前の大戦とは比較にならぬ〔速力を〕よ。」〕

「しかし、結局は〔、〕実力が物をいふのだ。〔「と遊部は云つた。「〔□〕〕たとへば、僕らがかういふ〔「〕食物を食つてゐる以上は、世界に雄飛する〔といふ〕ことは不可能だ〔。」〕な。」と遊部は云つた。

〔食卓に並んでゐる〕〔□〕食卓の上の、織部の皿にちよんぼり並んだ懐石料理の鮑〔の塩蒸〕や、海膽に混じた水母や、海老〔の〕や〔百合根の〕、甘煮の百合などを眼の下にして、皆は〔□〕薄笑ひのまま箸を動かした。懐石といふ意味はどういふことだ〔ら〕ろと、速水は不審を洩した〔。〕〔に〕のに、誰も黙つてゐる中で、〔□〕平尾男爵は、〔□〕河原の石〔で〕を焼き、その場で捕つた魚や貝を〔焼く自然〕料理〔の〕する自然の趣きから、懐石の名の出たことを説明して、

「とにかく、日本人の欠点はあんまり高級す

6
ぎることだ〔。」〕よ。これにしてもだね。」〔と、判断を下した。〕
「それはたしかに、その通りだ。」とすぐ東野〔は合槌を打つた。すぐ〕も同感の意を示した。〔云つた。〕
「高級す〔る〕ぎるといふことはないね。自然に屈服しすぎる〔ん〕のだ〔。〕ろ。」と遊部はおさまりかねる風に、
なほ反発〔を〕して云つた。
「しかし、とにかく、日本〔の〕人の運命をどう展開すべきかといふことは、この〔問題〕こと一つにだつて〔含
まれて〕、象徴されてゐるやうなものだ〔からね〕よ。〔相当に〕この懐石料理といふものは、これで相当に
〔頑〕玩味すべき御馳走〔、だ〕だ〕さ。〔」〕事物の自然化が良いか、科学化が良いか――」と男爵は云つてから、
ふと顔を東野の方〔□〕に上げて、〔「〕「それはさうと、あなたの今〔日〕夜の講演は――多分、そこにお談し触
れるん〔でせう〔な。〕〔ね。〕〕だらうね。〔勿論、〕この問題を〔脱し〕捨てて〔、〕新アジヤはない〔でせう。〕ん
だから。〔」〕〔誰〕他のことは、先づ今はどうだつていいこと〔なん〕だからなア。」
〔「ぢや、ひとつ、〔今夜は〕食ひ物の談から、〔今夜は〕枕を振〔るか。」〕つてみ〔やう〕〔るか。〕」と東野は笑つ
た。〔」〕
「いや、それぞれ誰も、非常に良いときに旅〔から〕〔先から〕帰つて来たもんだ〔よ〕。これからはどこの国の歴
史も、旅を始めるんだからね。その旅立ちに〕

X【1-1-24】

〔7〕⑤

〈枠外左辺に赤字で「5光」と表記あり〉

「しかし、誰も良い潮どきに帰つて来たよ。これからはどこの国〔も〕の歴史も、見知らぬところを旅するんだからね。僕らは〔遅れなくつて〕やつと間にあつて、先づ何よりそれが、良かつた〔よ〔。ね〕〕。君もだ。」

　と東野は〔云つて〕隣席の久慈の盃に酒を灑い〔だ〕で云つた。「僕はパリぢや、君にぽんぽん当り散らして失礼もしたが、もう〔、〕あんなことはやらない〔からね。〕よ。当時は実際失礼した。〔御〔免〕〔免〕〕随分僕らは苦しかつたり、愉しかつたり、——しかし、考へてみると、何んだかよく分らな〔か〕い〔。〕ね。君もだろ。」

「うむ。」と久慈も頷いて東野に〔酒〕盃を返した。

「それで良いのだよ。分つたら嘘だ。事物の自然化だとか〔、〕科学〔□〕化だとか、そんなことを云つてる暇に、〔ベルグソンぢやないが、〕僕らの生命力は〔〔流〕〔榴〕散弾のやうに爆け飛〔び進〕んで、んでゆく〕〔ばかりだ。」〕〔。〕誰やらぢやないが、榴散弾〔のやうに〕みたいに進んでゆく。二度と同じことを繰り返さ〔ない〔よ〕さ。西洋が良いとか、〔いや何ん〕東洋〔が〕だとか〕ない〔。〕よ。新しくなるばかりだ。〔パリ〕西洋が良いの、〔ベルリン〕東洋が良いの、と〔いや、何んだ〔□〕かんだと〕云つたところで、〔悲しみだけは去るものぢやない。」——おい、君、僕は近ごろ女房を亡くしてね〔君〕。、このごろは空といふものの美しさが、初めて分つて来たのだよ。〔」〕人生五十年、空の美しさ〔が〕だけが〔分つたといふものだ。」〕やつと分つた。後は空空漠漠だ。」

〔8〕⑥

〈枠外左辺に赤字で「6光」と表記あり〉

「おさみしい〔なア〕ですね。」と久慈は斜めに身をひねつて、東野を見上げた。

「いや、僕は別にさみし〔くは〕いとは思はない〔よ〕ね。それより〔君、〕、君に賞めて貰つていいことは、僕は〔ちやんと、〕君から預つて来たものを、〔少しも〕破損〔することなく〕もせずに、、日本までちやんと持つて〔来〕帰つて来たことだよ。君はそんなものの、〔の〕〔は〕、もう忘れたといふかもしれないが〔、〕〔。〕、それは僕の知つたことぢやないさ。しかし、僕〔〔は〕なかなか〕が君との約束を重んじたことだけは、忘れないでくれ給へ。〔いいか。〕〕それでいいだらう。人生で必要なものはそれだけだ。」

「どうも有りがたう。」と久慈は云つて頭を下げた。

〔東野は〔自分だけ早く〕食事をすま〔すと〕せてから〕、間もなく東野は時計を見〔た。〕〔た。〕〔て、〕てから、日比谷で彼のする〔彼の〕講演の時間がさし迫つて〔□〕来た〔ので〕らしく箸を置くと、ひとり〔□〕席を立つた。眞紀子といふ重〔く、〕い危険な荷物を、半球を廻〔る間〕り終へる間〔持ち〕も支へて帰〔つて来て〕り、いま〔持ち主〕預り主〔□〕の久慈に返した東野の言動は、公開の席であるだけ〔芝居がか〕機智に終つた〔ゐる〕た〕とはいへ、〔非の打ち〕他人に憶測を〔赦さ〕赦さぬ、非の打ちどころのない水際〔立〕だつた立派さ〔だつた。〕に、一同

Y【1-1-25】

12

〔「ああ、」〕〔ありがとう。」〕〔君か。」〕「ありがたう。」〔久慈は〕傍に眞紀子のゐる〔に〕のに気がついた久慈は、押し詰めて来てゐる〔□〕彼女の肩を眺めた。〔眼が醒めたやうに〕〔突然〕〔あたり〔に詰つた肩〕を眺め、〔た。〕〔た。とき、〕〕

〔「これはいかん。」と呟いた。〕〔すると、急に矢代は笑ひ出した。〕

〔「もう〔よしたら〕行くの、止したらどうだ。」と〔□〕矢代は〔久慈に〕云つた。〕

〔「どこへ？」と久慈は訊ねた。〕

〔「パリへさ。」〕

〔久慈は黙つて答へなかつた。〕

〔「〕今夜は〔□〕〔どうしても〕行か〔さ〕さないやうに、して〔やるよ。〕みせるよ。」

〔「〕ぢや、君はどうなんだ。」と久慈は〔矢代に〕訊ね返した。〕

〔「〕僕のは、行くとこが違〔ふね。」〕〔やうだね。」〕〔ひさうだ。」〕

〔「どこだ？」〕

〔「〕まア、そ〔れは〕〔の話は〕止〔さう」〕〔め〔やう。」〕〔にして〕――〕それはさうと、〕〔何んだか〕〔今夜は〔、〕何となく〕〔河〔の灯〕が見たいね。」〕「それはさうと、高君はどうしてる。」

〔「〕うむ。」と久慈は〔云ひ〕頷きつ〔つも〕おそらく戦場へ、と云ひかかつ〔た〕て、矢代の〔黐〕〔て〕急に黐つた矢代〔の〕に、胸中も〔□〕すぐ〔□〕察した〔。〕このとき〔久慈は〕支那人の高有〔名〕明のことを答へるのは、〔何ぜだか〕〔苦しさに〕何ぜだか久慈は詰るやう〔だ〕に苦しかつた。もうそのやうな〔ものが〕息苦しさが日常〔日ごろ〕のものと〔これで〕違つて来てゐる〔ものを〕のを感じて、〔言葉〕彼は云ひ出し難かつた。

〔13〕13

「高君は僕より二船ばかり早く上海へ帰つたんだよ。ところが、この騒ぎだからね。僕も仕事を急いで良いのか、遅らすべきだか分らないのさ。」

「何んの仕事だ。」〔仕事仕事つて、〕と、また矢代は訊ねた。

〔「〕〔友人の〕ケッチといふハンガリ〔ア〕ヤ人の写真技師を傭つて、日本と支那との文化映画を作製する〔久慈らの〕仕事〔も〕で、輸出先のフランスの映画会社との契約も成立してゐることなど、久慈は手短に話し〔た。〕〔てきか〕た。〔そのとき〕そのやうな話をしてゐるとき、田邊侯爵邸〔が〕の大きな木の門柱が顕れた。間もなく、分乗した塩野たちの自動車も門へ着〔いた。〕〔くと、〕いた。〔玄関の〕松の大木の傍に大〔桶〕〔槽〕桶を置いた玄関〔から〕を這入り、衝立を廻つた次の部屋へ持物を置〔いてから、〔久慈は〕〔久慈は〕曲つて行く廊下の〔冷えた〕途中で〔久慈は、〕〕く皆の後から、久慈は〔は、蹤いていつた。〕矢代に〔訊〕云つた。

「ケッチは君を知つてると云つてたよ。ソルボンヌ〔の〕でモンテーニュの立像写真を君から頼まれて、撮つたことがあるさうだよ。〔」〕さうかい。」〔と〔久慈は〕〔久慈は〕矢代に〔云〕つた。〕〔訊ねた。〕

〔名前は忘れてゐたが、たしかに〕

〔「ああ、あの人か、」〕「さうさう、あれは日本〔贔負〕贔屓だ〔から〕〔ね。」〕。、そりややつてくれるだらう。」と矢代は嬉しさうだつた。

「とにかく、自然に好意が僕らの仕事に集つ

〔14〕14

て来たんだ〔からね〕よ。これをやらなくちや嘘だ〔よ。〕からね。〔今ごろ支那と戦争〕僕は近近上海へ行つて、向ふの様子を高〔有名〕君〔に〕から聞き出してみ〔たいのだ。〕やうかと思つてるんだ。」〔」〕〔行くときは挨拶をせずに行く〔からね。」〕よ。〕

「僕もつれて行かないか。それや、是非〔僕は〕行つてみたいね。」と矢代は少し大きな声になつた。

〔「君〔は〕の思想は—」日本主義者だから、な。〕〔僕らの仕事〔を〕は〔ぶち〕——」壊すよ。」〕「行くか〔い〕。」と、久慈は云つた。が、〔と〕ふと、〔「君の、その思想ぢやなア、——」〕

〔と、〔久慈は〕〔彼は〕〔つひ〕〔つひ返事に〕云ひかか〔つた〕らうとし〔た〕て、〔□〕ひと〔□〕跳び横へ飛び〔わたる〕のくやうに、冷えた廊下の外へ眼を向けて黙つた。花が実に変つ〔たばかりの〕〔て間もない〕たばかりの南天の林〔が〕に、〔〔先〕頭〕脊を揃へてゐる穂先に〕、灯籠の灯が射し込もつて〔ゐた。〕美しかつた。

細い赤松〔でしか〕〔「僕らの仕事を壊〔すなよ。〕〔してくれるよ。〕〔してくれるな。〕〔すなよ。〕今は何より大切だ

〔□〕。」と久慈は、朧ろなその灯籠の灯に〔対つて、〕対つて〔□〕朧ろな念じ〔た〕〔。〕思つた〔る。〕る気持〕の〔小枝〕幹を揃へた林の先端がまるく〔刈〕、〔見え〕、〔その対ふ〔に海の〕の谷〔〔中〕〔に〕が拡つた〕〔の〔薄〕霧が〕靄の中〔の〕で、灯が〕その対ふの谷間の上にひろがつた霧が、薄明りの漂ふ〔色は海〕〔空が〕〔和ぎわたつた〕港のやうに〔見えた〕〔広かつ〕。和かな色〔に〕を見〔えた。〕せてゐた。

Z【1-1-26】

〔28〕24

〈枠外に赤字で「24光」と表記あり〉

聞くまいとしても、人はちくちく〔し〕刺されて聞かざるを得なかつた。

〔〔□〕「われの好むは勝利に非ず、〔闘争なり。〕これはパスカルの有名な憂ひであります。」〕

〔と、このやうな時期に適した〔憂ひ〕言葉も出たり〔した。〕〔、〕した。また、アジヤは一つである。といふ〔岡倉〕天心の〔憂ひも〕言葉も、〔天才の〕〔憂ひの〕の〔発明として〕〔叫びの例と〕して出され〔もした。〕〔た〕〔もした。〕たりした。〕〔この明治の天才〔の〕が発見した憂ひの例として〕

〔「〔争ひ〕ごたごたの長びくは、どちらも悪い証拠なり、と、かう云つたものは、〔十六世紀に〕ロシュフコーといふ、フランスの道徳を〔□〕打ち樹てた〔十六世紀の〕人物の〔言〕〔憂ひ〕であります。」とも〔東野は〕云つた。〕

「このやうに、憂ひの〔□〕種類には大小さまざまなものがあります。最も小さな憂ひは、原子核の作用に関する憂ひであります。御承知のやうに、物の本質をなすこの微粒子の中心には、〔□〕刎ねつけ合ふ電気の〔□〕争ひと、磁力の引きつけ合ふ愛情とがあります。しかし、何に故にその二つのものが〔あるもの〕一つの中にあるか、といふ憂ひの根幹の詮索に、地球上の全物理学者がかかりました際、突如として、このたびの戦争が起つて来ました。そして、その憂ひの根本も分らなくなつたのであります。これはいかなる神の企てでありませうか。」こ〔□〕こまで聞くと、久慈ももう無関心ではゐられなくなつた。

〔29〕〔30〕25

〈枠外に赤字で「25光」と表記あり〉

〔してこのたびの戦争が起つてしまひました。そして、その憂ひ〔も〕の根本も分らなくなりました。した。〕〔これはいかなる神の企てでありませうか。〕「ところで、よく人々の云ふことに、情けは人のためならず、といふ格言があります。この一見〔□〕〔親心のやうな〕疑惑に充ちた厳しさは、これは東洋人にひそんだ科学精神の〔憂ひ〕憂ひであります。また物理学に〔ひそむ〕なくてはならぬ、真理〔を愛するがための〕の直線を守護する〔、〕精神の冷厳〔しさといつても良ろしいでせう。〕〔いふ憂ひ〕な憂ひに通ふ路でも〔□で〕あります。また仝時にこの精神は、人間〔に〕から空想を払ひのけ、〔独立〕〔間を〔立派〕に仕立てやうと〔□責任力を与へ〕〕より高貴な力をもつて眼覚め〔せ〕しめんとする愛情に他なりません。云ひ替へますれば、これは戦ひの愛情〔で〕、すなはち不動の愛であります。〔□〕これを戦ひの愛情と自覚〔する〕いたしますことは、云ふは〔容〕易く、〔行ひか〕悟りがたい決心〔だといはねば〕であります〔。〕が、しかしながら、〔戦ひは〕この平凡な真理こそ、〔事実〕、日日われわれの身に迫つて来てをります戦ひの実相であ〔ります。〕りまして、〈枠外上辺に〔ます戦ひの実相でなくを〕と記述あり〉〔□また〕こ〔れの〕れに関する自覚〔が、〕を基〔に〕としてこそ、新アジヤの新であるところの、秩序の初め〔であります。〕が形成され得られるのであります。皆さん、われわれは戦つてゐるのであります。愛してゐるのであります。〔戦ひの中に〕〔憂ひなくして〕愛情なき戦ひに、〔、〕、どうして〔〔愛情が〕あり得ませうか。〔湧き立ち〕〕〔戦〔へ〕〔ひ〕ふといふ深い〕〔遠大な、〕秩序といふ輝かしい確率が生れ〔□〕ませうか。

〔30〕〔30〕26
〈枠外に赤字で「26光」、「トメ」と表記あり〉

講演の峠に〔滲〕さしかかつて、東野の額に滲む汗が苦しく久慈に見えるやうだつた。しかし、彼は面白い旋廻をし出したものだと、次の東野の云ひ出し方を待つた。

〔さうして、〕〔この〔親和力の〕憂ひ、〕〔この〕「この憂愁に溢れたアジヤの〔□〕愛情をもつてしまして、なほ且つ血しぶきを上げ〔る〕てゐる矛盾〔の〕がここにあります。しかしながら、この矛盾中からのみ、秩序の中道〔が〕たるべき歴史が生れます。〔□〕初めあれば終りあり、〔秩序の〕初め〔が〕の憂ひ〔が〕すでに生じてをります以上〔は〕、終局〔の栄冠〕を飾る〔栄冠も〕〔秩序〕〔夢の憂ひも〕栄冠の憂ひもまたなければなりません。さうてて、これこそわれわれ日本人〔の〕が永く光栄と〔する〕〔秩序〕、〔憂ひ〔あ〕であり〕〔調和力の〕して来た、秩序〔に対する〕を磨く調和力の憂ひであります。何ぜかと申しますと、われわれ日本人の体質の中〔□は〕を、永久に流れつらぬいてゐるものは、もののあはれといふ、戦ひの愛情に〔溢れた憂ひ□〕勝つた、〔究極〕窮極の情けであるからであります。〔といふべきものであるからでありますす。〕。武士道がそれであります。文学の道もそれであります。つまり、一言でいひますならば、日本精神こそ、もつとも生命の平和を愛する情熱高き精神、すなはち、大和ごころといふべきでありま〔す。〕せう。これが世界史の大理想とするところの〔予定調和の〕精神と、いつたい、どこに於て〔異なる〕〔矛盾する〕異なるところがありませうか。」

〔拍手が〕〔割れんばかりの拍熱手〕ときどき起つてゐた拍手がここでどつと聞えた。塩野と矢代も拍手を〔□〕した。〔男爵は一寸首をかしげたが、〕〔眞紀子だけ〕すると、一番心配さうに〔してゐた眉を初め〔て〕だけ明るくあげて皆を見た。〕聞いてゐた眞紀子の表情にも明るい微笑がちらツと走つた。見てゐて久慈は、やはり眞紀子は東野をふかく愛してゐる〔と〕のだと思つた。

三

W〜Zのうち、XとZは横光以外の筆跡でノンブルが書かれていることから、この二つは雑誌発表のために編集側に渡っていることがわかる。したがって、より初出本文との整合性が高いと見てよいであろう。一方、WとYは横光の筆跡ですべてが占められているため、XとZに比べれば、より草稿と呼ぶにふさわしいと判断される。横光の表現の獲得のための試行錯誤が実感される。

とくにWの最終部分〈「いや、それぞれ誰も、非常に良いときに旅〔から〕〔先から〕帰つて来たもんだ〔よ〕。これからはどこの国の歴史も、旅を始めるんだからね。その旅立ちに」〉は、Xの冒頭の加筆部分〈「しかし、誰も良い潮どきに帰つて来たよ。これからはどこの国〔も〕の歴史も、見知らぬところを旅するんだからね。僕らは〔遅れなくつて〕、やつと間にあつて、先づ何よりそれが良かつた〔よ〔。ね〕〕。君もだ。」〉の内容とほぼ重複している。可能性としては、WはXよりも先に執筆された部分であり、その後Xに取りこまれたと見られる。そして初出本文では、

「誰もしかし、良い潮どきに帰つて来たよ。これからはどこの国の歴史も、見知らぬところを旅するんだからね。僕らはまァやつと間にあつて、先づ何よりそれが良かつた。君もだ。」

という東野の台詞はほぼそのままXの表現となっている。Wの〈その旅立ちに〉以降、何が描かれたのか不明であるが、いったんはこの〈旅立ち〉の意味づけが行われた可能性が示されている。が、Xおよび初出本文のようにそ

の可能性は秘匿されてしまった。

このように秘匿されていく様子については、前章で行った考察でも触れたように、「旅愁」の他の自筆原稿と初出本文との異同にも見られる。「梅瓶」にも同様の点を指摘してよいであろう。例えば、先に触れたWとXの東野の台詞の前には遊部の台詞がある。Xでは確認できないが、初出本文では、その台詞は〈かういふものを食つてちや、こりや、戦争には負けだ。〉とある。が、Wでは〈〔「〕しかし、結局は〔、〕実力が物をいふのだ。〔」〕と遊部は云つた。「〔□〕」たとへば、僕らがかういふ〔「〕食物を食つてゐる以上は、世界に雄飛する〔といふ〕ことは不可能だ〔。」〕な。」〉となっている。〈戦争には負けだ〉と〈世界に雄飛する〔といふ〕ことは不可能だ〔。」〕な。〉では明らかに意味が変わっており、勇ましさの印象が後退している。しかも、初出本文では、この遊部自体がWで見られるように雄弁に語る場面がない。加えてWで詳細に語られる大石もほとんど描かれていない。つまり、草稿段階では、想定された人物や台詞が細かく描写されたが、読者の眼に触れる初出本文の段階では秘匿されているのである。

Yは秘匿がより顕著である。冒頭の久慈が真紀子に気付く場面は、初出本文ではすぐに田辺侯爵邸に到着するという内容になるのだが、Yでは、久慈と矢代の会話が挿入されている。これも初出本文では読むことのできない場面である。しかもこれまでの「旅愁」の内容を踏まえた内容であるにもかかわず、削除されてしまっている。こうして初出本文とは別な物語のようにも見えるほど違う内容を有したYの展開は、読み得ない文脈を有し、それが確実に後景化し、秘匿されている。この後景化し秘匿される物語の存在は、「梅瓶」があらかじめ企図された内容を有しておらず、書きつつ定着をはかっていく物語であったことを推測させる。先章で見た矢代の心理描写が一端は描かれつつも削除されていたことを考え合わせると、「旅愁」自体の生成が、物語を書きつつ定着させていったと捉えることも可能なのかもしれない。むろん、原則的に企図が先立って存在することなどないであろう。が、西洋対東洋（日本）という当時的図式で「旅愁」を捉えるならば、「旅愁」はつねに時代の趨勢とともに在り、時代を映すかがみであったことを意味する。とすれば、物語を書きつつ定着させるということは、まさに横光が時代の趨勢に対して鋭敏に反応していたことを示唆している。

四

時代の趨勢とともに在ることはその時代の言葉を書き留めることである。Zの東野の演説はその好例である。〈新アジヤの新であるところの、秩序の初め〉といった言葉は昭和一三年一一月の内閣総理大臣近衛文麿が発表した「東亜新秩序」を踏まえていると捉え得よう。こうしたZの言葉が、初出本文では秘匿され〈秩序〉のみになっている。ここでも後景化する文脈が指摘できるが、これは「旅愁」の物語として後景化した文脈があるという意味だけではない。

「梅瓶」が発表されたのは、昭和二一年四月であり、日本は敗戦し辛酸を味わっていた時期である。そこに戦争突入時の言葉を示すことは、敗戦を招いた、苦々しい言葉を思い出させることになるであろう。しかし、東野の演説には、〈〈拍手が〉〈割れんばかりの拍熱手〉ときどき起つてゐた拍手がここでどつと聞えた。〉とZでは描かれる。これはその当時、東野の演説の内容に賛同した人々が多数いたことを告げている。が、初出本文では〈拍手があがつた〉と表現が抑えられる。だが、このように後景化しても戦争突入時の頃の言葉も状況も消えない。「梅瓶」は時代の痕跡として、戦後の忘却に抵抗している。

時代を映すかがみとして「旅愁」「梅瓶」は確実に戦争へと突き進む時代の言葉を写し、その在り方を描いた。しかし、時代が追い抜かした。時代を映した物語は、時代の結果を招いたことに対する告発の物語へと変貌した。

しかも忘却への抵抗として、異議申し立てとして、告発の物語は「旅愁」の文脈からはずれることはない。時代の趨勢はこのようであったと物語り続けるのである。

ただし、「梅瓶」には、後景化という譲歩をしても、その結末はすでに敗戦という現実が示している以上、未来を指し示す言葉がなかった。つまり、物語のゆく先を現実が示してしまったことは、「梅瓶」のその先が見出せないことを他ならない横光に突きつけてしまったと言い得よう。「旅愁」完と、ついに記されることはなかったが、「旅愁」は物語のゆく末を現実によって示されてしまっている点で、すでに終わっていたのである。

註

（1）『横光利一 歐洲との出会い『歐洲紀行』から『旅愁』へ』（井上謙・掛野剛史・井上明芳編 平21・7、おうふう）で、鶴岡市所蔵の横光利一「旅愁」自筆稿五〇枚の一部を翻刻し、「旅愁」生成の過程について考察した。その過程で問題化した自筆稿執筆の時期の可能性について論じており、本論はそれを踏まえている。

（2）「梅瓶」という題名について、白洲正子『いまなぜ青山二郎なのか』（平3・7、新潮社）に示唆的な内容がある。昭和16年12月8日、といえば太平洋戦争が勃発したその日のことで、横光さん（作家の横光利一）は、かねてから約束してあった講演を済ませた後、「この日の記念のため、欲しかった宋の梅瓶を買った」と記している。（中略）12月8日の日記はこんな風にはじまっている。

「戦いはつひに始まった。そして大勝した。先祖を神だと信じた民族が勝ったのだ。自分は不思議以上のものを感じた。出るものが出たのだ。それはもっとも自然なことだ。自分がパリにいるとき、毎夜念じて伊勢の大廟を拝したことが、つひに顕れてしまったのである。」

そのあとに『宋の梅瓶云々』とつづくのであるが、右のような言葉を、今から批判するのは赤子の手をねじるように易しい。そんなことより横光さんが美しい陶器に、はかない夢を託したことの切なさに想いを致すべきだろう。

附記―本論も前章に引き続き、平成二三・二四年度、日本学術振興会科学研究費補助金の助成を受けた「横光利一自筆資料の調査翻刻による研究基盤形成」（課題番号 23820049）の成果の一部である。調査、翻刻を進める上で、お世話になった関係者には心より御礼申し上げます。

5　贈与としての〈ふるさと〉——横光利一「夜の靴」論——

一

山形県鶴岡市上郷の山口地区（西田川郡西目）は、かつて横光利一が一家で疎開した場所である。そこでの疎開体験が「夜の靴」としてまとめられ、昭和二二年一一月に刊行された。横光生前最後の単行本である。「夜の靴」に描かれた風景は現在でもほぼそのままを留めており、実際の風景と作中のそれとを重ねて体験することができる。しかし、実際の風景はほとんど取り上げられることなく、「夜の靴」は横光の戦後の姿勢や決意を読み取られてきた。(1) 生前最後の単行本になったことや横光がいわゆる戦犯指名を受けたこと、それらが念頭に置かれ読まれてきたからであろう。あるいは、「夜の靴」が日記形式であることも横光自身を呼び起こしてしまう一因であったであろう。むろん、そうした研究動向は極めて貴重な見解を示してきた。ただし、「夜の靴」は、戦後の横光の在り方を考察するための資料として扱われてきたことは否めない。

風景がないのである。確かに横光一家が疎開し、「およそ百ケ日間」（あとがき）を過ごした上郷がたんに「寒村」として読まれてきたのはなぜであろうか。たとえば田舎の寂しい村というイメージで、果たして「夜の靴」の風景を読み得たと言い得るのか。だが、実際に上郷を踏査し「真一文字の道」を歩いたとしても、それはそれに過ぎず、逆に上郷の実風景にとらわれるだけなのかもしれない。であるならば、実風景の体験をしようがしまいが、「夜の靴」を読み得るためには、その本文こそ重視されるべきであろう。

「夜の靴」は上郷を舞台に描かれている。そこは次のような場所だ。

この村は平野をへだてた東羽黒と対立し、伽藍堂塔三十五堂立ち並んだ西羽黒のむかしの跡だが、当時の殷盛をうかべた地表のさまは、背後の山の姿や、山裾の流れの落ち消えた田の中に、点点と島のやうに泛き残つてゐる丘陵の高まりで窺はれる。（中略）東羽黒に追ひ詰められて滅亡した僧兵らの辷り下り、走り上つた山路も、峠を一つ登れば下は海だ。朴の葉や、柏の葉、杉、栗、楢、の雑木林にとり包まれた、下へ下へと平野の中へ低まつていく山懐の村である。

西羽黒とは、荒倉神社一帯のことである。「県社荒倉神社略記[2]」によれば、東羽黒と西羽黒との鎌倉時代の対立は歴史上存在せず、むしろ東西合わせて羽黒であった。西羽黒の衰退は上杉軍によって滅ぼされたことに起因しており、東羽黒と西羽黒の勢力争いは史実上ないのである。これについては現在でも現地の人たちは当然知るところであり、疎開当時横光もそのように聞いていたであろう。東西羽黒の戦いによって滅ぼされた西羽黒という「むかしの跡」は、史実ではなく虚構の設定であったのだ。つまり、上郷は敗戦の地として虚構化されているのである。

この虚構化された言語空間がその虚構化自体を隠蔽し、あたかもそうであるかのような史実を提供する。それは実際の上郷には当然見出せないから、やはり虚構を見抜くことはできない。つまり、「夜の靴」は上郷を描きながらも、そこではないどこかを描いている作品なのである。が、現地に行けば、表現された場所を確認できる以上、そこはやはり〈上郷〉としか呼びようのない地であり、虚と実が混在した場所として設定されているのである。〈上郷〉は存在しないが、読み得る空間なのだ。

こう言ってもよい。「夜の靴」という虚構の言語空間は史実としてはどこにもつながらないところへ一気に置き換わり、遷移しているのである。したがって語り手「私」は遷移した言語空間内に存在しており、実際に疎開した横光利一を指し示さなくなることを示唆する。その「私」が「観察」し日記形式で記述する。その記述内容は、〈上郷〉についての観察内容だけではない。それを踏まえた哲学的な、思弁的な考察も含まれている。

私たちペンを持つものの労働は遊ぶ形の労働だが、人はいまだにこれを労働と思はない。まことに遊ぶ形の労働なくして抽象はどこから起こり得られるだらう。また、この抽象なくして、どこに近代の自由は育つ技術を得ることが出来るだらうか。私は感嘆すべき農家の労働にときどき自分の労働を対立させて考へてみることがあるが、いや、自分の労働は彼らに負けてはゐないと思ふこともたまにはある。

「夜の靴」の中でも多く論じられてきた一節である。これは観察の後に「私」によって考察される自らの「労働」への言及である。その言及の仕方は、観察内容の記述を読み、その後、思弁的に自らの「労働」についての内容を追加している。つまり「夜の靴」には再読し、記述を追加する行為が看取されるのである。こうした行為は「夜の靴」に散見される。「私」が「私」の言葉を再読し、記述を追加すること、しかもこれが「感嘆すべき農家の労働」と比肩し得るほどの強度を持っているならば、「私」の形成する言語空間は、観察によって得られる実体の上郷と同質の強度を保持する虚構空間になり得ていると捉えられよう。現地の上郷をたんに「寒村」として捉えているだけでも読解が可能であった所以であるとともに、上郷を現地踏査することに特権性を持ち得ない所以でもある。

さらに重要なのは、鎌倉時代にすでに敗戦したことに、昭和二〇年八月一五日に敗戦したことを接続させたことだ。むろんこの昭和の敗戦を虚構化することなどあり得ない。では、この接続は何を意味するのか。虚構としての〈上郷〉は鎌倉時代に敗戦し、その数百年後には、確実に復興し、現在農民たちは米を作り、その収穫量に一喜一憂している。何百年か前の敗戦など忘却している。もちろん、そのような史実はない以上、忘却しているように描かれていると言い得る。それは敗戦しても、きっといつの日か敗戦など忘却し平々凡々な戦後の日常が訪れることを示唆している。したがって冒頭から昭和の敗戦を重ねたということは、この敗戦もいずれ忘却され、平々凡々な日常が訪れるということを、そういう希望を、与えることにはならないか。そう捉えられるならば、この虚構の言語空間は、敗戦による未曽有の衝撃を伝えることよりも、さらにその先の未来を指向していることになるであろう。やがて来る希望として――ただし、敗戦は現実の痕跡として残り続ける。農民が鎌倉時代の敗戦を忘却しても、「私」が明確に記述し、記憶し続けるように。

こう捉えられるのは、再読と記述の追加が虚構の言語空間をめぐってなされているからである。少なくとも実際疎開をした上郷のたんなる観察ではない。やがて来る希望と昭和の敗戦の記憶の継続とが生成されているのである。だからこそ、「夜の靴」は昭和二〇年八月一五日を想起させるポツダム宣言受諾の報を聞く場面の記述から始まっているのである。

さらに指摘できることがある。この作品が日記体であるのは、記述し記憶し続けることが、読み返される記録となり得るということだ。「夜の靴」の最初の記述は、ポツダム宣言受諾の報によって、「八月――日」とあるにもかかわらず、八月一五日という具体的な日付を想起させる。それは忘却を免れられない記録なのだ。そしてその衝撃で「どうと倒れたやうに片手を畳に」つく「私」の感慨もまた、記録として接してくるであろう。記録は原則的に、常に未来からの視線を必要としている。また、観察が記憶の奉仕としてあるならば、「夜の靴」という虚構の言語空間は、未来からの視線と記憶し続けることとを要請してくるのである。

二

これらは「私」の言語空間の強度に拠っている。虚構としての〈上郷〉を生成し保持する強度、言い換えれば、虚構の〈上郷〉をどこまで現実として感じさせることができるのか。そういう言語の真実性が「私」の記述には問われている。実際先行研究のほとんどが東西羽黒の戦いによって敗戦した西羽黒については疑念を持たずにいるのは、この強度ゆえであろう。これほどまでの強度を得ることを必要とする「私」の記述だからこそ、「私」は先の引用のように「ペンを持つものの労働」を、農家の労働に比肩し得ると見做していると解せるであろう。

だが、その強度を得る「ペンを持つものの労働」は、やがて「不通線」をも描くことになる。

さういへば、この村の人たちも空襲の恐怖や戦火の惨状といふものについては、無感動といふよりも、全然知らない。このことに関して共通の想ひを忍ばせるスタンダアドとなるべき一点がないといふことは、今は異国人も同様の際だつた。

ここで問題なのは村の人々が「全然知らない」ことではなく、「共通の想ひを忍ばせるスタンダアドとなるべき一点がない」ということであろう。「空襲の恐怖」も「戦火の惨状」も、体験者と未体験者とではわかりあうことができないのは想像に難くない。それを敷衍すれば、その後の時代感覚さえ違えていくであろう。戦争についていくら語り継いでも、ついに分からせることができない苦悩という問題がここにある。自己の体験が通じなければ、それは絶望に他ならない。ここに「不通線」が生じているのは見易い。が、それだけではない。

「スタンダアドとなるべき一点がない」とは、虚構の言語空間内の記述である。先に指摘したように、この言語空間は、やがては平々凡々な日常が来るべくして来ることを示していた。だとすると、「不通線」が「一般人の間にも生じてゐる」という記述があるのは、次のことを意味している。すなわち、昭和の敗戦後すぐに「夜の靴」は発表された。が、この作品には壊滅的な敗戦を招いた反省はおろか、意味を問う記述さえほとんどない。その特徴的な在り方を他ならない「私」が理解していたということである。

昭和の敗戦後、生きることに精一杯だった時期、あるいは敗戦を招いた責任を問う時期に、その先の希望を描いてみせても、わかってもらえないかもしれない。希望はもっと安定してから必要とされる来るべきものであろう。この言語空間に描かれる戦火の惨状を知らない〈上郷〉の人々は、まさに戦争を知らない世代の人々のようである。この人々の希望ある様子は、初刊本刊行当時の読者には分かち合えなかったかもしれない。それが「私」には理解されていたのではないだろうか。つまり、生きる糧でも戦争に対する批判でも反省でもなく、来るべき希望を語る「私」と同時代の人々とは、通じ合うスタンダードが異なっていたのである。いわば「夜の靴」は同時代に対して「不通線」を内包していたのである。しかし、だからこそ「夜の靴」はこれから来るべき時代の、大げさに言えば戦後五十年後、百年後の時代の、そのために記述されたと言えるのかもしれない。

「私」の記述が〈上郷〉をかたちづくっていく。そこには次のような人々が描出される。

私は五時に起きるがときどき同じ白土工場へ出ている隣家の少年が、
「天作どーん。」
と垣根の外から誘ふ声がする。すると、
「おう。」

と、応へる天作の元気な声は、一日一度の発声のやうで朝霧をついて来る。何の不平もない幸福さうな、実に穏かな天作のその眼を見るのは、また私には愉しみだ。これは地べたの上を匐ひ廻つてゐる人間の中、もつとも怨恨のない一生活だ。他は悉くといつてもいい、誰かに、どこかで恨みの片影を持つて生活してゐるときに、上空では自己を忘れた精密な死闘を演じ、下のここでは、戦争を忘れた平和な胃薬掘りの一白痴図が潜んでゐたのだ。

飛驒地方では白痴が生れると、神さまが生れたといつて尊崇するといふことだが、さういふ地方も一つは在つて良いものだ。

「もつとも怨恨のない一生活」と評される平和な生活には、「過誤」はない。そしてこの生活こそが虚構の言語空間内に存在しているのだ。久左衛門という日本一の米を作る農夫も同一の空間内に存在している。

私はこの久左衛門といふ特殊な老農に注意を向けた。何ぜかといふと、この平野は陸羽百三十二号といふ米を作る本場であること。この米は一般から日本で最上とされてゐるのに、この平野の中でも、特にこの村の米は平野のものから美味だといはれてゐること、ところが、久左衛門の家の米は、この村の中でも一番美味であるといふことなどを考へると、――彼は日本一の米作りの名人といふことになりさうだ。まだ誰も、そんなことを云つたのではない。しかし、押しせばめて来てみると、他に適当な論法のない限りは、さう思つてみる方が、私だけには興味がある。

「さう思つてみる方が、私だけには興味がある」との限定的な私的な興味は、まさに自らの言語で生成する虚構の空間に希望を見ているからであろう。こういう人びとが存在しているところが〈上郷〉であり、当たり前のことをただ当たり前にこなしている姿がはっきりと在る。これは参右衛門や清江、利江などの主だった登場人物にも言い得ることである。

想起されるのは、帝都線の渋谷のプラットフォームで起った出来事を「私」が挿話として追加し、思索を巡らせたことだ。「敵愾心」はないが「愛国心」だけがなぜかわからぬまま必要とされたこと、それを黙々と受け入れ忍従したのが昭和の戦争であった。そして進駐軍にも同じような態度で臨むであろう。「戦争で過誤を重ね、戦後は戦後でまた重ねる、さういふ重たい真ん中を何ものかが通つていく」そういう「事実」に「驚愕」する「私」は、まさにそのような在り方とは別な日本人として、〈上郷〉の人々を描いた。戦火を知らず、働くことを懸命にこなす人々の在り方であり、戦後に予見される「事実」とは対比的な「世界」である。

どんなことが世の中に起らうとも、例へば、現在のやうに世界がひつくり返らうと、何の痛痒も感じない人物がゐるものだ。農家の中には、ときどきそのやうなもののもある。まるで働く場所そのものの田畑以外は、世界は彼らにとつて幽霊のやうなものだ。いや、むしろ、日本が敗けたがために彼らは儲けてゐるといふ苦しみと喜び。しかし、それとはまつたく別に、敗戦を喜ぶ苦痛もあるにはある。そして、それらの心が喜びを抱いて現れて来つつあるといふことの苦しい裏には、人間よりも、人類を愛することだと思ひ得られる、ある不可思議な未来に対する論法をひつ下げてゐることだ。今のところ土産はまだ論法であつて、人間ではない。世界をあげての人間性の復活に際して、人間性を消滅させたこの人類論法の袋の中から、まだ幾多の土産物が続続とくり拡げられてくることだらう。それが善いか悪しいかは、残念なことにまだ私には分らない。ただ私に分ることは、何となく残念なことだけだ。

「事実」と対比される「世界」が提示される。続けて「敗戦を喜ぶ苦痛」について「私」が言及しているのは注意を要しよう。敗戦を喜ぶとは戦死した人々に鞭打つことでもあるからだ。予見される「事実」も虚構の言語空間である「世界」も「苦痛」をその根底に潜ませて成り立っている。戦後とはまず、どうあっても、そこからはじまるであろう。

その「苦しい裏」には「人間よりも、人類を愛することだと思ひ得られる、ある不可思議な未来に対する論法」があることに「私」は思い至っている。〈上郷〉の人々に「私」の観点は、人類を愛するという未来に対する論法を得ているのである。つまり、「愛国心」も「敵愾心」も問われない人々には、人類という壮大な種を思わせるものがあり、それこそが未来を指し示すことになるであろう。これが虚構の言語空間の「論法」である。が、これは「まだ論法であつて、人間ではない」とあるからには、実現可能かどうかはわからない。だから「私」は「何となく残念」と言うのであろう。つまり、この虚構の言語空間が、実際に生きられる現実空間になり得るかは現時点ではわからない。未来は予定調和ではないからである。

三

「私」はさらに〈上郷〉を次のように記述する。

外国から帰つて来たとき、下関から上陸して、ずつと本州を汽車で縦断し、東京から上越線で新潟県を通過して、山形県の庄内平野へ這入つて来たが、初めて私は、ああここが一番日本らしい風景だと思つたことがある。見渡して一望、稲ばかり植つたところは、ここ以外にどこにもなかつたからだつた。その他の土地の田畑には、稲田は広くつづいても中に種々雑多なものが眼についたが、穂波を揃へた稲ばかりといふところはここだけだつた。この平野の、羽前水沢駅といふ札の立つた最初の寒駅に汽車が停車したとき、私は涙が流れんばかりに稲の穂波の美しさに感激して深呼吸をしたのを覚えてゐる。ところが、私は今そこにゐるのだ。あのときは何の縁もないところのこととて、よもやここに自分が身を沈めようとは思はなかつたのに、まつたく十年の後に行くところのなくなつた私は、偶然こんなところへ吹きよせられようとは、これが私にとつての戦争の結果だつた。そして、私は初めてここで新米を手に受けてみて、米はどこに沢山あらうともこれに代るものは、世界広しといへどもどこにもないのだと思つた。

〈上郷〉はここに至って「一番日本らしい風景」として遷移している。もちろん、これは再読と記述の追加に拠っている。さらに「私」も戦争の結果として、この言語空間に「偶然」に吹き寄せられてきているということは、「私」もまたこの虚構としての〈日本〉に存在していることを意味している。言ってしまえば、戦争は虚構としての〈日本〉を構想するきっかけになったのだ。そこには「真一文字の道」がある。

今も私は久左衛門の来ない間にと、家をぬけ出て、醤油をとりに駅の方へ、またいつものその道を歩いた。半里、平面ばかりで家一つない真一文字の道だ。どういふものか、真つ直ぐな道といふものは、物を考へるより仕様のない退屈なものである。私はこの道でどれほど色んなことを考へたか知れない。またこの村の人たちが意外に頭の良いのは、自然にこの道で日ごろの考へを整へさせてゐるからではあるまいか、とも思つたりする。

「神や仏はあるものぢや。」
　こんなことを久左衛門が云つたりすることも、この長い道が訓へたからではあるまいか。私も人から受けた恩のことを考へたり、友人の有難さや、人生の厳しさや、夫婦の愛や、子供の教育や、神のことなぞ、次ぎから次ぎと考へつづけて停めることの出来なかつたのもここで、妻や子供がよく、
「あの道はたまらないわ。長くつて。」
　と云つたり、「さうだねえ。」と子供が云つたりするのも、何か矢つ張り各自に考へさせられてゐるのである。ここを一度通つて来ると、昨日の自分はもう今日の自分ではなくなつてゐて、その日はその日なりに人は文学をして来るのだ。

この道は「退屈」だが、考えることができる道である。いわば誰にとっても当たり前に当たり前のことが有り得、しかも「文学」になり得るような意味のある道なのである。

この「真一文字の道」は〈日本〉にある。とすれば、ここは〈上郷〉という虚構の限定的な地ではなく、童謡に歌われるような、日本人にとっての〈ふるさと〉であり、そこには〈いつか来た道〉があるのである。言い換えれば、歴史的遷移によって設定された虚構の言語空間は、昭和の敗戦を離れ、やがて希望を必要とする未来の、まさしく来るべき民衆のために、生成されていたのである。「日本らしい」とか「その日なりに人は」とかといった誰もが所有を許される、抽象的な表現が使われているのはその証左である。

この地には、「祈り」がある。日頃働き者の清江が参右衛門に請われておばこ節を歌う。「若い日の自分の姿を思ひ描く哀調を、つと立たしめた、臆する色のない、澄み冴えた歌声に変つた。私は聞いてゐて、自分と参右衛門と落伍してゐるのに代つて、清江がひとりきりりと立ち、自分らの時代を見事に背負つた舞ひ姿で、押しよせる若さ

の群れにうち対つてくれてゐるやうに思はれた」と「私」は感じ、「若さがしだいに蘇つて来るやうだつた」と言う。この清江の歌を聞いて、「私」は立ち上がる決心をし、釈迦堂での会合に向かうことになる。

この決心をするところまでで初出時(3)の「雨過日記」は終わっている。つまり、初出の形態では「夜の靴」は、虚構の言語空間から「私」は出ないままなのである。初出と初刊の異同については保留して、会合に出席する場面は次のようである。

集りは本堂の北端にある和尚の書院だ。清潔な趣味に禅宗の和尚の人柄が匂ひ出てゐて抹香臭なく、紫檀の棚の光沢が畳の条目と正しく調和してゐる。正面の床間の一端に、学生服の美しい鋭敏な青年の写真が懸けてある。私はそれを振り仰いで伊藤博文に似た貌の和尚に訊ねると、長男で電信員として台湾へ出征中、死亡の疑ひ濃くなつて来てゐるとの事である。すでに私は大きな悲劇の座敷の中央にいつの間にか坐つてゐたのだ。

「しかし、台湾なら、まだ……」

と、私が云ひかけると、

「いや、途中の船でやられたらしいのです。調べて貰ひましたがね、もう駄目なやうでした。」

朝からの若やいだ私の気持ちが急にぺたんと折れ崩れて坐つた。(中略)今さらここで何の批評の口を切らうとするのだらう。私はもう昨日の深夜、雪を掘り起した底から格調ある歌を聞いてしまつてゐる。あれが時を忘れた深夜の清江の祈りではなかつたか。

現実的な戦争による悲痛な出来事を前に、「私」の若やいだ気持ちが急にぺたんと崩れてしまう。なぜか。この虚構の言語空間をかたちづくる言語の強度では、悲痛な現実には太刀打ちできないからであろう。しかし、「私」

は言う。「私はもう昨日の深夜、雪を掘り起こした底から格調ある歌を聞いてしまつてゐる」と。「私はもう」や「聞いてしまつてゐる」との言い方は、もう後戻りはできない「私」を示唆する。であれば、ぺたんと崩れ落ちるような悲痛な現実に対して、「私」は立ち向かっていかねばならない。それは、記述の強度を現実に対峙させることを意味する。ひいては虚構の〈日本〉を昭和の敗戦時に敢えて見せることでもあるだろう。虚構の言語空間に「私」は安住して済ませるわけにはいかないのである。

そして最後の記述である。

十時すぎに二人は寝床を二つ造つて貰つて寝た。手織木綿の固い雪国の蒲団で重く私は一枚だけはねて寝たが、久左衛門は横になるともう眠つてゐた。私はいつまでも眠れなかつた。駅を通る貨物が来ては去り来ては去つていく。明日一日中私は汽車の中で、夜十二時に上野へ着くとすると、朝までそこで夜明しだ。そして、私が自宅の門へ這入つて行くのは十二月八日だつた。

眠れないので私はときどき電気をつけて久左衛門の顔を覗いた。彼は寝息も立てずによく眠つてゐる。見るたびに真直ぐに仰向いた正しい姿勢で、少し開いた口もとの微笑が、「おれは働いた働いた。」といつてゐる。土台の骨が笑つてゐる寝顔だ。戒壇院の最上段から見降してゐる久左衛門の位牌は、かうして寝てゐる銃貫創の跡つけた彼の額の上に置かれることも、さう遠い日のことではないだらう。そして、私は二度とこの顔を見ることも、おそらくもうあるまい。夜汽車が木枯の中を通つて行く。

疎開を切り上げ、「私」は上京を決意する。慎重に捉えるべきは「私が自宅の門へ這入つて行くのは十二月八日だつた」とこの日付だけが明記されていることである。一二月八日は言うまでもなく、昭和の戦争の開戦日である。

この日にちに向かって上京するということは、まさしく戦争を再び思い起こさせようとすることであり、ひいては敗戦を忘却させないということではないか。つまり、「私」が立ち向かうのは、混乱した敗戦時の東京ということだけではなく、いずれ敗戦が忘却されてしまうという、その意味での悲痛な現実だったのである。

そう考えると、八月一五日を思わせる「八月——日」から記述がはじまり、一二月八日に遡るかたちでこの作品の時間が刻まれている理由が推測できよう。すなわち、いつでも敗戦したことから戦争を想起させる記述になっているのである。しかも、歴史的な遷移によって虚構の言語空間を形成し、来るべき未来に希望を与える、「夜の靴」はそういう作品であった。しかし、この希望は敗戦を忘却したところでは成立しない。「夜の靴」が示すのは、つねにすでに、敗戦後の日本の希望は、敗戦を忘却しないことだけに生じる、そういうことなのである。

贈与が現働化している。贈与それ自体が現前化しないのは「寒村」という標記が〈ふるさと〉の把捉に、応えられること、応えることを困難にしているからだ。不可能性の経験であると言うならば、〈ふるさと〉の想起が証明不可能でささやか過ぎるだけだ。「夜の靴」に上郷の二文字はない。が、横光が歩いたあの一本道を、後から、共に歩くことはできる。ここは〈ふるさと〉の再帰的な記憶の場なのである。

註

（1）「夜の靴」研究は、横光の最晩年の意識を知る作品として捉える傾向がある。共通してみられるのは、第二次世界大戦の敗戦を、横光がいかに内面化し、いかに立ち直ろうとしていたかを論点として措定していることである。そのキーワードは〈再生〉である。例えば、神谷忠孝『横光利一論』（昭53・10、双文社）は、「大東亜戦争を聖戦と信じ、真剣に日本の勝利を念じた横光が、敗戦の衝撃から立ち直ってゆく過程を日記風に記した『夜の靴』は、横光の晩年の思想を解く作品であると同時に、数少ない敗戦文学の傑作でもある」と論じる。玉村周「夜の靴」（「解釈と鑑賞」

昭58・10）は『夜の靴』は、単なる自然発生的な敗戦日記ではない。そこで語られているものは、戦後の新たなる出発の表明であり、宣言であったと思われる」と捉える。山本幸正「「古戦場」と『夜の靴』」（「繡」平9・3）も「出来事としての敗戦を自らの内面に還元し、その内面と相対することで再生を物語る『夜の靴』は、戦後という日常を最も誠実に描く作品なのである」としている。これらは、井上謙がすでに論じていたことを継承している。その井上は再び「『夜の靴』――再生のメッセージの果てに」（「解釈と鑑賞」平22・6）で次のように言う。「『夜の靴』でも再生のメッセージを発信していたが、書きつづけることはできなかった。敗戦の衝撃を白い干瓢の細い茎で癒し、雪国の木枯らしの中を走った横光の再生の決意は、二年足らずの命でその白色の世界を染めることも、実らすこともできずに新年を一日前にして四十九歳で逝った。その終焉はまさに「無念」の一語に尽きよう」。継承される〈再生〉の論点には少なからず横光の死から逆算するといった未来からの視点が入っている。一方、「夜の靴」言説を捉え、その言語表象を読み解こうとする研究もある。日記体の作品として、その表象内容、表象行為を通じて、作品自体の意味を論じることで横光の戦後の意味を論究している。黒田大河「『夜の靴』――〈敗戦〉という「不通線」」（「解釈と鑑賞」平12・6）の「個別の戦争体験から生まれた様々なる〈敗戦〉は、共同体験に収斂させることの出来ない「不通線」をそこに孕んでいる。それにもかかわらず〈戦後〉という日常は継続して行く。（中略）それぞれの「不通線」を抱えたまま人々は〈戦後〉を生きなければならない。（中略）〈その日〉から再び「十二月八日」まで、「変わるものが貫いていく」（『夜の靴』「あとがき」）相として〈戦後〉を見詰める試み。横光の〈戦後〉がそこには遺されているのである」という言及は、「不通線」という語をキーワードに据えている。この論以降、この語に言及する論考が多くなる。日置俊次「横光利一「夜の靴」論」（「日本文学」平17・9）は「滅びの空間、少なくとも自分の滅びたあとの遠い歴史の先へまで思いを馳せ、川のように流れ去るのではなく重層的に湛えられる海の水の一滴に似た永遠の一行を書くという思念に、利一はいま賭けようとしている。（中略）過去と未来を包摂する視野は思わぬ広さを内包する。人と人との「不通線」に絶望しつつ、散文と韻文との境界も、古典と現代文学との境界も越えていくほとんど不可能な言葉の理想郷を、利一は生涯模索したといえるのではあるまいか。そしてこの「夜の靴」にも、そんな模索が展開されているのではあるまいか」と論じる。未来を射程に入れる論究にはおおいに示唆を受けた。西尾宣明「〈敗戦〉と日本人――『夜の靴』をめぐる覚書」(「横光利一研究」平19・3)は『夜の靴』における「不通線」とは、「私」の一方向的で主観的なまなざしから生成された認識である。それは、戦後の人々がもつ関係性をとらえたものだというよりは、語り手「私」の意識におけるさまざまな「不通線」だと理解できる。戦後的現実との回路をつなぐことができないという「不通線」、連続性を志向しつつ〈敗戦〉と戦中との思考を抽象的にしかつなぐことができないという「不通線」、農民たちの姿を救済としつつも自己とは異質であるという「不通線」、そして他者と互いに理解し合うことが不可能だという「不通線」、これらが複雑に錯綜した重層的な「不通線」である」と捉えている。先の〈再生〉と相対的に考えるべきこととして示唆を受けた。

(2) 「県社荒倉神社略記」に以下のような記述がある。「往古延喜式内伊氏波神社ニシテ由良八乙女ヲ奥院トシ後西羽黒ト称シ東羽黒ト一対ノ大社ナリ山中ニ三十三ノ宿坊アリテ…」むろん、これが西羽黒寄りの文言であることは留意しなければならないが、むしろ、東―西の宗教的対立によって滅ぼされた西羽黒という設定が「夜の靴」に取り入れられていることは、敗戦を語る大切な意味になっているのではないだろうか。

(3) 初出とは周知のとおり以下の作品群を指す。「夏臘日記」(「思索」昭21・7)「木蠟日記」(「新潮」昭21・7)「秋の日」(「新潮」昭21・12)「雨過日記」(「人間」昭22・5)なお、初出と初刊の本文異同については、次章を参照されたい。

附記―「夜の靴」の引用は、初版本『夜の靴』(昭22・11、鎌倉文庫)に拠った。ただし表記は旧仮名遣いはそのまま、漢字のみ新漢字に改めた。

6　物語言説の位相　――「夜の靴」初出本文と初版本文をめぐって――

一

「夜の靴」は、まず「夏臘日記」「木蠟日記」「秋の日」「雨過日記」とそれぞれ題名のついた作品が初出として四作発表され、それらが単行本『夜の靴』としてまとめられて、鎌倉文庫より昭和二二年一一月に刊行された。敗戦後文学の傑作と言われながらも、単行本になった初版本文のみをめぐって言及は多くなされ、初出本文を射程に入れた言及はほとんどない。(1) 初出本文と初版本文とには、物語内容には一読して大差がほとんどないように読み得てしまうのが一因かもしれない。確かに、横光の疎開先の「寒村」の観察、見聞の記録と捉える限り、初出の四作の本文と初版本文との物語内容に大差はない。表記や表現のわずかな違いを見出すだけであり、初出本文の記述が初版のそれを内容的に上回っていることを考えれば、初出のすべては初版の内容に取り込まれてしまっていると言い得る。横光の敗戦後の意識を読み取ろうとするならば、初版本文だけを読めばよいということである。

初出本文をまとめて初版本文にしたということは、横光の敗戦後意識はいったん棚上げにしても、横光の制作意識は見出せるはずだという指摘もあるであろう。確かに単行本としてまとめられた初版本文と初出本文とには異同があり、それができるのは横光利一のみと考えるのが妥当であろう。異同の詳細は別にゆずるとして、(2) 初出本文と初版本文の対照は次の通りである。(3)

「夏臘日記」(「思索」昭21・7)は、八月――日【1】～九月――日【12】まで。

「木蠟日記」（「新潮」昭21・7）は、九月——日【13】～九月——日【18】まで。
「秋の日」（「新潮」昭21・12）は、九月——日【19】～十月——日【7】まで。
「雨過日記」（「人間」昭22・5）は、十月——日【8】～十二月——日【1】途中まで。

特徴的なことを指摘すれば、「夏臘日記」「木蠟日記」「秋の日」は、表現の細かい変更はあるものの、物語内容は初出と初版とでほぼ同じである。初出本文は「寒村」の観察、見聞の記録に基本的には終始している。夏から冬に向かう季節の移り変わりを描写しながら、農事にいそしみ、米の収穫量に一喜一憂し、米価の急騰に翻弄される敗戦後の農村風景を描く作品となっている。まさに横光の疎開した西田川郡西目上郷村の当時の記録と呼ぶのにふさわしい。が、以上は初出の「雨過日記」までに言い得ることである。「雨過日記」は先にも示したとおり、初版本文の最終場面に到る途中までであり、最終の場面のほとんどは初版本文で始めて日の目をみる。とりわけ「夜の靴」という題名の由来となる指月禅師の漢詩句は、初版本文内に初めて表れる。

これは初出本文に手が加えられ、初版本文に成っていると見るのが一般的に順当であろう。したがって、手を加えた横光の制作意識についても言及の余地が生じると考えることができよう。むろん、この言及の仕方はあくまでも順当であって、「夜の靴」の生成過程についても的を射た方法のようである。だが、『夜の靴』「あとがき」には次のように書かれている。

この日記の初めの方（三頁より七十一頁前半まで）は、夏臘日記として雑誌、思索に出した。次の部分（七十一頁後半より九十六頁前半まで）は、木蠟日記として新潮に出し、またその次（九十六頁後半より百三十頁まで）は、秋の日として新潮に、終わりの（百三十一頁より二百四十七頁）中の、ある部分を抜き出してもらひ、雨過日記として人間に掲載した。全篇を夜の靴として長篇としたことは、短篇の集合を一つに揃へてみた軸座の色調が、稲を作る村に枝葉をひろげた大元の家の歎きを主軸として、少しは展けたかと思はれた結果である。

（『夜の靴』あとがき）

この初出と初版の書誌を簡潔に語る引用から推測されるのは、すでにできあがっていた初版本文から「ある部分を抜き出して」もらったのが「雨過日記」であり、したがって初版本文の方が初出のそれよりも先にあったということである。ということは、初出本文を踏まえた初版本文という順当な言及ができないことを示唆している。これはいったいどういうことなのか。

「雨過日記」が「ある部分を抜き出して」もらったとは、明らかに他の手が入っていることをうかがわせ、初出の在り方は横光の企図ではなかったと捉え得よう。横光の企図が隠されるかたちでまず世に示されたのである。つまり「ある部分を抜き出して」もらったということが、先にあったはずの初版本文を横光の企図とともに遅延させ、昭和の敗戦後の「寒村」を描くといった限定的な内容の作品としていたのである。遅延によって先にあったはずの本文がなくなり、初出本文によって読み得ない内容が生じる。それは再び単行本の初版本文で明らかになるが、一度現れてしまった初出本文という事実が、初版本文に先行する以上、それよりも先にあったことはもはや見えなくなっており、読み得なかった内容はなかったことになるであろう。これは横光の企図が見えなくなることも意味する。つまり遅延は、先にあった本文も意図も消し去ってしまい、初出本文を先立たせることで、初版本文を初出のそれの推敲した結果に見せてしまうのである。

別な見方をすれば、他の手による遅延によって、初出本文というかたちで、「終戦の日から自宅へ帰る日までの、およそ百ケ日間」（「あとがき」）ほどの日記が、「寒村」をめぐる「私」の観察、見聞の記録となった。準じて「寒村」のイメージが確固たる強度を有し、実在性が増しているのである。むろん、これは初出本文よりも先に在ったと推測される初版本文から「ある部分を抜き出して」もらった結果であるから、「寒村」は他によって読み取られ切り取られたと捉えることはできるであろう。いわば、初版本文から「寒村」が実在性を帯びて開示されたのである。そしてこの実在性の強度によって、横光が実際疎開していた西田川郡西目上郷村が想起され、「夜の靴」本文と同時に上郷村もまた読まれる〈上郷〉となって感知される。したがって、他の手によって読まれ切り取られた「寒村」が〈上郷〉をかたちづくったと言い得よう。言い換えれば、初版本文にはすでに読み取られたイメージの地として〈上郷〉が定着しているのである。そうであるならば、「夜の靴」の初出本文と初版本文とは、たんに初出から初版へという順当な時差を失効させ、順逆をも生じさせる位相として把捉することができる。言ってしまえば、読まれた本文と読まれる本文が位相として顕現しているのである。

その位相には〈上郷〉が開示されている。それは異同に具体的に表れる。異同は〈上郷〉が「寒村」として「私」によって観察され、見聞される対象になっていることを示すだけではない。「私」が〈上郷〉を思索する位相をも告知しているのである。

二

この位相には二回「私」が記述されている。この点は、記述する「私」と記述される「私」という一人称言説の原則的に有する構造と相似形をなしている。「私」がかつて記述した本文を「私」が記述するという構造である。記述された「私」が記述する「私」に先行するのは、「私」の語った言説を「私」が読むという再帰的な行為が生じているからである。つまり、二回記述される「私」が「夜の靴」本文には定着しており、本文の生成過程にも構造論的問題が見出し得るのである。

なぜ二回か。「夜の靴」には、歴史的に遷移した〈上郷〉が描かれている。だが歴史的に虚構であった。かつて一度も現実になったことがないのであり、その地を「私」が経験しているからである。むろん、それは「私」が想定し、「私」の言語によって、「私」が体験するという構造に表れている。二回の記述があるのは、たんなる強調のためではない。〈上郷〉がかつて一度も現実になったことのない状態があること、すなわち経験したことのまったくない現実が、まさしく現実としてあり、それを経験していることを語るためである。

経験したことのない〈上郷〉という現実に生活する「私」という言い方は、先に述べた遅延の経験である。が、この表現自体がそもそも矛盾しているであろう。「私」に記憶されることも言語化されることもないはずであり、自分史のうちに位置づけることができない出来事であろう。したがって、「私」がそれを語ることは本源的にあり得ない。しかし、直接は語ることができなくても、感得的に語ることはできるのである。

初出本文を語る「私」と初版本文を語る「私」とは、ほとんど同じ言葉を同じ仕方で語る。「あとがき」によれば、逆であったかもしれない。そのとき、正確を期して言えば、どちらかの「私」は、どちらかの「私」にとって、他者である。「私」が他者としての「私」に反復され、言語が輻輳される。たとえば「私」が語る初出本文を、初版本文を語る「私」が語るとき、言語自体がそれぞれの意図を越え、捉えきれなかったことを語りはじめるであろう。それはもはや「私」の所有ではなく、企図を読み込むことはできない。横光が何の史料に拠り、なぜ上郷を歴史的に遷移させ〈上郷〉を描いたのかという問いがどこまでも問いのままであり続ける所以である。また、読みの可能性の追究という方法が賦活されるのはこのとき以外にはないであろう。これまで一度として現実になったことのない〈上郷〉が、まさしく現実にないままに現実に存在すると感得的に語り得るのは、「私」と他者としての「私」との言語の可能性に賭けた在り方にあったのである。

こう捉えることもできよう。他の手によって「ある部分を抜き出して」もらった「雨過日記」には横光利一の署名がある。これが横光の意志であるならば、他者を関与させた点で先と同様の言語の可能性を含んでいる。それが横光自身の企図を自ら簒奪し、ために「私」の言語が自由になったと言い得よう。

今さきお帰りの後、池の上まであなたを追つて行きましたが、もう一分違ひで見えませんでした。「夜の靴」のことですが、あの原稿はどこへ出すのも止めました。ストツプ願ひます。理由は、とにかく、どこへ出すのさへいやになつてゐたのですから。

丁度よい折です。どうかストツプを願ひます。近日、原稿を受け取りに誰かを上らせます。

木村徳三に宛てた昭和二二年三月二〇日消印の書翰は、「夜の靴」が作者横光利一の手を自ずから離れていったような印象を与える。「ストツプ願ひます」と二回念を押しているにもかかわらず、「夜の靴」は作者の手を離れていった。「原稿を受け取りに誰か」行ったのであろうか。これほど簡潔に繰り返された「ストツプ」の願いは聞き届けられなかったのだ。引用の直後に書かれる「日記だけはもうこりこりです」という横光の言葉も「夜の靴」を束縛することはできなかった。横光は自身の疎開体験を描いたにもかかわらず、そこに記した「私」の言語によって作者の権能を外されてしまうのである。そして「夜の靴」にとっての言語の可能性によって、横光が〈上郷〉に生きたかのように見せ、戦後いかに生き抜くかといった再生と決意が読み込まれる書物としての可能性を帯びることになったのである。日記体であることが最大の要因であろうが、「夜の靴」言説の可能性が横光を読まれる作者に転移させていることも要因なのである。

三

かつて一度として現実になったことのない〈上郷〉に生きる「私」は、横光利一をイメージさせながら自らの言語を語る。あるいは現在の鶴岡市山口地区である西田川郡西目上郷村を喚起させながら、歴史的に遷移した虚構の地を自らの言語で語る。ただし、「私」の言語は、昭和の大戦で壊滅的な敗戦を体験した作家と土地を描きながらも、それらを根拠にはしない。根拠はあくまでも初版本文であり初出本文であって、位相をなしながら根拠関係を維持している。二回の記述が成立させる関係である。つまり、虚構が虚構として在ると同時に、この虚構は虚構であること自体を拠り処にしつつも、現実からは遊離せず、現実を指し示そうとしているのである。なぜか。

「夜の靴」には敗戦した事実が描かれている。昭和二〇年八月一五日、第二次世界大戦に敗戦したことは未曾有の出来事であった。未曾有とは受け止めるべき言葉がないにもかかわず、紛らわしようがないことだけは明らかであるということであろう。だから当時、敗戦をどのように受け止めたかという問いが立ち、未曾有について語る言葉を探す。だが、それは敗戦について、物語性を帯び始めることを意味する。しかも、横光が戦争犯罪者に指名されたことが証示しているように、戦争を引き起こした原因と責任の追及となって表れた。敗戦の受け止め方が善悪を決定する物語となる。誰が戦争を引き起こし、なぜ止めることができなかったのかといった善悪の問いが、敗戦という未曾有の出来事を悪の物語へと転回する。起きた事実に対する反省は原則的に善の立場から行われ、悪の物語として語られることになる。敗戦という事実の紛らわしようのないことは善によって見えなくなる。そして問いは当然、問う者自身を正義の裁断を下す審級に立たせる。

敗戦した事実がある。これに対して善悪を問う審級が設けられ、悪の物語化を実行する。物語が過去を反省し、指弾し、清算して未来に向かう。だが、これこそが紛らわしようのない未曾有の出来事それ自体を忘却することにもなるのであろう。したがって忘却を免れるためには、敗戦後の清算的言説とは一線を画しつつ、敗戦を敗戦のまま維持し続ける言説が要請されるのである。

「夜の靴」は次のように始まる。「八月——日」、ポツダム宣言全部承諾の報を義弟から聞いた「私」は「どうと倒れたやうに」畳に手をつく。これは昭和二〇年八月一五日にあった衝撃を想起させる。

敗けた。——いや、見なければ分らない。しかし、何処を見るのだ。この村はむかしの古戦場の跡でそれだけだ。野山に汎濫した西日の総勢が、右往左往によぢれあひ流れの末を知らぬやうだ。

敗戦については「見なければ分らない」という意味ではない。敗けるとはどういうことか、その実質について「見なければ分らない」ということだ。「古戦場の跡でそれだけ」の「この村」は、先にも見てきたとおりかつて一度も現実になったことのない〈上郷〉である。そうであれば、現実の敗戦の実質を問うことがすでに無効となっている。見るべき何処もなく、敗戦したということだけが「どうと倒れたやうに」畳に片手をつく衝撃となって受け止められているのである。以後、敗戦したことについて、責任追及や反省がなく、敗戦へ到らしめた回想もない。

確かに冒頭は、敗戦の衝撃を描いていた。が、それ以上に敗戦について語れば、説明的な言説となる。そうなれば、敗戦についての物語性が生じてしまい、善悪を決定する物語に組み込まれてしまうであろう。だからこそ、先に引用した衝撃の箇所にとどめ、説明的な言説にはなっていないと捉え得よう。つまり、敗戦を敗戦のままに維持し続けるために、かつて一度も現実になったことのない〈上郷〉という歴史的虚構が要請されたのだ。現実を想起させるこの虚構は、現実がどのように変わっても、虚構によって対応する現実が呼び起こされる。「寒村」が横光一家の疎開先として読まれてきたのはその証左である。

言い換えれば、敗戦の現実が善悪を決定する物語に回収され、その解釈によって見え方が変わっても、虚構が現実を未回収な状態に引き戻す。また言い換えれば、現実が敗戦を忘却しても、虚構がそれを回復する。だからこそ、「夜の靴」言説はその根拠を現実に求めないように、二回書かれたのである。変化し忘却する文脈の物語には、敗戦が善悪を問われる価値として抹消されているかもしれないのだ。それは善悪の審級で、しかも物語を善にしながら悪を糾弾することに他ならない。言うまでもなく、このような威嚇的な言説は、いわゆる喪の仕事に失敗するゆえの勝ち誇りの表れであろう。生き残った者の使命として、善の代理執行人としての残余としてである。

だが、かつて一度として現実になったことのない物語を語ることは、善悪の裁定をしないため、その文脈を保有することがない。ために勝ち誇りの表れに対する抵抗にもなり得ない。つまり、審級を生じさせない物語となっているのである。生き残った者すなわち未来ある者が善の代理執行の物語文脈を有したときの、戦死者を呼び出す態度は、良く言われるように、それが良心に基づく善意によるのだとしても、戦死した者を踏みにじる傾向を免れることはない。「夜の靴」に次のような記述があるのは示唆的である。菅井和尚の息子が台湾からいまだ戻ってこない場面である。


集りは本堂の北端にある和尚の書院だ。清潔な趣味に禅宗の和尚の人柄が匂ひ出てゐて抹香臭なく、紫檀の棚の光沢が畳の条目と正しく調和してゐる。正面の床間の一端に、学生服の美しい鋭敏な青年の写真が懸けてある。私はそれを振り仰いで伊藤博文に似た貌の和尚に訊ねると、長男で電信員として台湾へ出征中、死亡の疑ひ濃くなつて来てゐるとの事である。すでに私は大きな悲劇の座敷の中央にいつの間にか坐つてゐたのだ。

「しかし、台湾なら、まだ……」

と、私が云ひかけると、

「いや、途中の船でやられたらしいのです。調べて貰ひましたがね、もう駄目なやうでした。」

朝からの若やいだ私の気持ちが急にぺたんと折れ崩れて坐つた。背面の山のなだれが背に冷え込むのを覚え、襲つて来てゐる若い時代が傷つき仆れた荒涼とした原野の若木に見えて来た。今さらここで何の批評の口を切らうとするのだらう。

菅井和尚を慰めることはできなかった。「急にぺたんと折れ崩れて」座るより他のないのは、悲痛な現実に圧倒されたからであろう。だが、そうした感情的な問題だけではない。「今さらここで何の批評の口を切らうとするのだらう」との「私」の記述には、「批評」言説が放棄され、敗戦したことをしっかりと受け止めていることが感得できるであろう。喪の仕事という思考に寄り添うならば、戦死した者をいったん棚上げした言説を使わずに、向き合うということである。つまり、善悪の判断を下すことができる戦後の権利を行使しないということだ。「背面の山のなだれが背に冷え込むのを覚え、襲つて来てゐる若い時代が傷つき仆れた荒涼とした原野の若木に見えて来た」とは、敗戦後の根こそぎ喪失した風景であり、帰るべき人が帰ってこない日常である。「襲つて来てゐる若い時代」はなす術もない状態なのである。

四

復員兵の場面が敗戦を維持している。

「八月──日」【8】に「どちらも勇敢さうな、逞しい身体で、見てゐても気持ちの良くなる」二人の復員の兵士の記述がある。彼らは故郷の知人らしい老人と出会う。

「敗残兵が帰つて来たァ。」

と、いきなり云つて笑つた。老人は、「わツはツはツ。」と笑つてから、肩を一つぽんと叩いた。それだけだつた。

初出本文は以上のようであるが、初版本文では「それでおしまひだつた。日本人らしい笑ひだ」とされる。目に付くのは「日本人らしい笑ひだ」との一節であるが、初出の「それだけだつた」には「日本人らしい笑ひ」の意味合いは読み取り得ないのかもしれない。が、老人の「笑ひ」が日本人らしいという共通認識があれば、言わずと知れた笑いであったであろう。敗けて帰って来たことに対して笑いで応えること、この喜びも悲しみも悔しさもその他すべての感情が向けられる笑いの応答は、戦中様々に行われたスローガンを蒸し返すことはない。さらに「仕方がありませんのう」――この後に青年達が出会う婦人の台詞はその笑いをも消してしまう。戦争が招いたことのすべては仕方がないのだ。「それにしても人の後から考へたことすべて間違ひだと思ふ苦しさからは、まだ容易に脱けきれるものでもない」と「私」は占領下の日本を思い遣っているが、「後から考へた」善と悪とに分けられるのとは別に、仕方がないと受けとめる物語が生成されている。むろん、仕方がないとは諦めというだけの意味ではないし、壊滅的な敗北や戦争で亡くなった者への哀悼がないのではない。正しく悼むために、善の物語を必要としないだけだ。これこそが喪の仕事であり、敗北を敗北と受けとめ、戦死者の葬送に列する言葉ではないだろうか。「見なければ分らない」敗北は「それでおしまひ」の、仕方がなかった出来事なのである。

喪の仕事としての「夜の靴」という事項が立つ前に、かつて一度も現実になったことのない〈上郷〉について、さらに指摘できることがある。この歴史的虚構の地は、鎌倉時代、西羽黒と東羽黒の覇権争いの末、東羽黒に敗北した西羽黒の地であった。それから数百年を経て完全に復興し、敗北したことすらわからなくなっているほどである。それがすべて言葉によって形成され、そこに昭和の敗戦が接続し、敗北はやがてこのように復興するという希望の示現となっていた。そう捉え得るのは〈上郷〉が敗戦後に示されたからである。ということは、数百年も前から敗北しては復興してきたことが継続的に語られたということになるであろう。つまり、鎌倉時代も戦前も戦後も実は敗戦と復興という点では変わりがないということである。敗戦の壊滅ですべてが変わってしまったのではなく、極言すれば何も変わっていないのだ。

確かに物理的にも精神的にも壊滅は想像を絶する衝撃をもたらした。それは未体験者にとってはどこまでも想像でしかない。が、〈上郷〉はその衝撃に左右されず、変わることがない。「稲を作る村」「寒村」であることを持続している。「敗戦」の悲惨さを知らず、「スタンダアドとなるべき点」もなく、「不通線」が生じていることをここで指摘できるであろう。

このかつて一度も現実になったことのない地が、壊滅の現実に虚構の物語として対応し、相対化する。想起されるのは、先に引用した「私」が敗戦の報を義弟から知らされ「どうと倒れたやうに」畳に手をつく冒頭である。「私」は義弟から聞くという間接的な知り方をしており、直接聞いていないのである。直接聞いていないということ、これは〈上郷〉に住んでいるからであるというよりは、敗戦の衝撃に左右されない言語空間に生きているからに他ならない。この間接的に衝撃を受けていることが初出でも初版でも冒頭に置かれ、一切の異同さえない。いわば、ぶれることのない言説空間の起点であり、敗戦に対して物語が虚構として相対的な位置に在ることを告知している。逆説的に言えば、直接敗戦に接しないことで敗戦を物語化することなく、鎌倉時代から変わらない日本のある「寒村」を継続的に開示し得る。が、この継続は昭和の敗戦という現実がなければ語られる必要さえなかったであろう。敗北したから出来したのである。したがって次のように言ってもよい。「夜の靴」の初出本文と初版本文の位相は〈上郷〉を準備して、敗戦の現実を切断線と見做さない物語として送り出している。これこそが昭和の壊滅的な敗戦によって要請されたのである。

五

敗戦後を生き抜くためにその日その日を生きることに対して、稲作に一喜一憂する農民の姿を語ることは、どこか奇異であるのかもしれない。横光が「ストツプ」を願った理由に加えてもよいかもしれない。ただ、敗戦では変わらないこと、その仕方がなかった出来事も過ぎれば、やがて農民のようになり得ること、それを示し得るのは、相対的な物語であったということだけは指摘できるであろう。

想起されるのは清江である。戦争から戻らない息子を案じ、玄関口にその姿を見るまでは信じない信念を前にしてどのような言葉もない。彼女は日々ひたむきに労働に励んでいる。敗戦によって得る言葉はなく、ぶれることもない。その姿を「私」は「美しい」と言った。その清江が参右衛門にせがまれておばこ節と鴨緑江節をうたう。「自分と参右衛門と落伍してゐるのに代つて、清江がひとりきりりと立ち、自分らの時代を見事に背負つた舞ひ姿で、押しよせる若さの群れにうち対つてくれてゐる」と「私」が思ったのは、敗戦で得た言葉ではなく、これまでの生活にもあった歌をうたったからではないか。つまり、清江は悲痛な思いを抱きながら、敗戦によって変わってなどいないのだ。これが善悪を裁くのではない、もう一つの敗戦後の生き方と捉えてよいであろう。「私」や参右衛門といった男性に代わって敗戦を「見事に背負つた」女性の敗戦後の生き方なのである。

この清江の歌をのちに「私」は「祈り」と感得する。「雪を掘り起した底から格調ある歌を聞いてしまつてゐる」

という言い方に、後戻りできない「私」が見出せ、やがて東京へ帰る決心をし、それは記述の強度を現実に対応させることであると前章で論じたが、ここで書き換えることができそうである。記述の強度とは、初出本文と初版本文との位相に表れ、そこに〈上郷〉が開示していることを意味する。現実に対応させるとは、現実に対して、開示される〈上郷〉は敗戦を切断線と見做さない物語たり得るということである。その物語には「祈り」があり、敗戦を「見事に背負つた」者が有している。祈りとは本来的に個人が抱く限りであって、説明してわかってもらえるわけではないし、現実を批判するわけでもなく変えられるわけでもないであろう。現実に対処するだけである。が、祈りは信念となり、己であることを支える。清江はそのように表象されているのではないか。

その表象を「私」が自らの言語を通じて行う。これは「ペンを持つものの労働」であり、農家の労働に「負けてはゐない」ことは前章ですでに確認済みである。したがって、「私」が言語「労働」に従事することと清江の「祈り」とは互いに測りあえるほどの、敗戦後の生き方なのである。つまり「夜の靴」という物語を描くことで、「私」は「私」の言語を獲得する。獲得した言語を記述することは「私」として生きていくことの証なのである。言語を獲得し記述すること、この二回の所作はまさしく初出本文と初版本文との位相それ自体を指している。つまり、〈上郷〉の記述を再読し、それについて思索を記述する。思索の記述は〈上郷〉を改めて再読させる。清江はここで一つの生き方を見出され、同時に「私」は「私」として生きていく言語を獲得する。

先に「私」は横光利一をイメージさせると述べたが、ここで従来言われる敗戦後の再生と決意や作家としての新しい生き方を見出すことは充分に可能である。それは希望であろう。ただし、敗戦を仕方がなかったことにし、敗戦後も何も変わらないとする留保点をつけた希望である。もう一度初出の四作の題を思い出そう。「夏臘日記」「木蠟日記」「秋の日」「雨過日記」の前二つが禅の言葉である。「夏臘」は本文中にも書き写されている。「私」は記述している。

禅では殺すことだつて救ふことではなかつたか。自分を木石と見て殺し、習錬する法ではなかつただらうか。そして、日常人と人とが接した場合、日本人の肉体からどんなに沢山の火花がこの禅の形で飛び散つたことかと思つた。

再生でも決意でもよいが、それらの新しさは仕方なさを受け入れることができてはじめて可能になる。言い換えれば、希望は敗戦から始まっているのである。題名は「夜の靴」である。「木人夜穿靴去／石女暁冠帽帰」が由来とされるこの題名は「自分を木石と見て殺し、習錬する法」の世界観に基づいている。仕方がないという価値観の「私」の言語は、その世界観の体現であって、敗戦後「見事に背負つた」峻厳さに満ちている。希望はそこでだけ語られ得る言語である。

註

（1）「夜の靴」の書誌に言及した論考は少ない。井上謙は『横光利一　評伝と研究』（平6・11、おうふう）で「合本の際、「木蠟日記」と「秋の日」は手を加えないまま収録されたが、「夏臘日記」は初出の部分の文末の「思った。」が「思って、焔を見ながら坐っていた。」と加筆され、「雨過日記」は部分的に増補されている」ことを示し、「作品としては、初出の時期にはすでに完成されていたようである」と推測している。とくに「すでに完成されていたようである」との言及は、本論の契機となった。

（2）「夜の靴」の初出本文と初版本文との詳細な異同については、平成二三年度國學院大學文学部共同研究費の助成を受けて作成した成果報告書『横光利一「夜の靴」研究　本文校異、註釈及び関連資料調査』（平23・3）に、初出本文と初版本文とを上下に並べて比較的に掲載し、示した。ご参照いただきたい。

（3）「夜の靴」は日にちが記されないため、註（2）の成果報告書で用いた方法をとり入れ、便宜上カッコを用いて、記載月ごとに提示される順番を番号で記した。

7 見出される〈祈り〉――「夜の靴」成立過程への試み――

一

その周到な虚構の構築によって横光利一「夜の靴」は、疎開先であった上郷の地を「この村はむかしの古戦場の跡でそれだけだ」と記して、東羽黒との戦いに敗れた西羽黒の地として表象した。(1)

この村は平野をへだてた東羽黒と対立し、伽藍堂塔三十五堂立ち並んだ西羽黒のむかしの跡だが、当時の殷盛をうかべた地表のさまは、背後の山の姿や、山裾の流れの落ち消えた田の中に、点点と島のやうに泛き残つてゐる丘陵の高まりで窺はれる。浮雲のただよふ下、崩れた土から喰み出てゐる石塊のおもむき蒼樸たる古情、小川の縁の石垣ふかく、光陰のしめり刻んだなめらかさ、今も掘り出される矢の根石など、東羽黒に追ひ詰められて滅亡した僧兵らの辷り下り、走り上つた山路も、峠を一つ登れば下は海だ。朴の葉や、柏の葉、杉、栗、檜、の雑木林にとり包まれた、下へ下へと平野の中へ低まつていく山懐の村である。

史実としては辿り得ない虚構の地は、すでに敗戦を体験している〈上郷〉であり、この歴史的に一気に遷移した虚構の地である古戦場という表象は、「夜の靴」に先立って昭和二一年五月「文藝春秋」に発表された「古戦場」にすでに見ることができる。(2)

題名が端的に示すとおり「古戦場」はすでに虚構の地を自明にして描いている。「夜の靴」に先立って「古戦場」が描かれていることは、歴史的な虚構が周到に構築されていると捉え得よう。すなわち「古戦場」は歴史的な虚構の地を準備し、そのまま「夜の靴」に移行させ、上郷の表象イメージを確定する。もはや疑うことさえ有り得ない強度が獲得され、上郷は「古戦場の跡」になり得たのである。むろん、「夜の靴」一篇をもって上郷を虚構化することは可能であったのかもしれない。そうであるならば、「古戦場」がまず描かれていたことは、古戦場のイメージが準備されていたことを意味し、いっそう強度の増した表象イメージの定着が感得される。ただし、古戦場のいわれについては「(第一章完)」とされたまま中絶されてしまっており、その後描かれたかもしれないが、作中で確認することはできず、「夜の靴」の先の引用箇所を俟たねばならない。ということは、「古戦場」は「夜の靴」に先立って発表されたにもかかわらず、その文脈上、「夜の靴」に包摂されてしまうのである。言い換えれば、「古戦場」それ自体では、古戦場であることの必然性が看取できず、「夜の靴」という別な文脈に取り込まなければ古戦場の意味が見えてこない。つまり、後から出来した物語が先立つ物語を読み換えてしまうのである。「古戦場」はむろん、古戦場という表象イメージを「夜の靴」のために定着させるといった目的のある作品ではないであろう。横光の木村徳三宛の書翰には

「夜の靴」のことですが、あの原稿はどこへも出すのを止めました。ストップを願います。理由は、とにかく、どこへも出すのさへいやになつてゐたのですから。(中略)日記だけはもうこりこりです。

(昭和二三年三月二〇日消印)

と書いてあることを考慮すれば、日記体小説の「夜の靴」に対して、「古戦場」は別の可能性ある作品であった

とも考えられよう。「夜の靴」は日記体であり、随所に「私」が登場し、上郷の農民たちに対して哲学的思弁的に言及する余地が生じている。いわば、「私」自らが記した内容を再読し、記述を追加しているのである。一方「古戦場」は、

わたしは次郎左衛門の紹介で、太郎右衛門の家の奥の一室を借りた。

と「わたし」が登場するだけであり、一人称の傾向はまるで有していない。それどころか「わたし」が登場した必然性も感得し得ないし、日記体では表れていた哲学的思弁的記述もない。したがって、太郎右衛門と次郎左衛門とを中心にした三人称小説の体裁と捉えてよいであろう。とすれば、「日記だけはもうこりこりです」と書いた横光が、まず着手したのは三人称小説の体裁の作品だったのである。加えて「鉄棒」という未発表の小品も同じく三人称小説の体裁であり、「夜の靴」とは内容こそ近似であるが、その描かれ方は決定的に異なっている。

横光が最初に着手したはずの三人称小説の体裁は、改めて「夜の靴」文脈に包摂されることで後景化している。横光がなぜ放擲してしまったのかは推測の域を出ないため留保しておくとして、言い得ることは「古戦場」にも「鉄棒」にも、歴史的に遷移させた「古戦場の跡」としての〈上郷〉である必然性が、物語としてほとんどないということだ。「夜の靴」は〈上郷〉に第二次世界大戦の敗戦を接続させ、敗戦後の復興の有り様や希望などを描く〈場〉の物語となり得ていたが、「古戦場」も「鉄棒」も第二次世界大戦の敗戦の混乱状況を描いているだけであり、物語が開き得る〈場〉の地平がない。別な言い方をすれば、太郎右衛門や次郎左衛門の意識や思考、行動を描く三人称小説の体裁では、語り手の言説の在り得る余地がなく、したがって彼らの生き様の描写に終始してしまうのである。

こう言ってもよい。語り手が語る文脈を自ら生きること、あるいは語り手が己れの文章を読み返し、それについても記述していくこと、「夜の靴」では実践された方法が「古戦場」にも「鉄棒」にもない。が、それだけではない。「古戦場」も「鉄棒」も「夜の靴」にあっては読み換えられ、読み取られた物語内容として包摂され、その内容について断続的に思弁的な記述が追加されていく。言わば「夜の靴」文脈のなかで後景化していると捉え得よう。とすれば、三人称小説の体裁の可能性は、「日記だけはもうこりこりです」との横光の言葉を撤回し、「夜の靴」の中に解釈される文脈として接合されていると解し得る。と同時に「夜の靴」は物語として堅実に構築されており、日記体による作家横光への接近は見かけ上に過ぎないことも指摘できるのである。

ここに「夜の靴ノート」と「感想集」とを加えることができるであろう。とりわけ「感想集」は横光の疎開中の観察メモの傾向が強い。これが事実と虚構を区別するといったたやすい資料であることを意味するわけでなく、むしろ読み取られる文脈として発動している。だからこそ、「夜の靴」の物語内容を確かめる資料になるのである。真か偽かではなく、何を摂り何を摂らなかったかについてである。「夜の靴ノート」も最初は箇条書きのメモ風の記述が多いが、後半にいくにしたがい、徐々に物語性が増してくる。観察から物語へ移行する瞬間が記述されており、それでもなお、「夜の靴ノート」にはない記述が「夜の靴」にある以上、読み取られる文脈として在るのである。もちろん「古戦場」「鉄棒」「夜の靴ノート」「感想集」を一概にまとめてしまうわけではない。が、これらにはまったく記されていないことが「夜の靴」にはある。それが〈上郷〉＝「古戦場の跡」という虚構である。事実に照らして虚構が顕れるのでない。虚構は虚構として、事実を包摂しながら成立していることを、改めて知らしめているのである。

二

読み取られる「古戦場」と「鉄棒」は、それぞれ太郎右衛門＝参右衛門、次郎左衛門＝久左衛門を中心に描いている。彼らにはモデルがおり、実名が調査によって判明している。前者は佐藤松蔵であり、後者は佐藤八治である。また、「夜の靴」ではそれぞれ参右衛門、久左衛門として描かれており、この名付け方から「古戦場」、「鉄棒」、「夜の靴」と執筆順が推測できる。三作とも、本家の太郎右衛門＝参右衛門は浪費のあげく一代で本家を貧農に落としてしまったこと、逆に別家の次郎左衛門＝久左衛門は懸命に働いて貧農から村一番の財力を蓄えた働き者ということでは共通している。また、本家参右衛門の嫁である澄江＝清江（実名尾の恵）は黙々と働く女性として描かれ、讃えられている。さらに第二次世界大戦敗戦後の混乱期、供出による米不足と闇米の値の急騰によって騒然となる村の様子が描かれている。この様子自体は三作に共通だが、しかし、それに対応する太郎右衛門＝参右衛門と次郎左衛門＝久左衛門の描かれ方はそれぞれ異なっている。

「古戦場」では、太郎右衛門は次のように描かれる。「怠けもの」と自他ともに認める本家の太郎右衛門は、人情に篤い人物であり、貧農組が自然と集まってくる。米を供出して自分たちの食べる米がなくなりあえぐ彼らに同調し、また闇米の値の異常なまでの急騰に村全体が揺らぐさまを「こんな騒ぎは、この村はじまつてないことだでのう。――騒いだところで、どうにでもなるものぢやないわ。」と言う。

しかし、一人になると、こんな充実したこと柄が、彼にはただの笑ひ事に見えてゐるのである。もし本当に米がなくなれば、次郎左衛門がどう云ほふと、彼の米倉には米があるのだ。その米を分ければ良し。それが無くなれば、農会が黙つて見てゐる筈もなし。とん、とん、と叩けば、その度に、ぞろり、ぞろり、と出て来るのが米である。

「いや、どうにか、なるもんぢや。」

と混乱する現状に対して達観しているかのように描かれている。一代で家を傾けるほどの「怠けもの」は、自ら得ることも蓄えることもせず、「食べてれば良いのぢやからのう」と身の丈の欲しか抱かない。どうにか、なると思って過ごしている。太郎右衛門は金銭に執着がなく、次郎左衛門に対して意地を張ることもほとんどない。持たざるものと持てるものの見易い心理的軋轢が太郎右衛門にはないのである。

「怠けもの」は一転「鉄棒」で働き者へと転じている。戦後の品不足の中、薪の値が高騰し増収したためである。

薪作りは参右衛門で、当るとなると、前とは違ひ、彼の一家もめきめきと増収した。参右衛門はもう寝てもゐられずに働き出した。ところが、このやうに金儲けが面白くなると、奇妙に彼は小さな事に気が附き始めて吝嗇になつた。酒も祝祭日の配給の他は呑まなくなり、寝る前には草履を編んで、必ずその日の収支を細かく書くのが愉しみになつて来た。

久左衛門から働くようにしつこく言われていた参右衛門は意地でも働かなかったのだが、思いも寄らない収入によって人が変わってしまう。そして描き出されるのは、わずか一年で蓄えが久左衛門に追いつき、彼の狼狽に対して「生涯かかつて笑つた深い肚からの笑ひ」である。久左衛門に圧倒されていたことをはねのける参右衛門は、戦後の品不足によって収益を得ることに人生を変えられてしまっている。「古戦場」では金銭に執着しなかったはずの彼は「鉄棒」では金銭に踊らされる人物のようである。

変化は次郎左衛門＝久左衛門にも見ることができる。「古戦場」の次郎左衛門は、「おれは米はまだある。あるにはあるが、もう貸さん。」と「はつきりと」言う。

この冷たい彼の言には、裏があつた。米のないものは、無いやうに田を作つたからだ、といひたい肚が沁んでゐた。一定の田の広さから誰もそれに応じた米を供出したので、無くなるやうにしたのは、そのものが怠けたからだ。（中略）この村に限つては、貧農の怠けものばかりだ。おれほどみなは働いたか、——次郎左衛門の云ひたいのはそれだつた。

と、極めて矜持の強い人物として描かれる。「おれに習へ」という態度が自然と出るため、村では嫌われている。とはいえ、闇米の値の急騰に対しては、

「困つたもんだのう。」

と次郎左衛門は呟くやうに云つた。太郎右衛門は、ただ「うむ。」といふばかりだ。困つたといふ意味は、やがて村全体に響いてゆくときの混乱した音響のことを、今から想像した声でもあれば、闇売をしないものの貧困と、ものの差を考へて、そこに俄かに生じる貧富の狂ひの乱戦に備へる工夫の困難の声でもあつた。しかし、それはやがて、闇売をしたくとも出来ない良心の苦痛にも変つた。周囲と闘ふ以後の覚悟の動揺にも変つた。また、次郎左衛門には自分の強敵が自分をしのいで見るうちに高く延び上つてゆくにちがひない姿も泛び、その下に沈む自分の哀れさを考へた呻きにもなつたりした。

「馬鹿値には、吊られん方が良いぞ。さういふことは、後がよくもないのぢや。」

と言い、己の矜持に基づいた儲け方に固執する。これは仏に顔向けできる生き方であり、次郎左衛門の人生を支える信念でもあった。「鉄棒」ではこの信念がいっそう先鋭化して描かれる。だが、先に見た参右衛門をはじめとする村の人々の蓄財の急激な増大によって、己の信念が揺らいでいく姿が描かれる。参右衛門の「生涯かかつて笑つた深い肚からの笑ひ」を聞いた彼は、

しかし、もうこのときには、久左衛門は、意味の響かぬ狼狽した姿で、暴風にもみくたにされてゐるときだつた。日日苦労しつづけて儲けた金が、ただの一年で、他の者から追ひ抜かれるときだつた。「神も仏もあるものぢや。」と、さう云ふたびに、それだけ他のものは、刻刻と彼に追ひつき、彼を追ひ抜いてゐるのである。

「いや、悪いことは出来ぬぞよ。闇値で儲けた金を、仏の前へ出せるかよ。」

よたよた揺れながらも、やはり久左衛門は頑固だつた。

信念を一つだけ培ってきた人生が、戦後の混乱によって動揺し、ただ頑なさだけが残ろうとしている。金銭を稼ぐことは確かに久左衛門にとっては有益であったはずだ。ただしそれは己の努力の成果でなければならなかった。「仏の前へ」出しても恥ずかしくない金銭こそ稼ぐに値する。が、どのような儲け方をしても同じであることを隣の本家の参右衛門が思い知らせる。金銭は金銭なのだ。「古戦場」で誇った程の努力が「鉄棒」では恃めなくなっている。もはや信じ得るものがなくなってしまっているのである。

以上見てきたように、太郎左衛門＝参右衛門の急激な変化も次郎左衛門＝久左衛門の動揺も戦後の混乱がもたら

している。それは敗戦による壊滅的な喪失ではなく、敗戦後に生きる人々の生きていく貪欲さが招いている混乱である。そこでは参右衛門も久左衛門も従来のままではいられなかったのである。これが敗戦後の新しさであるならば、敗戦後に生きるとは現実に対処的に在ることと捉えられるであろう。言い換えれば、立脚するところははじめからなく、敗戦したことの苦痛は唯今の苦痛に飲み込まれてしまう。それが敗戦後の新しさであり、確実に敗戦前との連続を失っているのである。

「夜の靴」ではこれらを包摂して、次のように描く。

おそらく以後進駐軍が何をどのやうにしようとも、日本人は柔順にこれにつき随つてゆくことだらう。思ひ残すことのない静かな心で、次ぎの何かを待つてゐる。それが罰であらうと何んであらうと、まだ見たこともないものに胸とどろかせ、自分の運命をさへ忘れてゐる。この強い日本を負かしたものは、いつたい、いかなるやつかと。これを汚なさ、無気力さといふわけにはいかぬ。道義地に落ちたりといふべきものでもない。しかし、戦争で過誤を重ね、戦後は戦後でまた重ねる、さういふ重たい真ん中を何ものかが通つていくのもまた事実だ。それは分らぬものだが、たしかに誰もの胸中を透つていく明るさは、敗戦してみて分つた意想外な驚愕であらう。それにしても人の後から考へたことすべて間違ひだと思ふ苦しさからは、まだ容易に脱けきれるものでもない。

戦中も戦後も「従順に」つき随いながら、その都度現実に対処しながら参右衛門も久左衛門も生きている。それが急激な蓄財であろうと信念の揺らぎであろうと「まだ見たこともないものに胸とどろかせ」て自らの運命をまかせている。「戦争で過誤を重ね、戦後は戦後でまた重ねる、さういふ重たい真ん中を何ものかが通つていく」のは政治思想だけではない。農民ひとりひとりの生き方にもある。簡単に手に入れる仕方で蓄財することと信じた信念が揺らぐこととは現実に対処的である限り同じことであり、敗戦後でも繰り返されるのは明らかで見易い。生きるためには仕方がないという肯定の前では、とりわけ信念を貫こうとして揺らぐ久左衛門は当然の姿に映るであろう。そうであるならば、信念を貫く立派な日本人の姿を取り戻そうとして描かれているわけではないことを示唆する。「たしかに誰もの胸中を透つていく明るさは、敗戦してみて分つた意想外な驚愕」は、古き良き日本人の姿が、仏を前にした信念を抱くことに、現れ得ない驚きでもある。信じたことが消えてなくなることもあるだろう。生きるためには仕方がないという肯定が見出す想定外の出来事なのだ。

「夜の靴」はしかし、参右衛門の変化も久左衛門の動揺も先にみた二作品ほどははっきりと描かれていないのである。それらはどこまでも現在の生き方を表すだけであり、現実が変われば新しく生き方が変化し動揺するのは当然だからではないだろうか。

別な言い方をすれば、敗戦後の一記録にはなり得てもそれに過ぎず、やがては時代の趨勢とともに忘却されてしまうであろう。だから、「夜の靴」はそれらを後景化し、文脈に取り入れながらも変化や動揺を明確にはしなかったのである。代わりに信念に基づく人生を生きた久左衛門を描き、蓄財などにほとんど興味を示さない参右衛門を描いて、混乱期の記録になることを回避しているのである。参右衛門も久左衛門も別の仕方で、とは戦後の混乱から不即離に虚構化されながら〈上郷〉で生きている。記憶されるべきは別の仕方で在る彼らなのである。そして「古戦場」「鉄棒」では先鋭化されることがなかった澄江＝清江が「夜の靴」では前景化されるのである。

三

澄江＝清江は「古戦場」でも「鉄棒」でも勤勉な女性として描かれ、それは「夜の靴」でも変わることがない。

妻の澄江はそれだけに働きもので評判の貞女だつた。また顔も美しい夫人である。

（「古戦場」）

清江を恐れた老人（註、久左衛門）のこの思いは、敵方に廻つてゐる一人だからといふのではなかつた。村の中で、見たところ、米価をよそにむかしのまま働き通し、汚れぬ心を保ちつづけてゐるものは、先づ清江が第一等だからだつた。物静かで、口数すくなく、おだやかに微笑を含んだ彼女の眼に見られると、自分のしてゐることごとが、そこに澄み映されてゐるやうに感じるのだ。清江は良家の娘でありながら、参右衛門のところへ来たばかりに、良人の酒乱を我慢しつづけ、怠けるだけ怠けて出稼ぎに行つてしまつた良人の留守の生計を、ただ一人で支へ通した。

（「鉄棒」）

この婦人は、働くこと以外に夢を持たぬ堅実さで、私は来たその当夜、一瞥して感服したが、それは以後ずつと続いてゐる。人の噂を聞き集めてみても、この清江のことを賞讃しないものはない。

（「夜の靴」）

この一貫している澄江＝清江の描き方は、しかし、男性たちの描かれ方によって価値が変わって見えるのである。「古戦場」では勤勉な農家の主婦であり、特筆すべきところはないように見える。が、「鉄棒」では、久左衛門がおののく人物として位置づけられている。「米価をよそにむかしのまま働き通し、汚れぬ心を保ちつづけてゐるものは、先づ清江が第一等だからだつた」とは、ひたむきに勤勉であることに対して、久左衛門がいかに米作という労働を儲けることと計っていたかを示唆している。先述したように、久左衛門は己の信念に従って蓄財することで生きてきた。が、それが揺らぎ始め、仏が許すと考え得る閾値をはじきだして自らをなだめる。しかし、清江の前では揺らぐ自分を思い知らされるのだ。ということは、揺らぎのないのは清江であって、敗戦後の混乱の最中でも、清江だけが相対価値を持って現実に対処していないことを意味していると言い得よう。むろん、活計のために清江も米を借り、そのために早朝に別の農家に手伝いには行くからには、これも現実への対処であることに変わりはない。現実に対処的であるとは相対価値の度合いの問題である。ただひたむきに働くこと——相対価値で計ることなく清江は生きている。つまり、誰かと比較したり労働の意味を考えたりという相対化が清江にはないのである。

想起されるのは「食べてれば良いのぢやからのう」といった太郎右衛門＝参右衛門の言葉である。この「怠けもの」の言葉は、清江にも同様に指摘できそうであるが、先に見たように彼が相対価値の対処的な在り方になってしまったことを思い返せば、清江がいかに現実の混乱に左右されなかったかが看取されるであろう。この姿を「夜の靴」の「私」は「一瞥して」見抜き、賞讃しているのである。

樺太から戻らない長男を心の底から心配している清江は、

「何だとか、かだとか云ふても、本人が門口に帰つて来てみないと、分つたことではないのう。」（「古戦場」）

と言う。この台詞は慎重に捉えるべきであろう。己れの心痛をまったく説明していないからだ。長男が門口に立つまではわからないとは、たんに安心できないという意味ではなく、無事なことが信じられないという意味であろう。信じるということは原則的に説明し得ないならば、清江は己れの心痛を吐露しても、分かち合おうとはしていない。この台詞に対して「古戦場」「鉄棒」「夜の靴」すべてが付け加えるべき言葉を失っている。加えて「夜の靴ノート」でも同様である。相対価値のない対処とは、あるかないかの厳密な判断であり、誰かの判断その他を必要としていない以上、変化も動揺もないのである。

ただ一人立つ女性と言えば叙情的であろうか。あるいは「怠けもの」を語る言葉も自らの信念を語る言葉も持たない女性と言うべきであろうか。いずれにしても、一貫して描かれ続けた清江が、男性たちの変化と動揺を後景化する「夜の靴」の最終部で、「私」を鼓舞する「祈り」の歌を歌うことになる。

酔っ払った参右衛門にせがまれて清江はおばこ節を歌う。「私は聞いてゐて、自分と参右衛門と落伍してゐるのに代つて、清江がひとりきりりと立ち、自分らの時代を見事に背負つた舞ひ姿で、押しよせる若さの群れにうち対つてくれてゐるやうに思はれた」と感じる「私」は翌日華やいだネクタイを締めて釈迦堂の会合に向かう。しかし、住職の息子の安否について聞かされた「私」は気持ちが「ぺたんと折れ崩れて」しまう。「私」は思うのだ。

私はもう昨日の深夜、雪を掘り起した底から格調ある歌を聞いてしまつてゐる。あれが時を忘れた深夜の清江の祈りではなかつたか。

「夜の靴」の物語が結末に据えているこの場面は、雑誌掲載時にはなく、単行本になったときにはじめて公にされた。「古戦場」「鉄棒」「夏臘日記」「木蠟日記」「秋の日」「雨過日記」と書き継がれてきたその先に、この「祈り」の歌が描かれることは示唆的である。

清江が前景化している。長男のいまだ帰宅しない心痛を抱えたまま、相対的な対処をせずにひたむきに生きている勤勉な清江の歌が「祈り」として捉えられていることは、戦後の混乱期に相対価値にあえぐ男性たちとは別な存在であることを意味する。戦後の混乱期に示されるべきは「祈り」であったのだ。先に触れた歴史的虚構の地へ〈上郷〉を遷移させたことを考え合わせれば、すでに一度敗戦を迎え、復興を遂げていることを忘却するほど平穏な地が、再び混乱に巻き込まれても、その中で狂いのないのは「祈り」であったと捉え得よう。「夜の靴」は虚構の地〈上郷〉に「祈り」を招来しているのである。逆説的に言えば、清江の「祈り」は戦後の混乱には翻弄されず、別な仕方で在り得ており、それは歴史的虚構の別な仕方で構築された〈上郷〉の地でしか見出し得なかったのである。菅井和尚が「夜の靴」では重要な役割を担っていることを踏まえれば、〈上郷〉は言葉の地であり、戦後の混乱とはまったく別の仕方で、しかも、同時に現実と協働する地なのである。

見方を変えれば、三人称小説体裁の「古戦場」「鉄棒」では、太郎右衛門＝参右衛門や次郎左衛門＝久左衛門、澄江＝清江のそれぞれの人物像とその関係性を描き出したが、関係性は相対を描き出す以外なく、戦後の混乱期の変化と動揺を描くにとどまっている。これらが読まれ包摂されて「夜の靴」として完成することを考えれば、相対としての関係性では、戦後の混乱期の「誰もの胸中を透つていく明るさ」に対する「敗戦してみて分つた意想外な驚愕」を物語の文脈が紡ぎ得なかったのである。「意想外な驚愕」とは、ひたむきに働くその勤勉さという着眼すべき姿勢が、驚くべき新しさを有していると認めることである。

「古戦場」「鉄棒」から「夜の靴」に至る成立の過程には、見失われそうになる程の、特筆すべきでもないが、明らかに大切なひたむきに働く姿がある。清江だけではない。久左衛門の「俺は働いた、働いた」という寝顔が「夜の靴」の最後で描かれる。生成される変化と動揺の文脈に消されることなく残り続けたその姿を「夜の靴」は最後に示している。それは混乱期の誰かが見ていた姿ではない。いつか辿り着いたらその続きを話し得る姿である。

註

（1）上郷の歴史的遷移による虚構化ならびに「夜の靴」に関しては以下で論じており、本論はそれを踏まえている。「横光利一「夜の靴」論――贈与としての〈ふるさと〉――」（「國學院雜誌」平23・10）。

（2）「夜の靴」をめぐる研究で「古戦場」や「鉄棒」を取り上げて成立過程を論じる論考は少ない。山本幸正「「古戦場」と「夜の靴」」（「繡」平9・3）は敗戦を出来事と捉え「自らの内面に還元し、その内面と相対することで再生を物語る『夜の靴』は、戦後という日常を最も忠実に描く作品」と捉えている。

付記―本論は平成二三年度國學院大學文学部共同研究費の助成を受けて作成した成果報告書『横光利一「夜の靴」研究本文校異、註釈及び関連資料調査』（平23・3）に基づいている。判明した調査結果に基づいて、虚構化された〈上郷〉を示した。ご参照いただきたい。本論中の引用は、「夜の靴」は単行本（昭22・11、鎌倉文庫）に、「古戦場」は初出の「文藝春秋」（昭21・5）に、「鉄棒」と木村徳三宛書翰は『定本横光利一全集』第一六巻に拠った。なお、引用はすべて新字旧仮名遣いとした。

第Ⅳ部　境界の表象へ

1 閉じ切られたフィクション
――永井荷風「腕くらべ」を読む――

一

永井荷風「腕くらべ」[1]は従来、二項対立的に捉えられてきた。一篇を貫いて語られる芸者駒代と吉岡や瀬川一糸といった男達との対比や駒代と菊千代、君龍といった芸者達との対比である。この対比に題名の「腕くらべ」の意味が見出され、俗で浮薄な者達と駒代とが文字通り腕くらべをし、駒代が負ける。その駒代に対して、同情を寄せたり共感したりする呉山老人や倉山南巣が存在し、彼らは俗で軽薄になった現在を嘲る。そこに永井荷風の文明批判が見出されてきた。いわば、二項対立的に物語は展開し、そこに荷風の文明批判的なまなざしが盛り込まれている小説として読まれてきたのである。[2]

二項対立的に見えるのは、この作品が多くの指摘通り、江戸文学由来の戯作的表現で描かれ、型に嵌った人物造形がなされているからである。[3]これに荷風の江戸趣味を重ね合わせて、いっそう「腕くらべ」は表層的な物語として把握されてきたのであった。確かに、型に嵌った人物造形には、〈内面〉を追求するという意味での深刻さも深遠さもなく、いわば表層的でしかない。型がどれほど伝統的な作法としてあろうとも、人物は類型と化してしまう。言い換えれば、小説は言葉によって表現されているからには、描き方のみがすべてであり、何を描いたかはその描かれ方にしか見出すことができない。とすれば、表層的な描かれ方によって類型と化す人物は、類型的にこの作品内に登場している。それは花柳界[4]新橋という当時の現実の追認ではなくなっていることをも意味し、花柳界での出来事が類型として形成されていることを示唆する。むろん、大正時代当時の花柳界新橋は現実ではあっても類型ではないのだから、もはや現実的な事象を描いているのではないであろう。まして類型に対して文明批判などできないであろう。「腕くらべ」以外の荷風の言説を導入して、その文明批判的なまなざしの傍証とすれば、類型的な二項対立へと収斂させてしまいかねない。

二項対立的な人物造形によって類型的な物語が形成されること、これによってもはや遡及不可能なフィクションが、言語によって生成される。換言すれば、歴史上知る由すらない花柳界新橋が生成され、そこに駒代も菊千代も君龍も吉岡も瀬川も登場するのである。呉山老人も倉山南巣も生成された物語内にのみ存在し、その物語内にあってこそ意味のある言語を紡ぎ出す。いわば、物語の内容としては二項対立的な傾向を有してはいるが、しかし、その内容は物語言説によって支えられているばかりなのである。これを歴史的資料との対照によって計量すれば、うわべだけを描いたようにも見えよう。とすれば、表層的とは、歴史性がその最初から欠乏しているという意味でもあるのだ。

さらに、次のことが開示される。すなわち、永井荷風の意図は、それを前提としない限り把握できないということである。これはもちろん〈作者の死〉を強硬に掲げて言われるべきことではない。そうではなくて、「腕くらべ」の言説が作家である永井荷風を斥けてしまっているのだ。

「腕くらべ」を永井荷風が書いたのは確かである。私家版から流布版への変遷は荷風がいたからこそ有り得た確乎たる事実である。が、物語内容を描く言説が表象するのは他ならない登場人物であり、それらの相関する物語内容それ自体に他ならない。言い換えれば、「腕くらべ」はそれ自体を起源とする物語であって、その起源は永井荷風を痕跡として開示する。痕跡としての永井荷風は、いわばフィクションによって支えられ、顕示された名である。とすれば、どれほど論理的に整合性を得ていても、荷風の意図を代言するような読みは不適当であろう。代言の欲望が発露しているからである。物語言説は、吉岡を欲望むき出しの人物として描き、それが俗物として読まれる可能性を示していた。欲しがられていたはずの駒代は、吉岡自身の欲望ゆえの嫉妬によって排除の対象へと変容した。瀬川一糸が駒代を捨てるのも、駒代に飽きたという欲望の結果と君龍への新たな欲望ゆえであった。とすると、物語は欲望を排除へ至らしめる機能として内在していると言い得よう。それを敷衍するならば、荷風の意図を明きらかにしようとするのも欲望である以上、それは物語自体によって排除されていると捉え得るのである。

二

「腕くらべ」は、物語内容として、駒代を中心に、前半は吉岡との、後半は瀬川一糸との関わりが語られている。両者に共通しているのは、吉岡、瀬川の欲望によって駒代が捨てられるということであり、欲望が排除の対象を作ることが反復して語られていると捉えられよう。しかもこの反復には、相互に来歴を知っているということが指摘できる。吉岡と駒代はかつてのなじみであり、その後再び関係ができた。瀬川と駒代は、かつて駒代が新橋に芸者として出ていた頃、「踊の師匠花柳の稽古場で知合つてゐた」のであり、後に関係ができる。いわば、前半と後半とは来歴を知るもの同士が出会い、欲望のままに駒代を捨てるという同一内容を反復しているのである。したがって、前半で登場した吉岡の欲望は瀬川が前景化することで後景化する。前景化した瀬川の欲望は、後景化した吉岡のそれを継承している。これが吉岡と瀬川を同一の類型、すなわち欲望むき出しの俗物として捉えることを可能にしている。が、それだけではない。排除する対象が駒代であり続けたことを維持しているのである。だが、二人の男達が現れることで、駒代が排除の対象となったのではない。駒代は物語の最初から排除の対象として描かれていたのである。

駒代は、再び新橋の芸者として出ているところから物語がはじまっている。「一時はちゃんとした奥様になつたのよ。（中略）田舎の大尽の若旦那で東京の学校へ勉強に来ていらつした方があつたのよ。世話をしてやるからと仰有るんでその方へ引いたんです」と駒代は自らの来歴を語る。

それがツて云ふのが、あなた。旦那ツて云ふ方が死亡つたんですよ。さうなると私はもと〳〵芸者でせう。親御さんはお両方ともちゃんとしてらつしやるし、それに弟御さんが二人もあるんですもの。何だの彼だのつて、私一人居られたものぢやないわ。

「ちゃんとした奥様」ではいられず、新橋の芸者に戻ったこと、ここに駒代が排除の対象になった最初を見ることはできるであろう。そして芸者に復帰した駒代は吉岡、瀬川に排除されるのは先に見た通りである。そうであるならば、駒代は、芸者であるかぎり、つねにすでに排除の対象となるより他ない人物として描かれていると捉えられるであろう。描かれる物語の最初に排除があるということは、駒代の在り方を決定していたと言ってもよい。別な見方をすれば、吉岡は「財産」も作り、「社会上の地位」も得た実業界の人物であり、瀬川も「役者」の世界の人物である。言ってしまえば、駒代を排除するこの二人は花柳界の人物ではないのだ。対して駒代は花柳界でかつて生き、再び戻ってきた人物である。異なる世界の者達が花柳界で俗物と化そうとそれだけのことである。彼らには回帰する世界がある。が、駒代にはない。彼らの排除によって、彼らに導かれて花柳界の外界へ出ることができない。とするならば、排除の対象となるということは、芸者として留まることを強要されるということであり、外界を喪失せしめられることである。つまり、物語の最初に排除があったということは、駒代が芸者として花柳界新橋という枠組みにしか生き様を求めることができないことを告知していたのである。だからこそ、駒代は次のように思うのであろう。

駒代の思に暮れるのはこの身の行末といふ一事である。今年二十六と云へばこれから先は年々に老けて行くばかり、今の中にどうとか先の目的をつけなければと、唯訳もない心細さと、じれつたさである。

この思いは「どういふ訳もともなく日頃絶えず胸の底に往来してゐるいつもの屈託」である。「この身の行末」の「先の目的」がいつも気に掛かってふさぐ思いでいるのは、「先の目的」が芸者以外に求められているからである。「日頃絶えず」とは〈いま・ここ〉がいつでも明確になっていることを意味するならば、駒代は花柳界新橋という枠組みからの逸脱を企てることを〈いま・ここ〉として生きていると言い得る。枠組みは意識されたときに抵抗として感得されるであろう。それは駒代が排除を経験しているからである。つまり、駒代は、花柳界のと言って言い過ぎならば、芸者という枠組みの臨界に臨んでいた人物でもあったのだ。けれども、駒代に試練のように与えられるのは排除の反復であり、その過程では、駒代に芸者としての身に充足しようとする感覚が生じる。吉岡に芸者を止すように言われ、三春園に独り残されたときの駒代は次のようだ。

どこかで鶏の鳴く声が聞えた。駒代の耳にはそれが際立つて田舎らしく聞えると、忽ち遠い〳〵秋田にゐた時の辛い事悲しい事心細い事のさま〴〵が胸に浮かんで来る。鶏につゞいて鴉の鳴く声。縁先には絶えずかすかに虫が鳴いてゐる。駒代はもう堪らなくなつた。

そして「愚図〳〵してゐたら一生新橋へは帰られなくなつてしまふかも知れない。何故新橋がそんなに懐しく心丈夫に思はれるのか」と駒代は思う。ここに花柳界新橋に再帰しようとする駒代は見易い。これは瀬川と関係を持ったときの駒代にも見出せる。駒代は芸者を称揚する充足感で満ちるのだ。

秋田の田舎へ片付いて其処で落付いて年を取つてしまつたら、世の中にこんな嬉しい事のあるのをも知らずにしまつたのだと思ふと、今までの不仕合が何とも云へない程有難くなつて、人の身の上ほどわからないものはない。辛いも面白いも芸者をしてゐればこそだと、駒代は始めて芸者の身の上の深い味がわかつたやうに思つた。

この二つの描写に共通するのは、「秋田」の「田舎」との比較が組み込まれていることである。そこは本来「この身の行末」の「先の目的」として逸脱の叶う場ではなかったか。しかし、駒代は自らが望む「この身の行末」の「先の目的」自体を自ら拒んだとも言えよう。駒代は自らの希いを自分自身で排除しているのである。ここにも、芸者として生きることの強要を重ね合わせることができるであろう。芸者という枠組みの臨界に臨んだことが、充足を求めさせ、逸脱を排除する。駒代にはついに変革は訪れない。だから、物語が吉岡から瀬川へと移行しても変わらず排除は継続的に描かれ、駒代は受け入れるしかなくなってしまったのである。

想起されるのは、菊千代や君龍である。肉体を売り物にすることやモダン芸者として振る舞うことは、芸者の枠組みの臨界に達していない証左である。花柳界に遊びに来る者が欲望を発揮するのと同じように、自らのやりたいように欲望を所有することに、確乎たる意地などない。まさしく望むがままである。たとえば、君龍が瀬川を得られたのは力次の復讐の念のためであり、君龍が瀬川を駒代から奪おうと企んでいなかったことを考えると、確実に駒代との境位に差異が生じていることが見えてくる。つまり、芸者という枠組みからの逸脱が、この物語では排除を受ける行為として描かれていたのである。

三

吉岡や瀬川に排除され、また自らも排除を内包して駒代は、ついに決意の言葉を花助にもらす。

「いくら何をしたつて、心変りがしちまつたものは仕様がありやしないわ。私アもう、つく〴〵懲りたわ。」と駒代はきつと見詰めたらしい調子で、「花ちやん、私ア兄さんがいよ〳〵さうと極まれば、何ぼ何でも気まりがわるくつて人様にだつて顔向けが出来ないから、もう此の土地にや居ないつもりよ。」

「つく〴〵懲りたわ」との言葉は芸者の枠組みに居続けることへの駒代の困憊の表れと解してもよいであろう。留意すべきは、「もうこの土地にや居ない」との駒代の言葉である。「この土地」すなわち花柳界新橋という枠組みから出るという意味では、短絡すれば先述した逸脱と捉えることができる。しかし、この駒代の言い方は花柳界以外の別の世界を指し示していないのである。「もう」「この土地」には「居ない」――花柳界新橋という枠組みに生存し続けた困憊によってもたらされた最後の言葉は、何よりも芸者の枠組みの中で自己を韜晦させる言辞だったのだ。別な見方をすれば、物語は、駒代を排除の対象として始めから描き続けてきた。指し示された存在の仕方として駒代には排除が与えられてきたと言ってもよい。が、その在り方で指名されることこそが駒代を困憊させる。それはおのれの意に背いて忍耐を持続させてきた駒代の老いゆく姿への到達でもあったのだ。駒代がわけもなく突然泣き出す場面がたびたびあるのは、おのれの意に背いていた証左である。「この身の行末といふ一事」に「先の目的」として与えられたのは、「この土地」には「居ない」という言葉だけであった。

だが、物語にはその先がある。呉山が駒代に尾花家を譲る決心をしたことである。呉山は吉岡や瀬川と異なり、俗物ではなく、倉山南巣とともに、花柳界新橋を相対化し得る人物であった。その呉山が芸者をやめようとしている駒代に「自然と深い同情」を寄せたのである。

「だから、何も彼も乃公がちやんと筋を立てゝやるんだわな。兎に角話さへきまれば、乃公も安心して肩が抜ける。済まねえが、お前、後で鳥渡按摩さんに電話をかけといてくれ。乃公ア今の中一風呂浴びて来らア。」

呉山は呆れた顔の駒代を打捨つて、古手拭片手にぷいと湯へ行つてしまつた。駒代は電話をかけた後、火鉢に炭でもついで置いて上げやうと静に仏壇の前に坐つたが、すると突然嬉しいのやら悲しいのやら一時に胸が一ぱいになつて来て暫し両袖に顔を掩ひかくした。

最後の場面である。こうして駒代は呉山によって、前途を与えられる。吉岡や瀬川に捨てられたことと対比して、駒代はここで救われたと解してもおかしくない。だが、それは早計であろう。呉山は駒代を再び花柳界新橋へと再帰させてしまうからである。確かに呉山は「自然と深い同情」を駒代に寄せた。駒代の戸籍謄本を見て天涯孤独の境遇を知ったからであった。この「同情」は、吉岡や瀬川の欲望とは一見違うように見えるが、花柳界新橋からの逸脱を認めない点では同一である。しかも、駒代の出自すなわち芸者以前の半生を射程に入れたことで、芸者としての駒代に対したとき、その来歴を知っていた吉岡や瀬川よりも呉山の方が根柢的である。呉山の「同情」は、駒代のためという善意を表向きにしてはいるが、根柢的な欲望として表れ、駒代のこれまでの半生すべてを包括的に捉えて、花柳界新橋から逸脱せしめないのだ。

同情がときに人を傷つけるという意味ではない。呉山はもともと花柳界新橋を相対化し得る立場にいる。駒代に対して高見に立つことは、その相対的な立場からも尾花家の主人としても可能である。問題は同情の仕方である。先に引用した呉山の台詞は、駒代への説得と同時に、按摩の予約と風呂屋に行くことが同時に語られているのである。呉山は按摩と風呂と一緒に語れる程度に「同情」を寄せたのだ。しかし、この情にほだされたような「同情」によって、駒代はついに花柳界新橋からの逸脱が不可能になる。「突然嬉しいのやら悲しいのやら一時に胸が一ぱいになつて来て暫し両袖に顔を掩ひかくした」には、自己韜晦した駒代が、生きていける枠組みを与えられたことを喜ぶと同時に、逸脱の不可能になった悲しみが同時に湧き上がっていることも読み取れよう。

駒代は欲望の対象として、吉岡に排除され瀬川に排除され最後は呉山によって排除される。それらは花柳界新橋からの逸脱の排除だった。対照的なのが花柳界新橋から完全に逸脱してしまった瀧次郎である。呉山の子である瀧次郎はもはや期待されず、存在の意義自体がないかのようだ。とすると、駒代は花柳界新橋にしか存在意義が持てないと捉えられよう。つまり、逸脱のない閉じ切りの世界に、存在意義が仕立てられたのである。

四

ここに至って、吉岡も瀬川も呉山さえも駒代を閉じ切りの世界に逸脱の排除によって留めた人物でしかなかったと言い得る。駒代も逸脱を簒奪されることでその世界に留まった人物であった。つまり、ともに閉じ切られたフィクションを生成する装置であったのだ。欲望しながらも逸脱を排除すること、この物語は二項対立的でも相対的でもなく、逸脱をキャンセルする形態として欲望を構造化している。たとえその様相が冷酷に映っても敗残への哀惜が感じられても、構造化された欲望が実体的把握を峻拒する。それを内在する閉じ切られたフィクション自体は十全で充足している。フィクションとは本来、現実の追認でも対に在るのでもない。現実から生成されるが、真／偽を問い質せない、再帰し得ない世界なのである。

このフィクションが作家荷風に先立って実在し、永井荷風を顕示する。それは構造的に、荷風の意図その他は逸脱としてキャンセルされ、閉じ切りのフィクションとしての〈荷風〉が措定されることに他ならない。実際に生存した荷風永井壮吉が「腕くらべ」の作者永井荷風として署名し得た所以である。荷風は自らの物語に取り込まれ、それによって生かされる作家と言うべきかもしれない。

いずれにせよ、このフィクションがイメージとしての永井荷風を演出しながら、荷風のドリーム・ワールドとして帰結している。そこは荷風として生きる、夢のような可能性を内在する。この可能性は閉じ切られているフィクションで実現する。しかし、限定といった相対的なことではない。他者からのまなざしも、他者へのまなざしも要しないのである。これこそが極言すれば、揺るぎないおのれの贈与ということであろう。荷風の在り方が偏向していて奇抜に見えようと、じつはこの可能性に生きている作家なのではないか。しかも荷風の逸話や資料、ビジュアルから成る荷風神話とも呼ぶべき膨大なフィクション言説を誘惑し、それをも含みこんで実在する。ただし、生存した作家荷風をキャンセルしながら。荷風の欲望の可能性は言語の仮構の線条にある。閉じ切られたフィクションとして「腕くらべ」が最後に示すプロトコルである。

註

（1） 初出「文明」（大5・8〜大6・10）。その後私家版限定五十部が大正六年十二月に十里香館より刊行。さらに大正七年二月に、流布本が新橋堂より発売された。本論は「腕くらべ」の書誌的問題を論じることを目的としていないため、「腕くらべ」の引用は、岩波書店版『荷風全集』第六巻（昭37・12）所収の「腕くらべ」に拠り、ルビは省略した。物語構造の分析の問題をできる限り共有したかったからである。

（2）「腕くらべ」の先行研究は数多く行われてきたので、そのすべてを挙げることはできない。その中から挙げると、テーマや構造的な問題として坂上博一「『腕くらべ』私論」（「文学」昭47・1）は岩波文庫の解説と合わせて示唆を受けた。また板垣公一「『腕くらべ』論――二次的テーマと荷風の思想について」（「名城商学」昭60・1）や野本裕子「永井荷風『腕くらべ』試論――駒代の孤独」（「国文」平14・7）からも同様に示唆を受けた。他に高橋勇夫「クラシック荷風」（「群像」昭63・2）、木村隆「荷風文学の変容――『腕くらべ』について」（「大正大学大学院研究論集」昭59・2）、田中憲二「『腕くらべ』と文明批評」（「野州国文学」平元・12）、馬場美佳「『腕くらべ』論――雑誌『文明』との関わりから」（「稿本近代文学」平10・12）なども踏まえて本論は成っている。また持田叙子『朝寝の荷風』（平17・5、人文書院）は荷風にとってのフィクションの意味を考察する上で様々な刺激を受けた。先行研究に潜む永井荷風神話とも言うべき、作家荷風の強固なイメージは、もはやそれをも踏まえて荷風文学を捉えるべきかもしれないということを考えさせるのに十分であった。

（3）型ということについては、簗田英隆「『腕くらべ』の方法――型の文学として」（「立教大学日本文学」平6・12）が説得的であり、示唆を受けた。

（4）花柳界を射程にした論考としては、松田良一「『腕くらべ』論――猥褻の方法と風俗の方法」（「椙山国文学」平元・3）や真銅正宏「読者との『腕くらべ』――花柳界小説というジャンル」（「同志社国文学」平15・3）などに示唆を受けた。

2 〈境界〉化するテクスト
――森敦「月山」論――

一

「月山」は、昭和九年に「酩酊船」を発表した後、およそ四十年の空白を経て再び文壇に出てきた森敦によって発表された。昭和四十八年度下半期、第七十回芥川賞を受賞した作品である。[1]「月山」は「幽明境」や死と再生、擬死体験といったテーマで読まれ、様々に論じられてきた。[2]特異とも言うべき森の人生の歩みが色濃く反映したことも一因であろう。一方で森は、数学的傾向を有した文学理論を展開した作家であった。とりわけ「意味の変容」で展開された内部外部概念をめぐる一連の理論を中心に「月山」は論じられている。[3]死と再生という物語のテーマは、森の文芸理論の実現として結実したと捉えるならば、いちど森の年譜的な事項は保留して、「月山」それ自体の構造を本文によって明らかにするべきであろう。

「月山」は次のように語り出される。

ながく庄内平野を転々としながらも、わたしはその裏ともいうべき肘折の渓谷にわけ入るまで、月山がなぜ月の山と呼ばれるかを知りませんでした。そのときは、折からの豪雪で、危く行き倒れになるところを助けられ、からくも目指す渓谷に辿りついたのですが、彼方に白く輝くまどかな山があり、この世ならぬ月の出を目のあたりにしたようで、かえってこれが月山だとは気さえつかずにいたのです。しかも、この渓谷がすでに月山であるのに、月山がなお彼方に月のように見えるのを不思議に思ったばかりではありません。これからも月山は、渓谷の彼方につねにまどかな姿を見せ、いつとはなくまどかに拡がる雪のスロープに導くと言うのをほとんど夢心地で聞いたのです。

「夢心地で聞いたのです」と判断できるのは語る現在であるから、「月山」は過去の経験を語っている語りの現在が鮮明であると捉えられよう。作中「かもしれません」「なのでしょう」といった語る現在から判断している言い方が散見されることはその証左である。

この語りの現在は冒頭一行目で「その裏ともいうべき肘折の渓谷」という語り方をしている。なぜ「裏ともいうべき肘折」なのか。むろん、地形的には庄内平野を基準にすればそうなのであるが、「裏ともいうべき」と語ったことに、語りの指向性が見られるであろう。

雪崩で遭難して助けられた肘折の経験は「裏ともいうべき」であり、したがって「ながく庄内平野を転々とし」ていたと語り出されることは表ともいうべきである。いわば肘折と庄内平野が裏表として捉えられている。しかも肘折での経験はついに語られず、語る現在の選別は、肘折での体験を物語にし得なかったのである。つまり、七五三掛や注連寺での物語の裏に属させられてしまっていくことになろう。だから裏にあたるではなく、「裏」とも「言うべき」なのである。こうして裏を作り上げることで、物語の指向それ自体が表である七五三掛注連寺に向かうことになるのである。

こう捉えることもできよう。この裏表の関係は、内部外部の概念理論と同質である。内部はそれだけでは存在し得ず、それと認識するためには外部を要する。したがって外部が内部に先立っている。が、外部を認識するためには内部が存在しなければならず、内部は外部に先立っている。この内部外部の表れには境界線が生じる。境界線はその定義上外部に属する。
語り出される物語は、七五三掛注連寺での経験であり、裏の肘折の経験に準じて表に存している。これを内部と見立てれば、内部ができ上がる以上外部は発生し境界線が生じる。したがって、一行目で肘折を外部化する策定が行われ、内部へと語りの指向を向けることが可能になるのである。とすると、この語りは、過去それ自体を痕跡としての外部とし、語る内容を内部化していく、そういう語りの指向性を有していると捉え得る。しかもこうして月山を境界に据える語りが、境界線は外部に属するが故に、月山を語り得ないものにしてしまうのである。物語内に一度も月山それ自体が出現していないのはその証左である。

それというのも、庄内平野を見おろして日本海の気流を受けて立つ月山からは、思いも及ばぬ姿だったからでしょう。その月山は、遙かな庄内平野の北限に、富士に似た山裾を海に曳く鳥海山と対峙して、右に朝日連峰を覗かせながら金峰山を侍らせ、左に鳥海山へと延びる山々を連亙させて、臥した牛の背のように悠揚として空に曳くながい稜線から、雪崩れるごとくその山腹を強く平野へと落としている。すなわち、月山は月山と呼ばれるゆえんを知ろうとする者にはその本然の姿をみせず、本然の姿を見ようとする者には月山と呼ばれるゆえんを語ろうとしないのです。月山が、古来、死者の行くあの世の山とされていたのも、死こそはわたしたちにとってまさにあるべき唯一のものでありながら、そのいかなるものかを覗わせようとせず、ひとたび覗えば語ることを許さぬ、死のたくらみめいたものを感じさせるためかもしれません。

前半は地形的説明であるが、「すなわち」以降は本然の姿を知ろうとする者には見えないという思弁的な内容に移っている。それは死者の行く山であり、死はかつて一度たりとも語られたことがないということと重なって、いわば捉えることも語ることもできない山として定立させているのである。これは実際に登ることができるあの月山ではない。地形的な実際もすべて思弁的に転回させてしまうといった指向性をこの語りが有していることを指摘できるであろう。つまり、すでにその冒頭に語り得なかったものを痕跡として示し内在させつつ、さらに思弁的に境界線をも生成する。「月山」に内部外部が生成されるとすれば、このような語りの指向性によっていたということなのである。

さらに言えば、内部として七五三掛注連寺での物語を生成していく語るこの現在の「わたし」は、確実に物語に接しながら外部化していく。要するに、物語内容を内部とすれば、それを形成する語りの機能それ自体は、外部であると捉えられるであろう。当然語る言葉は境界になる。境界としての言葉は、線条にあることによって、境界線化していき、内部の物語を明確にしていくことになるのである。

別な見方をすれば、過去現在未来という時間軸は消失していることになり、あるのは、語りの現在であるからには、出来する局面ということになるであろう。作中の「わたし」はかつて七五三掛注連寺で経験したことを痕跡として留める「わたし」でありながら、語る現在での「わたし」でもある。それは語ることばのその都度に局面的に生成されるからなのである。局面は次の局面を喚び起こし、「わたし」を生成する。そして局面的に生成される以上、いわゆる因果関係に基づく展開は希薄になっていくのである。

教えられたように鶴岡市からバスに乗りましたが、次々に過ぎる庄内平野のおなじような町や村に倦んだのでしょう。落合の鉄橋を渡るころからうとうととし、ときにイタヤの葉の繁みから深い渓流を見たような気がするものの、つい眠ってしまって大網に着いたのも知らずにいたのです。いつからともわからなかったが、とにかく山あいの渓谷にはいって見えなくなっていた月山が、また山の向こうに見える。バス停のあたりには農協の売店があり、閑静な屋並みの切れるやや高みに大日坊らしい寺がある。さすがに、山の気に触れた思いはするのですが、わたしの想像していたような霊域といった感じもしないのです。それどころか、いつかここを見たような気がするのは、よくある山の村の眺めだったからかもしれません。

七五三掛注連寺に行こうとした動機はこの引用の直前で「前途に目算もなく、そんなところならいくらかは食いつなげるだろうとも思ったのです」という程度であり、入り込んでいくときは「うとうとと」して大綱に到着したことも知らずにいたというぼんやりとした状態である。つまり、ここに来た目的はなく、理由さえ希薄なのである。このように語りの現在が捉えてみせると、「それどころか、いつかここを見たような気がするのは、よくある山の村の眺めだったからかもしれません」という位置付けとなり、この村を異様なる土地と見倣さないことを意味している。いわば、ぼんやりしていてもやってこられる土地、特殊なことは何もない土地である。

これは庄内平野から七五三掛までは連続しており、境界はなかったことを示唆している。月山が「山の向こうに見える」と語られる所以である。したがって、この段階で物語内容としては内部外部という表れはない。注連寺に到着したことは明確にされず、「あくる朝」から語られるのもそのためであろう。そしてやってきた七五三掛の地で、次のようなことを感じている。

部落のゴロタ石の道を降りかけたとき、背負った肥樽をタブタブいわせながら男がひとり上がって来たのです。道を避けると、男は荷を背負った者がよくするように、「ああッ」と顎をしゃくってする声の挨拶をして過ぎたのですが、なんとなく見返ると、男も足はとめずタブタブいわせながらも、肩越しにウサン臭げにこちらを見ている。いや、気どられまいとして顔をそむけたそれだけのことに、「これがあれか……」とでも頷いていたかにとれるのです。といって、他所者へのたんなる軽蔑とも違っている。軽蔑もあるにしても、なにか恐れにも似たものを抱いていたようにすら感じられるのです。

「他所者へのたんなる軽蔑とも違っている。軽蔑もあるにしても、なにか恐れにも似たものを抱いていたようにすら感じられる」については、のちに「部落で感じた悪意のようなもの」であり「他所者の思い過ごしだったかもしれぬ」と「わたし」は言う。ここで問題は、そういう「悪意」を感じたのち、ただちに次が想起されたことである。

わたしはあの雪深い肘折への道でも、人に会わなかったのではありません。そんなとき、こちらが見返れば、奇妙に向こうも見返るのです。しかし、あれで肘折には温泉街があり、新庄市あたりまで買い出しに行く人で、「この雪に……」といった、驚きとほほ笑みの表情はあっても、なんともいえぬあんな感じはなかったのです。また、しばしば荷を背負った人に追い抜かれもしましたが、みな親しげな声をかけてくれ、わたしはそんな人の心から雪崩れに雪崩れた豪雪の中で助けられもしたのです。ひょっとすると、大網近くの橋を落とした谷底で、わたしと渡った連中が足ばやに行ってしまったのも、わけがあったからかもしれない。部落にはなにかがあって、わたしの来たことでなにかがヒソヒソと語られていたのではないだろうか。……

肘折では「驚きとほほ笑みの表情はあっても、なんともいえぬあんな感じはなかった」と言い、雪崩から救助されたのも人の心によっていたということに、七五三掛と肘折での、いわゆる人情という点で表裏をなしている。ここに内部外部の形成のはじまりを捉えることはできるであろう。もちろん時間的内部外部であるが、地形的すなわち空間的にはいまだ庄内平野と連続していながら、時間的には内部外部の形成が、肘折を想起することで始まっているのである。

空間的連続については維持されている。

> 迫って見えた向かいの山も思ったより離れてい、渓谷といえぬほど広々として、彼方にあの月山がある。庄内平野の田は果てもなく色づいていたのに、まだ青々としているのは雪が深く山ば（山間部）の春が遅いからだろう。思うともなくそんなことを思っているうちに、わたしにはまたいつかここでこうしていたことがあるような気がして来、しばし茫然として引っ返そうとするまで、寺から裏にかけて立派な一つの山をなしているのも気がつきませんでした。

ふたたび繰り返される「いつかここでこうしていたことがあるような気」がしてきているのは、先の引用の「いつかここを見たような気がする」ことの反復と捉えられる。さらに「寺から裏にかけて立派な一つの山をなしているのも気がつきませんでした」と語ることに、先の「うとうとと」と同じく、ぼんやりとした「わたし」が語りによって生成されているのを見られる。

> あとはただもう山また山で、かえってどれがどの山ともわからなくなったようです。しかし、じっと見ていると、いずれの山も鷹匠山へと寄せ、塞ノ峠へと寄せ、仙人嶽へと寄せているのです。しかも、それらの山々が、ここでもまだそこに山があるかに見える湯殿へと寄せていて、ひとり月山が悠揚と臥した牛の背に似た稜線を晴れた空にながながと曳いている。それがその稜線から山腹を雪崩れ落としている様といい、庄内平野の

村や町で眺めた月山とすこしも変わらないのです。わたしはあの肘折のまどかな月山がいよいよまどかになるというのを思いだしながら、ふとまたここでも、こうして眺めていたことがあるような気がして来るのです。してみれば、ここでもかつて眺めた月山とすこしも変わらぬ月山であるということが、わたしをそんな気持ちにさせるのかもしれません。それにしても、この果てもない山々がどうして山ふところだというのであろう。それはすこしも変わらぬ月山でありながら、この世のあかしのように対峙していたあの鳥海山が、もはやまったく見えぬというより、なきがごとき気すらする別世界をなしているということかもしれません。

「かえってどれがどの山ともわからなくなったようです」との言い方に、ぼんやりした「わたし」が語られているのは見易い。そして「庄内平野の村や町で眺めた月山とすこしも変わらないのです」と平野部との連続を語っていく。しかし、思弁的になる「してみれば」を合図にして、「ここでもかつて眺めた月山とすこしも変わらぬ月山であるということ」の反復は意味が過剰になるのである。「わたしをそんな気持ちにさせるのかもしれません」との推測は、裏表の肘折と七五三掛は月山を挟んでおり、それは境界として捉えることが可能であった。が、その裏表両方から見ても月山は同じに見える気がするのであれば、着実に月山は七五三掛にとっても境界化することを意味する。いわば境界を七五三掛の所有となし得たのである。境界線の定義に準じて言えば、七五三掛は外部化し、七五三肘折を内部とする。「月山」冒頭で外部として形成された肘折は、今度は内部へと転回する可能性を有し、七五三掛での物語の要素と成り得るのである。また逆もあり得えよう。

さらに意味の過剰を、「それにしても」という言い方で、一気に違う話題へ置き換える「わたし」の局面的思弁がある。「それにしても」に続くのは、「この世のあかし」として鳥海山が定立されたこと、それに対峙させるように、「この世のあかし」なきがごとき気すらする「山ふところ」という別世界である。思弁的にこうしたイメージへと転回する「わたし」は、しかし「別世界をなしているということかもしれません」と自らが語ったことすらはぐらかしてしまおうとすると捉えられよう。とすれば、ただたんに庄内平野と七五三掛の連続のためだけにはぐらかしたのではなく、生のあかしと「山ふところ」の対立するかに見えることをも、対立として見せかけるだけであると言い得よう。月山が死に関する山としてすでに言われていたからである。

肘折と七五三掛という内部外部の相関性から生と死の対立を見せかける「わたし」の思弁性は、局面的である以上、思弁させるものにつねに遅れている。遅れる思弁は、外部が先立っているからこそ可能であり、それによって思弁されることが現前する。すなわち、先立つ外部によって思弁が生じ、思弁する「わたし」が生成される。つまり「わたし」はつねにすでに事象に遅れる「わたし」なのである。

二

遅れる「わたし」は雪が降り出した時にも見ることができる。

「いや、もう降って来ましたよ。バスもこれでダメかな」

と言って、わたしはなんどかバスのことを口にしたのを思いだしました。わたしはときにこの山ふところを幻のように心に描き、そうしたところも知りたいと思って来たのです。それもウソではないが、こうしてここにいてみれば、わたしはいよいよこの世から忘れられ、どこに行きようもなく、ここに来た気がせずにはいられなくなって来たのです。(中略)いまではむしろバスが来なくなり、戻ろうにも戻れなくなることを望む気持すらあったのです。いや、ここは死者の来るべきところであり、げんにわたしはそこに来ているのに、なまじい乗ればまだ戻れそうなバスがあるばかりに、捨て切れずにいた未練を捨てたかったのかもしれません。

ここで、この地にやってきた動機を「食いつなげる」から、幻に描いた「山ふところ」を「知りたいと思って来た」に置き換え、それは「ウソ」ではないと言う。こう言ってしまうのは雪が降ってきたからであり、それゆえに「こうしてここにいてみれば、わたしはいよいよこの世から忘れられ、どこに行きようもなく、ここに来たような気がせずにはいられなくなって来たのです」と事象に対処させられ、本当であるかのようになる。

さらに「捨てきれずにいた未練」は生への執着であるから、それを捨てたかったという強調を行うことが喚び起こされていく。バスが来なくなることは、まさに庄内平野との連続を断ち切られることであり、それが生への執着を捨て去ってくれることにもなるのであれば、それに遅れつつも生死の境界が見出されてくることになるのである。

ここに至って境界が生成されたと見ることができる。いはば、生を外部化する七五三掛すなわち死の内部化である。これらがつねに事象に遅れることで見出されているのだから、外部が先立って、内部が発生すると捉え得よう。つまり、物語内容にあって、この遅れる「わたし」という在り方は、実は語りの機能それ自体を具現していることになるのである。

外部が先立って在って、内部が生成され、当然境界も生成される。この在り方は雪への対処にもっともわかり易く表れている。物語内容を確認すれば、バスが不通になることで庄内平野と七五三掛との交通が途絶する。これは庄内平野を外部化し、七五三掛が内部化することを意味する。次に冬が到来し、注連寺は雪囲いをして備える。そのとき、内部であった七五三掛が外部化し、注連寺が雪囲いで覆われることで注連寺が内部化する。さらに厳冬の寒さをしのぐために「わたし」は祈禱書で蚊帳を作る。それは内部化した注連寺が外部化し、祈禱書の蚊帳が内部化することを意味する。このように、外部は内部に先立ちながら幾重にも形成され、同時に「わたし」の居場所が策定されていく。その「わたし」の居場所としての祈禱書で作った蚊帳は、「でき上がってみると想像以上に居心地がいいのです」と語られ、さらに次のように語られている。

天井から蚊帳へと小さな穴をつくって引き入れた電球をつける。ただそれだけでも、中は和紙の柔和な照りかえしで明るさが満ち、電球のあたたかさとわたし自身のぬくもりで、寒さというほどの寒さもありません。それはもう曠野の中の小屋などという感じではなく、なにか自分で紡いだ繭の中にでもいるようで、こうして時を待つうちには、わたしもおのずと変成して、どこかへ飛び立つときが来るような気がするのです。

わたしが独鈷ノ山で見たこれらの渓谷をつくる山々や、彼方に聳えて臥した牛のように横たわる月山も、おぼろげながら吹きの上に銀燻しに浮き立っているであろう。そんなことを思っていると、わたし自身が吹きとともに吹いて来て、吹いて行くような気もすれば、もはやひとつの天地ともいうべき広大な山ふところが、僅か八畳にも満たぬこの蚊帳の中にあるような気もするのですが、眠りを誘う単調なまでの吹きのざわめきに、うつらうつらして来たようです。しかし、これもひとり繭の中にある者の、いわば冬眠の夢といったものかもしれません。

蚊帳を繭のイメージで語っている。叙情的な捉え方はそれとして、今自分の居場所を確保できたこと、それによって内部を形成できたことは、まさしく「変成」する力を秘めたということなのである。が、語りの現在でそのように語られたことを考えると、「ひとり繭の中にある者の、いわば冬眠の夢といったものかもしれません」とあることを見逃すことはできない。ここには、「変成」の力を秘めたにせよ、それは「夢」に過ぎず、やがて冬眠から醒めるように、この繭のイメージの蚊帳の内部はいつの日か壊れることが暗示されるからだ。とすれば、繭のイメージに、ぬくぬくと籠もるとだけは捉え得ず、「変成」すなわち壊れることをも指摘しなければならないであろう。つまり、これが内部の形成であり、外部の示唆なのである。

三

七五三掛・注連寺・蚊帳というかたちでの境界が生じ、「わたし」は自ら作り上げた内部へとこもれるようである。が、その境界を易々と越えてくる押し売りが語られているのは示唆的である。たとえ「夢」であっても自分なりのものを抱くことができた「わたし」に、死を突き付けるからである。

まだ死んでいないのかね。わたしもおなじ仲間とみて、そんなふうな軽蔑をしてるかにもとれるのですが、

「どこぞで、そげだ目に遭うたことがあるだかや」

「肘折でね」そう見せまいとしながらも、わたしはみょうに気恥ずかしい思いがするのです。

「ところどころに雪崩れがあるばかりで、吹きは吹くというほど吹いてたわけでもないんだが、行っても行っても雪道で、かえって迷いが出て、行き倒れそうになったんだ」

「ようまァ、それでミイラにもされずにいたもんだちゃ」

「ミイラに？」

境界を越えてやってきた押し売りは、「わたし」に「まだ死んでいないのかね」というまなざしを向け、肘折で

の遭難の一件を引き出している。肘折は外部であった。ということは、ここで内部の形成が終了しているとすれば、肘折という外部は、この蚊帳という内部にとっても外部であると捉えてもよいであろう。「わたし」は今現在蚊帳に生きていられるが、ミイラになっていたかもしれないというもう一つの在り方である。が、このミイラの話は、ここでとぎれてしまい、次のように押し売りの言うことを「わたし」が解釈するのが語られるのである。

「吹きださけそげだものも見えず、まやかされなかったんでねえか。ガスが退けば吹きは吹きでも、いちめんの吹きの上さ、鳥海山が浮かんで見えるんでろ。鳥海山の見せるちょっとした姿せえ忘れねば、月山さ行く道もしぜんとわかるというもんだ」

と、押し売りは月山が死の象徴であるのに対して、鳥海山が生の象徴であり、それらを結ぶ線上にこそほんとうの道があって、あやまたず生を見まもればおのずと死に至ることができる、というようなことを言うのです。

この語り方に「わたし」がぼんやりとしていないことを感得し得るであろう。押し売りの言葉をこのような意味に転回する「わたし」は、明確に「死」ということを意識せざるを得ない状態であったがゆえであろう。そうであるならば、内部を形成し、境界を生成したことは、「わたし」に死に即応する明確さをもたらしたと捉えられないであろうか。それは境界を越えて来た押し売りに比べて、不連続化したとも言い得る。この明確さゆえの不連続は、「わたし」の視点を決定する。この作品はもともと「わたし」の視点に揺るぎがないが、それは死に即応する揺るぎなさに生まれていたのである。

不連続な「わたし」は、外部への関与をせず、ただ見ていくことになる。逆に言えば、「わたし」しかないのである。それは「わたし」をこの世ならぬ者として受け入れてくれはじめた「念仏」の場面に顕著だ。「念仏」で独鈷ノ山で出会ったあの女と再会し、この集まりが「この世の者でない」者たちの集まりであることを知らされる。そして蚊帳について尋ねられ「わたし」は「繭の中にいるようなものかな」と応える。


「お前さま、和紙の蚊帳つくっているというんでろ。どげなもんだかや」

「どうって、まァ繭の中にいるようなものかな」

「繭の中……」

(中略)

「だども、カイコは天の虫いうての。蛹を見ればおかしげなものだども、あれでやがて白い羽が生えるのは、繭の中で天の夢を見とるさけだと言う者もあるもんだけ」

「天の夢?」


ここで七五三掛の言い伝えに転換される蚊帳のイメージを指摘できる。が、果たして「わたし」は「天の夢」という言葉を受け入れることができたであろうか。

「わたし」がいわゆる標準語で通していることからも察せられるように、七五三掛の言葉を使わないからには、内部を作り上げた「わたし」は「天の夢」という言葉を受け入れることはしなかったと捉えられる。これは蚊帳の中で女が寝ていても、「わたし」は何もしないし、ばさまたちと七五三掛のワイセツな唄を一緒に歌わなかったこととも通底している。外部とは連続しないのである。だから、この後で女がダミ声の男に打擲されていても結局、聞いているだけで戻ってきてしまうのである。

この念仏の日が来るのが苦痛になるのはそのためである。ばさまたちは、ともに打ち興じる「わたし」がこの世ならぬ者になって安心したかもしれないが、しかし、この世ならぬ者になったのは、七五三掛の人になったのではなく、死に即応する明確さで「わたし」しかいないからに他ならない。

想起されるのは、女がだみ声の男に打擲されていたときに、わたしが悟ることである。女がその気があるように「わたし」に見せたのは、ダミ声の男への当てつけであったこと、これがはっきりとしたときに、蚊帳の中で待っていた「わたし」は空々しくなった。女の見せた外面には違う思惑があったからである。これは注連寺のミイラがやっこから作られていたことについて、じさまがウソをついたことも同じである。これがいわゆる本音と建て前といった人の在り方を描いているとすれば、人の存在の仕方それ自体に内部外部があることを示唆する。内部とはこの場合内面を指すが、それに接することはあり得ない。外部で接するからだ。とすれば「わたし」しかいないということ、これは内部としての内面的なことをさらさない、接しないという意味になろう。「わたし」は蚊帳を作ることで「わたし」しかいないことを見出し、それは境界を作ることで可能だった以上、内面と捉えられる事柄は語られず、ただ見るという外部的接触しかできないのである。

さらにじさまの過去が源助によって語られることにも見ることができる。


「からだがあんなで、ここまでは無理なのかな」

「それもあろうども、寺のじさまの兄だ人も、寺で縊れて果てたんださけの。聞いただかや」

と、源助のじさまは、なにやらありそうなことを言うのです。

「縊れたって、どうして……」

「バクチだて。湯殿詣りの客はみな帰りは寺さ泊まって、酒だ、バクチだなんでろ。ミイラとりがミイラになるてあんばいで、おらた（おらたち）も手を出しての。肥るのは寺ばかしで、みな山も、林も、田も、畠もとられてしもうたもんだ。ンださけ、焼けても寺はあげだのがすぐ建ったんでねえか」

「じゃ、他にも縊れたのがいたんですか」

「いた、いた。ことに寺のじさまの兄だ人だば、若くておらほうから湯殿さかけての、橋という橋を請負って架けたという人ださけの」

「じゃァ、大網の傍の落とされた橋も……」

「ンだ。いまはあらかた改えられて、あれが最後の橋だったんでねえか」

たしか、寺のじさまはあの橋は、選挙に勝たせてくれれば新しいのをつくってやると、だれかにそのかされたからだと言っていました。もっとも、言葉を濁してそれなり語ろうともしませんでしたが、思えば部落の衆の愚かさを憤るおのれの気持ちを抑えようとしたのではない。あるいは、あれが縊れて果てた兄だ人と自分もともに働いてつくった、残された唯一の思い出だったからかもしれません。


じさまの「わたし」に見せる生活からは窺い知れない過去が語られている。これも今のじさまの生き様と隠された過去とに分けるならば、重要なのは、隠されていた過去が源助という他者によって語られたということである。他者の言葉が、秘匿していたことを思わぬかたちで暴き立てる。ここに暴力性やメタ言説性は見やすい。それが他者の言葉によってじさまに内部外部が成立したことを開示する。じさまが秘匿していた過去を「わたし」は知ることなく接していた。それはじさまの内部がわからなかったのであり、境界線にも気がつかなかったことを意味する。だが、源助という他者の言葉がその内部を語る。他者はあくまでも外部である以上、内部を外部化し、同時に暴き立てた内部が実は在ったことを明らかにする。じさまは過去を秘匿していたが、他者の言葉によって露見させられてしまったのである。これは、決して内面的なつきあいをしてこなかったじさまの内部に「わたし」が外部から接したと捉え得る。言い換えれば、本来あったはずの境界線を他者という外部が越える。あるいは改めて策定し直してしまったということである。だからこそ、注連寺を去るときに、気になる存在になったのであろう。

別な言い方をすれば、じさまの内部外部を見てしまったのである。因果を源助から含められ、物語として捉えてしまい、意味となったのである。「思えば部落の衆の愚かさを憤るおのれの気持ちを抑えようとしたのではない。あるいは、あれが縊れて果てた兄だ人と自分もともに働いてつくった、残された唯一の思い出だったからかもしれません」と語る所以である。思い出を想起するその語りが再びじさまの内部外部を生成する。注連寺を守る生活とそうなった過去ということである。つまり、内部は秘匿しても暴き立てられ、外部化し、物語として語られるのである。じさまは作中それを明らかにする作用を有しているのではないか。したがって敷衍すれば、今度は「わたし」が内部を形成しておけば、確実に外部が表れ、物語られる「わたし」が誕生する。それはこの「月山」という小説が内包する物語でもある。では、この内部としての物語には、じさまに見られた他者の言葉があるのか、言い換えれば境界を越えるあるいは策定し直す言語があるのか。

四

示唆的なのは、源助がじさまの過去を語った後すぐに、飼っている牛に盛りがついて源助が平野部にタネを取りに十王峠を越えると言ったことだ。

「だば、おらが行くて！　十王峠を越えれば、なんでもねえもんだ」

「十王峠だと？　吹き上がったガスで、十王峠はもう隠れてしもうたて。やがて、おらほうも吹きになるんでねえか」

タネをつけたい一心から十王峠を越える選択をする源助に、外部に向けて内部から境界を越えようとする意志は感じられるであろう。加えて、吹きから守るために作ったツボをすでに掘り返してしまったことを重ねることもできよう。つまり、境界を越えるには内部から打ち破っていく意志が必要なのである。それは内部化させたものへ挑戦する意志と言ってもよいが、しかし「わたし」は次のように語るのである。

わたしは突然、「糞ずっこ！」と叫んでやりたくなりました。すると、無数の木霊がするという十王峠の頂を、氷に眠る牡牛のタネを抱き、天に近い吹きの中で吹きに耐え、カンジキを踏んで来る源助のじさまの姿が浮かんで来るのです。しかも、それはもはやあの暗い土間に飼われた牝牛にタネを運んで来る人ではない。あの薄闇の中で臥した牛のように、ひとり赤黒く燃え立っていた月山へと、無謀にも大いなる春をもたらすタネを運んで来る人のように思いなされて来るのです。

これだけでは、源助が十王峠を越えたのかも越えて戻ってきたのかもわからない。この後、源助の牝牛がついたということも不明なままである。ということは、「わたし」は語る現在にあっても、十王峠という境界を源助が越えたかどうかわからないままにしているということであって、それは、打ち破っていく意志だけでは越えられるかわからないことを示唆している。これは内部からであろうと外部からであろうと同じであり、したがって、語りの本義的意志のみでは何も語り得ないと捉えられ、境界を策定し直すには到らないであろう。

こういう意志を「わたし」は「無謀」という。「あの薄闇の中で臥した牛のように、ひとり赤黒く燃え立っていた月山へと、無謀にも大いなる春をもたらすタネを運んで来る人のように思いなされて来るのです」の叙情性は別として、意志的であることが通常無茶であり「無謀」であることに、「わたし」は気付いている。この「無謀」への思いは「糞ずっこ」と「わたし」が七五三掛の言葉で突然叫びたくなるところに表れている。ばさまが源助に向かって言ったように、「ほんに、糞ずっこだもんだ。ツボの雪を掘ったり、ほろけ（呆け）た真似をすっさけ、牝牛もさかりがついてこげだことになんなだちゃ」という意味であるから、これは七五三掛の言葉を遣わなければ、意味をなさないであろう。が、実際叫んではいない以上、やはり七五三掛の言葉は遣わないのである。春はやがてやってくる。それは意志ではなく季節の到来である。到来に先立つ意志は、叙情的には見るべきものがあるかもしれない。けれども、無謀であることにかわりはない。

ということは、語ることも意志に拠るのではなく、季節の到来のように、来るべきときに来るように、来るべき者のために語るようにすること、これは到来を歓待することであり、文字通り適当であることを要する。つまり、語りの現在で注連寺での物語を語り得るのは、まさしくその来るべきときが来たということを明かしているのである。

五

来るべき時とは、春が到来した時であり、注連寺の雪囲いもはずされ、「わたし」も蚊帳を取り壊す。「わたし」は言う。

むろん、本堂の雪囲いの蓆も庫裡の簀囲いもとられている。しかし、まだ雨でも降って冷えこむ日もあるかもしれない。そう思ってそのままにしていた和紙の蚊帳をはずそうとすると、このひと冬に積もったホコリが薄い煙のように立つのです。用心しながらやっと畳みましたが、和紙はやけて白さを失い、筆文字もきたなく皺くちゃに汚れ、見るに耐えぬほどみすぼらしい。いまさらながらこんな中にいたことが嫌悪され、まだしずまらぬホコリに目をそむけていると、狸徳利に枯れ茎が一本挿されているのに気がつきました。わたしはひそかに待つ心を見せたいと思って、女の置いて行った狸徳利にセロファン菊を挿し、机に飾っておいたのに、女が来ずにしまったので、和紙の蚊帳から部屋の片隅に出してあったのですが、冬じゅう咲いていたこの花も、もう空しくそばの畳に花びらを散らせているのです。

「わたし」は「見るに耐えぬほど」のみすぼらしさに「嫌悪」している。「居心地のよさ」を感じさせていたのに、唐突に「嫌悪」するのである。その理由はわからない。セロファン菊がこのように語られていることから、もはや女との、ひいては七五三掛との連続は確実にあり得なくなったからなのか、あるいは「わたし」しかいないという状態を維持してきたからなのか。いずれにせよ、これで「わたし」たり得ていた状態、すなわち内部外部を失うのである。しかもその外部であったはずの注連寺も、雪囲いが外され、すでに内部外部を失っている。だから、「わたし」は次のように言うのであろう。

なにもかも去ってしまった！　絶望ともいえるこうした思いを憤りのように感じながら、箒をとってなにもかも掃き去ろうとすると、狸徳利の傍にあった大きな鉢にカメ虫一匹、底から這い上がろうとしては転げ落ちているのです。この大きな鉢は部屋を乾燥させぬために水をはって置いてあったのですが、ながい冬の間に水は蒸発して乾いてしまっていたのです。わたしは思わず吹きだしましたが、突然なにか残忍な気持ちになって箒をおき、鉢を机に運んでホコリの中に坐り、助ける心もなしに落ちてはまた這い上がろうとするのを見つめはじめました。どのくらいかかったのかわかりません。ふと気がつくと、這い上がっては落ち、落ちては這い上がり、ときには転んでもがいてさえいたカメ虫が、どうして辿りつけたのか縁まで来てい、おもむろに甲殻を拡げると薄羽を出して、ブーンと飛び立って境内を過ぎ、杉の立ち木を抜けて部落の繁みのほうへと見えなくなってしまったのです。わたしは声を上げて笑わずにはいられませんでした。ああして飛んで行けるなら、なにも縁まで這い上がることはない。そのバカさ加減がたまらなくおかしくなったのですが、たとえ這い上がってても飛び立って行くところがないために、這い上がろうともしない自分を思って、わたしはなにか空恐ろしくなって来ました。

「なにもかも去ってしまった！」は、作中もっとも感情が強く打ち出された表現と捉えることができよう。そしてすでに意味づけが行われていた。

死とは死によってすべてから去るものであるとすれば、すべてから去られるときも死であるといってよいに違いない。いったい、わたしの友人はわたしを思いだしてくれているのか。忘れるともなく友人を忘れてここに来たのは、むしろわたしのほうであったのに、わたしにはなにか友人に忘れられたことへの怨恨すら感じられて来るのです。

つまり、内部外部を失うことは死を意味し、それは「わたし」たり得ないことに他ならない。先に指摘した死に即応する明確さを得ていたのと違うのは、即応さえもできないからである。

蚊帳は繭のイメージで語られたこともあった。それを敷衍すれば、繭を破って「変成」したことになるが、それはつまり死だったのであろうか。

春の到来は、あらゆることを薙ぎ払ってしまうことだった。喪失感を味わわされる「わたし」は単に絶望するのではなく、絶望させられることに対して憤る感覚を抱いている。しかもカメ虫の動きに自らを擬すように語った後、目的すらない自分に「空恐ろしさ」を感じる。空恐ろしいのは、憤ってみても今の状態が死だからである。もちろん、これは本当に死んでしまったのではない。次のようになることだ。

> わたしは寝転んで境内にも出ず、終日呆けたようにうつらうつらと過ごすようになりました。その癖、ほんとうに眠るのではない。むしろ、自分では眠れずに困ると思っているのですが、他人から見れば、結構、眠っているのでしょう。

この七五三掛注連寺にぼんやりやってきた「わたし」は結局仮死とか擬死とかと言ってよいような状態になってしまう。しかし、この推移が、変成を指すのではないのである。

先の引用で死について語った後友人を思うことは、死と友人が結びついていることを示している。

この友人はかつてともに働き、今回の仕事のために、「わたし」を迎えに来ている。言い換えると、目的をもってこの地へやってきた人であり、将来の仕事について語ることのできる人である。とすれば、一見この友人が「わたし」に目的を与えることで、死から遠ざけてくれるかのように見えるが、それは早計であろう。「わたし」がやりたいことをやりたいようにしているとしか受け取っていないからである。むしろ、「わたし」とは質の違う言葉を使う存在として作用しているのである。

独鈷ノ山と十王峠を結ぶ尾根は、わずかな歩みにもいよいよおおいかぶさり、雪崩れ落ちる山肌がえぐれたように見えて来るばかりではありません。いままではただなんとなく、青々としているのを眺め過ごしていたのですが、すべてがカラスの森のように伐採された草肌になっていて、気のせいか内側から鉢を見ているようであります。

「……………」

「ここらで、おらほうも見えねくなるんでねえか。もう来ることもあんめえさけ、よう見てやってくれちゃ」

　振り返ると、抜けるように晴れ上がった青空のもとに、皓々と月山が臥した牛のような巨大な姿を見せている。しかも、もう鷹匠山や塞ノ峠、仙人嶽ばかりか、朝日連峰と呼ばれる遙かな山山の極みまで、新緑に湧き立っているのですが、

「どうしたんだね。褐くなってるところがあるじゃないか」

　と、友人が言うのです。なるほど、眼下の新緑に寺も部落も沈んでいる。そこに一箇所無惨にも褐くなったところがあるのです。

「源助のツボでしょう。雪を起こしたばかりに、草があの吹きでみな枯れてしまったんですかね」

　言いようもない思いにかられて、寺のじさまにそう声をかけましたが、友人はなんの関心もないように、

「じゃア、このあたりで失礼しますかね。十王峠の送電線の柱もすぐそこにあるようだが、あれで登ればなかなかなんだろう。地図でも相当の標高があったようだから」

「月山」の最終部である。十王峠は、「わたし」にとって最終の境界である。けれども、友人は「地図でも相当の標高があったようだ」と言っている。これは注連寺のミイラについて「案内書に出ていたな」で済ますことができたのと通底している。すなわち、あらかじめ知っておくことができる説明的な言葉、地図の言語を友人は使っているのである。それゆえ、友人は七五三掛注連寺に溶け込むことはなく、明くる日にたってしまうのであろう。地図の言語は当然七五三掛の言葉ではない。「わたし」はかつて友人とともにいて地図の言語で通じ合えたはずだ。ところが、源助のツボでしょうと言っている「わたし」の言葉は、友人には「何の関心」も呼ばないのである。大網の橋が落ちたことを無遠慮に言って、困らせられる「わたし」の意を察しないのも同様であろう。ということは、今仮死状態のままの「わたし」は、地図の言語の使用者とは通じ合えないところにいることになり、地図の言語を遣っていないことを意味する。

では何を遣っているのか。この場面の三人の台詞の語られ方は示唆的である。友人とじさまは言いたいことを言っているだけで、じさまの言葉を受けた「わたし」の言葉は、友人に気にもとめられない。つまり、三様の言葉すなわち、七五三掛の言葉、地図の言語、「わたし」の言葉が存在する。しかも「わたし」は三連点の記号で表される言葉も遣っているのである。ということは、七五三掛と地図の言語はすでにあったが、「わたし」の言葉はこのはざまで発見されたと言えるのではないだろうか。

これが語りの現在で語られていることを考えると、七五三掛と地図と双方の言葉両方を語り得る言葉を「わたし」の言葉として発見したと言い得よう。友人の使う地図の言語との相違を知ったのをきっかけに「わたし」は自らが遣える言葉を発見したのである。

ここに「変成」が見られよう。友人と過ごしていた頃の地図の言語の使用者から「わたし」の言葉の使用者への変成である。言葉が変わることは、その人自体が変わることであって、「わたし」は「わたし」の言葉を発見して変わったのである。

見出されてくるのは、その発見した言葉で物語ることのできる「わたし」が現在生きているということである。地図や案内書というメタ言語と七五三掛自体の言語とを、それぞれに外部内部とする物語、あるいはその二つを弁別できる境界としての物語を語り得ることで「わたし」は、今現在生きていられるのである。

「月山」が会話で終わっている所以がここにある。「わたし」が十王峠を越えたのかどうかは不明である。越えてしまったら地図の言語を遣うことになってしまうからである。では、七五三掛側に残ったかというとそうとも言い切れない。もし残ったとしても七五三掛の言語を「わたし」は遣わないはずだからである。

むしろ言うべきは、会話でとぎれていることはずっと終わりがないままの、今その時が持続されているということである。「わたし」の言葉がこの発見された現在にあるからであり、その現在があることで「わたし」の言葉は物語をかたちづくっていくことができるからである。

想起されるのは、この物語の冒頭にすでに肘折が裏として語られていたことである。それは他人に救助され、また、ミイラにされる可能性を秘めていたのであった。死へ移ってしまえば「わたし」の言葉の発見などあり得ず、また、助けられることには、自らの力で生きて在ることを見出せなかった。これもまた死を意味してしまうであろう。肘折での雪崩で遭難した一件は、まさしく生と死の境界が雪崩れてなくなってしまい、物語としての死へと至ってしまったことを明示していたのである。

そう考えると、表としての七五三掛注連寺の物語は、その最初にすでに裏として死があったと捉え得る。まさに生まれ落ちた瞬間にすでに死がはじまっているのと似ていよう。内部外部の言葉を遣えば、死を外部として受けとめるから内部としての生を物語ることができ、しかもこの生と死は同時に示すことができる。つまり、生／死の境界としての小説と捉えられるであろう。だから題名が「月山」であり、月山を作中で境界に措定していたのである。

すべてが論理的に表象される構造を有している作品と言ってよいであろう。

同時に、境界としての小説として定位させる「わたし」の言葉は「わたし」自身をも境界として定位させる。「わたし」は語りの現在を所有し、過去の「わたし」でもありながら、言葉を発見するその都度の局面的「わたし」でもある。その過程が「月山」という物語として見える。「月山」が境界であるならば、「わたし」も境界として表象されたことになろう。「わたし」の言葉で／「わたし」が／「わたし」を／語る。つまり、境界を策定し直す言葉があり、この斜線で表すしかない境界上に「わたし」の言葉が在るのである。いわば、「わたし」の言葉が「わたし」に先立ち、「わたし」を物語に生かしてみせているのである。

「月山」はたんなる回想ではない。回想が局面的に進み、そこに現在の判断が入り込むことを歓待し、それによって物語が新しく創造される過程を描く作品なのである。言い換えれば、物語内容と物語言説と物語行為とに区別される構造論的な討究を明確に表象しているのである。それは生についてはいろいろと言え、死についてもいろいろと言えても、生を、死を、そのままに語る言葉が結局ないのと同様であろう。一元的ではないのである。だから「未だ生を知らず　焉ぞ死を知らん」と作品に先立って掲げられた古来の智慧の言葉があるのである。

註

（1）「月山」の書誌は以下の通りである。「季刊藝術」（昭48・7）が初出であり、第七十回昭和四十八年度下半期芥川賞受賞作となった。受賞作として「文藝春秋」（昭49・3）に再録され、その際手直しが行われている。その後、単行本として『月山』（「月山」「天沼」二編収録）（昭49・3、河出書房新社）が刊行される。これが初版である。なお、本論の引用は初版単行本に拠っている。

（2）「月山」については「幽明境」を描いた作品という評価が多く、構造論的な論考は少ない。たとえば、吉田達志は

「再生への約束――森敦『月山』の世界――」(「静岡近代文学」平7・8)で「この小説は、いわゆるいかに人生を生きるかという哲学的問を発し、それに答えようとしているのではなく、言わばそれ以前の問、即ちいかに死の意識が喚起する寂寥感に堪えて生きるかという問を発し、それに答えようとしている。それが死からの再生という形でなされる以上、生と死は神話的次元で捉えられているということになる。この小説は神話的構造をなしている。その意味で、一人称のわたしが語る物語の形式は、この小説にふさわしいと言える」と論じる。この捉え方は、従来言われてきた「幽明境」としての内容を軸にしながらも、「わたし」の語りに着眼している。

(3) 中村三春は「作家案内――森敦〈ジャンル〉と〈構造〉の旅」(『浄土』解説 平8・3、講談社文芸文庫)で「この小説の〈構造〉は、中心へと収斂しようとする〈内部〉の同心円的な空間性を基礎とするということができるだろう。その空間は、最も外縁に湯殿山系の連峰が〈境界〉をなし、その〈内部〉に「山ふところ」の内側には「吹き」の冬籠もりによって外界と遮断する七五三掛部落があり、そのまた内側には古寺ながらも一種聖性を帯びた注連寺があり、さらに寺の二階に「わたし」が貼りめぐらした和紙の蚊帳室が同心円の最深部を作る。この蚊帳はまた、天の虫とされる蚕の繭にも譬えられ、それじたい「全体概念」をなす〈内部〉として、つまり宇宙か母胎としてイメージすることができる。この位相空間によって、このテクストは外見上、明らかに〈内部〉へと収斂する〈構造〉を採用しているように見える」と論じ、「わたし」が「彼らとの出会いによって魂を洗われる経験をするのは、彼らの生の各瞬間を死が侵し、死とともに生きる生き方がそこにあったからだろう。死は生の中に嵌入しているのである」と結論する。「意味の変容」を踏まえた構造論的な論理を敷衍している。この論考には多くの示唆を受けた。本論は中村論を踏まえ、さらに物語言説の在り方も考察することで、「月山」の理論的在り方を討究している。

結論と課題

本書は、一行ずつ示される文学言説に、とにかく身を任せることによって成り立っている。その結論は第Ⅳ部である。ただ並んでいるように見えるわずかな二論文は、しかし、論理的帰結として、本書を境界として存在させようとする。身を任せること、この読書行為の基本が文学言説を内部化しつつ、外部として送り出すことができていれば、文学言説を論じるという目的は果たせたことになる。したがって、表象をかたちどることにもなるのだが、境界であることを保持しつつ記述するという企てはたやすいことではないのかもしれない。

文学言説に従い、他者である「私」が読者になるために必要であったのは、「私」の言説であった。ただし、主導性がなく、文学言説を他者の到来として改めて感得すれば、「私」の言説はままならなくなる。第Ⅳ部の二つの論文は、その他者の到来を跡づけながら、「私」の言説自体が作られている。

読んでしまうということ、これ自体はたいしたことではない。にもかかわらず、準備もできず、構えもとれない。だが、それでも「私」の言説が作られる第Ⅳ部は、その準備を第Ⅰ部で整え、批評言説を考察した第Ⅱ部を理論的背景とし、第Ⅲ部の文学言説の表象可能性をかたちどる討究を経ている分、わずかに構えとなり得ている。「私」が「私」の言説によって生成されるという事実を、本書の最後に位置する森敦「月山」論で、明確にできたように思われるからである。と同時に、永井荷風の実像をキャンセルする「腕くらべ」論がその言説との議定《プロトコル》によって、永井荷風という表象のイメージを生成することも可能にし得たであろう。表象のイメージは作家の「私」であり、小林秀雄がその批評活動の初期に表象した「作家の顔」である。したがって、あえて数えるならば、文学言説に遅れて出来する「私」は三つ見出すことができる。物語言説に出来する「私」と、それによって表象される作家の「私」と、それらを読んで語る読者としての「私」と。つまり、本書に統一的な主題的見解があるとすれば、それは文学言説に「私」という表象を見出そうとする試みであると言えよう。だからこそ、第IV部は論者の現在時での結論と捉えられるのである。

第I部は、その結論の実現のために、言語論的分析を通じて物語の構造的な把握を示すことが目的であった。その把握を通じて明らかになったのは、物語を形成する語りが、語りの言説自体によって語る物語自体を脱構築してしまうことであった。簡単に言ってしまえば、テーマ性が消え去ってしまうような構造を有していることである。読んでしまうという臨場がなければ、決して作動することはなかったであろう。その点で第I部は臨場した読者としての「私」をも示し得たと思われる。

第II部は、小林秀雄の批評作品を、批評自体に内在されている批評対象と「私」という関係の中で討究しようと試みた。そこには、まず「私」があるわけでも批評対象とともにあるわけでもないという関係性が浮かび上がる。小林も読んでしまったのである。「向こうからやつて来た見知らぬ男がいきなり僕を叩きのめした」と小林が「ランボオIII」(「展望」昭22・3)で記していたことが想起される。むろん、「いきなり僕を叩きのめした」という表現の陰翳を安易に解しているつもりはまったくない。読んでしまったということには回避しようもない深刻さがあるのである。「僕には何の準備もなかつた」。だからこそ、この構えのない無防備な状態で問われるのは、「私」の根柢なのであろう。それは尊厳と言うべきであろうか。

批評対象の言説によって召還される「私」を記述し、その「私」を読む者として定立しつつ、批評対象へ接近する方法が小林の批評であると捉えられるならば、「マダム・ボヴァリイは私だ」という「図式」を小林が「私小説論」で結語に据えたことは、表象のイメージとして出来する作家の「私」という問題を明らかにしたのみならず、それは批評する「私」の尊厳を賭けた表象と言うべきであろう。

むろんそこには「私」という存在のかけがえのなさが問題になる「宿命」が横たわる。これは本書で論じただけでは明らかに不足しているため、さらに討究を続けていかなければならない。

第Ⅲ部では、横光利一の文学言説を論じた。その特質として、言説に具体的な指示対象が希薄であり、対してイメージとしての対象が過剰だということが見出される。具体的に都市上海を描いたはずの「上海」も西田川郡西目の上郷を描いたはずの「夜の靴」もどこかの都市であり農村であれば十分な表象をたどっている。にもかかわらず、それが言説による表象の〈上海〉や〈ふるさと〉を生成するに至るのである。また「機械」論では語ることの原理を描き出すことが可能であったが、これも文学言説の機能が過剰になったため、物語の具象度が下がっている。そのために「私」が「私」を物語るという自己言及的な在り方の究明を示すことができたであろう。

一方「旅愁」についての論究は、自筆原稿の調査という機会に恵まれたおかげで、活字では読み得ない文脈の指摘が翻刻を通じてできた。「旅愁」に潜在する物語の可能性を示すことが可能になっているであろう。ただし、課題としては「旅愁」の構造が分析できていないため、それに取り組むことが挙げられる。しかし、そのためには本論でも述べたように、「旅愁」本文をどのように確定するのか、その書誌的な事項の検討からまずはじめなければならない。

第Ⅳ部は結論としての性格をすでに述べた。とくに森敦については「月山」を起点に展開される文筆活動については今後の課題である。が、『意味の変容』を中心にまとめられる内部外部の理論を通じて「月山」の構造は明らかにできたであろう。

「月山」は「わたし」の体験談を語る語りの現在が顕著であり、したがって現在の意識が入り込むことを前提に、あえて言えば、構造的に計算されていると言ってよいであろう。だから、庄内平野から大網に向かう際バスに乗って居眠りしてしまい、七五三掛についたことすら「わたし」が気づかないというあの場面は、ぼんやりしている様を明確に表している。というと妙な表現で、むしろ、意図的にとぼけていると言った方がよいほどに、語りの現在は明確にうかつな「わたし」を配置する。この戦略が境界を生み出す「月山」言説にはあることを改めて指摘しておきたい。「わたし」が「わたし」を物語として語るという自己言及的な手法には、すでに「わたし」が他者として意識されているからである。横光利一「機械」にも同様の指摘ができよう。でなければ、「私」が「私」の心理や行動を対象化することはあり得ない。

「月山」と「機械」とは、自己言及的な手法という点で共通性が見られる。それは当然構造的に相似していることを意味するが、物語としての「私」を語る現在時の「私」をも記述するということである。何を描いたかという問題系は後景化し、物語の強度が問題系として前景化する文学言説は、自己言及という在り方に見出されてくるであろう。語り得ていた物語が消えれば、語りの現在時の「私」のみが言説化され、言及される。「誰かもう私に代つて私を審いてくれ」（「機械」）「何もかも去ってしまった！」（「月山」）――この自己言及は、芥川龍之介「歯車」の最終場面を想起させる。

――僕はもうこの先を書きつづける力を持つてゐない。かう云ふ気もちの中に生きてゐるのは何とも言はれない苦痛である。誰か僕の眠つてゐるうちにそつと絞め殺してくれるものはないか？

「歯車」については、論述もなしに言及することはむろんさし控えなければならない。が、わずかこれだけの引用に表象される「僕」が芥川を強く惹起させていること、これは芥川の「私」として「僕」を把捉させている言説であるということは言ってもよいであろう。それは「歯車」の言説に拠っている。この言説は語る「僕」が「僕」

について言及している言説であり、「僕」を物語として語っている。いわば、芥川の作家としての苦悩や絶望とは別に、「もうこの先を書きつづける力を持つてゐない」こと自体の苦痛を自ら記述し言及する言説と言ってもよいであろう。言い換えれば、「僕」が語る物語自体によって「この先を書きつづける力」がないところまで「推し進め」られてきているのである。極言すれば、それによって、苦悩し絶望する芥川龍之介という表象のイメージが生成されるのである。したがって、「私」が「私」を物語として語る自己言及の系譜に含んでもあながち間違いではないと思われる。「歯車」の「僕」は、狂気の心理性の強い物語を「僕」が生きるように描き、物語としての「僕」を表象するのである。「歯車」「機械」「月山」という一行ずつの言説に局面的に「私」が出来する文学言説は自己言及という問題系として見られるのではないであろうか。「月山」はその後に「わたし」たり得ない状態を記述する点で、「歯車」「機械」で把捉し得る自己言及性を拡張し、新たな可能性を拓いている。こうした討究については、今後の課題として残されている。

描き出される物語の「わたし」によって語る「わたし」が一行ずつの局面で生きていく。局面は、暫時的変換の過程である現在の最先端であり、物語で言えばそのつどの一番最後の行である。そのつどとは、語りの現在であると同時に、読者の読みの現在でもあり、読者が読まされているのは、物語の「わたし」でありながら、それを語る現在の「わたし」でもある。つまり、どちらの「わたし」にも寄り添えないまま、どちらも把握しなければならないという共時的な仕方で、読者が留保される。留保が境界上に実現されることはもう説明しなくともよいであろう。忘れがちなのは、言説の一行一行が読者を留保するきっかけであるということだ。「月山」最後の場面で「わたし」が十王峠を越えたかは不明なのにもかかわらず、越えたかのように語るとすれば、それは留保のきっかけを失念しているに過ぎず、言説に過剰な意味を付加しているだけだ。きっかけは「私」の言説の生成の合図でもあったのである。

だから境界上に読者はいる。そのようになった覚えがないのはただ読んでしまったからであり、そこで読者の「私」は生成される他はない。要請されるのは、境界上の「私」であり、「私」の言説なのである。本書で論じてきた小林秀雄の批評言説もそうであるが、独善的に見えるのは見た目だけであって、独我論的でもないのは、最終的に小林の考えに乗せて、批評対象を明け渡すことをしているからである。いわば境界にとどまり、見届けることを「私」はしていたはずである。「批評とは竟に己の夢を懐疑的に語る事ではないか!」（「様々なる意匠」）という有名になりすぎてしまった一節は、境界を逸脱していないか危ぶむことを含んでいると解してよいであろう。「私」は決して文学言説を僭越することはないのだから。

最後に、境界は文学言説による議定だということに触れておこう。議定=プロトコルは、合議の意であるが、それはたんなる取り決めとは違って、厳密に決められたことを決して破ってはならず、必ず遵守しなければならないという意味の強い語である。合議に臨場する者すべてにそれは及ぶ。確かに読んでしまうことはうかつであったかもしれないが、それはまず文学言説に従うことをうっかり宣言してしまったことの表明でもあったのである。その従属が議定=プロトコルを発動させる。何を遵守しなければならないか、どこにも書いていない。あるのは文学言説だけだ。しかし、どのように読んだのか、それは読者が語らなければ不明である。読んだという事実さえ伝えられていない。「私」は「私」の言説を準備する。読んだ証として、どのように読んだかを表明するために、緻密に構成された文学言説に取り組むであろう。そのとき、すでに「私」は読む「私」として遅れているのである。

初出掲載一覧

第Ⅰ部

1　芥川龍之介「羅生門」論――研究と授業論との狭間から問題提起――（『解釈』第47巻　平13・2）

2　太宰治「走れメロス」論――見覚えのない物語――（『解釈』第610・611集　平18・2）

3　国木田独歩「牛肉と馬鈴薯」論――独白を生成する会話体構造――（『解釈』第661集　平23・8）

4　〈折口信夫の詩〉論への前哨――萩原朔太郎との比較から――（『折口信夫研究』平10・11）

第Ⅱ部

1　小林秀雄「様々なる意匠」論――批評という「事件」――（『近代文学の多様性』平10・12、翰林書房）

2　小林秀雄「Xへの手紙」――手紙という〈間《あいだ》〉――（『日本文学論究』第516冊　平9・3）

3　小林秀雄と正宗白鳥（『國學院大學大学院文学研究科論集』第21号　平6・3）

4　小林秀雄「私小説論」の問題――生きて在るということあるいはリアリティ――（『國學院大學大學院紀要――文学研究科――』第27輯　平8・3）

5　小林秀雄の〈歴史〉観・序説――「私《わたくし》」の問題と〈歴史〉観との接続――（『國學院大學紀要』第46巻　平20・2）

6　小林秀雄『無常といふ事』論への前哨――転換の意味、回帰したこと――（『國學院雜誌』第105巻　第11号　平16・11）

7　小林秀雄「川端康成」論――川端康成の〈個性〉をめぐって――（『解釈』第45巻　平11・8）

第Ⅲ部
1　横光利一「機械」論——語ることの原理へ——（「國學院雜誌」第106巻　第1号　平17・1）
2　横光利一「上海」論——分類された物語——（「國學院雜誌」第103巻　第11号　平14・11）
3　横光利一「旅愁」生成過程の考察——山形県鶴岡市所蔵「旅愁」自筆原稿をめぐって——（『横光利一　欧洲との出会い——『歐洲紀行』から『旅愁』へ』平21・7、おうふう）
4　横光利一「梅瓶」論への試み——「梅瓶」自筆稿翻刻を中心に——（「解釈」第516巻　平22・2）
5　横光利一「夜の靴」論——贈与としての〈ふるさと〉——（「國學院雜誌」第112巻　第10号　平23・10）
6　本書のための書き下ろし
7　横光利一「夜の靴」成立過程論への前哨——見出される〈祈り〉——（「解釈」第518巻　平24・8）

第Ⅳ部
1　閉じ切られたフィクション——荷風「腕くらべ」を読む——（「文学」第10巻　第2号　平21・3～4）
2　本書のための書き下ろし

＊本書に収めるにあたり、すべての論考で、加筆訂正をおこなった。

あとがき

本書をまとめあげてつくづく実感されたのは、人生は邂逅であるということであった。亀井勝一郎が追究した人生論的な意味を会得したわけではないけれども、やはり邂逅のいくつかがなければ、こうして本書をまとめることはあり得なかった。文学作品を読んでしまうというまったく予期しない邂逅が進むべき方向へ導いてくれた。むろん文学に惹かれる資質もあろう。が、それ以上に文学作品に対して向き合ってきたことが現在へ導いたと言う方がふさわしい気がする。本書に収録した諸論文は、系統立てて書かれたわけではなく、邂逅によって導かれたときに必要だった私の言葉でそのつど書かれている。必要とされた私の言葉が次の邂逅をとらえ、そこにまた新しく必要な言葉が見出された。その繰り返しが私の文学研究の在り方であったし、これからもそのように続いていくのであろう。だから、当然とらえることのできない邂逅があることははっきりしている。少しは系統立てて論考を重ねればとも思うのだが、それはここではないどこかを思うのに似ている。邂逅はままならず、予想もできない。いつの間にか邂逅することに抗い得ず、私の言葉はそのとき見出されるのであれば、とらえられない邂逅は結局意味がない。現在がこうにしかならなかったこと、それを真剣に受けとめなければ本書の意味もなくなってしまうであろう。回顧的な内容はこれくらいにして、本書をなす大切な邂逅についてふれたい。すべてを挙げることは不可能なので、とくに感謝したい邂逅について記すことをお許し願いたい。

大学院に進学して、真っ先に声をかけていただいたのは石川則夫先生である。小林秀雄の批評について学ぼうとしていた私に、的確な言葉を与えて下さったことは、今でも感謝の念でいっぱいである。石川先生のご指導なくして本書はかたちにすらならなかった。記して改めて感謝申し上げたい。

傳馬義澄先生も大学院時代からずっと私にご指導下さった先生である。とかく怠けがちになる私に、言葉に対して愚直なまでに厳しくあることを傳馬先生自ら示して下さった。感謝申し上げるとともに、いっそうのご指導をお願い申し上げたい。

上田正行先生にも心からの感謝を申し上げたい。諸論文の整理を遅々として進める私を激励下さり、刊行へ結実させていただいたことは限りない学恩である。研究面でも教育面でもさらにご教示を賜りたい。

本書に横光利一をめぐる論考を入れることができたのは、ひとえに井上謙先生のご指導に拠っており、感謝の念に堪えない。井上先生の横光について追究する姿勢にはつねに学ばせていただき、もの知らぬ私への鞭撻となっている。先生の情熱に対してお応えすることがかなわぬままであるが、横光研究へと私をかりたてて下さったご恩にこそ、邂逅の意味を実感している。

井上先生には、横光佑典氏、森富子氏をご紹介いただいた。おふたかたとのご縁は文学研究を志す者として類い稀な邂逅であった。横光の自筆資料を惜しげもなくお貸し下さった佑典氏、森敦の「月山」の執筆過程を詳細にお教え下さった富子氏には、今後研究を積み重ねていくことでお応えしたいと考えている。

横光利一「夜の靴」についての論考は、平成二三年度國學院大學文学部共同研究費の助成を受け、『横光利一「夜の靴」研究本文校異、注釈及び関連資料調査』として発表した成果を踏まえている。佐藤俊和氏、荒浪光一氏はじめ鶴岡市上郷地区で横光利一顕彰を行っている方々には大変お世話になった。感謝申し上げる。また「旅愁」草稿の翻刻は、日本学術振興会科学研究費補助金（課題番号 23820049）の助成を受けた研究成果の一部である。

最後に本書の刊行をお引き受け下さった翰林書房今井肇・静江ご夫妻には細々とご配慮を賜った。ここに心を込めて感謝の意を表したい。本書は平成二四年度國學院大學出版助成金を受けている。関係各位に感謝申し上げる。

平成二四年十二月

井上明芳

【ま行】

索　引

・本文の書名・作品名、人名、事項を採録した。
・人名は、研究者・作家などの実在人物とし、「注」も採録対象とした。
・書籍は『　』、雑誌・作品・評論等は「　」で括り表示した。

著者略歴

井上明芳（いのうえ　あきよし）

昭和44（1969）年　山梨県都留市に生まれる。

昭和63（1988）年　山梨県立富士河口湖高等学校卒業

平成４（1992）年　國學院大學文学部文学科卒業

平成９（1997）年　國學院大學大学院文学研究科日本文学専攻博士課程単位取得満期退学

これまでに東海大学附属高輪台高等学校、日本大学豊山高等学校、海城高等学校、青山学院女子短期大学などの非常勤講師を務める。

平成23（2011）年　國學院大學文学部日本文学科准教授

現在に至る。

文学表象論・序説
小林秀雄・横光利一――文学言説の境界

発行日	**2013年 2 月 20 日**　初版第一刷
著　者	**井上 明芳**
発行人	**今井 肇**
発行所	**翰林書房**
	〒101-0051 東京都千代田区神田神保町 2-2
	電 話 (03)6380-9601
	FAX (03)6380-9602
	http://www.kanrin.co.jp
	Eメール● Kanrin@nifty.com
印刷・製本	シ ナ ノ

落丁・乱丁本はお取替えいたします

ISBN978-4-87737-341-2